고바야시 다키지
문학연구

황봉모 著

어문학사

일러두기

1. 본문에 인용한 신문은 『　』으로 표기하였고, 신문 기사는 「　」로 표기하여 구분하였다.
2. 본문의 각 장에 달린 각주는 모두 각 장의 말미에 미주로 달아 두었다.
3. 일본과 그 외 외국의 인명 및 지명, 고유명사는 현행 외래어 표기법에 따라 표기
   하였으며, 일부 지명의 경우 우리나라 한자음으로 표기하였다. (예)북해(北海)

일본의 사회주의 문학과 일본프롤레타리아 문학운동은 문단 내의 단순한 문학운동이 아니었다. 일본 근대사회의 여러 현실의 사회적 문제와 정면으로 마주한 사회운동이고, 정치운동이고, 사상운동이기도 했다. 일본프롤레타리아 문학운동은 일본 근대문학뿐만이 아니고, 일본근대사에 그 족적을 남기고 있다. 여기에 일본프롤레타리아 문학운동의 의의가 있다. 또한 일본프롤레타리아 문학운동은 식민지 해방을 외치는 한국프롤레타리아 문학운동에게 많은 영향을 주었다.

고바야시 다키지는 일본프롤레타리아 문학의 대표 작가이다.

다키지는 3·15사건을 그린 「1928년 3월 15일」을 발표하면서 본격적으로 일본프롤레타리아문학 활동에 들어간다. 그는 이 작품에서 혁명운동에 참가한 노동자의 불굴의 정신력과 이것에 대비한 경찰의 참혹한 고문을 통해, 천황제 지배 권력의 잔학성을 폭로하여 일본프롤레타리아 문학에 새로운 전기를 제공하였다.

다키지는 1929년 북양어부의 실상을 취재하여 「게잡이 공선」을 완성한다. 「게잡이 공선」은 그의 대표작으로서 일본프롤레타리아 문학뿐만이 아니고, 일본 근대문학사에서 획기적인 작품이다. 이 작품에 의해 다키지는 일본프롤레타리아 문학의 대표적인 작가로 인정받는다.

다키지는 1933년 2월 가두연락을 위한 접선 장소에서 체포되어, 그날 특고(特高)의 고문에 의해 학살되었다. 만 29세 4개월이었다. 그의 작품으로는 「방설림」(1928) 「부재지주」(1929), 「동굿찬 행」(1930), 「공장세포」(1930), 「전형기의 사람들」(1931), 「누마시리 마을」(1932), 「지구의 사람들」(1933) 등이 있다. 사후에 일본문학에서 처음으로 공산주의적 인간의 조형에 성공하였다고 평가받는 「당 생활자」가 출판되었다.

이 책은 고바야시 다키지 문학에 대해 그동안 연구한 논문을 모은 것이다.
일본에서 공부한 것과 그 뒤 한국에 돌아와 연구한 것 등이다. 일본
지도 교수인 우라니시(浦西)선생에게 많은 지도를 받았다. 선생이 걸
어간 학문의 길을 나도 걸었으면 좋겠다. 앞으로도 다키지 연구와 함
께 아직 번역되지 않은 다키지 작품과 평론, 편지 등을 번역하여, 다
키지 문학을 한국에 소개하고 싶다.

「있는 자리 흩트리기」는 인생의 책이다.
나중에는 울면서 읽었다.
김동연 경제부총리는 아주대 총장으로 있었을 때, 어려운 사정으로 해외
경험을 쌓기 힘든 학생들에게 장학금을 주어 해외 연수를 할 수 있는 기회
를 주는 '애프터 유 프로그램'이라는 제도를 만들었다. 선발된 학생들은
대부분 기초수급자와 소득분위 1분위에 속한 학생들이었다.
그런데 자신의 대학 학생들만 뽑은 것이 아니었다.
이 프로그램이 단순히 어려운 학생들을 시혜적으로 도와주기 위한
것이 목적이 아니고, 우리 사회를 건강하게 발전시키기 위한 계층이
동의 사다리를 만들자는 것이 근본취지이기 때문이다.
이러한 성정을 가진 경제부총리가 있는 한국은 행복한 나라라고 생각한다.

은행에서 근무하면서 시간을 쪼개어 소설을 써서 일본프롤레타리아
문학의 대표 작가가 된 다키지와 역시 은행에서 근무하면서 고시공부
를 하여 합격한 김동연 부총리는 묘하게 닮은 면이 있다고 생각된다.
두 사람 모두 일찍 아버지를 여의고 집안의 기둥으로 살았다. 김 부
총리는 누가 와도 자신보다 더 열심히 공부할 수 없을 정도로 공부했
고, 다키지는 비합법 생활에 쫓기면서도 아무리 바쁜 날에도 400자

원고용지 두 장은 결코 거르지 않았다. 사회적 약자에 대한 마음도 두 사람이 비슷하다.

외대를 정년하시고 UNIST에 석좌교수로 계시는 김욱동 선생님은 자신의 저서와 번역서 판매를 합하면 100만 권이 넘는다고 한다.
얼마 전 교수신문에 '문학연구는 60부터'라는 글을 쓰셨다고 문자가 왔다.
문학은 경험한 만큼 보이고
60세가 되니 비로소 문학연구에 눈이 뜨였다고 하신다.
나도 그렇게 되면 좋겠다.

노도흔 양(02)의 10주기가 다가온다. 가을이기도 하지만 시간의 빠름을 새삼 느낀다.

올해 남북 정상회담을 몇 번이나 하고 남북 교류가 한창이다.
한국에서 최초로 「자본론」을 출판한 김태경 사장님이 일찍이
고바야시 다키지 문학을 공부한 나를 보고
내 전공을 살리려면 평양대학에 가야한다고 말씀하셨다.
나도 그렇게 생각한다.
과연 평양대학에 갈 수 있을지 기대해본다.

이 책을 출판해 주신 어문학사 윤석전 사장님과 꼼꼼하게 교정을 보아주신 편집자님들께 깊이 감사드린다.

2018년 가을
서울에서 황봉모

차 례

제1장
「게잡이 공선(蟹工船)」의 성립

1. 다키지(多喜二)의 자세

 고바야시 다키지(小林多喜二)의 대표작인 「게잡이 공선(蟹工船)」은 1929년 5월부터 6월에 걸쳐, 『전기(戰旗)』(제2권 제5호와 제2권 제6호)에 발표되었다. 「게잡이 공선」이 발표되었을 때, 구라하라 고레히토(藏原惟人)는 「작품과 비평(1) 『게잡이 공선』 그 외(1)」[1]에서, '고바야시 다키지는 그 작품의 밑 바탕에 항상 어떤 큰 사회적 문제를 두려고 하고 있다' 라고 하면서, '"게 잡이 공선"은 그 전형적인 작품이다' 라고 높게 평가하고 있다.

 구라하라가 지적한 것처럼 다키지는 언제나 커다란 사회적 문제를 대상 으로 하여, 그 사실을 작품화하려고 노력했다. 그의 처녀작이라고 불리 는 「1928년 3월 15일(一九二八年三月十五日)」(『전기』제1권 제7호와 제1권 제8호, 1928년 11월호와 12월호)에서는 3·15사건을, 「사람을 죽이는 개(人を殺す犬)」라 는 작품에서는 그 당시 감옥 방이라고 불리고 있던 인부 방(土工部屋)의 가 혹한 사실을 다루었다. 「사람을 죽이는 개」는 1927년 3월의 오타루 고상(小 樽高商)의 『교우회 회지(校友会々誌)』제38호에 발표된 작품이다.

 다키지는 「사람을 죽이는 개」에 대해서 1927년 3월 2일의 일기에 이렇 게 쓰고 있다.

 고상의 교우회 회지에 낸 「사람을 죽이는 개」는 너무 잔혹하기 때문에 낼 수 없다고 우라베(占部) 교수가 말했다고 한다. 이것을 내는가 내지 않는가 라는 것은 사소한 일이다. 내는가 내지 않는가의 문제가 아니고 '현실에 있 는' 사실을 어떻게 할 것인가.

일기에 쓰여 있듯이 다키지에게 있어 무엇보다 중요한 것은 '현실(現實)에 있는' 사실이었다. 자신의 눈앞에 펼쳐져 있는 비참한 사회의 현실, 그는 항상 이러한 현실 문제에 고민하였다.

「게잡이 공선」은 사회에 대한 이러한 다키지의 현실 인식이 가장 잘 나타나 있는 작품이다. 다키지는 「게잡이 공선」을 완성한 후, 1929년 3월 31일에 구라하라에게 보낸 편지에서 이 작품에 대한 작품 의도를 다음과 같이 쓰고 있다.

1) 이 작품에는 '주인공'이라는 것이 없다.

2) 그러므로 당연히 이 작품에서는 「1928년 3월 15일」 등에서 시도한 것과 같은, 각 개인의 성격과 심리가 완전히 없어져 있다.

3) 프롤레타리아 예술 대중화를 위하여 여러 가지 형식상의 노력을 하였다.

4) 이 작품은 게잡이 공선이라는 특수한 하나의 노동 형태를 취급하고 있다. 하지만 게잡이 공선이라는 것은 어떤 것인가 라는 것을 열심히 쓴 것은 아니다.

a, 이것은 식민지, 미개지에 있는 착취(搾取)의 전형적인 것이라는 것.

b, 도쿄(東京), 오사카(大阪) 등의 대공업 단지를 제외하면, 아직까지 일본 노동자의 현실에 그 유형이 80% 있다는 것. c, 그리고 여러 가지 국제적 관계, 군사 관계, 경제 관계가 선명하게 비쳐 보이는 것 같은 편의가 있었기 때문이다.

5) 이 작품에서는 미조직(未組職) 노동자를 다루고 있다.

6) 노동자를 미조직으로 두려고 노력하면서, 자본주의는 우습게도 오히려 그것을 (자연발생적으로) 조직시킨다는 것.

7) 프롤레타리아는 제국주의 전쟁에 절대 반대하지 않으면 안 된다 라고 한다. 그러나 어떤 이유로 그렇게 해야 하는가, 알고 있는 '노동자'는 일본에 몇 명이나 있을까. 하지만 지금 이것을 알지 않으면 안 된다, 긴급한 것이다.

단지 군대 내의 신분(身分)적인 학대를 묘사한 것만으로는 인도주의적인 분노밖에 일어나지 않는다. 그 배후에 있어 군대를 움직이는 제국주의 기구(機構), 제국주의 전쟁의 경제적인 근거에 닿을 수 없다.

제국주의 – 재벌 – 국제관계 – 노동자

이 세 개를 전체적으로 보지 않으면 안 된다. 거기에는 게잡이 공선이 가장 좋은 무대였다.[2]

다키지는 「게잡이 공선」에서 이상과 같은 것을 열심히 의도했다고 쓰고 있다. 다키지는 게잡이 공선이 착취의 전형적인 형태이며, 현재 일본의 노동자 대부분이 이러한 노동 현실에 있다고 보고 있다. 그는 「머리의 파리를 쫓는다(頭の蠅を払ふ)–짖는 무라오에게 답한다(吠える武羅夫羅に答へる)」(『요미우리신문(読売新聞)』1929년 10월 20일)에서, '"게잡이 공선"은 정신적으로도, 육체적으로도, "감옥 방"보다 열 배나 비참하다고 한다'라고 쓰고 있다. 게잡이 공선에서의 노동이 얼마나 가혹한 것이었는가를 알 수 있다.

그 당시 게잡이 공선은 지치부마루(秩父丸)의 조난사건, 하쿠아이마루(博

愛丸)의 학대사건, 그리고 적화 문제 등으로 큰 사회적 문제가 되어 있었다. 다키지가 이러한 사회적 문제를 파헤쳐서, 그 숨겨져 있는 사정을 폭로하려고 했던 것은 비참한 사회의 현실문제에 고민하고 있던 그로서 당연한 일이었다.

게잡이 공선에 관한 이러한 다키지의 현실 인식은 그가 『해상생활자신문(海上生活者新聞)』에 관계하고 있을 때부터 나타나고 있다. 그가 고리키(郷利基)라는 필명으로 쓴 「선원은 무엇을 읽지 않으면 안 되는가(1)(海員は何を読まなければならないか)」[3], 「『죽고 싶지』 않은 선원에게(『殺され』たくない船員へ)」[4], 「『접근하면 벤다!』(검극 물)에 조심해라(『寄らば切るぞ!』剣劇ものに用心しろ)」[5] 라는 일련의 작품은, 「게잡이 공선」을 쓰기 위한 시작(試作)이었다.

이러한 다키지의 현실 인식은 「게잡이 공선」과 같은 제재를 취급하여, 『개조(改造)』의 '노동자 생활 실기(実記)' 란에 게재된 「캄차카로부터 돌아온 어부의 편지(カムサッカから帰つた漁夫の手紙)」[6]로 이어져 나타난다. 그는 이 작품에 대해서 1929년 6월 14일, 사토 세키(佐藤積)에게 다음과 같은 편지를 보내고 있다. 여기에서 '그 작은 작품(小篇)'은 「캄차카로부터 돌아온 어부의 편지」를 가리킨다.

그 작은 작품을 쓰고 나서, 그중에서 다루었던 러시아 국영(國營)과 일본 자본가와의 알력이 그대로의 길을 걸어 빈번하게 지금 현실의 문제로 되어 왔다는 사실을 말씀드려 두고 싶다고 생각합니다. 그리고 이것은 단지 이것만의 문제가 아니고, 그 안에는 북양 어업 노동자가 취하지 않으면 안 되는 중요한 국가적 태도가 있고, 게다가 그 안에는 제국주의 전쟁의 위기가 충분히 내포되어 있다는 것입니다.(이제 중앙에서도 공공연하게 이것이 문제가 되겠지요) 이것을 실로, 빠르게 문제 삼아 그것을 폭로하고 싶다는 의미에서, 이 작은 작품은 나 자신이 생각하고 있던 이상의 의의를 가진 것이라고 생각합니다. 잠시 한 마디 하고 싶다고 생각했던 것입니다. 그럼 또. 총총.

다키지는 일찍부터 러시아 국영과 일본의 자본가와의 관계를 꿰뚫어 보고 있었다. 자신의 이익만을 생각하는 일본의 자본가는 무슨 수를 쓰더라도 정부를 부추겨서 전쟁을 일으킨다는 것을 알고 있었다. 그는 러시아국영과 일본 자본가와의 알력이 결국은 정부를 제국주의 전쟁으로까지 달려가게 할 것이라고 예견하였다. 그러나 당시 북양(北洋)어업에 종사하는 어부들은 이러한 현실에 대해서 아직 아무것도 모르고 있었다. 여기에 다키지가 작품의 제재(題材)로써, 국제적인 관계에 있는 북양 어업 노동자 실정을 취급하고 있는 이유가 있었다.

지금 가장 사회적인 문제가 되고 있는 것을 대상으로, 그 사실 관계와 문제점을 파헤쳐 폭로(暴露)한다. 이것이 다키지가 가지고 있던 작품 의식이었다. 그는 이러한 작품 의식을 「프롤레타리아 대중화와 프롤레타리아 리얼리즘에 대하여(プロレタリア大衆化とプロレタリアレアリズムに就いて)」(『프롤레타리아 예술교정(プロレタリア芸術教程)』제2집, 1929년 11월, 세계사)의 '집필자 자전' 란에서, '불과 같은 선전성과 얼음과 같은 폭로를 가진, 스케일이 커다란 작품을 계속 만들어갈 예정이다' 라고 설명하고 있는데, 이러한 사회적인 문제를 폭로를 가진 스케일이 커다란 작품으로

계속 작품화해 갔던 것은 올바른 사회를 위한 그의 정열이었다.

다키지는 참혹한 현실을 정면으로 응시하여, 이것을 철저하게 파헤침으로써 프롤레타리아 작가로서의 자기형성(自己形成)을 이루어 갔다. 그는 「게잡이 공선」을 통하여, 그 당시 커다란 사회적 문제가 되고 있던 게잡이 공선이라는 스케일이 큰 세계의 폭로에 착수하였다.

2. 게잡이 공선 – 사실과 그 작품화

홋카이도(北海道)신문사에서 간행된 『홋카이도 대백과사전(北海道大百科事典)』(1981년 8월)의 '게(蟹)어업'이라는 항목을 찾아보면, 이렇게 설명하고 있다.

고바야시 다키지의 소설 『게잡이 공선』(1929년)으로 널리 알려진 북양모선식(北洋母船式) 게 어업은 1914년에 농림성(農林省) 수산강습소의 연습선 운요마루(雲鷹丸)가 캄차카반도 서쪽에서 타라바 게를 어획하여, 선내에서 통조림 제조 시험을 행한 것이 실마리이다. 1920년에는 도야마(富山) 현 수산강습소의 구레하마루(吳羽丸)도 시험 조업을 하여, 게살을 씻는 데 담수를 사용해야만 한다는 정설을 뒤집고, 바닷물을 사용하여 성공하였다. 민간에서는 하코다테(函館)의 와지마(和島貞二)가 1921년에 기타마루(喜多丸), 기쿠마루(喜久丸)의 2척을 가지고 오호츠크 해에서 조업했던 것이 시작이다. 그 후 유럽 신시장의 수요도 늘고, 자본제 어업의 대표로서 성장하여, 1927년에는 공선 18척, 통조림 33만 상자에 달하였고, 그리고 브리스틀만(ブリス

トル湾) 어장 등 새로운 어장도 개발되었다.

공선(工船) 게 어업의 발달의 계기가 되었던 것은 게살을 씻는 데 있어서 바닷물 사용의 성공이었다. 바닷물 사용은 배 안에서의 통조림 제조의 커다란 제약을 없애게 되어, 그 후 모선식 게 어업 발달의 요인이 되었다.

공선 게 어업 발달의 또 하나의 요인으로써 공선의 대형화를 들 수 있다. 1924년 야기(八木)통상이라는 회사는 이 무렵으로서는 대형 기선인 가라후토마루(2,831t)를 사용하여, 통조림 제조 수 15,279상자(같은 해, 총수의 36%)라는 좋은 실적을 거두었다. 이 성공이 이후, 공선 대형화의 중요한 요인이 되었다(『해설 일본근대어업연표 전전편(解説日本近代漁業年表 戦前編)』 수산사, 1977년).

이렇게 다키지가 「게잡이 공선」의 자료 조사를 하고 있던 1927년경은 공선 게 어업의 전성기였다. 『홋카이도 어업사(北海道漁業史)』(홋카이도 수산부, 1957년)에 의하면, 공선의 통조림 제조 수와 생산 비율 추이가 다음과 같이 나타나고 있다.

(표1) 게잡이 공선에 의한 통조림 제조 수

	출어선 수	제조 상자수 (函)
1924년	6	42,133
1925년	8	108,568
1926년	12	229,072
1927년	17	330,130

(표2) 지역별 게 통조림 추이

	공선 (工船)	노령 (露領)	북지시마 (北千島)	가라후토 (樺太)	홋카이도 (北海道)	
1923년	16.7	19.1	5.2	28.8	30.3	100%
1925년	39.2	30.0	2.8	9.1	18.9	100%
1927년	63.8	28.5	1.6	0.7	5.4	100%

(표1)을 보면, 1924년은 출어선수(出漁船數) 6척에 제조 상자 수가 4만 2천 상자였지만, 3년 후인 1927년에는 출어선수 17척에 제조 상자 수가 33만 상자가 되어 있다. 배의 숫자도 3배 늘었고, 제조 상자 수도 격증하였다. 배의 숫자가 3배 증가한 데 비하여, 제조 상자 수가 8배 정도 된 것은 공선 대형화의 영향이라고 생각된다.

(표2)는 나라 전체의 생산량에서 차지하는 공선의 비율이다.

1923년의 공선의 비중은 전체생산량의 16.7%에 불과하였지만, 그것이 1927년에는 전체 생산의 63.8%로 비약적으로 증가하고 있다. 나라 전체의 생산량이 공선에 걸려 있다고 말할 수 있다. 이렇게 겨우 3~4년 사이에 공선 게 어업은 급격한 발전을 이루었던 것이다.

공선 게 어업이 급격한 발전을 보인 이유는 무엇이었을까. 그것은 말할 것도 없이 공선의 채산성이었다. 원료인 게를 잡은 바로 그 자리에서 통조림 제품으로 만들 수 있는 공선은 풍부한 자원, 신선도 등 모든 면에 있어서, 연안의 공장과는 비교가 되지 않을 정도로 유리(有利)한 위치에 있었다.

19

그러나 공선은 제한된 어기(4~8월)에, 할 수 있는 만큼의 많은 통조림 제품을 만들어야만 했기 때문에 여러 가지의 노동 문제를 일으켰다. 1930년도의 게잡이 공선 제조부 작업 시간을 살펴보면, 오전 4시에 기상하여 오후 8시까지 일하게 되어 있다(『북양어업과 그 노동사정(北洋漁業とその労働事情)』홋카이도립 노동과학연구소, 1953년). 이 중에서 식사 시간 2시간, 휴식 시간 30분을 제외하고는 모두가 작업(作業) 시간이었다. 실로 작업시간이 13시간 30분에 이르고 있는 것이다. 그리고 여기에 작업이 끝난 후의 뒤처리 시간까지 합하면, 어부들이 쉴 수 있는 시간은 거의 없었다. 게잡이 공선에서의 노동이 얼마나 힘들었던가를 알 수 있는 것이다.

게잡이 공선 지치부마루(秩父丸)의 조난 사건은 1926년 4월에 일어난 일이었다. 당시『오타루신문(小樽新聞)』『하코다테신문(函舘毎日新聞)』『북해(北海)타임즈』등의 현지 신문은 이 사건을 대대적으로 보도했다. 여기에서는 『오타루신문』을 중심으로, 이 사건의 진상을 밝혀보려고 한다.

1926년 4월 28일의『오타루신문』은「호로무시로(幌莚) 부근에서/지치부마루의 조난/승무원 전원은 무사한 것 같다/교류마루(蛟竜丸) 현장에 급항(急航)」이라는 제목으로, 다음과 같이 보도하였다.

오타루 북도(北都)무역 소유의 기선 지치부마루(1,463톤)는 이번 달 8일 오타루를 출항하여 하코다테에 들러 17일 북(北)지시마 방면으로 향했던 바, 26일 오후 10시경 북지시마 호로무시로 부근의 앞 바다에서 비바람 때문에 조난했다고 관계자 측에 전신(電信)이 있었는데, 이 배에는 승무원을 비롯해 인부 그 외 약 270명이 승선하고 있기 때문에 그 안부가 매우 걱정되고 있지만 지금으로서는 구체적인 소식을 알 수 없다.

이러한 기사가 최초 보도된 이후, 지치부마루의 조난 사건은 매일 보도되었다. 다음 날인 4월 29일의 같은 신문은 「조난 지치부마루의/소식 여전히 불명/300명의 생명이 걱정된다/군함 파견을 의뢰」라는 제목으로 '너무 멀리 떨어진 현장인 관계로부터 28일 정오까지 아직 어떠한 소식도 얻을 수 없어 여전히 300명에 가까운 생명이 걱정되고 있다' 라고 이 배의 안부를 걱정하고 있고, 4월 30일의 같은 신문은 「지치부마루의/구조절망인가/교류마루의 조사도 헛수고/어떠한 응답이 없다」와, 「선체는 반이 잠김/무전실도 파괴/구조의 전망 전혀 없음/걱정되는 200여 명」 등의 제목으로, 계속 이 배의 소식을 전하고 있다.

5월 2일의 『오타루신문』은, 「북지시마에서 좌초된 지치부마루/99명만 구조/위험을 무릅쓰고 도착한 제2도미마루/선체는 5도로 기울다」라는 제목으로, 구조선 제2도미마루(第二富美丸)의 보고로써 다음과 같이 보도하고 있다.

지치부마루는 지난 달 26일 밤 거센 파도와 자욱한 안개로 인하여 방향을 잃고 곶 부근에 좌초하여 위험에 처해졌기 때문에, 다음 날 27일 오전 10시, 250명의 승무원 중 22명을 본선에 남기고 나머지는 6척의 소형선(川崎船) 및 보트에 분승하여 구지라 만(鯨湾)에 향하였지만, 풍랑이 거세었기 때문에 먼 바다 쪽으로 밀려가 각각의 배는 서로 떨어져 버렸다. 그중 3척에 분승한 77명은 29일 오후 3시경 구지라 만 부근에 표류한 것을 도미마루에 구조되었는데, 또 도미마루는 위험을 무릅쓰고 지치부마루에 접근하여 본선에 남아있던 22명도 무사히 구조하였다.

이렇게 제2도미마루에 의하여 99명은 목숨을 건졌지만, 나머지 어부들은 구조될 수 없었다. 결국 제2도미마루의 구조 노력에도 불구하고 뒤에 죽은 2명을 빼면, 지치부마루의 생존자는 97명이었다. 이 사건은 조난자를 태우고 하코다테에 제2도미마루가 돌아오고(『오타루신문』 5월 15일), 희생자의 추도회가 열리고(『오타루신문』 5월 31일), 희생자에의 조위금의 분배가 이루어지면서(『오타루신문』 10월 9일) 사건은 일단락된다. 앞의 『해설 일본근대어업연표 전전편』에 의하면, 이 지치부마루의 조난사건은 182명의 희생자를 낸 대참사였다고 기록되어 있다.

그런데 이 사건은 많은 희생자와 함께 구조 활동에 대한 의혹을 남긴 사건이기도 하였다.

5월 7일의 『오타루신문』은 「지치부마루의 조난에/무책임 극한 교류마루(蛟竜丸)/버린 것과 다름없다고/분개하는 우라시오마루(浦潮丸) 선장」이라는 제목으로, 우라시오마루 선장의 이야기를 다음과 같이 보도하고 있다. 이 신문 기사로 지치부마루의 구조 활동에 대한 문제는 곧 사건화되었다.

대체로 구조의 모든 책임은 조난선과 가장 가까운 곳에 있는 배에 있는 것이 원칙이어서, 그 배가 조난선과 통신을 시작하면 다른 배는 절대로 그것과 무선을 하지 않기로 되어 있는 것이다, 이번에 교류마루는 조난선으로부터

45해리의 해상(海上)에 있고, 26일 오후 7시에 구조에 급히 간다는 뜻의 무선을 하고 있었기 때문에, 본선은 그대로 가버렸던 것이다. 교류마루가 하루 지나서 갈 수 없다 라는 무선을 한 것은 무책임도 심한 것으로 마치 죽게 내버려둔 것과 같다.

이러한 우라시오마루 선장의 발언에 대하여, 교류마루의 무선국장은 '급히 간다라는 무전은 하지 않았다'(『오타루신문』 5월 10일)라고 반박하였지만, 그 간의 신문기사와 5월 15일의 『오타루신문』에 게재된 지치부마루의 비장한 조난 이야기 중에서, 죽은 지치부마루의 무전국장의 유언으로써 '교류에 무전을 보냈다, 제군들 나는 이것으로 나의 의무를 다했다. 제군 만약 제군 중에 다행히 산 사람이 있다고 하면 이것을 전해줘. 나는 나의 책임을 다했기 때문에……' 라는 내용으로 보아도, 교류마루가 지치부마루의 구조 무전을 버렸음에 틀림없다. 지치부마루의 어부들은 동료인 교류마루에 버려졌던 것이다. 이렇게 지치부마루 조난 사건은 182명의 희생자와 함께, 구조 활동에 대한 의문을 남긴 게잡이 공선 역사상 가장 큰 사건으로 기록되어 있는 것이다.

1926년에는 지치부마루의 조난 사건과 함께 또 하나의 큰 사건이 발생하였다.

하쿠아이마루(博愛丸)의 학대 사건이 그것이다. 1926년 9월 8일의 『오타루신문』은 「게잡이 공선 하쿠아이마루에/잡부 학대의 괴사건/행방불명된 두 명에 일어난 의문/하코다테 수상 경찰서에 소환」이라는 제목으로, '하코다테시 오오비시상회(大菱商会)가 경영하는 게잡이 공선 하쿠아미마루는 6일 히코다테에 입항하였는데, 본선의 입항과 동시에 어부 잡부 10여명은 하코다테 수상 경찰서에 출두하여, 감독 아베 긴지로(阿部金次郎)가 출어 중에 어부 잡부를 학대하고 또 두 명이 행방불명이 된 사건을 호소하였다' 라고 보도하였다. 역시 같은 날의 『하코다테 매일신문』도 「게 잡이 공선 하쿠아이마루에/놀라운 대학대 사건」이라는 제목으로 이 사건을 대대적으로 보도하였다.

이렇게 하여 처음으로 세상에 알려지게 되는 게잡이 공선 하쿠아이마루의 학대 사건은 실로 참혹하고 비인간적인 사건이었다. 다음 날인 9월 9일의 『오타루신문』은 이 비인간적인 사건에 대하여 「게잡이 공선 하쿠아이마루의 학대 사건/이 세상이지만 생지옥/윈치에 잡부를 매달아 올려/조롱하는 짐승과 같은 감독/실로 태평성대의 괴이한 일」이라는 제목으로, 어부들에 대한 학대를 다음과 같이 보도하였다.

가토(加藤)라는 잡부는 똑같이 꾀병이라고 간주되어, 아베(阿部)감독 등 때문에 윈치에 매달려 공중 높이 매달려 올려져, 배가 회전하기 위하여 흔들흔들 흔들릴 때마다 '잘못했다, 잘못했다, 구해줘' 라고 비명을 지르며 울부짖고 있음에도 불구하고, 짐승과 같은 감독 등은 '이렇게 하여 사람들에게 본보기로 하는 것이다' 라며 기분 좋은 듯이 조롱하고, 놀랍게도 하루 종일 한 모금의 물도 한 끼의 식사도 주지 않고 학대하여, 반쯤 죽어있는 것을 선원이 끌어내려 치료를 하였기에 간신히 소생하였다.

기사에서는 잡부가 '윈치에 매달려'서, '하루 종일 한 모금의 물도 한 끼의 식사도 주지 않고 학대' 당했다고 쓰고 있다. 물론 어부와 잡부에 대한 학대는 이것만이 아니었다. 신문은 여러 가지 학대의 방법과 어부들의 학대 증언을 실으면서, 하쿠아이마루의 학대는 '마치 이 세상의 지옥이다' 라고 폭로하였다. 게잡이 공선 하쿠아이마루의 학대 사건은 5월의 지치부마루의 조난 사건과 같이 사회에 커다란 파문을 던졌다.

한편 9월 13일의『오타루신문』은 「노동시간의/제정이 급선무/게잡이 공선 학대 사건에 있어/가도와키(門脇) 바다 사무소 부장이 말하다」와, 「나쁜 중개업자의 덫에/도망칠 수 없는 낙오자/게잡이 공선을 탄 어부잡부」라는 두 개의 제목으로, 이 사건에 대한 문제점과 그 대책에 대하여 취재하면서, '하쿠아이마루에서는 오전 3시 반에 기상하여 4시부터 작업에 들어가 밤 10시에 종료하는 것이지만, 뒤처리 등으로 잠자는 것은 밤 12시경이 되어 수면 시간이 겨우 3시간 반에 불과하다' 라며, '아무리 건강한 사람도 이래서는 견딜 수가 없다' 라고, 무엇보다도 노동 시간의 제정을 촉구하고 있다.

하쿠아이마루의 학대 사건은 11월에 하코다테 지방 재판소에서 열린 학대 주동자에 대한 공판을 끝으로 일단락되는데(『오타루신문』 11월 5일), 당시의 신문은 「또 게잡이 공선 몬시마루(門司丸)에/어부 학대 사건 폭로」(『하코다테 매일신문』 9월 14일), 「에이코마루(英航丸)에도/학대 사건」(『오타루신문』 9월 17일) 등, 다른 게잡이 공선에서 일어난 어부, 잡부에 대한 학대 사건을 계속해서 보도하였다. 실로 1926년은 게잡이 공선 어부들로서는 수난의 한 해였다.

다키지는 「게잡이 공선」을 집필함에 있어서 지치부마루의 조난 사건과 하쿠아이마루의 학대 사건의 모습을 작품 중에 그대로 들여오고 있다. 우선 지치부마루의 조난 사건에 대해서 살펴보자.

「게잡이 공선」에서는 지치부마루라는 배의 이름이 실명(實名)으로 그대로 사용되고 있다. 「게잡이 공선」에서 지치부마루의 조난 장면은 다음과 같이 묘사되어 있다.

> 폭풍 때문에 다들 잠을 이루지 못하고 있었다. 그때였다.
>
> 선장실에 무선사가 당황하여 뛰어 들어왔다.
>
> "선장님 큰일입니다. S·O·S 입니다!"
>
> "S·O·S?-어느 배인가?"
>
> "지치부마루(秩父丸)입니다. 본선과 나란히 나아가고 있었습니다."
>
> "고물선이야.-그것은!" - 아사카와가 비옷을 입은 채, 구석 쪽 의자에 크게 가랑이를 벌리고 앉아 있었다. 한쪽 구두 끝만을 깔보듯이 달그락 달그락 움직이면서 웃었다. "하긴 어느 배라도 고물선이지만."
>
> "조금도 지체할 수 없는 것 같습니다."
>
> "음 그것은 큰일이군."
>
> 선장은 조타실에 오르기 위하여 서둘러 비옷도 걸치지 않고 문을 열려고 했다. 그러나 아직 열기 전이었다. 느닷없이 아사카와가 선장의 오른쪽 어깨를 잡았다.[7]

무선사의 '본선과 나란히 나아가고 있었습니다' 라는 말은 이 배가 지치부마루와 가장 가까운 위치에 있다는 것을 의미한다. 조난선으로부터 구조 신호를 받은 배는 해상(海上)원칙에서나, 도의상에서나 즉시 현장에 향해야 하는 것은 당연한 일이다. 게다가 조난선과 가장 가까이 있는 배라면 말할 것도 없을 것이다.

그러나 이 배는 지치부마루의 구조에 나갈 수 없었다. 그것은 이 배의 출동을 명령할 수 있는 자가 이 배의 선장이 아니고, 감독(監督)인 아사카와였기 때문이다. 이 배의 지휘권을 가지고 있는 아사카와는 선장의 구조 명령에 대하여 '그런 일에 관계되어 봐. 일주일이나 망쳐버려! 농담이 아니야. 게다가 지치부마루에는 엄청난 보험이 걸려있어. 고물선이야. 침몰하면 이득이야' 라고, 잘라 말해 버린다. 이렇게 하여 이 배는 조난하고 있는 지치부마루의 구조 신호를 받았음에도 불구하고, 구조에 갈 수 없었던 것이다.

결국 지치부마루는 침몰(沈沒)을 피할 수 없게 된다. 무선사는 '승무원 425명. 최후입니다. 구조될 가망 없음. S·O·S, S·O·S 이것이 두세 번 계속되고 그것으로 끊어져 버렸습니다' 라고 지치부마루의 침몰 사실을 선장에게 보고하게 된다. 425명을 태운 지치부마루는 구조될 가망이 전혀 없는 채, 덧없이 침몰해 버린다. 현실에서 교류마루가 지치부마루를 버렸던 것과 똑같이, 「게잡이 공선」에서 학코마루(博光丸)는 지치부마루를 버려버리는 것이다.

다키지는 「게잡이 공선」에서 지치부마루의 이름까지 똑같이 이 사건을 묘사하고 있다. 다키지가 「게잡이 공선」에 이 사건을 그대로 가지고 들어온 이유로서, 두 가지를 들 수 있다.

첫 번째는, 사건의 진상을 밝히는 것이다. 그것은 게잡이 공선끼리의 관

27

계이다. 다키지는 같은 게잡이 공선이면서, 조난선으로부터의 구조 신호를 받았음에도, 실제로 동료의 배를 못 본 채 한 지치부마루 조난 사건에 숨겨져 있는 추악한 본질을 폭로한 것이다. 구조에 갈 시간이 있으면 그 시간에 게를 잡는다. 그러므로 조난선으로부터 구조 신호를 받아도 그것을 버려버리는 것이다. 이들에게는 같은 직업을 가진 게잡이 공선 동료들의 목숨보다, 자기들 배의 이익이 더 중요한 것이다.

두 번째는, 이 사건을 통해 게잡이 공선이 가지고 있는 여러 가지 문제를 전체적으로 볼 수 있는 점이다.

지치부마루 조난 사건에는 게잡이 공선의 문제, 즉 대폭풍우에도 출항하지 않으면 안 되는 것, 낡은 배라는 것, 막대한 보험금, 게잡이 공선이 법의 적용 외에 있는 것 등의 문제가 보인다. 게잡이 공선은 배이자 공장이었지만, 항해법도 또 공장법의 적용도 받지 않았다. 요컨대 다키지는, 지치부마루 조난 사건은 단순한 사고가 아니고, 자본주의의 구조(構造)로부터 발생된 인위적인 사건이었다 라고 말하고 있는 것이다.

「게잡이 공선」은 한 마디로 말해 가혹한 노동과 열악한 생활을 강요당하고 있는 북양 어업의 어부들을 묘사한 작품이다. 어부들의 가혹한 노동과 열악한 생활 모습은 이 작품 전체에 걸쳐 있다. 하쿠아이마루의 학대 사건은 이러한 「게잡이 공선」에 실로 꼭 맞는 사건이었다. 「게잡이 공선」에서 하쿠아이마루의 학대 사건의 모습은 다음과 같이 묘사되고 있다.

"또 하고 있군?" 목수는 눈물을 몇 번이나 팔로 닦으며 눈을 가늘게 떴다.

이쪽에서 보니, 비가 갠 듯한 은빛을 띤 회색 바다를 뒤로, 불쑥 튀어나온 윈치의 팔 부분, 거기에 완전히 몸이 묶여서 매달려 있는 잡부가 뚜렷이 검게 드러나 보였다. 윈치 끝부분까지 하늘 쪽으로 올라갔다. 그리고 걸레 조각이라도 걸려 있는 것처럼 오랫동안 – 이십 분이나 그대로 매달려 있었다. 그리고는 내려왔다. 몸을 비비꼬며 발버둥치고 있는 듯 두 다리가 거미집에 걸린 파리같이 움직이고 있었다.[8]

목수는 '또 하고 있군' 이라고 잡부에 대한 학대를 보고 있다. 이 '또' 라는 목수의 말에, 잡부에 대한 이러한 학대 행위가 얼마나 자주 일어나는가를 알 수 있다. 다키지가 잡부에 대한 학대를 목수의 눈을 통해 보고 있는 것은 학대의 실태를 객관적으로 묘사하기 위한 노력이라고 생각된다. 또 이외에도, 이 작품에서는 '변소에 처넣고 밖에서 자물쇠를 채우는' 행위, '철봉을 시뻘겋게 달구어 몸에 그대로 대는' 행위라든가, '선반 철 기둥에 학생을 묶어두는' 행위 등, 어부와 잡부에 대한 여러 가지의 학대 행위가 보인다.

이러한 학대는 주로 감독인 아사카와에 의해 행해지고 있는데, 감독인 아사카와에 대하여 다키지는 앞의 「머리의 파리를 쫓는다 - 짖는 무라오에게 답한다」에서, '아사카와는 실재(實在)의 모델이 있고 또 게잡이 공선 사이에서 귀신 감독으로 알려진 것도 사실이다' 라고 쓰고 있다. 그 모델은 바로 하쿠아이마루의 학대 사건의 주인공인 아베 긴노스케(阿部金之助)이다.

그러면 아베라는 인물은 어떠한 사람이었을까. 여기에서 아베라는 사람에 대하여 살펴보자.

하쿠아이마루의 학대 사건이 한창 시끄럽던 무렵, 1926년 9월 9일의 『오타부신문』에서는 「러시아 관헌의/감옥에 유폐되어/밥도 안주는 고통을 겪은 후에/성격 급변 아베긴」이라는 제목으로, 아베 긴노스케에 대하여 취재하고 있다.

　게잡이 공선 하쿠아이마루의 어부 학대 사건은 듣기에도 극히 비참한 생지옥의 고통을 상상할 수 있지만, 그 수괴인 하쿠아이마루 사업부 아베 긴노스케가 이러한 흉포(凶暴)성을 가지게 된 계기에는 흥미 있는 이야기가 있다. 지금으로부터 몇 년 전 아직 일개 기관사(船頭)였던 때의 그는 매우 명랑하고 쾌활한 남자로서, 결코 지금과 같은 광폭한 사람이 아니었다고 한다.

　계속해서 신문기사는 '흥미 있는 이야기'로써, 그의 배가 러시아 관헌에게 붙잡히게 되어 그가 부하 한 명과 함께 인질이 되었는데, 선장이 인질인 자신들을 버려둔 채 도주하였기 때문에, 그와 부하는 밥도 먹지 못하는 등의 여러 가지 학대를 받았지만, 겨우 탈출할 수 있었다고 하면서 '그 이후 그의 성격은 급변해 버렸던 것이다'라고 쓰고 있다.

아베는 설마 선장이 기관사인 자신을 버리고 도주하리라고는 꿈에도 생각하지 못했을 것이다. 북양의 거친 파도에서 고물배로 함께 일하고 있는 그들은 하나의 운명 공동체였을 것이었다. 하지만 현실은 그렇지 않았다. 아베는 선장의 배신으로, 비로소 자신이 믿을 수 있는 사람은 자기 자신밖에 없다는 사실을 뼈 속 깊이 인식하게 되었던 것이다. 이후 그는 「게잡이 공선」의 감독 아사카와와 같이, 어부들에게 '감독은 뱀에게 인간의 가죽을 입힌 것 같은 놈이다'라고 말하여질 정도로, 광폭한 인간으로 변해 버렸던 것이다. 목숨을 건 러시아 관헌으로부터의 탈출, 그에게 그것은 선(善)한 인간으로부터의 탈출이었다고 할 수 있을 것이다.

그런데 현실에서의 아베는 착한 인간에서 광폭한 인간으로 변했지만, 「게잡이 공선」에서의 감독 아사카와는 반대로 광폭한 인간에서 일개(一介)의 인간으로 다시 태어난다. 「게잡이 공선」의 '후기'에는, 파업 때문에 한 푼도 받지 못하고 회사에서 해고되어 '"아-분하다! 나는 이제까지, 빌어먹을, 속고 있었다!" 하고, 그 감독이 외쳤다' 라는 문장이 붙여져 있다. 실은 감독인 아사카와도 「게잡이 공선」의 어부들과 똑같이 아무것도 모르고 있었던 것이다.

요컨대 다키지는 감독인 아사카와도 자본가로부터 착취(搾取)당하고 있다고 보고 있는 것이다. 속여지고 있는 것은 어부들만이 아니었다. 자본가의 입장에서 본다면, 어부와 똑같이 감독인 아사카와도 그들의 착취의 대상에 다름 아니었다. 문제는 단지 방법의 차이일 뿐이었다. 비로소 이러한 현실을 깨달은 아사카와는 이제부터 「게잡이 공선」의 어부들과 같은 길을 걷게 될 것이다. 다키지는 광폭한 인간에서 보통의 인간으로 변한 감독을 어부들과 같은 시각으로 보고 있다고 생각된다.

이렇게 게잡이 공선은 지치부마루 조난 사건과 하쿠아이마루의 학대 사건 등에서 보이는 커다란 문제점이 있었다. 그러나 한 편으로 게잡이 공선에는 다른 노동에는 없는 특별한 제도가 있었다. 그것은 '구일금(九一金)'이라고 불리는 특별한 수당(手當)제도였다. '구일금'은 북양어업에 종사하는 어부들에게는 무엇보다도 매력적인 제도였다.

앞의 『홋카이도 대백과사전』에서는 이 '구일금'에 대해서, '어장(漁場)

에서 노동 의욕을 증진시키기 위하여 만든 임금 제도의 하나. 옛날 홋카이도의 청어 어장에서부터 생겼다. 노동 능률에 따라 등급이 판정되어 차이가 났다. 이 급여를 "구일금"이라고 한다' 라고 기술하고 있다.

또 『고기 잡는 북양(漁りI·る北洋)』(아이다 긴고(会田金吾), 고료(五稜)출판사, 1988)에는, 이 '구일금'에 대해서 '어장에서의 매력은 뭐라고 해도 작업량에 따라 지급되는 구일금으로, 일을 쉬면 "휴일 금액(寝日金)"이라는 돈이 공제된다. 그렇기 때문에 어떻게 해도 무리해서 작업에 나간다. 또 중간 간부와 상급 간부의 눈에 들도록, 방심하지 않게 일하도록 항상 주의한다' 라고 되어 있다.

자신이 일한 작업량에 따라 지급되는 이 '구일금'이라는 특별 수당은 상당한 금액이었다. 1928년의 게잡이 공선 어부들의 일인당 평균 수입을 살펴보면, 급료가 175엔이었는데, 이 '구일금'은 148엔으로 거의 급료에 접근하고 있다(『북양 어업과 그 노동사정』). 혹독한 노동조건에서 게잡이 공선 어부들이 꿈꾸는 유일한 희망이 이 '구일금'이었다.

「게잡이 공선」 발표 시에는 생략되었지만, 노-트고(稿)의 모두에 있던 「북빙양의 국제 어업전에 큰 이익을 찾는 게잡이 공선(北氷洋の国際漁業戦に巨利を漁る蟹工船)」이라는 문장에서, '구일금'에 대해 다키지는 이렇게 쓰고 있다.

작년 에이코마루와 하쿠아이마루의 린치 사건이 폭로되고 나서, 게잡이 공선이 노동자 학대의 '모범 공장'인 것처럼 쑤군거리고, 이어져 있는 연립주택(長屋)의 화재 같이 당치도 않게 세상의 이목을 끌었지만, 실제로는 의외

로 좋은 것이다. '구일금' 이라는 특별 수당 제도가 있어서 통조림 한 상자
당 어부가 얼마 얼마, 잡부가 얼마 얼마 라는 수입을 얻게 되어 있다.

이렇게 다키지는 「게잡이 공선」을 쓰기에 앞서 '구일금' 제도에 대해서
조사하고 있었지만, 이 작품에 '구일금' 이라는 단어는 나오지 않는다. 이
것은 다키지가 이 작품의 전체적인 구조를 생각했기 때문일 것이다. 여기
에는 다키지의 명백(明白)한 의도가 있었다고 생각된다.

왜냐하면 작업량에 따라 받는 '구일금' 은 가장 자본주의적인 성격을 가
지고 있는 제도이기 때문이다. 요컨대 어부 한 사람 한 사람이 각각 독립
된 하나의 자본주의 회사로서 취급되는 것이다. 그렇기 때문에 '구일금'
은 그 대립(對立)이 어부와 자본가라는 대립을 벗어나, 어부와 어부와의 관
계로부터 출발하지 않을 수 없다. 대립의 대상이 어부들과 자본가가 아니
고, 어부와 어부가 되어 버리는 것이다. 그러기 때문에 어부들과 자본가와
의 대립이라는 이 작품의 주제가 매몰되어 버릴 수가 있는 것이다.

그렇다고 해도, 「게잡이 공선」에는 '구일금' 제도를 연상시키는 장면이
다음과 같이 그려져 있다.

감독과 잡부장은 일부러 '선원'과 '어부, 잡부'와의 사이에 작업 경쟁을 시
키도록 계획을 짰다.

같은 게 으깨기를 하면서 "선원에 졌다"고 하게 되면(자신의 돈벌이가 되는
일이 아닌데도) 어부와 잡부는 "뭣이 어째!" 하는 기분이 된다. 감독은 '손뼉
을 치며' 기뻐했다. 오늘은 이겼다, 오늘은 졌다, 이번에야 질까 보냐 - 피나

는 것 같은 날이 터무니없이 계속되었다. 같은 날인데 지금까지보다 오류 할 이나 증가하고 있었다. 그러나 오류 일이 지나자 양쪽 모두 맥이 빠진 듯, 작업량이 자꾸자꾸 줄어갔다.[9]

이 장면에 '감독은 그러나 이번에는 이긴 조에게 "상품"을 주기 시작했다. 완전히 연기만 내고 있던 나무가 다시 타오르기 시작했다' 라는 문장이 이어진다. 혹독한 추위 속에서 하는 게 으깨기 일은 매우 괴로운 작업이었다. 작업 중에는 손이 차갑다고 해도 조금의 휴식도 허용되지 않았다고 한다. 그리고 어부들은 매일과 같이 중노동에 괴로워하고 있었다.

그런데 이러한 신체의 극한의 상태에서 어떤 목적도 없이, 선원과 어부와의 경쟁이라는 발상이 가능할까. 우선 선원과 어부는 일의 성질이 다르다. 게다가 같은 날인데 '지금까지보다 오류 할이나 증가하고 있었다' 라는 상황이 어떻게 이해될 수 있을까.

'감독과 잡부장은 일부러 "선원" 과 "어부, 잡부"와의 사이에 작업 경쟁을 시키도록 계획을 짰다' 라는 의미는 분명히 작업에 대한 의지가 필요한 '구일금'을 의식하고 있는 것이라고 생각할 수 있다. 다키지가 '(자신의 돈벌이가 되는 일이 아닌데도)' 라는 사족을 일부러 덧붙인 이유도 여기에 있다. 이렇게 다키지가 구태여 '돈벌이가 안됨'을 강조하고 있는 것은 이 장면에 있어서의 설득력의 부족을 나타내고 있는 것에 다름 아니다.

그러나 이러한 '구일금'을 인정한다고 해도, 역시 돈을 버는 사람은 선주인 자본가일 것이다. '구일금'은 어부들에게는 큰 금액이었는지도 모른다. 그러나 선주인 자본가로부터 보면 그것은 사소한 금액으로, 이 게잡이 공선에 의해 선주인 자신에게는 터무니없을 정도의 막대한 돈이 들어오고 있는 것이다. 여기에 「게잡이 공선」이 '구일금' 제도를 생략해도 성립되는 이유가 있을 것이다.

3. 적화(赤化) 문제

『최신 쇼와사 사전(最新昭和史事典)』(마이니치(毎日)신문사, 1986년 4월)에서 치안유지법(治安維持法)항목을 찾아보면, '1925년 4월 제정되어, 1945년 10월 점령군 각서로 폐지될 때까지 20년간에 걸쳐 사상 언론의 자유를 통제하기 위하여 만들어진 법률. "국체(国体)의 변혁과 사유 재산 제도의 부인을 목적으로 하는 결사(結社)"의 운동을 범죄 행위로 단속하는 것으로, 공산주의 운동의 탄압을 목적으로 하여 3·15사건, 4·16사건에서 전면적으로 발동되었다' 고 기술되어 있다.

이 법률은 악법으로써 제정 당시부터 반대 의견이 있었지만, 강행되었다. 이 법의 최초의 적용은 1926년이다. 1926년의 『오타루신문』은 「적화 선전 사건은/치안유지법 위반/신법안 최초의 적용」이라는 제목으로, 치안유지법의 최초 적용을 다음과 같이 보도하고 있다.

러시아에 잠입하여 이 지역 노동조합과 연락을 취하고 귀국하여 곧 선전을 한 결과 경시청에 체포된 평의회의 사와다(沢田) 및 다자와(田沢) 양씨는 계속 검사국 및 경시청의 손으로 취조중이다. (중략) 치안유지법의 적용을 받을 것인데 동법(同法) 최초의 적용이고, 어느 정도로 적용해야 하는가 매우 딩 국의 두통의 씨앗이 되어 있다.

1926년 이 무렵의 적화 문제는 새로운 법률의 제정이 필요할 정도, 심상치 않은 양상을 보이고 있었다. 적화 문제에 있어서 직접적인 당사자는 주로 북양 어업에 종사하는 어부들이었지만, 그 배경에 있는 것은 말할 것도 없이 러시아라는 국가였다. 당시 일본 정부가 러시아의 적화 선전에 대해서, 얼마나 큰 경계심을 가지고 있었는가는 상상하기 어렵지 않다. 당시 러시아의 적화 선전 문제가 일러(日露)기본조약의 체결에 있어서 가장 중요한 사항의 하나라고 강조되고 있을 정도로, 러시아의 적화 선전에 대한 일본 정부의 근심을 엿볼 수 있다.

당시의 신문을 살펴보면, 일본 정부가 이 적화 문제 때문에 얼마나 고민하고 있었던가를 알 수 있다.

1927년에 들어가면 게잡이 공선에 대한 일본과 러시아의 대립이 심해진다. 북양에 나간 게잡이 공선이 돌아오는 9월의『오타루신문』에서 적화에 관련된 주요한 제목만을 조사해 보면「노동자를 선동하는/불온한 선전삐라/글속에『오타루 경찰서를 포위해라』/간부들 검거되다」(1927년 9월 14일),「어부의 적화를/중대시 한다/곧 제국정부로부터/러시아에 교섭 개시」(9월 21일),「사상적으로는/적화되지 않았다/떠들려면 맘대로 떠들어라 하고/루―즌(ルーズン)씨의 진술」(9월 22일),「적화되어서는 큰일이라고/상륙은 시키지 않는다/캄차카 서해안으로부터 러시아인/몬시마루에서 오타루에」(9월 24일),「붉은 나라의 어장으로부터/오타루에 어부 200명/극도로 신경이 곤두선 수상 경찰서/제7마모리마루(真盛丸)의 입항」

(9월 26일), 「적화 어부 석방」(9월 27일) 등, 계속해서 적화문제의 기사가 실려 있는 것이 보인다.

이 가운데 9월 21일자의 『오타루신문』에 게재된 「어부의 적화를/중대시한다/곧 제국정부로부터/러시아에 교섭 개시」라는 기사를 보면, '현재까지의 정보에 의하면, 확실히 출어 어부들이 공산주의 사상에 관하여 상당한 선전 내지 교화를 받은 사실이 있다고 판명되었다' 라고 하면서, '이번에 귀국하는 190명 외에 아직 그곳에 남아 있는 150~160여 명의 어부가 거의 적화되어 있는 상태이다' 라고 기술하고 있다. 이 기사만을 보아도 북양에 나간 어부들의 적화 문제가 일본 정부에게 있어서 얼마나 심각한 상황에 있었던가를 알 수 있다.

데즈카 히데타카(手塚英孝)의 조사에 의하면, 그 당시 북양 어업에 종사하고 있던 어업 노동자의 수는 19,000명에 달하고 있고, 이중에서 게잡이 공선의 어부와 잡부의 수는 1927년에 4,000명을 넘었다고 한다.(「『게잡이 공선』에 대하여(『蟹工船』에 대하여)」『데즈카 히데타카 저작집 제2권(手塚英孝著作集第二巻)』신일본출판사, 1982년).

적화 문제는 12해리를 주장하는 러시아의 영해 문제와 함께 일·러 간에 여러 가지 외교 갈등을 불러일으켰다. 다키지가 「게잡이 공선」의 자료 조사를 시작하고 있던 1927년은, 1928년 1월의 일·러 어업 조약의 성립 이전이기도 하여 적화 문제가 가장 심각한 때였다.

다키지는 「게잡이 공선」에서 '적화'를 '무서운' 것으로 시작하고 있다. 소형선(川崎船)이 난파했을 때, 어부들은 근처의 러시아 사람들에게 구조되어 그들과 이야기하거나 한다. 「게잡이 공선」에서, 이 장면은 다음과 같이 그려져 있다.

 그들은 막연히 이것이 '무서운' '적화'라는 것은 아닐까 하고 생각하였다. 하지만 그것이 '적화'라면 바보같이 '당연'한 것과 같은 느낌이 한 편에 있었다.[10]

 일본 제국의 큰 사명을 위하여, 라는 긍지를 가지고 캄차카에 온 어부들로서 '적화'라는 말은 꿈에도 생각해 본 적도 없는 것이었다. 어부들은, 감독의 '로스케는 고기가 아무리 눈앞에서 무리지어 있어도, 시간이 되면 일분도 어김없이 일을 던져 버린다. 그렇기 때문에 그런 마음가짐이기 때문에 러시아라는 나라가 저런 것이다. 일본 남아는 결코 흉내 내서는 안 되는 것이다!'라고 말하고 있는 것을 믿고 있는 것이다. 어부들은 일본 제국을 위한다는 긍지를 가지고 일하고 있었던 것이다. 그들이 '적화' 이야기를 바보 같고 '무서운' 것으로써 받아들이는 것은 당연하다고 생각할 수 있다.
 그러나 가혹한 노동과 열악한 생활을 강요당한 후에 본 '적화'의 의미는 바뀌어 있었다. 거기에는 현재 자신들의 이야기와 모르는 사실 등이 쓰여 있었던 것이다. 어부들에게 '적화'의 의미는 서서히 '무서운' 것에서 '흥미 있는' 것으로 바뀌어져 갔다. 「게잡이 공선」에서는 석화 운동에 호기심을 나타내는 어부들의 모습이 다음과 같이 그려져 있다.

 일주일 정도 전의 태풍으로 발동기선의 스크루가 고장 나 버렸다. 그래서 수선(修繕) 때문에 잡부장이 하선하여 네다섯 명의 어부와 함께 육지에 나갔다. 돌아올 때 젊은 어부가 몰래 일본 문자로 인쇄된 '적화 선전'의 팸플릿과 삐라를 많이 가지고 왔다. '일본인이 많이 이러한 것을 하고 있어요' 라고 말했다. ― 자신들의 임금과 긴 노동 시간과, 회사의 엄청난 벌이 이야기와, 파업 이야기 등이 쓰여 있었기 때문에 모두는 흥미로워하여 서로 읽거나 그 뜻을 묻거나 했다. (중략) 어부들은 당치도 않는 이야기다라고 말하면서, 그 '적화 운동'에 호기심을 가지기 시작하고 있었다.[11]

'적화'에 대한 인식이 '무서운' 것으로부터 '흥미 있는' 것으로 변화한 것을 다키지는 '이상한 방향'이라고 설명하고 있다. 그러나 이 변화는 '이상한 방향'이 아니었다. 이것은 '자연스런 흐름'이었다. 「게잡이 공선」에 있는 잔혹한 노동과 학대가 '적화'에 대한 어부들의 생각을 자연스런 과정으로 '무서운' 것으로부터 '흥미 있는' 것으로 변화시켰던 것이다.

적화의 '무서운' 것으로부터 '흥미로운' 것으로의 변화, 이러한 과정은 다음의 자료를 보아도 알 수 있다. 1926년 11월 17일자의 『오타루신문』은 「레닌 훈장을 가슴에/빛나는 일본 어부/주로 일러어업회사의 어장에/나타나 과격 사상을 고취한다/오타루 그 서점에서 발행」이라는 제목으로, 적화 선전에 몰두하고 있는 한 어부의 이야기로써 이렇게 보도하고 있다.

나는 만국노동조합의 사람으로 원래는 하코다테에 살고 있었는데, 2, 3년전 일로(日魯)회사의 잡부로 고용되어 이곳(캄차카)에 왔지만, 병으로 고생하여 간부로부터 생 게의 살을 먹히고 학대되어 바쿠로스와에 도망쳐 현재에 이르렀다.

이 어부와 같이 「게잡이 공선」에 있는 잔혹한 노동과 학대는 '자연스런 흐름'으로 어부들을 '적화'에의 길로 이끌었던 것이다. 이렇게 「게잡이 공선」에 있는 잔혹한 노동과 학대와 '적화'와의 관계는 불가분의 관계로, '적화'의 '무서운' 것으로부터 '흥미 있는' 것으로의 변화(變化) 과정은 자연스러운 모습으로 전개된다고 말할 수 있다.

영해 문제로 인한 빈번한 나포 때문에 처음에 러시아 감시선에 대한 어부들의 인식은 좋지 않았다. 그러나 소형선이 조난당하여 죽음을 각오하고 있었을 때, '다행히 5일째에 개의 식량을 가지러 온 러시아인에게 발견되어 극진한 간호를 받고, 1개월째에 항구로 돌려져 이때도 러시아 군인의 따뜻한 보호를 받아, 이번에 무사히 귀국할 수가 있었던 것이다'(『오타루신문』 1927년 7월 22일)라고 하듯이, 러시아 나라는 모르지만, 어부들의 러시아인에 대한 인식은 바뀌어 갔다. 다키지는 「게잡이 공선」에서 러시아 사람의 모습을 다음과 같이 묘사하고 있다.

그 러시아인의 가족은 4인 가족이었다. 여자가 있거나, 아이가 있거나 하는 '집'이라는 것에 목말라 있던 그들에게, 그곳은 뭐라고 말할 수 없을 정도로 매력적이었다. 게다가 친절한 사람들뿐으로, 여러 가지로 나서서 보살펴 주었다.[12]

「게잡이 공선」의 어부들일지라도, 여자가 있고, 아이가 있거나 하는

'집'을 가지고 있다. 그러나 어부들에게 '집'에서의 가족과의 생활은 가능한 것이 아니었다. '집'에서의 가족과의 생활은 차치하고, 그들은 이미 인간의 모습이 아니었던 것이다.

잔혹한 노동과 학대를 당하고 있던 어부들은 마치 '동물'과 같이 취급되었다. 무선사가 '그런데 아사카와는 너희들을 인간이라고 생각하고 있지 않아'라고 전해 주었듯이, 감독인 아사카와는 어부들에 대하여 '인간 5, 6필(匹)정도는 아무것도 아니다'라고 말하고 있었다. 필이라는 것은 동물을 세는 단위이다. 「게잡이 공선」의 어부들은 그의 말 그대로 '동물'이었던 것이다.

잔혹한 노동과 열악한 생활을 강요당하고 있는 어부들은 이미 인간의 삶이 아니었다. 그들의 생활은 「『접근하면 벤다!』(검극 물에)조심해라」에서, 어업 노동자가 이야기하는 '우리들은 바다위에서 비참한 생활을 하고 있다. 내 친구는 "돼지 쪽이 우리들보다 제멋대로 걷고 있다"라고, 진심으로 울고 있던 적이 있을 정도다'라는 것이었다. 「게잡이 공선」에서의 어부들의 생활은 동물인 돼지보다 부자유스러운 것이었다.

다키지는 「게잡이 공선」이 「북위 50도 이북(北緯五十度以北)」(5막2장)으로 각색되어 1929년 7월 26일부터 31일까지 6일간, 신쓰키지 극단(新築地劇団)에서 상연될 때, 『제극(帝劇)』(제81호, 1929년 7월 25일 발행)에게 보낸 「원작자의 한 마디(原作者の寸言)」라는 문장에서 다음과 같이 쓰고 있다.

'게'가 느릿느릿 제극의 '무대'를 걷고 있다!

우스울까. - 지금, 그 게가 제군이 보고 있는 눈앞에서 다리가 비틀어 떼어지고 껍질이 벗겨지고 데워져서 '통조림'이 되어 버린다. - 그러나 이 '게'가 그대로 '노동자'라고 한다면 어떨까. 그리고 게가 당하는 것과 똑같이 손발이 비틀어 떼어지고 몸통이 잘라져서 '통조림'이 된다고 하면 어떨까. - 그래도 아직 우스울까?

통조림이 되는 것은 실로 '게'가 아니었던 것이다.

잔혹한 노동과 학대를 당하고 있는 어부들은 실로 '게'에 다름 아니었다. 통조림이 되어 지는 것은 동물인 '게'가 아니고, 인간인 어부들 자신이었던 것이다. 이러한 어부들로서 '적화'에의 길은 '인간'에의 길을 의미하는 것이었다. 다키지는 「게잡이 공선」에서, 잔혹한 노동과 학대 = '동물'적인 삶, '적화'='인간'적인 삶이라는 등식을 생각하고 있었던 것이다.

4. 「게잡이 공선」의 예술 대중화

「게잡이 공선」을 쓴 직후인 1929년 5월 27일, 다키지는 아마미야 요죠(雨宮庸藏)에게 보낸 편지에서, '프롤레타리아 대중문학론은 상상 이상으로 중대한 문제이고, 그 해결 여하에 따라 일본 프롤레타리아 문학이 어떠한 길을 가는가 라는 것이 있습니다'라고 말하며, 프롤레타리아 문학에서의 대중화의 중요성에 대하여 언급하고 있다. 1928년에 펼쳐진 예술 대중화 논쟁 이후, 다키지가 「게잡이 공선」을 쓴 1929년이 되자, 프롤레타리아 문학에서의 대중화에 대한 의식은 더욱더 높아져 갔다.

이 대중화 문제야말로, 다키지가 그의 문학을 통하여 가장 힘을 기울였던 분야였다. 그는, 작품의 가치는 그것이 얼마만큼 대중화되었는가에 있다고 생각했다. 요컨대 대중이 읽지 않으면, 그 작품은 어떠한 가치도 가지고 있지 않다는 것이다. 대중에게 읽히는 작품, 이것이 프롤레타리아 문학의 대중화에 있어서의 다키지의 일관된 주장이었다.

그러면 「게잡이 공선」에서는 작품의 대중화에의 노력이 어떻게 펼쳐지고 있을까.

「게잡이 공선」 발표 후, 구라하라 고레히토는 「작품과 비평(2)『게잡이 공선』그 외(2)」(『도쿄아사히신문(東京朝日新聞)』 1929년 6월 18일)에서, '마지막으로 작가가 작품을 대중화하기 위하여 행한 노력도 대부분 보답 받고 있다'라고 하면서, '그는 결국 예술이 대중을 사로잡을 수 있는 것은 이러이러하다는 것을 논리적으로 설명하기 때문이 아니고, 그것을 형상(形象)적으로 묘사하기 때문이라는 것을 이해하여, 이렇게 해서 틀린 대중화 방향이 아니고, 올바른 대중화 방향에도 이르고 있다. 이것은 그가 도달한 단순하고 명쾌한 언어(문장)와 함께, 그의 전작에 비하여 매우 큰 전진을 보이는 것이다'라고, 이 작품에서 다키지의 예술 대중화에 대한 노력에 대하여 높게 평가하고 있다.

그것이 예술 작품인 이상, 논리적인 설명이 아니고 형상적인 묘사가 당연한 것이겠지만, 구라하라는 「게잡이 공선」이 실로 그러한 작품이라고 하면서, 이 작품이 올바른 대중화 방향에 이르고 있다고 평가하고 있는 것이다. 여기에서 그가 말하는 올바른 대중화 방향이라는 의미는 프롤레타리아 문학의 대중화 원칙인 대중(大衆)에게 이해되고, 대중에게 사랑받고, 그리고 대중의 감정과 사상과 의사를 종합하여 높일 수 있는 예술적 형식(形式)을 가리키고 있다고 생각할 수 있다.

 다키지는 「게잡이 공선」과 함께 구라하라에게 보낸 편지에서 프롤레타리아 문학의 예술 대중화 문제에 대하여 '"게잡이 공선" 안에 현실에서 노동하고 있는 대중을 마음 깊은 곳에서부터 뒤흔드는 힘을 중시했다' 라고 하면서, '자신은 무엇보다 작품이 압도적으로 노동자적인 것에 대중화 원칙을 발견하고 있다' 라고 쓰고 있다. 그렇다고 하면 「게잡이 공선」에서 다키지가 의도한 대중화의 원칙은 한 마디로 말해, '노동자적인 작품'이라고 할 수 있다. 그에 의하면, 대중이라는 것은 현실에서 노동하고 있는 노동자(勞動者)이고, 그 대중을 뒤흔들고 그들을 감동(感動)시킬 수 있는 힘이 있는 작품이 '노동자적인 작품'이라는 것이다.

 한편, 다키지는 이 노동자적인 작품에 대하여 다음과 같은 조건을 붙이고 있다. 1929년 7월『중앙공론(中央公論)』하계 특별호(제44년 제7호)에 게재된 「프롤레타리아 문학의『대중성』과『대중화』에 대하여」에서, 무엇보다 노동자적인 작품을 위한 다키지의 생각을 엿볼 수 있다.

 프롤레타리아트의 작가는 의식적으로 프롤레타리아 독자 대중의 '일정한 층(一定の層)'을 각각 기준으로 두고 쓰지 않으면 안 된다. (중략) 각각의 작가가 각각 이것에 정력적으로 노력하는 것에 의해, 프롤레타리아 문학은 비로소 대중 안에 들어가게 되는 것이다.

다키지는 프롤레타리아 독자 대중의 모든 층을 동시에 만족시킬 수 있는 작품은 있을 수 없다고 보고, '일정한 층'을 예로 들고 있다. 그리고 프롤레타리아 작가는 각각 프롤레타리아 독자 대중의 '일정한 층'을 찾아서, 그 '일정한 층'을 구체적으로 인식하고, 그 '일정한 층'의 이야기를 써야 한다고 부연한다. '일정한 층'의 이야기가 쓰인 작품은 '일정한 층'의 독자 대중에게 읽혀지고, 비로소 '일정한 층'의 대중을 감동시킬 수 있다는 것이다.

이것은 구라하라 고레히토의 '우리들이 대중을 묘사할 때, 우리들은 다른 층에 속하고 다른 개성(個性)을 가진 인간으로서의 대중을 묘사하지 않으면 안 된다'(「무산계급예술운동의 신단계-예술대중화와 모든 좌익예술가의 통일전선으로-」『전위(前衛)』제1년 제1책, 1928년 1월, 전위예술가동맹)라고 하는 주장을 이어받은 것이라고 할 수 있다. 다키지가 찾은 '일정한 층'은 북양(北洋)어업에 종사하는 미조직 노동자(未組織勞動者) 어부들로서, 그는 이 '일정한 층'을 구체적으로 인식하여, 그리고 이 '일정한 층'의 이야기를 「게잡이 공선」에서 철저하게 그려냈던 것이다.

그러면 「게잡이 공선」에서 이러한 노동자적 작품으로써의 압도적인 노동자적 태도는 어떻게 묘사되어 있는가 살펴보기로 하자.

다키지가 「게잡이 공선」에서 그리고 있는 대상(對象)은 북양 어업에 종사하는 어부들이다. 그들은 식민지 노동자와 똑같이 취급되고 있을 정도로 잔혹한 노동과 학대에 착취당하고 있지만, 아무것도 모른 채 일하고 있는 것이다. 다키지는 이러한 그들의 생활을 급사(給使)의 눈을 통하여 보고 있다.

급사는 일 관계로 어부와 선원들이 도저히 알 수 없는 선장과 감독, 공장 대표 등의 드러난 생활을 잘 알고 있었다. 그리고 동시에 어부들의 비참한 생활(감독은 술에 취하면 어부들을 '돼지 놈들'이라고 불렀다)도 확실히 비교되어 알고 있었다.[13]

다키지는 「게잡이 공선」에서 감독과 어부들과의 사이에 급사라든가, 배의 의사라든가, 무선사라든가, 목수 등의 소위 중간계층을 두고, 그들의 눈을 통하여 감독과 어부들의 대립을 묘사하고 있다. 급사는 일의 성격상, 양쪽을 모두 지켜볼 수 있는 사람이다. 급사는 위의 인간과 어부들과의 사이에 가로놓인 터무니없는 생활 차이를 보고 있을 수 없었지만, '아무것도 모르는 동안은 좋다'라고 생각하고 있는 것이다. 그런데 아무것도 몰랐던 어부들이 모든 것을 알게 되는 결정적인 사건이 일어난다. 그것은 구축함의 존재에 대한 인식이었다.

파업 후 그것을 보고 있으면 언제나 눈물이 나올 정도의 성원을 보내고 있고, 유일(唯一)하게 자신들 편이라고 믿고 있던 구축함이 어부들 앞에 나타난 것이었다.

"우리 제국 군함이야. 우리들 국민 편일꺼야"
"아니, 아니……" 학생은 손을 저었다. 상당한 쇼크를 받은 듯 입술이 떨리고 있었다. 말을 더듬었다.
"국민 편이라고?…… 아니 아니……"
"바보! – 국민 편이 아닌 제국 군함, 그런 말도 안 되는 말이 어디 있어!?"

"구축함이 왔다!" "구축함이 왔다!" 라는 흥분이 학생의 말을 억지로 찌부러뜨렸다.

모두는 우르르 '똥통'으로부터 갑판에 뛰어올라 왔다. 그리고 소리를 맞추어서 갑자기 "제국 군함 만세"를 외쳤다.[14]

어부들은 '우리들 국민 편일 거야' 라고, 막연히 꿈꾸고 있던 구축함을 만세를 부르면서 환영한다. 그러나 '우리들 국민 편일꺼야' 라는 구축함에서 나온 수병(水兵)들은 그들을 향해 착검을 하고 있는 것이었다. 어부들 대표 아홉 명은 그들의 편이어야 할 구축함 수병들이, 총검을 들이댄 채 호송되어 버린다. 이 사건을 통하여, 어부들이 구축함에게 품고 있던 눈물이 나올 정도의 환상(幻想)이 깨어져 버리는 것이다.

현실에 대하여 아무것도 몰랐던 어부들은 이 사건을 통하여 '우리들에게는 우리들밖에 편이 없다. 처음 알았다' 라고 자각(自覺)하면서, 비로소 현실에 있는 모든 것을 알게 되는 것이다. 그리고 그들은 '다시 한 번' 이라고 일어나게 되는 것이다. 「게잡이 공선」에서 다키지가 그리려고 한 노동자적인 태도는 이 '다시 한 번' 일어나는 곳에 있다. 아무것도 몰랐던 동안은 그것으로 좋다, 그러나 현실의 모든 것을 안 후에 보이는 어부들의 행동, 이것이야말로 가장 노동자적인 태도일 것이다.

하루에 서너 시간밖에 자지 못하는 잔혹한 노동을 누가 언제까지 견딜 수 있을까. 그리고 그들에게 가해지는 학대. 잔혹한 노동과 학대를 견딜 수 없었던 어부들이 '태업'을 한 것은 어쩔 수 없는 행동이었다. 어부들의 '꾀부려서 태업하는 것이 아니야. 일할 수 없기 때문이야'와 같이, 이미 그들의 신체는 한계에 오고 있었다. 그러나 '태업'은 단지 몸을 조금 편하게 사용한다 라는 것밖에 아니었다. '태업'이 해결해 주는 것은 아무 것도 없었다. 그렇기 때문에 어부들이 자신들의 이야기가 써져 있는 '적 화 선전' 팸플릿에 흥미를 가지는 것은 자연적인 현상이라고 할 수 있을 것이다.

파도가 치고 있을 때의 소형선에서의 노동은 목숨을 건 작업이었다. 다시 이러한 대폭풍을 만났을 때, 이번에야말로 어부들은 참을 수 없었다. 누구라도 자신의 목숨보다 소중한 것은 없기 때문이다. '파업'을 일으킨 것은 당연한 과정이었다. 그리고 국민인 자신들의 편이라고 믿고 있던 구 축함이 오히려 자신들의 적(敵)과 한 편이라는 사실을 안 후, 비로소 어부들은 모든 현실을 이해할 수 있었던 것이다. 그 후, 어부들은 '두 번째 파 업'에 들어간다.

어부들의 '첫 번째 파업'의 대상은 아사카와 감독, 그 개인(個人)에 대한 행동이었다. 그러나 어부들은 이 파업을 통하여 그들이 싸워야만 하는 대 상은 감독인 아사카와가 아니고, 감독 아사카와보다 훨씬 더 거대한 대상 인 것에 눈뜨게 된다. 감독 아사카와보다 훨씬 더 거대한 대상이라는 것은 말할 것도 없이 자본주의(資本主義) 구조인 것이다. 또 어부들의 '첫 번째 파업'은 감정(感情)적인 행동이었다. 그것은 대폭풍을 계기로 자연스럽게 발생한 파업이었다. 그렇기 때문에 이 파업은 그 힘이 발휘되지 못하고, '간단하게 정리되어 버렸'던 것이다.

그러나 현실의 모든 것을 알고 난 후에 일어난 '두 번째 파업'은 이성(理 性)적인 것이었다. '두 번째 파업'은 그들의 진짜 적을 정확하게 파악하고 나서의 일어섬이었다. 더욱이 '두 번째 파업'은 '첫 번째 파업'이 무참하게 깨져 버린 후에 바로 일어난 행동이었다. 이것이야말로 어떠한 현실에도 굴하지 않는 진정한 노동자의 태도라고 말할 수 있을 것이다. 어떠한 현실에도 굴하지 않는 노동자, 여기에 '두 번째 파업'의 의의가 있다.

어부들의 파업은 '동물'적인 삶으로부터 '인간'적인 삶으로의 필사적인 노력이었다. '첫 번째 파업'이 실패한 후, 어부들이 망설이지 않고 '두 번째 파업'을 결행한 이유는 그들의 '인간'적인 삶으로의 필사의 노력이었던 것이다. 어부들에게 '두 번째 파업'은 이미 선택의 문제가 아니었다. 그들에게 '두 번째 파업'은 사느냐 죽느냐의 문제였던 것이다.

그리고 이 '두 번째 파업'을 통하여, 어부들은 '동물'적인 삶으로부터 '인간'적인 삶으로 변할 수 있었다. '두 번째 파업'에 의해, 비로소 어부들은 '동물'에서 '인간'으로 되었던 것이다. 여기에서 조직이라든가 투쟁 등은 어부들의 인간화에의 하나의 과정에 불과하다. 어부들은 그러한 과정을 거쳐, 자신들의 궁극의 목적에 다가갔던 것이다. 어부들의 목적은 자신들의 인간화(人間化)라고 할 수 있다. '두 번째의 파업', 그것은 「게잡이 공선」 어부들에게 '인간'으로의 길이었다.

이렇게 다키지는 「게잡이 공선」의 잔혹한 노동과 학대에 대하여, '태업'→'첫 번째 파업'→'두 번째 파업'이라는 관계를 자연스러운 전개로 그리고 있다. 이것은 잔혹한 노동과 학대='동물'→'적화'='인간'으로의 과정과 완전히 동일한 전개(展開)인 것이다. 「게잡이 공선」 어부들의 이러한 전개는 하나의 자연스런 흐름을 이루고 있다고 생각된다. 요컨대 「게잡이 공선」에서 다키지의 대중화 원칙은 노동자적 작품으로, 이 노동자적 작품으로써의 노동자의 태도는 '태업' →'첫 번째 파업' →'두 번째 파업'으로써 나타나고 있다. 그리고 그것은 「게잡이 공선」어부들의 '인간'에의 길에 이르는 것이라고 할 수 있다.

「게잡이 공선」을 통하여, 결국 다키지가 말하려고 했던 것은 잔혹한 노동과 학대에 착취당하고 있는 어업 노동자들의 인간화였다. 이것은 「게잡이 공선」어부들만이 아니고, 일본의 모든 노동자 계층에 통용될 수 있다고 생각된다. 이것이 북양 어업에 종사하고 있는 미조직 노동자 어부라는 '일정한 층'을 취급한 이 작품이 그 '일정한 층'을 넘어서, 모든 프롤레타리아 독자 대중에게 받아들여지게 되는 이유이다. 또 그것은 무엇보다도 「게잡이 공선」이 노동자적인 작품이었기 때문일 것이다. 이렇게 다키지의 「게잡이 공선」에 의해, 일본 프롤레타리아 문학의 예술 대중화는 일보 전진하였다고 말할 수 있을 것이다.

역주

1 『도쿄아사히신문(東京朝日新聞)』1929년 6월 17일.

2 『고바야시 다키지 전집 제7권』신일본출판사, 1993년, pp.390-393.

3 『해상생활자신문(海上生活者新聞)』제1호, 1929년 1월 5일.

4 같은 신문, 제2호, 1929년 2월 14일.

5 같은 신문, 제3호, 1929년 3월 22일.

6 『개조(改造)』제11권 제7호, 1929년 7월.

7 「게잡이 공선」『고바야시 다키지 전집 제2권』신일본출판사, 1993년, pp.276-277.

8 같은 책, p.313.

9 같은 책, p.300.

10 같은 책, pp.294-295.

11 같은 책, pp.342-343.

12 같은 책, p.293.

13 같은 책, p.329.

14 같은 책, p.359.

제2장
「계잡이 공선」의 복자(伏字)

1. 전전(戰前)의 「게잡이 공선」 판본

「게잡이 공선」은 고바야시 다키지의 대표작으로서, 일본 프롤레타리아 문학뿐만이 아니고, 일본 근대문학사상에 있어서의 획기적인 작품이다. 하야마 요시키(葉山嘉樹)의 「바다에 사는 사람들(海に生くる人々)」이 일본의 프롤레타리아 문학을 처음으로 예술적 수준으로 끌어올린 작품이라고 한다면, 「게잡이 공선」의 역사적 의의는 일본 프롤레타리아 문학을 사상의 영역으로까지 넓혀, 그 새로운 지평을 열었던 데 있다. 이 작품에서는 노동자의 구체적인 행동이 정치적인 의도를 가지고 묘사되고 있다. 「게잡이 공선」에 의해, 일본 프롤레타리아 문학 운동은 그 앙양기를 이루어 내게 되었다.

고바야시 다키지의 「게잡이 공선」은 한 마디로 말하면, 자본가의 잔혹한 착취에 대한 노동자들의 저항을 그린 작품이다. 다키지(多喜二)는 「게잡이 공선」에서, 지금까지 굴종밖에 몰랐던 어부들이 모르고 있던 자신들의 힘에 눈 떠, 자신들의 손으로 자본가의 착취에 대항해 가는 일련의 과정을 훌륭하게 그려내고 있다. 이 작품에서는 어부들의 현실을 인식하여 가는 과정이 객관적이고, 자연스런 형태로 그려지고 있다.

어부들은 스트라이크가 참혹하게 패하자, 비로소 '자신들에게는 자신들밖에 편이 없다' 라는 현실을 인식하게 된다. 그러나 그들은 그러한 현실에 굴하는 것 없이, 다시 한 번 일어서는 것이다. 「게잡이 공선」의 의의는 어부들의 이 '다시 한 번 일어서는' 데에 있다고 생각할 수 있다. 어떠한 현실에도 굴하지 않는 태도, 이 불굴의 정신이야말로 노동자의 정신이라고 할 수 있을 것이다.

「게잡이 공선」은 『전기』 1929년 5월호(제2권 제5호)와 6월호(제2권 제6호)에, 전편과 후편으로 나누어 발표되었다. 이 작품이 발표되었을 때, 구라하라 고레히토(藏原惟人)는 이 작품을 높게 평가하여, 1929년 6월 17일 『도쿄아사히신문(東京朝日新聞)』의 「작품과 비평(1) 『게잡이 공선』 그 외(1)」에서 다음과 같이 쓰고 있다.

고바야시 다키지는 그 작품의 근본 토대에 항상 어떠한 식으로든 큰 사회적 '문제'를 두려고 하고 있다. 「三·一五」에 있어서, 그는 우리들의 눈앞에서, 저 이교도에 대한 이단규문사(異端糾問者)의 그것에 비슷한 ××(고문)이 행하여지고 있는 것을 나타내고, 이 「게잡이 공선」에서도 또 식민지에 있는 모든 부정(不正)과 학대(暴虐)를 폭로하고 있다. 원래 우리나라의 문학에도 사회적인 문제를 그 근본 토대에 두었던 작품은 결코 적지 않다. 그러나 그것을 객관적인 예술적 형상으로 그려낸 작품은, 부르주아 문학에 있어서는 약간의 예외(예를 들면 토손(藤村)의 「파계(破戒)」와 같은) 밖에 없었다. 그것은 우리나라의 자본가 계급이 급속하게 그 '비판의 시대'를 지나가 버렸기 때문이다. 프롤레타리아 문학은 이와 같은 것이 될 수 있고, 또 현재 이와 같은 것이 되려고 노력하고 있다. 고바야시 다키지의 「게잡이 공선」은 그 전형적인 작품이다.

이 작품이 얼마나 호평이었던가는 그 당시의 신문을 보아도 알 수 있다. 예를 들어 『요미우리신문(読売新聞)』은 1929년 7월 30일부터 8월 13일까시, 13회에 걸쳐 '1929년 상반기의 인상에 남은 예술 기타' 라는 앙케트를 하고 있다. 그런데 이 앙케트에 회답한 49명 가운데, '인상에 남은 예술 작품'으로써, 고바야시 다키지의 「게잡이 공선」을 든 작가·평론가는 가쓰모토 세이이치로(勝本清一郎), 무라마쓰 마사토시(村松正俊), 야마다 세이사부로(山田清三郎), 사사키 다카마루(佐々木孝丸), 다카다 다모쓰(高田保), 하야시 후사오(林房雄), 시마다 세이호(島田青峰), 이와토 유키오(岩藤雪夫), 나카모토 다카코(中本たか子), 에구치 칸(江口渙), 마미야 모스케(間宮茂輔), 구라하라 고레히토(蔵原惟人), 가미치카 이치코(神近市子), 구로시마 덴지(黒島伝治), 구보 사카에(久保栄), 사토무라 긴조(里村欣三), 고보리 진지(小堀甚二), 나카노 시게하루(中野重治), 다테노 노부유키(立野信之), 우에다 후미코(上田文子) 등 이었다.

이것은 가장 많은 숫자로서, 『전기』의 작가뿐만이 아니라, 『전기』와 대립하고 있던 『문예전선(文芸戦線)』의 이와토 유키오, 구로시마 덴지, 사토무라 긴조, 고보리 진지 등의 작가가 「게잡이 공선」을 추천하고 있는 것은 이 작품이 가지고 있는 높은 수준을 나타내고 있다고 말할 수 있다.

「게잡이 공선」은 당시의 검열을 고려하여 많은 수의 복자(伏字)를 가지고 발표되었지만, 그 후반부가 게재된 『전기』 6월호는 발매 금지에 처해졌다. 「게잡이 공선」이 발표되었던 직후인 1929년 6월, 다키지는 오타루(小樽)경찰에 소환되어 '돌멩이라도 집어넣어!' 라는 문장 때문에 조사를 받았다. 그리고 1930년 6월 24일, 치안유지법 위반으로 체포 투옥되었을 때에는, 이 문제로 『전기』의 발행인인 야마다 세이사부로와 불경죄(不敬罪)의 추가 기소를 받게 된다.

1940년 3월, 사법성 조사부(司法省調査部)가 만든 『사법연구(司法研究)』보고서 제28집 9에, 이 사건에 대한 기록이 보인다.

제11예 공판 청구서
1930년 7월 19일
도쿄(東京)구 재판소 검사국
불경, 신문지법 위반　　야마다 세이사부로
　　　　　　　　　　고바야시 다키지

공소사실
제1, 피고인 사부로는 기쿠초구(麴町區) 3가 28번지에 사무소를 만들어 전기사라는 영업명의 아래 출판업을 운영하고, 또한 이곳을 발행소로 하여 스스로 발행인 편집인 겸 인쇄인이 되어 신문지법에 의한 월간 잡지『전기』를 발행하여 온 바,

(1) 1929년 5월 1일 발행 5월호, 같은 해 6월 1일 발행 6월호의 위『전기』
　　지에 고바야시 다키지 저작에 의한 「게잡이 공선」이라는 제목으로 그
　　내용 중에

　　'아사카와(淺川)면 게잡이 공선의 아사인가, 아사의 게잡이 공선인가'
　　'××××(천황폐하)는 구름 위에 있으니까 우리들에게 아무래도 상관없
　　지만, 아사 라면 어딜 그렇게는 안되지' 등등(5월호, 150p)

매년의 예로 어기가 끝날 쯤이 되면 게 통조림의 '×(헌)상품'을 만들게 되어 있었다. 그러나 '난폭하게도' 언제나 별로 목욕재계를 하고 만드는 것도 아니었다. 그때마다 어부들은 감독을 지독한 짓을 하는 자라고 생각해 왔다. - 하지만 이번에는 달라져 있었다. '우리들의 진정한 ×(피)와 ×(땀)을 짜서 만든 것이야. 흥, 분명 맛있겠지. 먹고 나서 복통이라도 일으키지 않았으면 좋겠네' 모두 그런 마음으로 만들었다. '돌멩이라도 넣어두어. - 상관없어' 등등(6월호, 156p 게재)

이라고, 천황에 대하여 그 존엄을 모독하는 어구를 나열하는 소설을 연재하고, 유니언 인쇄소에서 잡지 각 수천 부를 인쇄한 후, 각각 이것을 발행하여 천황에 대해 불경의 행위를 한 것.

(2) 위 소설을 단행본으로 출판하려고 계획하여 같은 해 9월 25일 경 「게잡이 공선」이라는 제목으로 앞의 복자의 부분에 해당 단어를 채워 넣은 동일 내용의 서적 약 1,500부를 앞의 인쇄소에서 인쇄한 후, 앞의 사무소에서 발행하고…… 그러므로 천황에 대하여 불경의 행위를 한 것.

제2, 피고인 다키지는 소위 프롤레타리아 문학의 저작에 종사하고 있는 바, 1929년 1월경부터 같은 해 3월경까지 홋카이도 오타루(小樽)시 자택에서 앞의 사항과 같이 천황의 존엄을 모독하는 어구의 소설 「게잡이 공선」을 집필저작한 후, 그 원고를 전기사에 보내어 앞의 사항과 같이 이것을 출판하였으므로, 천황에 대한 불경의 죄를 범하고, 또한 앞의 전기사의 앞의 기사에 서명한 것.

이 공판 청구서를 보면, 야마다 세이사부로가 〈피고인 제1〉에, 고바야시 다키지가 〈피고인 제2〉로 되어 있다. 그렇다고 하면, 작품을 쓴 작가보다 그 작품을 발행한 발행자의 죄가 더 무거운 것을 알 수 있다. 야마다는 이 사건에 의하여 징역 8개월의 실형이 언도되었다. 그 당시 불경죄는 2개월 이상 5년 이하의 징역에 처해지는 죄였다.

「게잡이 공선」은 1929년 5월호와 6월호의『전기』에 다음과 같이, 전편 과 후편의 2회로 나누어져 발표되었다.

1)「게잡이 공선 그1(蟹工船 其の一)」(『전기』1929년 5월 1일 발행, 제2권 제5호,
   pp.141~171)

* 1장~4장까지. 말미에 '계속(つづく)'이라고 있다. '편집후기'에『전기』 편집국의 서명으로, '오래간만에 동지 고바야시 다키지의 역작 "게잡이 공선" 2백매를 얻어, 본호의 창작 란을 일층 광채 있게 했지만, 유감스 럽게 지면 사정상 2회로 나눈 것이다' 라고 있다.

* 다키지는「게잡이 공선」과 함께 구라하라 고레히토에게 보낸 편지에, '다소 길기는 하지만, 2단으로 하여도 좋으니까 한 번에 전부 발행하고 싶다' 라고 쓰고 있다.

2)「게잡이 공선 그2(蟹工船 其の二)」(『전기』1929년 6월 1일 발행, 제2권 제6호,
   pp.128~157)

* 5장~10장.「부기(附記)」를 붙이다.
   말미에 '(完)'이라고 있고, '이 한 편은 "식민지에 있어서의 자본 주의 침입사"의 한 페이지이다' 그리고 이 작품의 탈고 일을 나타낼

'(1929, 3, 30)'이라고 있다.

* 1929년 5월 28일에 안녕(安寧)처분에 의하여 발매 금지되었다.

그 후 「게잡이 공선」은 전전, 다음과 같은 단행본에 수록되었다.

1) 『게잡이 공선〈일본 프롤레타리아 작가총서 제2편〉』(1929년 9월 25일 발
   행, 전기사, pp.1~126)

* 이 책에는 「게잡이 공선」과 「1928년 3월 15일」이 수록되어 있다.

* 권말에 다음과 같은 문장이 붙어 있다.

(동지 제군!

우리들이 출판에 관한 희망을 품은 것은 이미 일찍부터 였다. 우리들은 일
본에 있어서의 프롤레타리아 문학의 성과를 일정한 계통에 따라서 편집 출
판하여, 넓게 이것을 우리 노동자 농민에게 배포하기를 바랐다. 하지만 당시
우리들의 힘은 아직 미숙하였다. 이 희망은 희망으로 그치고, 아직 실행에
옮기기까지에는 이르지 못 하였다.

한편 각종 출판업자에 의해 무수한 출판 사업이 전개되어져 왔다. 하지만
그 대부분은 구(舊)문학의 정리이고, 신흥문학 프롤레타리아 문학 등의 이름
을 붙인 것도 그 편찬에 어떠한 정견이 없어, 양쪽 모두 결국 출판 자본가의
영리 사업에 불과했다는 것을 폭로하였다.

그런데 우리 노동자계급의 성장 - 3·15 및 4·16이 가져온 미증유(未曾有)의
고통 속에서 일어서 온 우리 노동자 농민의 계급적 성장은, 우리들을 향하여
일본 프롤레타리아 문학의 계급적 출판을 재촉하는 것이 날이 갈수록 매우
절박해 졌다. 우리들은 결의했다. 우리들은 우리 진영의 모든 문학 작품을

가지고, 이것을 엄밀한 기준에 비추어 선정 편집하여, 이것을 계속적으로 출판 간행하기로 하였다. 정본(定本) 일본 프롤레타리아 작가총서가 즉 그것이다.

본 총서 편집의 책임을 맡은 자는 우리 일본 프롤레타리아 작가 동맹이다. 동맹은 본 총서를 맹세코 정본의 이름에 어긋나지 않게 하게 할 것이다. 문제는 단지, 야만스러운 검열과 난폭하고 오만한 자본에 대한 싸움에 있다. 이것에 승리하기 위한 보증은 하나에 걸려 있어, 이 출판에 대한 우리 노동자 농민의 강력한 지지에 있다.

동지 제군!

모든 정치적 경제적 고통을 건디고 행해지는 이 일을 지지하고 격려하자!

본 총서의 간행에 대하여 가해질 모든 압박에 대항하여, 이 출판에 치러질 희생을 치를 가치 있는 희생이 되게 하자!

1929년 9월 1일

일본 프롤레타리아 작가 동맹)

*1929년 9월 25일, 안녕의 이유로서 발매가 금지되었다.

2)『게잡이 공선 개정판 〈정본 일본 프롤레타리아작가총서〉』(1929년 11월 8일 발행, 전기사, pp.1~126)

* 다음의 후기(後記)가 붙어 있다.

(초판 「게잡이 공선」은 「게잡이 공선」과 「1928년 3월 15일」의 두 편을 그 내용으로 하고 있다. 함께 『전기』 지상에 발표되었던 것이다. 개정판을 발행함에 있어 「1928년 3월 15일」은 그 전부를 삭제하는 것이 어쩔 수 없음에 이르렀다.

「3월 15일」그것이 현재의 검열 제도 치하에서는 발매 분포가 금지되는 것으로 되어 있다. 어쨌든 우리들은 「게잡이 공선」의 재판(再版)을 서두르고 있다. 간단히 이러한 사정을 독자제군의 앞에 확실하게 하여둠과 함께, 우리들의 참뜻이 이러한 장애에 주저하여 끝나는 것이 아닌 것을 부언한다.)

*「1928년 3월 15일」을 제외하고 발행되었지만, 이 책도 안녕의 이유에 의하여, 1930년 2월 15일에 발매가 금지되었다.

3)『게잡이 공선 개정 보급판 〈정본 일본 프롤레타리아작가총서〉』(1930년 3월 18일 발행, 전기사, pp.1~135)

*오오쓰키 겐지(大月源二)의 삽화가 세 개 있다.

4)『프롤레타리아 문학집(プロレタリア文学集) 〈현대일본문학전집 제62편〉』(1931년 2월 15일 발행, 개조사(改造社), pp.129~175 3단 조판)

내용

고바야시 다키지 편「부재지주(不在地主)」「시민을 위하여!(市民のために!)」「구원 뉴스 No18 부록(救援ニュース NO.18.附錄)」「게잡이 공선」(그 외)

*「-1931·1·25記-」로서, 작가로부터의 「연보」가 다음과 같이 붙어 있다.

((전략) 나는 1930년 3월말 오타루에서 상경하였다. 그리고 6월말부터 이듬해 1월말까지 감옥에 있고, 4일전에 보석(保釈)이 되었다. 현재 나는 두 개의 사건에 기소되어 있다.

나는 지금까지의 어느 작품에 대해서도 실로 정나미가 떨어져 있기 때문에, 이제부터야말로 뛰어난 것을 쓰고 싶다고 생각하고 있다.)

*1931년 2월 7일에, 안녕의 이유에 의하여 발매 금지되었다.

5)『게잡이 공선 태양이 없는 거리 철 이야기(蟹工船 太陽のない街 鉄の

話)』(1931년 5월 5일 발행, 개조사, pp1-114)

6) 『고바야시 다키지 전집 제2권(小林多喜二全集 第二巻)』(1933년 4월 5일 발행, 일본 프롤레타리아 작가 동맹 출판부 발행, 국제서원 발매, pp1-121)

내용 「게잡이 공선」/「부재지주)」

* 3月 15日의 고바야시 다키지 노농장(勞農葬) 직후, 이 한 권이 간행되었지만, 1933년 4월 6일에 안녕계급투쟁선동불경기사금지위반(安寧階級鬪爭煽動不敬記事差止違反)의 이유에 의하여 발매 금지되었다. 이후 전집을 속간할 수 없었다.

7) 『게잡이 공선 부재지주』(1933년 4월 10일 발행, 신조문고(新潮文庫) 제8편, 신조사, pp.1~116)

8) 『게잡이 공선 공장세포(蟹工船 工場細胞)』(1933년 5월 30일 발행, 개조문고 제2부 제225편, 개조사, pp.1~166)

* 1933년 4월 7일, 계급투쟁선동불경금지위반의 이유에 의하여 발매 금지되었다.

9) 『고바야시 다키지 전집 제1권』(1935년 3월 31일 발행, 나우카(ナウカ)사, pp.1~115)

* 사실상, 처음으로 전집의 형으로서 발행되었던 것이다. 이후, 계속하여 간행되었다.

내용 「게잡이 공선」「형(兄)」「다케(健)」「휴가 귀향(薮入)」「로크의 사랑 이야기(ロクの恋物語)」「어느 역할(ある役割)」「만세 만세(万歳々々)」「최후의 것(最後のもの)」「여자 죄수(女囚徒)」「다키코 그 외(滝子其他)」「구원뉴스 No18 부록」「동굿찬행(東俱知安行)」「폭풍 경계보(暴風警戒報)」「프롤레타리아의 수신(プロレタリアの修身)」「동지 다구치의 감상(同志田口の感傷)」「『시민을 위하여!』」「벽에 붙여진 사진(壁にはられた写真)」「어머니들(母たち)」「실업 화차(失業貨車)」「7월 26일의 경험(七月二六日の経験)」「상처(疵)」「눈깔사탕 투쟁(飴玉闘争)」「어쩔 수 없는 사실(争われない事実)」「독방(独房)」「아버지 돌아오다(父帰る)」「편지(テガミ)」

10) 『태양이 없는 거리 게잡이 공선 〈현대장편소설전집 제 11권〉』(1937년 1월 10일 발행, 미카사 서방(三笠書房), pp305-434)

* 「1936 · 12」로 쓰인 도쿠나가 스나오의 다음과 같은 '발문(跋)'이 붙여져 있다.

(「게잡이 공선」과 「태양이 없는 거리」가 함께 되어 나온 것은 이것으로 세 번째이다. 「전기사」에서 처음 나왔을 때 한 권의 책으로 되었던 것은 아니나, 동시에 하나의 계획안으로 출판 판매되었다. 그때 「게잡이 공선」은 「태양이 없는 거리」를 누르고, 2만 부를 돌파하였다고 기억하고 있다. 두 번째는 나카노 시게하루의 「철의 이야기」를 넣어 개조사로부터 한권의 책이 되었고, 이번에 또 함께 되었다. (후략))

이들의 단행본은 어느 것도 많은 복자를 가지고 발행되었음에도 불구하고, 거의 모든 판본이 안녕의 이유에 의하여 발매 금지에 처해졌다. 고바야시 다키지의 작품은 1937년 6월 16일에 서물전망사(書物展望社)로부터 발행된 『고바야시 다키지 수필집(小林多喜二 随筆集)』이 6월 22일에 공산주의 지지 선전의 이유에 의하여 안녕금지 처분된 이후에는, 발행을 할 수가 없게 되었다. 데즈카 히데타카는 평전 『고바야시 다키지』(1958년 2월 15일 발행,

지쿠마(筑摩)서방)를, 다음과 같은 문장으로 시작하고 있다.

　고바야시 다키지의 생애와 업적은 1933년 2월 20일, 그의 사후에도 긴 세월에 걸쳐, 천황제 권력의 말살이 가해졌다. 대표작인 「1928년 3월 15일」과 「당 생활자(党生活者)」는 발표와 동시에 국금(国禁)의 취급을 받고 있었는데, 1937년부터 패전까지의 8년간은 수필집에 이르기까지 출판의 자유를 빼앗겨, 죽은 작가의 명부에서도 그의 이름은 의식적으로 제외되었을 뿐만이 아니라, 저작집을 소유하는 것조차 체포의 이유가 되었을 정도의 억압을 받았다.

「게잡이 공선」이 비로소 완전한 형으로 간행되어 읽히는 것은, 전후를 기다리지 않으면 안 되었다. 이 작품은 1949년 2월 발행의 신일본문학회 편집의 일본 평론사판『고바야시 다키지 전집 제3권』(pp.1-141.)에서,『전기』의 초출(初出)을 저본(底本)으로 하고, 노트 고(稿)와 그 외의 판본을 참조해, 주로 데즈카 히데타카의 손으로 완전히 복원되었다. 실로, 고바야시 다키지가 「게잡이 공선」을 완성한 1929년 3월 30일로부터 20년 후의 일이었다.

　한편, 데즈카 히데타카는 『일본근대문학 대사전(日本近代文学大事典)』(제2권, 1977년 11월 발행, 일본근대문학관)에서, 「게잡이 공선」에 대하여 '1929. 9. 11, 1930.3, 전기사 간행의 세 권 중 처음의 두 권은 발매 금지가 되었지만, 배포망에 의하여 반 년 간에 35,000부 발행. 그 외 전전 일곱 권의 각종 판본은 후기가 되어 짐에 따라 복자가 많다' 라고 기술하고 있다. 그런데 실제로 「게잡이 공선」은 어떠한 부분이 복자가 되었고, '각종 판본'이 '후기'가 됨에 따라, 복자가 어느 정도 늘어갔던 것일까. 그에 대한 사실 조사를 하고 싶다고 생각한다.

2. 복자의 내용

주요한 판본에 의한 「게잡이 공선」 복자의 구체적인 내용은 다음과 같다. 한편, □의 표시는 한 글자 분의 공백을 나타낸다.

초출잡지 『전기』판 1929년 5월, 6월	『게잡이 공선 개정판』 전기사 1929년 11월	『게잡이 공선 공장세포』 개조사 1933년 5월	『게잡이 공선 태양이 없는 거리』 미카사 서방 1937년 1월	『고바야시 다키지 전집 제2권』 신일본출판사 1983년 1월
6월호 발매 금지	발매 금지	발매 금지	발매	발매(정본)
1				
助ければ助けることの出来る	助ければ助けることの出来る	××××××××××出来る	助ければ助けることの出来る	助ければ助けることの出来る
警備の任に當たる駆逐艦の御大	警備の任に當たる駆逐艦の御大	××の任に當たる×××の御大	警備の任に當たる駆逐艦の御大	警備の任に當たる駆逐艦の御大
××	睾丸	睾丸	睾丸	睾丸
重大な使命	重大な使命	重大な××	重大な使命	重大な使命
日本帝国の大きな使命のために	日本帝国の大きな使命のために	××××××××××のために	日本帝国の大きな使命のために	日本帝国の大きな使命のために
我帝国の軍艦	我帝国の軍艦	××××××	我帝国の軍艦	我帝国の軍艦
酔払つた駆逐艦の御大	酔払つた駆逐艦の御大	酔払つた×× ××××	酔つ払つた駆逐艦の御大	酔払った駆逐艦の御大
水兵	水兵	××	水兵	水兵

초출잡지 『전기』판 1929년 5월, 6월	『게잡이 공선 개정판』 전기사 1929년 11월	『게잡이 공선 공장세포』 개조사 1933년 5월	『게잡이 공선 태양이 없는 거리』 미카사 서방 1937년 1월	『고바야시 다키지 전집 제2권』 신일본출판사 1983년 1월
6월호 발매 금지	발매 금지	발매 금지	발매	발매(정본)
石ころみたいな艦長を抱えて	石ころみたいな艦長を抱えて	石ころみ×× ×××××××	石ころみたいな……を抱えて	石ころみたいな艦長を抱えて
勝手なことをわめく艦長のために	勝手なことをわめく艦長のために	勝手な××× ×××××× のために	勝手なことをわめく□のために	勝手なことをわめく艦長のために
水兵	水兵	××	水兵	水兵
かんとか偉いこと云つて、この態なんだ。	かんとか偉いこと云つて、この態なんだ。	かんとか偉いこと云つて、この態なんだ。	かんとか□云つて、この□だ。	かんとか偉いこと云つて、この態なんだ。
艦長をのせて	艦長をのせて	×××××て	……をのせて	艦長をのせて
ちらつと艦長の方を見て	ちらつと艦長の方を見て	××××××× ××××	ちらつと……の方を見て	ちらっと艦長の方を見て
やつちまふか?	×××××?	×××まふか?	……………?	やっちまうか?

2

貴様らの一人二人が何だ。川崎一艘取られてみろ、たまつたもんでないんだ。	貴様らの一人、二人が何だ。川崎一艘取られてみろ、たまつたもんでないんだ。	××××× ×、××××× ×、××××× ××××××、×××××、×××××、×××。	貴様らの一人、二人が何だ。川崎一艘取られてみろ、たまつたもんでないんだ。	貴様らの一人、二人が何だ。川崎一艘取られてみろ、たまったもんでないんだ。
××××は雲の中にゐるから、俺達にヤどうでもいゝんだけど、	××××は雲の中にゐるから、俺達にやどうでもいゝんだけど、	××××××× ××××× ×、×××××××、×××、	……………、俺達にやどうでもいゝんだけど、	天皇陛下は雲の中にいるから、俺達はどうでもいゝんだけど、
余計な寄道	余計な寄道	×××××	余計な寄道	余計な寄道
誰が命令した?	誰が命令した?	×××××××?	誰が命令した?	誰が命令した?
フイになる	フイになる	××になる	フイになる	フイになる

초출잡지 『전기』판 1929년 5월, 6월	『게잡이 공선 개정판』 전기사 1929년 11월	『게잡이 공선 공장세포』 개조사 1933년 5월	『게잡이 공선 태양이 없는 거리』 미카사 서방 1937년 1월	『고바야시 다키지 전집 제2권』 신일본출판사 1983년 1월
6월호 발매 금지	발매 금지	발매 금지	발매	발매(정본)
遅れて	遅れて	××て	遅れて	遅れて
秩父丸には勿体ない程の保険がつけてあるんだ。	秩父丸には勿体ない程の保険がつけてあるんだ。	×××××××××××××××××××るんだ。	秩父丸には勿体ない程の保険がつけてあるんだ。	秩父丸には勿体ない程の保険がつけてあるんだ
ボロ船だ、沈んだら、かへつて得するんだ。	ボロ船だ、沈んだら、かへつて得するんだ。	×××××××、×××、×××××るんだ。	ボロ船だ、沈んだら、かへつて得するんだ。	ボロ船だ、沈んだら、かえって得するんだ。
国と国	国と国	×××	国と国	国と国
××帝国	日本帝国	日本帝国	日本帝国	日本帝国
××帝国	日本帝国	××××	日本帝国	日本帝国
秩父丸の労働者が	秩父丸の労働者が	×××××××	秩父丸の労働者が	秩父丸の労働者が

3

手をかけて×した四五百人	手をかけて殺した四五百人	手をかけて殺した四五百人	手を□四五百人	手をかけて殺した四五百人
奴だ。煙草のみでもないのに煙草の	奴だ。煙草のみでもないのに煙草の	奴だ。煙草のみでもないのに煙草の	奴だ。煙草の	奴だ。煙草のみでもないのに煙草の
死んでゐた	死んでゐた	××でゐた	死んでゐた	死んでいた
なぐりつける	なぐりつける	××××ける	なぐりつける	なぐりつける
××んだ	殺すんだ	殺すんだ	殺すんだ	殺すんだ
×を×める	首を締める	×を締める	首を締める	首を締める
××の国	日本の国	××××	日本の国	日本の国
ロシア	ロシア	×××	ロシア	ロシア
×しめる	首しめる	首しめる	首しめる	首しめる
ロシア	ロシア	×××	ロシア	ロシア

초출잡지 『전기』판 1929년 5월, 6월	『게잡이 공선 개정판』 전기사 1929년 11월	『게잡이 공선 공장세포』 개조사 1933년 5월	『게잡이 공선 태양이 없는 거리』 미카사 서방 1937년 1월	『고바야시 다키지 전집 제2권』 신일본출판사 1983년 1월
6월호 발매 금지	발매 금지	발매 금지	발매	발매(정본)
×化	赤化	××	赤化	赤化
×化	赤化	××	赤化	赤化
×をしめられる	首をしめられる	首をしめられる	首をしめられる	首をしめられる
××、まだ	日本、まだ	××、××	日本、まだ	日本、まだ
××、働く人	××、働く人	××、×××	……、働く人	日本、働く人
××、働く人	××、働く人	××、×××	……、働く人	日本、働く人
ロシア	ロシア	×××	ロシア	ロシア
×化	赤化	赤化	赤化	赤化
××	日本	日本	日本	日本

4

×される	殺される	殺される	殺される	殺される
×ぬ	死ぬ	死ぬ	死ぬ	死ぬ
抱きすくめてしまつた	×××××　×しまつた。	×××××××××　×××。	抱きすくめてしまつた	抱きすくめてしまった
足	×	×	足	足
下半分がすつかり裸になつて	××××、すつかり×になつて	××××、すつかり×になつて	下半分がすつかり裸になつて	下半分がすつかり裸になって
雑夫はそのまま蹲んだ。と、その上に、漁夫が蟇のやうに覆いかぶさつた。それだけが	雑夫はそのまま蹲んだ。と、×　×××、×××　×××××××　××××た。それだけが	雑夫はそのまま蹲んだ。と、×　×××、×××　×××××××　××××た。それだけが	雑夫は□それだけが	雑夫はそのまま蹲んだ。と、その上に、漁夫が蟇のように覆いかぶさった。それだけが
短い-グツと咽喉につかへる瞬間に行はれ	短い-グツと咽喉につかへる瞬間に行はれ	短い-グツと咽喉につかへる×××××	短い-見て	短い-グッと咽喉につかえる瞬間に行われ

초출잡지 『전기』판 1929년 5월, 6월	『게잡이 공신 개정판』 전기사 1929년 11월	『게잡이 공선 공장세포』 개조사 1933년 5월	『게잡이 공선 태양이 없는 거리』 미카사 서방 1937년 1월	『고바야시 다키지 전집 제2권』 신일본출판사 1983년 1월
6월호 발매 금지	발매 금지	발매 금지	발매	발매(정본)
た。見て	た。見て	×。見て		た。見て
性欲に	性欲に	性欲に	……	性欲に
露骨な女の××	××××××	××××××	露骨な女の……	露骨な女の陰部
××	××	××	……	春画
床とれの、こちら向けえの、口すえの、×をからめの、×をやれの、ホンに、つとめはつらいもの	××××、×××××、×、××××、××××××、×、×××××、×××、×××、××××××	××××、×××××、×、××××、××××、×、×××××、×××、×××	床とれの、こちら向けえの、□□□□ □□□□□□ □□□□□ ホンに、つとめはつらいもの	床とれの、こちら向けえの、口すえの、足をからめの、気をやれの、ホンに、つとめはつらいもの
駄目だ、×がたつて！	駄目だ、×× ×××!	×××、××× ××!	駄目だ、□!	駄目だ、倅がたつて！
さう云つて、××してゐる×× を握りながら、裸で	さう云つて、×××××× ×××××× ながら、裸で	さう云つて、×××××× ×××××× ながら、×で	さう云つて、□□裸で	そう云つて、勃起している睾丸を握りながら、裸で
さうするのを見ると	さうするのを見ると	××××××× ××、	さうするのを見ると	そうするのを見ると
夢×	××	××	……	夢情
たまらなくなつて××をする	××××××なつて××をする	××××××なつて××をする	たまらなくなつて……をする	たまらなくなつて自涜をする
カタのついた汚れた猿又や褌が	××××××× 汚れた猿又や褌が	××××××× ×××××××	カタのついた汚れた□が	カタのついた汚れた猿又や褌が
夜這ひ	×××	×××	……	夜這い
タタキ×す	タタキ殺す	タタキ殺す	タタキ殺す	タタキ殺す

초출잡지 『전기』판 1929년 5월, 6월	『게잡이 공선 개정판』 전기사 1929년 11월	『게잡이 공선 공장세포』 개조사 1933년 5월	『게잡이 공선 태양이 없는 거리』 미카사 서방 1937년 1월	『고바야시 다키지 전집 제2권』 신일본출판사 1983년 1월
6월호 발매 금지	발매 금지	발매 금지	발매	발매(정본)
鉄棒を×× に ×いて、×× にその	鉄棒を真赤に 焼いて、身体 にその	鉄棒を真赤に 焼いて、身体 にその	鉄棒を□その	鉄棒を真っ赤 に焼いて、身 体にその
××て	生きて	生きて	生きて	生きて
××て	生きて	生きて	生きて	生きて
露国	露国	××	露国	露国
××れる	殺される	殺される	殺される	殺される
××	殺さ	殺さ	殺さ	殺さ
××	殺さ	殺さ	殺さ	殺さ
××	死に	死に	死に	死に
××宣伝	赤化宣伝	××宣伝	赤化宣伝	赤化宣伝
××帝国	××帝国	××××	…………	日本帝国
××や、×× の	朝鮮や、台湾 の	朝鮮や、台湾 の	□□や、□□ の	朝鮮や、台湾 の
×使	虐使	××	虐使	虐使
虱より無雑作 に土方がタタ キ××れた	虱より無雑作 に土方がタタ キ×された	×××××× ××が×××× ×××	虱より無雑作 に土方が□さ れた	虱より無雑作 に土方がタタ キ殺された
×使に堪え	虐使に堪え	虐使に堪え	□堪え	虐使に堪え
××にしばり つけて	棒杭にしばり つけて	×××××× ××	棒杭にしばり つけて	棒杭にしばり つけて
×の後足で ××せたり表 庭で土佐犬に ×××させた り	馬の後足で蹴 らせたり表庭 で土佐犬に ×××させた り	×××××× らせたり表庭 で××××× ×××せたり	馬の後足で□ □表庭で□さ せたり	馬の後足で蹴 らせたり表庭 で土佐犬に噛 み殺させたり
皆の×の×で	皆の眼の前で	皆の眼の前で	皆の眼の前で	皆の眼の前で
××が胸の中 で折れるボク	肋骨が胸の中 で折れるボク	肋骨が胸の中 で折れるボク	肋骨が胸の中 で□とこもつ	肋骨が胸の中 で折れるボ

초출잡지 『전기』판 1929년 5월, 6월	『게잡이 공선 개정판』 전기사 1929년 11월	『게삽이 공선 공장세포』 개조사 1933년 5월	『게잡이 공선 태양이 없는 거리』 미카사 서방 1937년 1월	『고바야시 다키지 전집 제2권』 신일본출판사 1983년 1월
6월호 발매 금지	발매 금지	발매 금지	발매	발매(정본)
ツとこもつた音	ツとこもつた音	ツとこもつた音	た音	クッとこもった音
××をすれば、××かけて××し、それを	気絶をすれば、水をかけて生かし、それを	気絶をすれば、水をかけて生かし、それを	気絶をすれば、水をかけて□□、それを	気絶をすれば、水をかけて生かし、それを
土佐犬の強靭な首で振り廻はされ×××	土佐犬の強靭な首で振り廻はされて×ぬ	土佐犬の×× ×××××××× ××××	土佐犬の強靭な首で□□	土佐犬の強靭な首で振り廻わされて死ぬ
××の何処かが	身体の何処かが	××の何処かが	□□の何処かが	身体の何処かが
××をいきなり尻にあてることや	焼箸をいきなり尻にあてることや	焼火箸をいきなり尻にあてることや	焼火箸をいきなり□□	焼火箸をいきなり尻にあてることや
×が×たなくなる程××× ×ける	腰が立たなくなる程なぐりつける	腰が立たなくなる程なぐりつける	腰が立たなくなる程□	腰が立たなくなる程なぐりつける
×の×が×ける	人の肉が焼ける	×××が焼ける	□焼ける	人の肉が焼ける
×んでも	死んでも	死んでも	死んでも	死んでも
××	両足	両足	両足	両足
××	朝鮮	××	朝鮮	朝鮮
日本	日本	××	日本	日本
××	巡査	××	巡査	巡査
小便を四方にジ	小便を四方にジ	小便を四方にジ	□ジ	小便を四方にジ
労働者の青むくれた「××」	労働者の青むくれた「××」	労××の青むくれた「××」	労働者の青むくれた「死骸」	労働者の青むくれた「死骸」
土工が××たまま「××」のやうに埋めら	土工が生きたまま「人柱」のやうに埋めら	土工が×××まま「人柱」のやうに×××ら	土工が□「柱人」のやうに埋められた	土工が生きたまま「人柱」のように埋めら

초출잡지 『전기』판 1929년 5월, 6월	『게잡이 공선 개정판』 전기사 1929년 11월	『게잡이 공선 공장세포』 개조사 1933년 5월	『게잡이 공선 태양이 없는 거리』 미카사 서방 1937년 1월	『고바야시 다키지 전집 제2권』 신일본출판사 1983년 1월
6월호 발매 금지	발매 금지	발매 금지	발매	발매(정본)
れた	れた	れた		れた
「××的」×× の開発	「国家的」富源 の開発	「×××」×× ×××	「……」富源の 開発	「国家的」富源 の開発
「××」	「××」	「××」	「……」	「国家」
労働者は「腹 が減り」「タタ キ××れて」	労働者は「腹 が減り」「タタ キ殺されて」	××××「×× ××」「××× ×されて」	労働者は「腹 が減り」「□□ □□されて」	労働者は「腹 が減り」「タタ キ殺されて」
船で××れて	船で殺されて	船で××され て	船で□□れて	船で殺されて
乃木××がや つたと	××軍神がや つたと	××××××× ×と	□がやつたと	乃木軍神が やつたと
××者の××	労働者の片肉	労働者の××	□	労働者の片肉
××や××が	拇指や小指が	×××××が	□□や□□が	拇指や小指が
貧農を×動し て移民を奨励 して	貧農を煽動し て移民を奨励 して	貧農を××× ××××××× ××	貧農を煽動し て移民を奨励 して	貧農を煽動し て移民を奨励 して
××	餓死	××	餓死	餓死
××	華族	華族	華族	華族
×のつぶれた ××は、	頭のつぶれた 人間は、	頭のつぶれた 人間は、	□□	頭のつぶれた 人間は、
「××れてゐな い」	「殺されてゐな い」	「殺されてゐな い」	「…………ゐな い」	「殺されていな い」
資本家へ××× して	資本家へ反抗 して	資本家へ反抗 して	資本家……し て	資本家に反抗 して
××れるのさ	殺されるのさ	殺されるのさ	…………のさ	殺されるのさ
××れる前に こつちから ××てやるん だ。	殺される前に こつちから殺 してやるん だ。	殺される前に こつちから殺 してやるん だ。	……前に こつちか ら…………や るんだ。	殺される前に こつちから殺 してやるん だ。

5

73

초출잡지 『전기』판 1929년 5월, 6월	『게잡이 공선 개정판』 전기사 1929년 11월	『게잡이 공선 공장세포』 개조사 1933년 5월	『게잡이 공선 태양이 없는 거리』 미카사 서방 1937년 1월	『고바야시 다키지 전집 제2권』 신일본출판사 1983년 1월
6월호 발매 금지	발매 금지	발매 금지	발매	발매(정본)
すつかり身体 を縛られて	すつかり身体 を縛られて	すつかり身体 を縛られて	すつかり□ 縛られて	すっかり身体 を縛られて
吊し上げられ てゐる雑夫 ガ、	吊し上げられ てゐる雑夫 ガ、	吊し上げられ てゐる雑夫 ガ、	吊し上げられ てゐる——、	吊し上げられ ている雑夫 ガ、
身体をくねら し	身体をくねら し	身体をくねら し	□くねらし	身体をくねら し
両足が蜘蛛	両足が蜘蛛	両足が蜘蛛	□蜘蛛	両足が蜘蛛
ウインチに吊 された× ×は×の色が ×つてゐた	ウインチに吊 された雑夫は 顔の色が変つ てゐた	ウインチに吊 された雑夫は 顔の色が変つ てゐた	ウインチに□ 雑夫は顔の色 が変つてゐた	ウインチに吊 された雑夫は 顔の色が変っ ていた
××	死体	死体	死体	死体
あれでなぐつ たんだな、	あれでなぐつ たんだな、	あれでなぐつ たんだな、	□	あれでなぐっ たんだな、
仕事が国家的 である以上、 ××と同じな んだ。	仕事が国家的 である以上、 戦争と同じな んだ。	仕事が国家的 である以上、 戦争と同じな んだ。	仕事が……… である以上、 戦争と同じな んだ。	仕事が国家的 である以上、 戦争と同じな んだ。
×り付けられ て	縛り付けられ て	縛り付けられ て	縛り付けられ て	縛り付けられ て
×をひねられ た×のやう に、×をガク リ×に落し込 んで	首をひねられ た鶏のやう に、首をガク リ胸に落し込 んで	首をひねられ た鶏のやう に、首をガク リ胸に落し込 んで	首をひねられ た鶏のやう に、首をガク リ胸に落し込 んで	首をひねられ た鶏のよう に、首をガク リ胸に落し込 んで
××	××	××	……	卒倒
眼から×を	眼から血を	眼から血を	眼から血を	眼から血を
×が聞えなく	耳が聞えなく	耳が聞えなく	耳が聞えなく	耳が聞えなく

초출잡지『전기』판 1929년 5월, 6월	『게잡이 공선 개정판』 전기사 1929년 11월	『게잡이 공선 공장세포』 개조사 1933년 5월	『게잡이 공선 태양이 없는 거리』 미카사 서방 1937년 1월	『고바야시 다키지 전집 제2권』 신일본출판사 1983년 1월
6월호 발매 금지	발매 금지	발매 금지	발매	발매(정본)
なつたりした	なつたりした	なつたりした	なつたりした	なったりした
毎日の××な苦しさ	毎日の××な苦しさ	毎日の××な苦しさ	毎日の……な苦しさ	毎日の残虐な苦しさ
駆逐艦	駆逐艦	×××	駆逐艦	駆逐艦
日本の旗	日本の旗	××××	日本の旗	日本の旗
×される	殺される	殺される	殺される	殺される
×の×ひ	膚の臭ひ	膚の臭ひ	膚の臭ひ	膚の臭い
×××	×××	×××	………	おそそ
×××	×××	×××	………	おそそ
×	男	男	男	男
×	女	女	女	女

6

駆逐艦	駆逐艦	×××	駆逐艦	駆逐艦
駆逐艦	駆逐艦	×××	駆逐艦	駆逐艦
駆逐艦	駆逐艦	×××	駆逐艦	駆逐艦
士官連	士官連	××連	士官連	士官連
士官	士官	××	士官	士官
×	女	女	女	女
××な落書	猥褻な落書	猥褻な落書	猥褻な落書	猥褻な落書
駆逐艦	駆逐艦	×××	駆逐艦	駆逐艦
××に充ちた兵隊	××に充ちた兵隊	××に充ちた兵隊	□兵隊	残虐に充ちた兵隊
士官連	士官連	××連	士官連	士官連
駆逐艦	駆逐艦	×××	駆逐艦	駆逐艦
駆逐艦	駆逐艦	×××	駆逐艦	駆逐艦
駆逐艦	駆逐艦	×××	駆逐艦	駆逐艦

초출잡지 『전기』판 1929년 5월, 6월	『게잡이 공선 개정판』 전기사 1929년 11월	『세잡이 공선 공장세포』 개조사 1933년 5월	『게잡이 공선 태양이 없는 거리』 미카사 서방 1937년 1월	『고바야시 다키지 전집 제2권』 신일본출판사 1983년 1월
6월호 발매 금지	발매 금지	발매 금지	발매	발매(정본)
駆逐艦	駆逐艦	×××	駆逐艦	駆逐艦
水兵	水兵	××	水兵	水兵
艦尾の旗	艦尾の旗	×尾の旗	艦尾の旗	艦尾の旗
士官	士官	××	士官	士官
ロシアの領海へこつそり×入して漁をするさうだ	ロシアの領海へこつそり入して漁をするさうだ	ロシアの××へこつそり××して×をするさうだ	ロシアの□へこつそり□漁をするさうだ	ロシアの領海へこっそり潜入して漁をするそうだ
××艦が	駆逐艦が	×が	□が	駆逐艦が
側にゐて番をしてくれる	側にゐて番をしてくれる	側にゐて×をしてくれる	側にゐて□くれる	側にいて番をしてくれる
どうしても□□のものにするさうだ。□□のアレは支那や満洲ばかりでなしに、	どうしても日本のものにするさうだ。日本のアレは支那や満洲ばかりでなしに、	どうしても××××××××。××××は支那や××ばかりでなしに、	どうでも□ものにするさうだ……のアレは××や××ばかりでなしに、	どうしても日本のものにするそうだ。日本のアレは支那や満洲ばかりでなしに、
××	政府	××	□	政府
××□が蟹工船の警備に出動する	駆逐艦が蟹工船の警備に出動する	×××が蟹工船の××××する	□□蟹工船の□する	駆逐艦が蟹工船の警備に出動する
目的	目的	××	目的	目的
かへつて大目的で、万一のアレに手ぬかりなくする訳だな。	かへつて大目的で、万一のアレに手ぬかりなくする訳だな。	××××××××、×××××××××××××××××。	かへつて大目的で、万一のアレに手ぬかりなくする訳だな。	かえつて大目的で、万一のアレに手ぬかりなくする訳だな。
千島の一番端の島に、コツ	千島の一番端の島に、コツ	×××××××に、コツソ	千島の一番端の島に、□□	千島の一番端の島に、コツ

초출잡지 『전기』판 1929년 5월, 6월	『게잡이 공선 개정판』 전기사 1929년 11월	『게잡이 공선 공장세포』 개조사 1933년 5월	『게잡이 공선 태양이 없는 거리』 미카사 서방 1937년 1월	『고바야시 다키지 전집 제2권』 신일본출판사 1983년 1월
6월호 발매 금지	발매 금지	발매 금지	발매	발매(정본)
ソリ××を□ んだり、×× を□んだりし て	ソリ××を運 んだり、×× を運んだりし て	リ××を×ん だり、××を ×んだり して	□して	ソリ大砲を運 んだり、重油 を運んだりし て
今迄の日本の どの×× でも	今迄の日本の どの戦争でも	今迄の××× ××××××	今迄の□のど の□でも	今迄の日本の どの戦争でも
大金持の指図 で動機だけ	大金持の指図 で動機だけ	×××の××× ××だけ	大金持の□□ 動機だけ	大金持の指図 で動機だけ
起した	起した	×した	起した	起した
見込のある場 所を手に入れ たくて、手に 入れたくて	見込のある場 所を手に入れ たくて、	××××××× ××××××× ×、	見込のある場 所を手に入れ たくて、	見込のある場 所を手に入れ たくて、手に 入れたくて

7

×	首	首	首	首
×	耳	耳	耳	耳
××	身体	身体	身体	身体
××	臭気	臭気	臭気	臭気
□	小便	小便	小便	小便
××の周りに は×が	肛門の周りに は糞が	肛門の周りに は糞が	肛門の周りに は糞が	肛門の周りに は糞が
どんなに×さ れたくなかつ たか	どんなに殺さ れたくなかつ たか	どんなに×さ れたくなかつ たか	どんなに殺さ れたくなかつ たか	どんなに殺さ れたくなかっ たか
×されたです	殺されたです	殺されたです	□のです	殺されたので す
誰が×したか?	誰が殺したか?	誰が×したか?	誰が□?	誰が殺したか?
×した	殺した	×した	□	殺した
海に投げる	海に投げる	×××げる	海に投げる	海に投げる

초출잡지 『전기』판 1929년 5월, 6월	『게잡이 공신 개정판』 전기사 1929년 11월	『게잡이 공선 공장세포』 개조사 1933년 5월	『게잡이 공선 태양이 없는 거리』 미카사 서방 1937년 1월	『고바야시 다키지 전집 제2권』 신일본출판사 1983년 1월
6월호 발매 금지	발매 금지	발매 금지	발매	발매(정본)
海	海	×	海	海
同じ海でも	同じ海でも	同じ×でも	同じ海でも	同じ海でも

8

× ×	残酷	残酷	残酷	残酷
×されたくない	殺されたくない	×されたくない	殺されたくない	殺されたくない
×されたくない	殺されたくない	×されたくない	……されたくない	殺されたくない
半×し	半殺し	××し	半殺し	半殺し
×されて	殺されて	殺されて	……れて	殺されて
日本文字で印刷した××宣伝	日本文字で印刷した赤化宣伝	××××で印刷した××宣伝	××文字で印刷した赤化宣伝	日本文字で印刷した赤化宣伝
日本人	日本人	×××	日本人	日本人
日本人	日本人	×××	日本人	日本人
×化運動	赤化運動	赤化運動	……運動	赤化運動
ロシアの領海内	ロシアの領海内	ロシア×× ××	ロシアの領海内	ロシアの領海内
×化	赤化	× ×	赤化	赤化

9

× ×	× ×	× ×	× ×	銃殺
× ×	弾	弾	弾	弾
××××	ピストル	ピストル	ピストル	ピストル
打ち×され	打ち殺され	打ち殺され	打ち殺され	打ち殺され
領海内に入って漁をする	領海内に入って漁をする	××内に入って×をする	領海内に入って漁をする	領海内に入って漁をする

초출잡지 『전기』판 1929년 5월, 6월	『게잡이 공선 개정판』 전기사 1929년 11월	『게잡이 공선 공장세포』 개조사 1933년 5월	『게잡이 공선 태양이 없는 거리』 미카사 서방 1937년 1월	『고바야시 다키지 전집 제2권』 신일본출판사 1983년 1월
6월호 발매 금지	발매 금지	발매 금지	발매	발매(정본)
領海内	領海内	××××	領海内	領海内
露国の監視船	露国の監視船	××××××	露国の監視船	露国の監視船
×される	殺される	殺される	殺される	殺される
×される	殺される	殺される	殺される	殺される
×される	殺される	殺される	殺される	殺される
今、×されてゐる	今、殺されてゐる	今、されてゐる	今、されてゐる	今、殺されている
××××	ピストル	ピストル	ピストル	ピストル
×せば	殺せば	殺せば	殺せば	殺せば
×されて	殺されて	殺されて	殺されて	殺されて
×される	殺される	殺される	殺される	殺される
×	血	血	血	血

10

××しだべ	人殺しだべ	人殺しだべ	人殺しだべ	人殺しだべ
×されて	殺されて	殺されて	殺されて	殺されて
半×し	半殺し	半殺し	半殺し	半殺し
×を×す	命を殺す	命を殺す	命を殺す	命を殺す
半×し	半殺し	半殺し	半殺し	半殺し
×んで	死んで	死んで	死んで	死んで
×しちまい!	殺しちまい!	×××××!	……ちまい!	殺しちまい!
打ツ×せ!	打ツ殺せ!	××××!	打ツ……!	打っ殺せ!
のせ!のしちまへ!	のせ!のしちまへ!	××!××××!	のせ!のしちまへ!	のせ!のしちまえ!
駆逐艦	駆逐艦	×××	……	駆逐艦
士官連	士官連	×××	士官連	士官連
我帝国の軍艦だ	我帝国の軍艦だ	×××××××	我………だ	我帝国の軍艦だ

초출잡지 『전기』판 1929년 5월, 6월	『게잡이 공선 개정판』 전기사 1929년 11월	『게잡이 공선 공장세포』 개조사 1933년 5월	『게잡이 공선 태양이 없는 거리』 미카사 서방 1937년 1월	『고바야시 다키지 전집 제2권』 신일본출판사 1983년 1월
6월호 발매 금지	발매 금지	발매 금지	발매	발매(정본)
俺達国民の味方だらふ。	俺達国民の味方だらふ。	×××××× だらう。	俺達国民の味方だらう。	俺達国民の味方だろう。
××の××	国民の味方	×××××	…………	国民の味方
国民の味方でない帝国の軍艦	国民の味方でない帝国の軍艦	××××××× ××××××	国民の味方でない…………	国民の味方でない帝国の軍艦
駆逐艦	駆逐艦	×××	………	駆逐艦
駆逐艦	駆逐艦	×××	………	駆逐艦
帝国軍隊万歳	帝国軍隊万歳	××××××	………万歳	帝国軍隊万歳
駆逐艦からは三艘汽艇が出た	駆逐艦からは三艘汽艇が出た	×××からは三×××が出た	□三艘汽艇が出た	駆逐艦からは三艘汽艇が出た
六人の水兵が	六人の水兵が	六人の××が	六人の□が	六人の水兵が
□□を	着剣を	××を	□を	着剣を
顎紐を	顎紐を	××を	□を	顎紐を
汽艇	汽艇	××	汽艇	汽艇
汽艇	汽艇	××	汽艇	汽艇
やつぱり□の先きに□□した、顎紐をかけた水兵	やつぱり銃の先に×した、顎紐をかけた水兵	やつぱり×× ××に××した、顎紐をかけた水兵	やつぱり□の先きに□した、顎紐をかけた……	やっぱり銃の先きに着剣した、顎紐をかけた水兵
それ等は海賊船にでも踊りこむやうに、ドカドカツと上つてくると、	それ等は海賊船にでも踊りこむやうに、ドカドカツと上つてくると、	それ等は×× ××××××× ×××、 ××××××× ××くると、	それ等は海賊船にでも踊りこむやうに、ドカドカツと上つてくると、	それ等は海賊船にでも踊りこむように、ドカドカッと上ってくると、
不忠者	不忠者	不×者	……者	不忠者
露助の真似する売国奴	露助の真似する売国奴	××の真似する×××	露助の真似する売国奴	露助の真似する売国奴

초출잡지 『전기』판 1929년 5월, 6월	『게잡이 공선 개정판』 전기사 1929년 11월	『게잡이 공선 공장세포』 개조사 1933년 5월	『게잡이 공선 태양이 없는 거리』 미카사 서방 1937년 1월	『고바야시 다키지 전집 제2권』 신일본출판사 1983년 1월
6월호 발매 금지	발매 금지	발매 금지	발매	발매(정본)
代表の九人が □□を擬され たまま、□□ □に□送され てしまつた	代表の九人が ××を擬され たまま、駆逐 艦に護送され てしまつた	代表の九人が ××××××× ××、×××× ××××××× ××	代表の九人が □を□された まま、……… に護送されて しまつた	代表の九人が 銃剣を擬され たまま、駆逐 艦に護送され てしまつた
帝国××だな んて	××××だな んて	××××だな んて	……… ………	帝国軍艦だな んて
大金持の×□ ××でねえか、 国民の味方?	大金持の×× でねえか、国 民の味方?	××××× ×、×、 ××× ××?	大金持の□で ね え か 、 ……… ……?	大金持の手先 でねえか、国 民の味方?
水兵達は	水兵達は	××達は	………	水兵達は
士官連は	士官連は	×××は	………	士官連は
酔払つてゐた	酔払つてゐた	××××××	酔払つてゐた	酔払っていた
誰が敵	誰が敵	×××	誰が……	誰が敵
毎年の例で、 漁期が終りさ うになると、 蟹罐詰の「×上 品」を作るこ とになつてゐ た。然し「乱 暴にも」何時 でも、別に斎 戒沐浴して作 るわけでもな かつた。その 度に、漁夫達 は監督をひど い事をするも のだ、と思つ て来た。だ が、今度は異	毎年の例で、 漁期が終りさ うになると、 蟹罐詰の「×上 品」を作るこ とになつてゐ た。然し「乱 暴にも」何時 でも、別に斎 戒沐浴して作 るわけでもな かつた。その 度に、漁夫達 は監督をひど い事をするも のだ、と思つ て来た。だ が、今度は異	毎年の例で、 漁期が終りさ うになると、 蟹罐詰の「×× ×」を作ること になつてゐ た。然し「× ×××」何時で も、別に× ××××××× わけでもなか つた。その度 に、漁夫達は 監督をひどい 事をするもの だ、と思つて 来た。××、 ×××××××	(以下十七行 削除)	毎年の例で、 漁期が終わり そうになる と、蟹罐詰の 「献上品」を作 ることになっ ていた。然し 「乱暴にも」何 時でも、別に 斎戒沐浴して 作るわけでも なかった。そ の度に、漁夫 達は監督をひ どい事をする ものだ、と 思って来た。 だが、今度は

초출잡지 『전기』판 1929년 5월, 6월	『게잡이 공선 개정판』 전기사 1929년 11월	『게잡이 공선 공장세포』 개조사 1933년 5월	『게잡이 공신 태양이 없는 거리』 미카사 서방 1937년 1월	『고바야시 다키지 전집 제2권』 신일본출판사 1983년 1월
6월호 발매 금지	발매 금지	발매 금지	발매	발매(정본)
なつてしまつてゐた。「俺達の本当の×と×を搾り上げて作るものだ。フン、さぞうめえこつたろ。食つてしまつてから、腹痛でも起さねえばいいさ。」皆そんな気持で作つた。「石ころでも入れておけ!かもうもんか!」	なつてしまつてゐた。「俺達の本当の×と×を搾り上げて作るものだ。フン、さぞうめえこつたろ。食つてしまつてから、腹痛でも起さねえばいいさ。」皆そんな気持で作つた。「石ころでも入れておけ!かもうもんか!」	×××××。「××××××××××××××。フン、さぞ××××××。××××××つてから、××××××××いいさ。」皆そんな×××××た。「××××××××××!×××××!」		異なってしまっていた。「俺達の本当の血と肉を搾り上げて作るものだ。フン、さぞうめえこったろ。食ってしまってから、腹痛でも起さねえばいいさ。」皆そんな気持で作った。「石ころでも入れておけ!かもうもんか!」
監督だつて、駆逐艦に無電は打てなかつたらふ。	監督だつて、駆逐艦に無電は打てなかつたらう。	監督だつて、×××に××は××なかつたらう。	監督だつて、□に無電は打てなかつたらう。	監督だって、駆逐艦に無電は打てなかったろう。
引渡して	引渡して	××××	引渡して	引渡して
×される	×される	×される	殺される	殺される
□□□を	×××を	×××を	□を	駆逐艦を

附記

×化宣伝	赤化宣伝	××××	赤化宣伝	赤化宣伝
警察	警察	××	警察	警察

3. 전기사의 판본

『전기』의 1929년 5월호와 6월호에 게재된, 초출 「게잡이 공선」에 행해진 복자는 전부 183개 부분(個所)이다. 즉, 1장-4장이 실린 5월호의 「게잡이 공선 그1」에 93개소, 5장-10장이 실린 6월호의 「게잡이 공선 그2」에 90개 부분의 복자가 보인다. 복자를 행한 방식은, 주로 「××」라는 방법을 사용하고 있는데, 드물게는 「 」와 같이 공백으로써 처리하고 있다.

이 초출 「게잡이 공선」의 복자는 다테노 노부유키(立野信之)에 의하여 행해졌다고 한다. 다테노 노부유키는 「고바야시 다키지(1)」(『문예(文芸)』 1949년 11월 발행, 가와데(河出)서방)에서, 「1928년 3월 15일」이 『전기』에 실릴 때, 원고가 구라하라(蔵原)로부터 자신에게 돌아왔다고 하면서, '한 자도 지우지 않은 원고를 대하고, 당시의 검열에서는 도저히 통과할 수 없다고 생각되어지는 노골스런 표현과 말씨를, ××와 선으로 난폭하게 삭제했던 것을 확실하게 기억하고 있다' 라고 한 후에, 「게잡이 공선」의 때에도, '이때도 원고는 구라하라로부터 나의 손으로 돌아왔는데, 전과 똑같이 한 자도 지우지 않은 정성스런 것으로, 퇴고에 퇴고를 거듭한 후에 정서한 것을 한눈에 알았다' 라고 쓰고 있다. 이렇게 하여 보면 「게잡이 공선」이 『전기』에 게재되었던 때, 다테노(立野)의 판단으로 도저히 통과되지 않을 부분에 복자를 했다고 생각할 수 있다.

위험하다고 판단되는 곳이 있으면, 복자를 사용하여 검열에 대처하는 것이 그 당시의 일반적인 상황이었다. 본문의 문장을 바꾸지 않고, 무사히 검열을 통과하기 위해서는 복자를 하는 방법밖에 없었다. 그러나 많은 수

의 복자가 있어도, 간단히 검열을 통과할 수 있는 것은 아니었다. 1931년 1월 내무성 경보국(內務省警保局)에서 발간된『1930년의 출판경찰개관(昭和五年中に於ける 出版警察槪観)』에는 당시의 검열 기준이 다음과 같이 정해져 있다.

(A) 안녕 문란(紊亂) 출판물의 검열 표준(標準)

  (갑) 일반적 표준

  일반적 표준으로써 아래 각 항은 안녕 질서를 문란하는 것으로 인정하고 있다.

(1) 황실의 존엄을 모독하는 사항(事項)

(2) 군주제를 부인하는 사항

(3) 공산주의 무정부주의 등의 이론 내지 전략, 전술을 선전하고, 혹은 그 운동실행을 선동하고, 또는 이러한 종류의 혁명단체를 지지하는 사항

(4) 법률 재판소 등 국가 권력 작용의 계급성을 고조하고, 그 외 심하게 이것을 왜곡하는 사항

(5) 테러, 직접 행동, 대중 폭동 등을 선동하는 사항

(6) 식민지 독립 운동을 선동하는 사항

(7) 비합법적으로 의회 제도를 부인하는 사항

(8) 국가 존립의 기초를 동요(動搖)하게 하는 사항

(9) 외국의 군주, 대통령, 또는 제국에 파견된 외국 사절의 명예를 훼손하고, 이 때문에 국교상 중대한 지장을 초래하는 사항

(10) 군사 외교상 중대한 지장을 초래할 수 있는 기밀사항

(11) 범죄를 선동 혹은 비호하고, 또는 범죄인 혹은 형사 피고인을 돕는 사항

(12) 중대 범인의 수사상 커다란 지장을 일으켜서, 그를 검거하지 못함으로써 사회 불안을 야기하는 것과 같은 사항(특히 일본 공산당 잔당(殘黨)원 검거 사건에 이러한 예 있음)

(13) 재계를 교란하고, 그 외 현저하게 사회 불안을 야기하는 사항

　(을) 특수적 표준

　특수 표준으로써 고려하고 있는 주요한 것은 대개 아래와 같다.

(1) 출판물의 목적

(2) 독자의 범위

(3) 출판물의 발행 부수 및 사회적 세력

(4) 발행 당시의 사회 정세

(5) 배포 지역

(6) 불온한 부분의 분량

(B) 풍속 괴란(壞亂)출판물의 검열 표준

　(갑) 일반적 표준

　일반적 표준으로써 아래 각 항은 풍속을 해치는 것으로 인정하고 있다.

(1) 외설적인 사항

　(ㄱ) 춘화 음본

　(ㄴ) 성, 성욕 또는 성애 등에 관계하는 기술로써 음란, 수치스런 마음을 일으키게 하고 사회 풍속을 해치는 사항

(ㄷ) 음부를 노출하는 사진, 회화, 그림엽서 종류

(ㄹ) 음부를 노출하지 않아도 추악하고, 도발적으로 표현되어 있는 나
체 사진, 회화, 그림엽서 종류

(ㅁ) 남녀 포옹, 키스(어린이를 제외한다) 사진, 회화, 그림엽서 종류

(2) 패륜적인 사항(단지 패륜적인 사항을 기술하여도, 문장이 평이하고, 그리고 선정
적이고 음탕하고 문란한 문자를 사용하지 않은 것은 아직 풍속을 해치는 것으로 보지
않는다)

(3) 낙태 방법 등을 소개하는 사항

(4) 잔인한 사항

(5) 유곽, 매음굴 등을 소개하여 선정적이고 호기심을 도발하는 사항

(을) 특수한 표준

특수한 표준으로써 고려하는 것은 안녕 금지 경우에 있는 것과 대동소
이(大同小異)하다.

그리고 여기에서 '일반적 기준은 기사, 또는 묘사된 사항 그것이 안녕
또는 풍속(風俗)에 영향이 있는가 아닌가, 영향이 있다고 하면 그 정도가
어떠한가 라는 점에 관한 기준이고, 특수한 기준은 그 출판물이 어떠한
목적을 가지고 어떠한 배포 구역을 가지는가 등 출판물 전체로서의 각종
조건에 관한 기준을 나타내는 것을 지칭하는 것이다' 라고 되어 있다. 그
렇다고 하면 전기사에서 나오는 『전기』는 프롤레타리아 예술 운동이라
는 출판물의 목적상, 검열에 있어서 일반적인 기준보다 우선 특수한 기준
에 의하여 취급되었음에 틀림없다. 더욱이 일반적 기준에 있어서도 더 엄

격하게 추궁되었을 것이다.

 그러면, 각 판본(板本)에 의한 「게잡이 공선」의 복자의 내용을 검토하기
로 한다.

 우선, 『전기』의 「게잡이 공선」판을 살펴 보자.

『전기』의 1929년 5월호의 「게잡이 공선 그1」과, 6월호의 「게잡이 공선
그2」에 보이는 복자는 앞에서 말했듯이 전부 183개소이다. 이것을 일반
적 검열 기준에 맞추어 적용시켜 보면, 다음과 같이 분류된다.

	5월호	6월호	복자의 수
(A) 안녕 문란(紊亂)에 관계되는 사항			
황실에 관계되는 사항	1	3	4
공산주의 운동에 관계되는 사항	27	55	82
(B) 풍속 괴란(壞亂)에 관계되는 사항			
외설적인 사항	10	8	18
잔인한 사항	55	24	79
	93	90	183

 안녕 문란에 관계되는 사항은 황실에 관한 사항과, 공산주의 운동에 관
한 사항과의 크게 두 가지로 나눌 수 있다. 한편 풍속 괴란에 관계되는 사
항도 성, 성욕 등에 관계하는 외설적인 사항과, 잔인한 사항으로 분류할
수 있다. 복자 가운데에는 안녕 문란에 관한 사항인가, 그렇지 않으면 풍
속 괴란에 관한 사항인가 나누기 어려운 단어도 있지만, 대체로 『전기』의
초출 「게잡이 공선」에 있어서는 안녕 관계보다 오히려 풍속 관계의 복자

의 쪽이 많은 것을 알 수 있다. 이것은 풍속 관계로서는 검열에 걸리고 싶지 않다고 하는 의미가 있었던 것이다. 이 검열에 대하여, 야마다 세이사부로는 『프롤레타리아 문학 풍토기(プロレタリア文学 風土記)』(1954년 12월 발행, 아오키(青木)서점)에서, 다음과 같이 쓰고 있다.

「게잡이 공선」과 「태양이 없는 거리」로, 『전기』의 성가는 높아져서, 부수가 쭉쭉 늘어갔던 것은 말할 것까지도 없다. 그런데 「게잡이 공선」쪽은 검열에서 문제를 일으켰다. 「게잡이 공선」에 '천황 폐하는 구름 위이지만, 아사(浅)는 그렇게는 안 되지' 라는 회화의 한 문장과, 역시 회화 중에서 헌상품인 통조림의 게에 침이라도 뱉어두어 라는 부분이 있어, 천황 폐하와 헌상품은 글자는 덮어 출판하였던 것이지만, 발행 겸 편집 책임자인 나는 경시청에 불려가서 호되게 당했다. 불경스럽다는 것이다.

이곳에서 야마다는 『전기』5월호의 「게잡이 공선 그1」과 6월호의 「게잡이 공선 그2」를 함께 취급하고 있지만, 실제로 검열에서 문제를 일으켰던 것은 6월호의 「게잡이 공선 그 2」였다. 「게잡이 공선 그2」는 분명히 불경스러운 면이 있었다고 할 수 있었다. 그럼에도 「게잡이 공선 그2」가 『전기』6월호의 발매 금지 처분의 직접적인 이유는 아니었다. 1929년 6월 발행의 『출판경찰보』제 9호를 보면, 『전기』6월호에 대하여 '본지는 일본 공산당 지지를 주장하여 농민의 지주에 대한 투쟁을 선동적으로 기술하는 외, "사건의 진상" 이라는 제목으로 제남(済南)사건에 관한 허위 사실을 게재하여 반군 사상을 고취하였다' 라고 이 잡지의 발매 금지 사항을 기술하고 있는데, 「게잡이 공선 그2」에 대한 언급은 없다. 즉 위 자료에 의하면 「게잡이 공선 그2」가 불경스러운 면이 있다고 해도, 「게잡이 공선 그2」가 『전기』 6월호의 발매 금지 처분의 직접적인 이유는 아니었다는 것을 알 수 있다. 한편, 「게잡이 공선」이 불경죄로 문제가 되었던 것은 그 후 전기사로부터 단행본으로 출간된 이후의 일이다.

다음에 전기사로부터 발행되었던 「게잡이 공선」의 단행본에 대하여 살펴보기로 한다.

전기사로부터 발행된 「게잡이 공선」의 단행본은 전부 세 권이다. 그것은 각각, 1929년 9월 발행의 『게잡이 공선 〈일본 프롤레타리아 작가총서 제2편〉』(이하 『게잡이 공선』이라고 약한다), 1929년 11월 발행의 『게잡이 공선 개정판 〈정본 일본 프롤레타리아 작가총서〉』(이하 『게잡이 공선 개정판』), 그리고 1930년 3월에 발행된 『게잡이 공선 개정 보급판 〈정본 일본 프롤레타리아 작가총서〉』(이하 『게잡이 공선 개정보급판』)이다.

그러면, 우선 1929년 9월 발행의 초판본 『게잡이 공선』을 살펴보자. 전기사로부터 1929년 9월 25일에 발행된 초판본 『게잡이 공선』의 특징은 복자를 거의 행하고 있지 않다는 점이다. 이 판에 보이는 복자는 전부 9개 부분뿐이다. 그것은 '졸도', '잔학' '보지(おそゝゝ)' '보지' '잔학' '잠(潜)입' '대포' '중유(重油)' '총살'이라는 단어로, 이것보다 훨씬 위험하다고 생각되는 '적화 운동'과 '천황 폐하', 그리고 '죽인다(殺す)'와 같은 단어는 복자가 되어 있지 않다. 실로 형식적인 복자 작업을 했다고 말할 수 있다.

이것에 대하여, 야마다는 '이것은 내부의 사무 운영상의 엇갈림 때문이었다'라고 『프롤레타리아문화의 청춘상』(1983년 2월 발행, 신일본출판사)에서 쓰고 있다. 그는 같은 책에서 "'게잡이 공선'을 전기사로부터 단행본으로 낼 때, 출판부장인 미야모토 기쿠오(宮本喜久雄)가 복자를 양쪽 모두 복원하여 버렸다' 라고, 담당자끼리의 엇갈림이 있었다고 쓰고 있는 것이다. 여기에서 양쪽이라는 것은 『전기』의 5월호와 6월호를 가리키는 것이지만, 이것을 보면 출판물에 대한 모든 책임이 있는 발행 겸 인쇄자인 야마다와의 상담 없이, 초판본 『게잡이 공선』이 발행되었다고 생각할 수 있다. 복자를 복원한 초판본 『게잡이 공선』은 발행된 날에 발매 금지 처분을 당하지 않을 수 없었다.

1929년 10월에 발행된 『출판경찰보』 제13호의 '사상관계출판물해제' 에는 이 판본의 발매 금지 이유가 이렇게 기록되어 있다.

「게잡이 공선」 「1928년 3월 15일」의 두 편을 수록하였다. 어느 것도 일찍이 『전기』에 게재되어, 그 때문에 『전기』는 발매 금지를 당했다. 전자는 캄차카 바다에 출어하는 게잡이 공선의 잔학한 작업 상태 및 처참한 내부의 생활 상태를 묘사한 것이고, 후자는 소위 3·15사건 당시에 구속, 심문, 고문 등의 모습을 쓴 것. 묘사가 극히 정교하고 치밀하여 안녕 질서 괴란의 이유에 의하여 9월 25일 발매 금지 처분을 받았다.

다음에, 1929년 11월 발행의 『게잡이 공선 개정판』에 대하여 살펴보자. 『게잡이 공선 개정판』은 9월 발행의 초판본 『게잡이 공선』이 발매 금지 처분이 되었기 때문에, 어느 정도의 복자를 행하여 개정판으로써 발행된 것이다. 이 판의 복자는 51개소이다. 이것은 초판본 『게잡이 공선』

보다 많지만, 『전기』의 초출(初出)보다는 적다. 한편 초판본 『게잡이 공선』은 「1928년 3월 15일」도 수록하고 있지만, 11월의 『게잡이 공선 개정판』에 있어서는 「1928년 3월 15일」을 빼고 있다. 그것은 "'3월 15일' 그것이 현재의 검열 제도 치하에서는 발매 분포를 금하여지는 것으로 되어 있다'라고, 11월의 『게잡이 공선 개정판』의 후기에서 기술하고 있는 그대로이다.

이렇게 하여 보면, 9월 발행의 초판본 『게잡이 공선』에 대한 발매 금지 처분의 대상은 「게잡이 공선」이 아니고, 「1928년 3월 15일」이었다는 것을 알 수 있다. 『게잡이 공선 개정판』은 11월 8일 발행 이래, 11월 10일 3판, 12월 15일 19판, 12월 25일 23판과 같이 넝상한 기세로 판을 거듭하여 갔다. 한편, 12월 15일 19판, 12월 25일 23판에서는 초판본 『게잡이 공선』의 복자의 내용으로, 복자의 수를 되돌려서 발행하고 있다. 이 판이 발매 금지에 처해졌던 것은 다음해인 1930년 2월 15일로서, 발행으로부터 약 3개월이 지난 뒤의 일이었다.

1930년 3월 발행의 『게잡이 공선 개정 보급판』은 전 달의 『게잡이 공선 개정판』의 발매 금지에 의하여, 출판된 것이다.

『게잡이 공선 개정 보급판』의 복자의 내용은 『게잡이 공선 개정판』과 거의 같아서, 같은 사람이 복자 작업을 했다고 보인다. 하지만 새롭게 불경죄 부분의 일곱 행이 전부 「××」로서 복자가 되어 있다. 이것은 이 판의 담당자가 『게잡이 공선 개정판』의 발매 금지는 불경죄 부분의 문제이다 라고 판단하였기 때문일 것이다. 이 판에는 『게잡이 공선 개정판』과 똑같이 '적화 운동'이라는 단어가 복자가 되어 있지 않다. 그러나 이 판은 마지막까지 발매 금지 처분이 되지 않았다. 아직 그러한 시기이기도 했다.

『게잡이 공선 개정 보급판』의 특색은 삽화가 세 개 들어가 있는 점이다. 세 개의 삽화는 각각, 한 페이지 전부를 사용하여 그려져 있다. 그것은 감독이 잡부를 괴롭히고 있는 장면, 죽은 어부의 밤샘(通夜) 장면, 그리고 스트라이크 후에 어부가 감독을 후려갈기는 장면의 그림 등이다.

4. 상업 출판사의 판본

그러면, 전기사 이후에 발행된 「게잡이 공선」의 각종 판본에 대하여 생각해 보자.

먼저 1931년 2월, 개조사로부터 『현대문학전집 제62편』으로서 발행된 『프롤레타리아 문학집』과 같은 해 5월에 같은 출판사로부터 나온 『게잡이공선 태양이 없는 거리 철 이야기』를 살펴보기로 하자.

『프롤레타리아 문학집』에서는 프롤레타리아 문학 진영의 9명의 작가의 작품이 수록되어 있는데, 다키지의 「게잡이 공선」도 그중 하나이다. 이 책은 3단 조판의 구성으로 되어 있고, 이 「게잡이 공선」판의 마지막 한 페이지에는 다키지의 자필 연보가 붙여져 있다. 복자는 31개소로, 그 내용은 대체로 전기사의 『게잡이 공선 개정 보급판』에 준하고 있다. 하지만 불경죄 부분의 3단 조판의 한 페이지가 '이 페이지 전부 삭제/(此の頁全部削除)'로써 모두 새하얗게 삭제되어 있다.

이 책이 나오기 전 해인 1930년 7월 19일, 다키지는 「게잡이 공선」의 불경죄의 추가 기소를 받았다. 이 판에 보이는 불경죄 부분의 3단 조판의 한 페이지 삭제는 말할 것도 없이 이 사건을 의식하고 있었기 때문일 것이다. 그러나 이 판은 불경죄 부분을 완전히 삭제하였음에도 불구하고, 발행되기도 전에 발매 금지에 처해졌다. 발행 날짜는 2월 15일, 발매 금지 날짜는 2월 7일이었다.

한편, 개조사로부터 5월에 출판된 「게잡이 공선」판은 도쿠나가 스나오의 「태양이 없는 거리」와 나카노 시게하루의 「철 이야기」와 함께 수록된 것이다. 이 판의 복자는 60개소로, 동사(同社)의 2월 발행의 판보다 복자가 두 배나 늘어 있다. 더욱이 아무 표시도 하지 않고, 61-62 페이지의 두 페이지에 걸쳐서 새까맣게 삭제되어 있다. 그것은 어부와 잡부에 대한 감독과 잡부장의 학대 부분이다.

이렇게 개조사라는 같은 출판사로부터 출판되었지만, 겨우 3개월 사이에 두 판의 복자의 개소가 틀리다. 이것은 2월 발행의 『프롤레타리아 문학집』이 발매 금지 처분을 받았기 때문에, 5월 발행의 『게잡이 공선 태양이 없는 거리 철 이야기』의 때에는 신중하게 복자 작업을 했기 때문이라고 생각된다. 이 판에서는 '구축함' '적화' 등의 단어가 새로 복자가 되어 있다. 이러한 단어를 보아도, 복자 작업에 상당히 머리를 짰다고 생각할 수 있다. 결국 이 판은 발매 금지가 되지 않았다.

두 번째로, 1933년 3월 국제서원에서 발매된 『고바야시 다키지 전집 제2권』 가운데의 「게잡이 공선」판을 보기로 하자.

이 『고바야시 다키지 전집 제2권』은 전월(前月)에 있은 다키지의 죽음을 추모하여, 일본 프롤레타리아 작가 동맹 출판부로부터 간행되었던 것이

다. 이「게잡이 공선」판에 보이는 복자는 60개소이지만, 그 외에 본문의
문장이 군데군데 삭제되어 있다. 삭제된 부분은 전부 7개소로, 32행 이상
이다. 삭제된 부분은 성(性)에 대한 묘사, 감독의 학대 묘사 등이지만, 전
혀 문제가 되지 않는다고 생각되는 부분도 있다.

이 판의 복자의 내용은 대체로 기존의「게잡이 공선」판에 준하고 있다.
이 판은 함부로 삭제되었음에도 불구하고, 발매되자마자 발매 금지 처분
을 받았다. 결국 국제서원의『고바야시 다키지 전집』은 이 한 권뿐으로,
계속되어 발행될 수가 없었다. 1933년 5월 발행의『출판경찰보』제 56호
'금지출판물 목록 및 금지요항(안녕·단행본)'의 항목에는 이 판본의 발매
금지 이유가 다음과 같이 기술되어 있다.

본서는「게잡이 공선」및「부재지주」의 두 편을 포함한다. 이들 소설은 이
미 출판될 때, 불문(不問)으로 그렇게 되는 것으로써 한편 특히 불온한 개소
(個所)는 많은 복자를 사용하고 있지만, 여전히 계급 투쟁을 선동하고 또한
불경에 해당하는 점 및 1932년 4월 11일의 기사 금지 사항에 해당하는 기사
가 있음으로, 현 사회 정세에 비추어 이번에 다시 금지 처분으로 되는 것이
다. (후략)

세 번째로, 1933년 4월 신조사로부터 문고판으로 발행된『게잡이 공선
부재지주』와 다음해 5월 역시 문고판으로 개조사로부터 나온『게잡이 공
선 공장세포』를 비교하여 보기로 한다.
이 두 문고판의 복자의 내용은 거의 일치하고 있다.

요컨대 이 두 문고판은 발행 전에 두 출판사 담당자끼리의 사전의 담합이 있었음에 틀림없다. 두 판 모두 복자 작업은 정성껏 행하여져 있고, 그 수는 신조문고 「계잡이 공선」판이 198개소, 개조문고 「계잡이 공선」판이 214개소 보인다. 복자는 신조문고 판보다 개조문고 판 쪽이 약간 심하지만, 그 차이는 거의 없다고 하여도 좋은 정도이다. 두 판의 복자의 특징은 복자의 부분이 단어가 아니라, 문장과 같이 길게 되어 있는 곳이 두드러진다는 점이다. 이것은 복자라기보다, 삭제에 가까운 것이라고 할 수 있다.

그런데 신조문고 「계잡이 공선」판과 개조문고 「계잡이 공선」판은 검열에 있어서, 전혀 다른 판정을 받게 된다. 검열에 있어 신조문고 판은 문제가 되지 않았지만, 개조문고 판은 발매 금지에 처해졌다. 복자의 내용이 거의 같은데도, 전연 반대의 결과가 나왔던 것이다. 이것은 개조사 판의 경우 일반적 검열 표준이 아니고, 특수적 검열 표준에 의하여 취급되었기 때문임에 다름 아니다. 개조사의 경우, 이미 두 차례에 걸친 「계잡이 공선」의 발행 전력이 있었기 때문인지도 모른다. 그러나 그것만이 아니다.

그 당시 검열을 담당하고 있었던 곳은 내무성 경보국의 도서 검열과(圖書檢閱課)였다. 하지만 실제로 검열에 종사하고 있던 사람은 임시의 말단 직원이어서, 검열의 기준은 애매했다고 할 수 있다. 하타카나카 시게오(畑中繁雄)는 『각서 쇼와출판탄압소사(覚書 昭和出版弾圧小史)』(1965년 8월 발행, 도서신문사)에서 당시의 검열 상황을 다음과 같이 쓰고 있다.

전술과 같이 언론 2법이 어디까지, "신성한" 국체(国体)수호=천황제적 지배 권력의 방위를 궁극의 목적으로 하고 있었던 것은 자명하다고 해도, 그러나 법률 그것의 규정은 매우 추상적이어서 개개의 케이스에의 적용이 되면, 그렇게 세밀하게 기준이 제시되어 있던 것은 아니었다. 사실상 검열의 말단 사무를 직접 담당하고 있었던 것은 하급 관리(그 대부분은 임시 직원이었던 모양이다)이었기 때문에, 법률의 적용에 있어서는 확대 해석도 남용도 모두 그들 하급 관리의 주관적(主觀的) 해석에 맡겨져 있었던 것이 된다.

이렇게 하급 관리의 주관적 해석에 의하여, 같은 복자의 내용의 판본이어도, 전혀 반대의 결과가 나왔던 것이다. 한편 '1933년경, 검열계 한 사람당의 하루 검열 분담 량은 대충 계산하여도 118건에 달하고 있다'(오기노 후지오(荻野富士夫)『증보 특고경찰체제사 사회운동억압단속의 구조와 실태』1988년 11월 발행, 세키타(せきた)서방)고 한다. 하루의 검열 분담 량이 이 정도이면, 하급 관리가 주관적 해석을 하지 않을 수 없었을 것이다.

한편, 국제서원의『고바야시 다키지 전집 제2권』의 발매 금지 이유가 실려 있는『출판경찰보』제56호의 '금지출판물 목록 및 금지요항(안녕·단행본)'의 같은 페이지에, 개조문고판의 발매 금지 이유가 '4월 6일에 금지 처분이 된 "고바야시 다키지 전집 제2권" 중의 "게잡이 공선"을 포함하고 있어서 다시 금지 처분으로 하는 것이다' 라고 기술되어 있다.

네 번째로, 1935년 3월, 나우카 사로부터 발행된『고바야시 다키지 전집 제1권』가운데의 「게잡이 공선」판과 1937년 1월『현대장편소설전집 제11권』으로서 미카사 서점으로부터 발행된『게잡이공선 태양이 없는 거리』중의 「게잡이 공선」판에 대하여 생각해 보자.

나우카 사로부터 발행된『고바야시 다키지 전집 제1권』은 사실상 최초의『고바야시 다키지 전집』이다. 단행본과 문고본의 「게잡이 공선」판은 차치하고, 나우카사 판은 전집의 판본이기 때문에 중요한 의미를 가지고 있다고 할 수 있다.

그러나 이 판도 기존의 판본에 준하여 복자가 적당히 행하여져 있다. 복자의 수는 127개소인데, 불경죄 부분이 '(이하 7행 삭제)'로 되어 있다. 이 판의 특색은 복자를 행한 방식이 「××」가 아니고, 주로 「……」이라는 방법을 취하고 있다는 점이다. 그렇기 때문에 이 판에서는 간혹 복자의 「……」와, 문장 부호의 「……」가 오인되어지는 경우도 보인다.

1937년 1월에 출판된 미카사 서점의 「게잡이 공선」판은 전전의 마지막 판본이다. 이 판의 복자는 주로 공백의 「　」와 「……」, 그리고 드물게는 「××」로서 행해지고 있다. 복자는 121개소이고, 불경죄의 부분이 나우카사 판과 똑같이 '(이하 7행 삭제)'로 되어 있다.

한편 이 판을 조사하여 보면, 이 판의 복자의 내용이 나우카사 판과 거의 차이가 없다는 것을 알 수 있다. 그렇다고 하면 미카사 서점 「게잡이 공선」판을 발행할 때, 이 판의 담당자가 나우카사 「게잡이 공선」판의 복자 부분을 그대로 사용하였음에 틀림없다. 그것은 나우카사 판의 경우, 발매 금지 처분을 받고 있지 않았기 때문이다.

그런데, 나우카사 판과 미카사 서점 판은 복자를 행한 방식이 다르다.

즉 나우카사 판의 경우, 복자를 행한 방식으로 주로 「……」가 사용되어져 있고, 공백의 「　」는 2개소에 불과하다. 이것에 대하여, 미카사 서점 판은 「……」보다 공백의 「　」가 많아, 복자의 대부분이 공백의 「　」로써 처리되어 있다. 그리고 이 공백의 「   」는 복자의 부분이 한 자(一字)이어도, 혹은 열 자이어도, 모두 같이 한 자분 정도의 공백으로 한다고 하는 활자의 조립 방법으로 되어 있다. 이렇게 하는 것에 의하여, 마치 복자가 없는 것처럼 꾸미고 있는 것이다. 하지만 1937년의 미카사 서점 판은 이러한 판이 되지 않을 수 없었다.

『일본출판백년사연표(日本出版百年史年表)』(1968년 10월 발행, 일본서적출판협회)에서의, 1936년 9월 8일의 '출판관계' 란에 '내무성 경보국, 사상상·풍속괴란 상으로, 부당한 문자를 감추는 복자가 오히려 역효과를 낳는다는 견해로부터 복자의 남용 배제 외, 황실관계 문자의 오식(誤植)단속에 대하여 강화 방침을 전국특고과장회의에서 명시' 라고 하는 사항이 보인다. 이렇게 1936년이 되면, 복자가 오히려 역효과를 낳는다고 하여 그 일소(一掃)가 명령되었다. 결국 복자조차 타부가 되는 시대가 왔던 것이다. 요컨대 1936년 이후에는 복자를 사용할 수가 없었기 때문에 미카사 서점 판과 같은 판본이 나왔음에 다름 아니다.

제3장

하야마 요시키(葉山嘉樹)의
「바다에 사는 사람들(海に生くる人々)」과
고바야시 다키지(小林多喜二)의
「게잡이 공선(蟹工船)」 비교 연구

1. 들어가며

하야마 요시키(葉山嘉樹)의 「바다에 사는 사람들(海に生くる人々)」(1926년)은 일본프롤레타리아 문학의 기념비적인 작품으로, 일본프롤레타리아 문학은 이 작품의 등장에 의하여 비로소 그 예술적 수준을 인정받게 된다. 「바다에 사는 사람들」은 이제까지 조직을 가지지 않았던 여러 해상노동자들의 모습과, 그들이 점차로 계급적인 자각을 가지고 일어나는 광경이 광채로 빛나는 필치로 묘사되어 있다. 그리고 비참하고 어두운 제재(題材)가 조금도 음울하게 느껴지지 않고, 아름다운 서정시(抒情詩)를 연상시킬 만큼 뛰어난 장면으로 그려진 스케일이 큰 서사적인 작품이라고 할 수 있다.

고바야시 다키지(小林多喜二)는 일본프롤레타리아 문학을 대표하는 작가이다. 그리고 그의 「게잡이 공선(蟹工船)」(1929년)은 일본프롤레타리아 문학을 대표하는 작품이다. 고바야시 다키지는 이 작품에서 감독의 잔혹한 노동과 착취에 대한 어업노동자들의 저항을 선명하게 그려냈다.

본 장에서는 우선 하야마 요시키가 쓴 「바다에 사는 사람들」의 문학적 의의에 대해서 살펴본다. 또 고바야시 다키지의 「게잡이 공선」이 갖는 의의에 대해서 생각해본다. 그리고 「바다에 사는 사람들」과 이 작품에서 큰 영향을 받은 고바야시 다키지의 「게잡이 공선」의 관계를 비교·고찰해보기로 한다.

2. 하야마 요시키(葉山嘉樹)의「바다에 사는 사람들(海に生くる人々)」

하야마 요시키(1894-1945)는 후쿠오카현(福岡県)에서 태어났다. 그는 와
세다(早稲田)대학 문과(文科)에 입학했지만, 선원이 되려고 생각해 등교하
지 않고 학비도 내지 않았기 때문에 제적된다. 그 뒤 그는 하급선원 견습
생이 되어 캘커타 항로의 화물선을 타고, 선원수첩을 받은 뒤에는 요코하
마(横浜)와 무로란(室蘭)항을 왕복하는 석탄선 만지마루(万字丸)를 탄다.

그 후 그는 여러 가지 직업을 전전한다. 1921년『나고야 신문』의 기자
를 하면서 노동운동에 관여하여, 일본공산당의 지도를 받는 노동조합 활
동가 조직에서 활동했다. 그리고 1923년 나고야(名古屋)에서 공산당 관련
사건으로 검거되어 나고야형무소에 수감되었다. 그는 옥중에서「매춘부
(淫売婦)」,「난파(難破)」(후에「바다에 사는 사람들」)를 탈고한다.

하야마 요시키가 처음 발표한 소설은 1924년 10월『문예전선(文芸戦
線)』에 게재된「감옥의 반나절(牢獄の半日)」이다. 이 단편은 평가를 거의
받지 못했지만, 1925년 11월『문예전선』에「매춘부」가, 그리고 다음 해 1
월「시멘트 통 안의 편지(セメント樽の中の手紙)」가 발표되자, 그는 곧 재
능 있는 신인으로 주목받기 시작했다. 그리고 여기에「바다에 사는 사람
들」이 커다란 반향을 불러일으키며 간행된 것이다.

「바다에 사는 사람들」은 일찍이 하야마 요시키가 무로란과 요코하마를
왕래하는 석탄선에 탔던 자신의 체험을 바탕으로 하여 쓴 작품이다. 그러
므로「바다에 사는 사람들」에 등장하는 인물들은 구체적인 모델이 있는
데, 우선 하다(波田)는 하야마 요시키 자신의 분신이라고 할 수 있다. 또

후지와라(藤原)는 작가의 나고야에서의 노동운동 시대의 모습이 투영되어 있다. 그리고 이 작품에 나오는 오구라(小倉), 미카미(三上)라는 하급선원, 요시타케(吉竹) 선장과 구로카와(黑川) 일등항해사 등은 모두 하야마가 타고 있던 만지마루의 승무원이 모델이 되어 있다. 또 「바다에 사는 사람들」의 내용은 1921년 이후 그가 나고야에서 활동한 노동운동의 체험을 빼놓고 이야기할 수 없다.

하야마 요시키의 문학은 사상성, 혁명성이 부족하다고 하여 오랫동안 정당한 평가를 받지 못하였다. 일본의 프롤레타리아 문학이 혁명성에 치우친 나머지 이데올로기주의에 빠져 관념적인 면을 많이 가지고 있는 것에 대하여, 하야마 요시키는 어느 작품에도 인간적이고 자연스러운 감정을 가지고 접근하였다. 또 초기부터 전쟁 말기까지 민중에 대한 사랑이 일관되게 그의 문학 기조에 흐르고 있다. 서민성, 유머, 서정적 성격 등 당시에는 혁명적이 아니라고 간주되어 부정되었지만, 오히려 이러한 곳에 하야마의 문학이 지금도 생생한 생명력을 가지고 있는 근거가 되어 있다.

「바다에 사는 사람들」은 1926년 10월에 가이조(改造)사에서 단행본으로 간행되었다. 일본프롤레타리아 문학운동 초기의 기념비적 작품으로서 높은 평가를 받고 있는 「바다에 사는 사람들」은 하야마 요시키의 자작 연보(年譜)에 의하면, 1917년경부터 1923년에 걸쳐 약 6년간 쓰인 작품이다. 「바다에 사는 사람들」은 발표되었을 때, 당시 많은 작가·평론가들에게 높은 평가를 받았다. 일본프롤레타리아 문학의 대표적인 이론가인 구라하라 고레히토(藏原惟人)는 "일본문학에서 이때까지 노동자 생활을 묘사한 작품이 없었던 것은 아니지만, 노동자 생활과 투쟁, 그 여러 가지 성격을 이렇게 큰 스케일로 구체적으로 생생하게 묘사한 작품은 하야마의 이 작품 이전에는 없었다. 이러한 의미에서 하야마의 「바다에 사는 사람들」은 일본프롤레타리아 문학 역사에 있어서도 실로 획기적인 작품이라고 할 수 있다."[1] 라고, 이 작품을 높게 평가했다.

또한, 나카노 시게하루(中野重治)는 이 작품의 의의에 대하여 다음과 같이 설명한다.

「바다에 사는 사람들」은 일본 해상(海上)노동자를 취급한 상당히 로맨틱한 장편소설로, 일본의 소위 프롤레타리아 문학 가운데 가장 중요한 작품의 하나이다. 또한 메이지 이후 일본이 근대소설 가운데 가장 중요한 작품의 하나이다. 그리고 1920년대부터 1930년대에 걸친 세계의 새로운 문학 가운데 중요한 작품의 하나이다.

이 작품이 단행본으로 간행된 해는 1926년이다. 그 전의 1917년 러시아 혁명으로 새로운 문학작품이 이제까지 나온 적이 없던 모습으로 나타났다. 이런 작품과 어깨를 나란히 하여 당시 일본문학이 낳을 수 있는 작품으로서 그들에게 전혀 손색이 없다. 거기에 여러 문제는 있지만 이러한 작품이라고 나는 생각한다.[2]

나카노 시게하루는 하야마의 「바다에 사는 사람들」이 일본프롤레타리아 문학은 물론, 일본 근대문학뿐만 아니라 세계문학 가운데에서도 중요한 작품이라고 평가한다. 구라하라 고레히토와 나카노 시게하루가 평가하듯이, 하야마의 「바다에 사는 사람들」은 이전 일본문학에는 없었던 새로운 문학의 등장이라는 데에 그 문학적 의의가 있다고 할 수 있다.

3. 고바야시 다키지(小林多喜二)의 「게잡이 공선(蟹工船)」

고바야시 다키지(1903-1933)는 아키타현(秋田県)의 가난한 농가에서 태어났다. 1907년 12월 고바야시 일가는 가난을 피하여 홋카이도로 이주하여 온다. 고바야시 다키지는 1921년 백부의 원조로 오타루(小樽)고등상업학교에 입학하여, 1924년에 학교를 졸업하고 홋카이도 척식(北海道拓植)은행 오타루 지점에 취직한다. 1927년경부터 그는 사회과학을 배우면서 사회의 모순을 알게 되고, 그 후 오타루의 노동운동에 직접 참가하며 프롤레타리아 문학운동에도 적극적인 관계를 가지게 된다.

그는 구라하라 고레히토의 영향을 받아 공산당을 중심으로 한 노동자의 탄압을 그린 「1928년 3월 15일」을 『전기(戰旗)』에 게재하며 본격적인 프롤레타리아 문학활동에 들어간다. 이후 대표작인 「게잡이 공선」을 쓰고, 「부재지주(不在地主)」, 「공장세포(工場細胞)」 등을 완성하며 일본프롤레타리아 문학의 대표적인 작가로 인정받는다. 그러나 그는 가두 연락 중에 체포되어 그날 특고(特高)의 고문에 의하여 학살되었다. 만 29세 4개월이었다. 사후 일본문학에서 처음으로 공산주의적 인간의 조형에 성공하였다고 평가받는 「당 생활자(黨生活者)」가 출판되었다.

「게잡이 공선」은 『전기』의 1929년 5월호와 6월호에, 전편과 후편의 2회로 나누어져 발표되었다. 이 작품이 얼마나 호평이었던가는 그 당시의 자료를 보면 알 수 있다. 데즈카 히데다카(手塚英孝)는 『일본근대문학대

사전(日本近代文学大事典)』(제2권, 1976년 11월 발행, 일본근대문학관)에서, 「게
잡이 공선」에 대하여 "1929. 9, 11, 1930. 3, 전기사(戦旗社) 간행의 3권
중 처음의 2권은 발매금지가 되었지만, 배포망에 의하여 반 년간 35,000
부 발행. 그 외 전전(戦前) 7권의 각종 판본은 후기가 됨에 따라 복자가 많
다."라고 기술하고 있다. 당시 이 작품이 얼마나 인기가 있었는가를 알
수 있는 대목이다.

다키지는 1926년 게잡이 공선에서 일어난 사건과 북양어업에 대해서 3
～4년에 걸친 면밀한 취재를 통해 「게잡이 공선」을 완성했다. 고바야시
다키지의 「게잡이 공선」은 한 마디로 말하면, 자본가의 잔혹한 노동과 착
취에 대한 어업노동자들의 저항을 그린 작품이다. 다키지는 「게잡이 공
선」에서 지금까지 굴종밖에 몰랐던 어업노동자들이 자신들의 힘에 눈을
뜨며, 자신들의 손으로 자본가의 착취에 대항해 가는 일련의 과정을 훌륭하
게 그려내고 있다. 이 작품에서는 어업노동자들의 현실을 인식하여 가는
과정이 객관적이고 자연스런 형태로 그려져 있다.

쓰보이 시게지(壺井繁治)는 「게잡이 공선」을 높게 평가하고, 이 작품이
다키지의 인생 주제와 겹쳐 있다고 하면서 다음과 같이 말한다.

다키지가 '이 시대를 어떻게 살아가야 하는가' 라는 자기추구의 문제가 이
작품의 주제추구와 입체적으로 겹치고 있는 곳에 나는 큰 매력과 관심이 있
다. 「1928년 3월 15일」이 전위적인 인간 혹은 자신의 한계를 돌파하여 전위
적이 되려고 하는 인물의 등장을 통해 자기검증의 길을 확고히 한 것이 주제
라면, 이 「게잡이 공선」은 이름도 없는 최하층의 잡다한 인물들이 이제까지

자신들이 처해 있던 극한적 상황, 거의 넘을 수 없다고 생각한 그 한계를, 쟁의(爭議)를 하나의 기폭점으로 삼고 돌파하여 천황제 절대주의 권력과 대결하는 식으로 마지막 주제가 좁혀 있고, 이 주제추구가 동시에 다키지가 이제부터 살아가려고 하는 인생 주제와 겹쳐 있다.[3]

쓰보이 시게지의 말대로 다키지는「게잡이 공선」에 나오는 어업노동자의 불굴의 길을 그대로 자신의 길로 하여 걸어갔다. 어업노동자들이 첫 번째 파업 실패에도 불구하고 다시 한 번 파업을 일으켰듯이, 그는 천황제 경찰의 어떠한 탄압에도 굴하지 않고, 마지막까지 자신의 길을 관철해 갔다.

「게잡이 공선」은 고바야시 다키지의 대표작으로서 일본프롤레타리아 문학뿐만이 아니고, 일본 근대문학사에 있어서 획기적인 작품이다. 하야마 요시키의「바다에 사는 사람들」이 최초로 일본프롤레타리아 문학을 예술적 수준으로 끌어올린 작품이라고 한다면,「게잡이 공선」의 역사적 의의는 일본프롤레타리아 문학을 사상(思想)의 영역으로까지 넓혀 그 새로운 지평을 열었다는 것에 있다. 이 작품에서는 노동자의 구체적인 행동이 정치적인 의도를 가지고 묘사되어 있다.「게잡이 공선」에 의하여 일본프롤레타리아 문학운동은 그 앙양기를 이루어 내게 되었다.

한편, 하야마 요시키의 작품은 고바야시 다키지에게 커다란 영향을 주었다.

1926년 9월 14일 일기에[4], 다키지는 하야마의『매춘부』는 "어느 의미에서 자신에게 쾅! 하고 왔다." 라고 쓰고 있다. 하야마의 작품에서 보이는

"하나의 태도 - 의식, 이것이 자신에게는 없는 것이다. 엄밀히 말하면 자신에게도 '의식'은 있지만, 그것이 그 정도 '정열적으로', '구체적으로' 나오지 않는다. 부르주아에 대한 프롤레타리아의 계급의식, 생산계급의 소비, 유한계급에 대한 반항의식, 착취된 의식, 이러한 것이 인도주의적인 마음에 뒷받침되어 가득 차 있다. 이러한 '작품의 청신함'에 나는 큰 감명을 받았다."라고 다키지는 자신을 돌아보고 있다. 이것은 하야마의 작품 속에는 사상적·추상적인 내용이 아니고, 구체적인 생활이 있다는 다키지의 발견이었다.

다키지는 하야마 요시키의 작품에 깊은 감명을 받아서, 1929년 1월 15일 하야마 요시키에게 "나는 당신의 작품에서 외국의 어느 작가보다도 많은 가르침을 받고 있습니다. 나는 이후에도 나와 접하는 모든 사람들에게 『신선 하야마 요시키집(新選葉山嘉樹集)』을 추천할 것입니다."[5] 라는 편지를 보내고 있다.

뒤에 다키지는 "나는 하야마의 소설에 처음으로 목덜미를 잡혔다고 말해도 좋다. 그것은 실로 '강인한 팔'이었다. 하야마는 일본문학이 이제까지 결코 가지지 못했던 '늠름한 문학'을 내걸고 등장했다. 그 최초의 작가였다. 「바다에 사는 사람들」은 나에게 검을 들이댄 '코란'이었다."라고 회고하면서, 그는 "하야마를 나는 자신의 아버지라고 생각하고 있다."라고 말한다.[6] 일본프롤레타리아 문학의 대표 작가인 고바야시 다키지가 하야마 요시키에게 얼마나 큰 영향을 받았는가를 알 수 있다. 무엇보다 「게잡이 공선」은 「바다에 사는 사람들」의 영향을 강하게 받은 작품이다.[7]

4. 「바다에 사는 사람들」과 「게잡이 공선」의 비교

하야마의 「바다에 사는 사람들」과 고바야시의 「게잡이 공선」은 비슷한 점이 많다. 두 작품은 어업노동자를 작품 대상으로 했다는 것과 노동자의 파업, 그리고 두 작품 모두 난파선이 등장한다는 점 등 여러 가지 면에서 공통점을 가지고 있다. 그리고 두 작품은 사실을 바탕으로 해서 쓴 작품 이라는 공통점도 있다. 하야마는 선원생활의 체험을 바탕으로 해서 「바다에 사는 사람들」을 썼고, 고바야시 다키지는 당시 사회적인 문제가 되고 있었던 게잡이 공선을 취재하여 「게잡이 공선」을 썼다.

하지만 이러한 공통점에도 불구하고 두 작품은 차이가 많다. 어업노동자를 주인공으로 하고 있다는 점에서 공통점을 가지고 있고, 「게잡이 공선」은 「바다에 사는 사람들」의 영향을 많이 받은 작품이지만, 두 작품은 상당히 많은 부분에서 차이점을 보인다. 여기에서 두 작품의 차이를 비교해 본다.

첫째, 「바다에 사는 사람들」에서 배의 실권을 가지고 있는 사람은 선장이지만, 「게잡이 공선」에서 배의 실권을 가지고 있는 사람은 감독(監督)이다.

「바다에 사는 사람들」에서 배의 실권을 가진 권력자는 선장이다. 이 작품에서는 선장이 배의 운항과 선원에 대한 처우 등, 배에 대한 모든 것을 명령한다. 또한 이 작품에서는 선장이 실권의 상징인 권총을 가지고 있다.

하지만 「게잡이 공선」에서 배의 실권을 가지고 있는 사람은 선장이 아

니고, 감독이다. 이 작품에서 선장은 단지 배의 얼굴을 담당할 뿐이며 배
를 실질적으로 관리하는 사람은 감독이다. 그러므로 이 작품에서는 감독
이 권총을 가지고 어업노동자들을 위협하기도 한다. 권총을 가지고 있다
는 것은 어업노동자들을 살해할 수도 있다는 의미이다. 즉 그에게 그 만
큼의 힘을 부여하고 있다는 사실을 말한다.

이것은 난파선 사건을 보아도 알 수 있다.

「바다에 사는 사람들」에서도「게잡이 공선」에서도 난파선이 등장한다.
「바다에 사는 사람들」에서 무로란 항을 출항한 만주마루는 폭풍우에 침
몰한 배를 발견한다. 이 작품에서는 난파선을 발견한 광경이 다음과 같이
묘사되고 있다.

브리지에는 망원경이 있었기 때문에 그 기선이 구조신호를 보내며 난파표류
하고 있다는 사실을 알 수 있었다. 브리지는 즉각 엔진을 향해 전속력으로 전
진하라고 명령했다. 구조에 나서려고 하는 것이었다. (중략) 선장은 방금 전에
내린 명령을 번복하여 다시 방향을 원래대로 돌렸다. 배는 채 5분도 지나지 않
아서 코스를 거의 반 바퀴나 돈 셈이 되었다. 배는 난파선 가까이 다가갈 수 있
었지만 각고의 노력 끝에 뱃머리를 원래의 위치로 되돌리고 말았다.

난파선을 구조한다는 것은 이 배도 함께 가라앉을 수 있다는 뜻이었으므로
뱃머리는 더 이상 방향을 바꾸지 않았다.[8]

침몰한 배를 발견한 선장은 난파선을 구조하기 위해 배의 방향을 돌리
지만, 곧 자신의 항로로 되돌아온다. 침몰된 배를 구조하려고 하면 자신

의 배가 위험하기 때문이었다. 무엇보다 "만주마루가 바닷물을 들이켜 배 속의 반을 채우는 바람에 익사 직전이었기" 때문이다. 만주마루는 구조에 나서려고 했지만 자신의 배가 위험해서 어쩔 수 없이 구조를 포기한다. 그리고 이러한 명령은 모두 선장이 내린다.

그런데 「게잡이 공선」에서는 다르다.

이 작품에서는 모든 결정을 감독이 내린다. 난파선으로부터 SOS 구조신호가 왔을 때, 선장은 구조를 위해 배를 돌리라고 명령하지만 감독인 아사카와(浅川)에 의해 저지당한다. 「게잡이 공선」에서 난파선의 조난 장면은 다음과 같이 묘사되어 있다.

폭풍 때문에 다들 잠을 이루지 못하고 있었다. 그때였다.

선장실에 무선사가 당황하여 뛰어 들어왔다.

"선장님 큰일입니다. S·O·S 입니다!"

"S·O·S? ― 어느 배인가?"

"지치부마루(秩父丸)입니다. 본선과 나란히 나아가고 있었습니다."

"고물선이야. ―그것은!" ― 아사카와가 비옷을 입은 채, 구석 쪽 의자에 크게 가랑이를 벌리고 앉아 있었다. 한쪽 구두 끝만을 깔보듯이 달그락달그락 움직이면서 웃었다. "하긴 어느 배라도 고물선이지만."

"조금도 지체할 수 없는 상황인 것 같습니다."

"음 그것은 큰일이군."

선장은 조타실에 오르기 위하여 서둘러 비옷도 걸치지 않고 문을 열려고

했다. 그러나 아직 열기 전이었다. 느닷없이 아사카와가 선장의 오른쪽 어
깨를 잡았다.[9]

　선장은 구조에 나가려고 하였지만, 감독인 아사카와가 그의 어깨를 잡
는다. 그것은 이 배의 출동을 명령할 수 있는 자가 이 배의 선장이 아니
고, 감독이었기 때문이다. 배의 지휘권을 가지고 있는 아사카와는 선장의
구조명령에 대하여, "그런 일에 관계되어봐. 일주일이나 망쳐 버려! 농
담이 아니야. 게다가 지치부마루에는 엄청난 보험이 걸려 있어. 고물선
이야. 침몰하면 이득이야." 라고, 잘라 말해 버린다. 이렇게 「바다에 사는
사람들」에서 배의 명령을 내리는 사람은 선장이지만, 「게잡이 공선」에서
배의 실권을 가지고 있는 사람은 감독(監督)인 아사카와이다.

　한편 「바다에 사는 사람들」에서 만주마루가 난파선의 구조에 가지 않
은 것은 어쩔 수 없는 선택이었다고 할 수 있다. 만주마루는 구조에 나서
려고 했지만 자신들의 배가 위험해서 난파선을 지나친다. 이해할 수 있는
부분이다. 하지만 「게잡이 공선」의 경우는 다르다. 여기에서 배는 자신들
의 배가 위험해서 지나치는 것이 아니고, 일부러 구조에 가지 않는다. 구
조신호를 무시한다. 난파선의 SOS 구조신호를 받으면 구조에 가는 것이
규칙인데도 불구하고, 감독은 자신들의 이익을 위해 난파선을 그냥 지나
치는 것이다.

　이렇게 난파선에 대한 대응 태도만 보더라도 「바다에 사는 사람들」과
「게잡이 공선」의 차이를 극명하게 볼 수 있다. 「바다에 사는 사람들」에
서는 '어쩔 수 없이' 난파선을 지나치지만, 「게잡이 공선」의 경우는 자

신들의 이익을 위해 '의도적으로' 난파선을 지나치는 것이다. 물론 여기에서 자신들의 이익이란 어업노동자의 이익이 아니고, 자본가의 이익을 말한다. 「바다에 사는 사람들」과 「게잡이 공선」의 간격을 알 수 있다.

둘째, 「바다에 사는 사람들」에서 하급선원들은 정규직이지만, 「게잡이 공선」에서 어업노동자들은 비정규직이다.

「바다에 사는 사람들」에서 하급선원들은 모두 정규직 선원이다. 혹은 정규직 선원이 아니었을지 모르지만, 정규직에 가까운 신분이었다고 할 수 있다. 그들은 각자 선원수첩을 가지고 있고, 선원 경력을 쌓으면 고등선원이 될 자격도 가질 수 있다. 정식으로 고용되지 않은 사람은 견습선원인 야스이뿐이었다. 그러므로 그들은 어느 정도 안정된 위치에 있다고 할 수 있다.

그런데 「게잡이 공선」의 어업노동자들은 계절노동자로서 모두 비정규직 노동자들이다. 그들은 4월부터 8월까지 게잡이 공선에서 일하는 단기노동자들이다. 불안정한 신분이었다.

또, 두 작품의 어업노동자들은 배에서 생활하는 기간이 다르다.

무로란에서 요코하마까지의 항로에 걸리는 시간은 3~4일이다. 짧은 구간이다. 그러므로 어업노동자들은 일이 힘들다고 해도 짧은 구간이니만큼 곧 도착할 육지를 기다리며 힘든 노동을 참을 수 있다.

하지만 「게잡이 공선」에서 어업노동자들의 작업기간은 4~5개월 정도이다. 4월에 하코다테를 출항한 게잡이 공선은 오호츠크 해가 얼어붙는 9월이 되어야 하코다테에 돌아온다. 그동안 그들은 육지를 밟지 못하고 배 안에서 자유가 없는 생활을 해야 한다. 3~4일간의 항해와 4~5개월의 항해에 대한 어업노동자들의 마음가짐은 전연 다르다고 할 수 있다.

이렇게 「바다에 사는 사람들」과 「게잡이 공선」의 어업노동자들은 신분과 노동의 강도가 다르다고 할 수 있다. 「바다에 사는 사람들」의 어업노동자들은 특별히 말썽을 일으키지 않으면 해고를 당하지 않는 신분이었다. 오구라와 갑판장이 해고를 당한 것은 그들이 파업에 참여했기 때문이다. 그들의 신분은 안정된 신분이었다. 그리고 만주마루의 항해는 사나흘의 짧은 항로였다. 심적으로도 육체적으로도 어업노동자들의 피로가 그다지 심하지 않다고 할 수 있다.

하지만 「게잡이 공선」에서 어업노동자들의 신분은 비정규직의 계절노동자였다. 그리고 그들은 오랜 시간 동안 육지를 밟지 못하고 배 안에 있어야 했다. 어업노동자들의 심적인 피로가 극심하다고 할 수 있다. 무엇보다 그들은 단기간에 많은 수확량을 올리기 위해서 잔학한 노동과 착취에 시달리고 있었다. 「게잡이 공선」의 어업노동자들은 캄차카에 동이 트는 새벽 2시부터 어구를 준비하고, 하루 평균 14시간의 노동시간을 가졌다.

이렇게 두 작품에서 어업노동자들은 정규직과 비정규직이라는 신분 차이, 그리고 항해 기간의 차이를 가지고 있다. 두 작품에서 어업노동자들의 심적, 육체적인 노동의 강도가 다르다고 할 수 있다. 또한 여기에 「게잡이 공선」의 어업노동자들은 어획량을 늘리기 위해 감독의 학대를 받는다.

셋째, 「바다에 사는 사람들」에서는 경찰이 나오지만, 「게잡이 공선」에서는 제국군대가 나온다.

「바다에 사는 사람들」에서 파업이 일어났을 때, 선장은 경찰에게 연락하고 경찰이 와서 파업 주동자를 잡아간다. 만주마루가 요코하마에 도착했을 때, 해양경찰서에서 경찰이 와서 파업 주동자인 후지와라와 하다를 잡아간다.

그런데 「게잡이 공선」에서는 경찰이 나오지 않고 제국군대가 나온다. 「게잡이 공선」에서는 제국군대의 구축함이 와서 파업 주동자를 잡아간다. 무엇보다 제국군대는 어업노동자들이 평소 자기편이라고 생각하고 있던 사람들이었다. 그러므로 어업노동자들의 충격은 컸던 것이다. 요컨대 「바다에 사는 사람들」은 자본가와 노동자의 대립을 그리지만, 「게잡이 공선」에서는 제국군대를 등장시켜 러시아와의 국제 관계까지 묘사한다. 또한 이 작품에서는 천황제 절대주의 권력에 대하여 언급한다. 「바다에 사는 사람들」보다 「게잡이 공선」의 규모와 범위가 크다고 할 수 있다.

넷째, 「바다에 사는 사람들」에서 하급선원의 파업은 개인(個人)이 몰래 시도하지만, 「게잡이 공선」의 파업은 어업노동자들이 공개적인 토론의 장을 거쳐 결정한다.

「바다에 사는 사람들」에서는 단지 하급선원 네 명이 선장에게 요구서를 제시하며 봉기한다.[10] 「바다에 사는 사람들」에서 파업은 창고지기인 후지와라, 변소 청소부인 하다, 조타수인 오구라, 그리고 니시자와 이렇게 네 명이 어업노동자들 몰래 시도한다. 파업의 주동자인 후지와라는 하급선원 내에 밀고자가 있을 것이라고 생각해 파업 실행을 비밀에 부친다. 그들은 비밀유지를 위하여 하급선원들과 보일러공들에게 파업하는 날까지 파업 결행을 알리지 않는다. 그들은 넷이나 다섯 명으로도 타이밍만 잘 맞추면 파업에 성공할 수 있다고 생각한다.

이렇게 이 작품에서 파업 실행을 알고 있는 자는 네 명뿐이었다. 단지

파업 당일에 가서야 하급선원들과 보일러공들에게 파업 지지를 요청할
뿐이다. 이 작품에서는 중대한 파업 결정을 어업노동자 모두가 함께 하지
않는다. 파업에 대하여 치열한 의견 교환이 없다. 개인이 결정한다. 그리
므로 파업의 힘이 나올 수가 없고, 파업의 결속력이 없다.

하지만 「게잡이 공선」에서는 어업노동자 모두의 공개적인 토론으로 파
업을 결정한다.

이 작품에서 어업노동자들은 폭풍을 이유로 작업을 거부한다. 그리고
어업노동자들은 공개적인 집회를 열어 파업찬반을 토론하고 이러한 토
론을 거쳐 파업을 일으킨다. 그리고 어업노동자들 거의 전부가 파업에 참
가한다. 그들은 학생, 하급선원, 보일러공, 그리고 잡부 가운데 아홉 명을
파업 대표자로 뽑아 선장에게 요구서를 제출한다. 이렇게 「바다에 사는
사람들」에서는 개인이 파업을 시도하지만, 「게잡이 공선」의 파업은 어업
노동자들이 집단적이고 조직적으로 참가한다.

「바다에 사는 사람들」에서는 밀고자 때문에 비밀리에 파업을 준비한다.
밀고자가 있으면 파업을 일으킬 수가 없기 때문이다. 하지만 「게잡이 공
선」에서는 밀고자가 있어도 공개적으로 집회를 열어 파업을 실행한다.
요컨대 이것은 두 작품의 파업에 대한 노동자들 인식의 차이이고, 노동자
들 수준의 차이라고 생각된다.

「바다에 사는 사람들」에서 파업에 참가한 네 명과 「게잡이 공선」에서
파업에 참가하는 어업노동자를 비교하면, 두 작품에서의 파업의 차이를
알 수 있다. 파업의 의미가 다른 것이다. 네 명이 주도하는 파업과 어업노
동자 전체가 참가하는 파업은 그 의미가 전연 다르다고 할 수 있다. 그리

고 당연히 그 파급효과도 큰 차이가 있다.

다섯 째, 「바다에 사는 사람들」에서의 파업은 파업 과정(過程)이 없지만, 「게잡이 공선」에서의 파업은 한 단계 한 단계씩 진전하는 파업 과정을 거친다.

「바다에 사는 사람들」에서 파업은 작업 중 조타기 체인과 덮개 사이에 몸이 끼는 부상을 당한 견습선원 야스이의 병원비를 선장이 인정해 주지 않은 것을 계기로 일어난다. 이 작품에서 하급선원의 파업은 후지와라 등 네 명이 몰래 시도한 것이기에 파업에 이르는 과정이 없다.[11] 단지 파업 당일 하급선원들과 보일러공들에게 파업 실행을 알리고 도움을 요청할 뿐이다. 후지와라가 선장과 교섭하고 있을 때, 선실 밖에 하급선원들과 보일러공들이 응원을 오지만, 파업에 이르는 과정이 없기에 그들의 응원은 공허하다.

파업이 자신들의 일이 되려면 파업 과정에 자신들이 참여해야 한다. 그들은 파업 과정에 참가하지 못했기에 파업이 자신들의 일이라고 생각하지 않고, 파업을 일으킨 네 명의 일이라고 생각한다. 이렇게 이 작품의 어업노동자들은 모두가 함께 하는 파업 과정이 없었기에 그들의 파업은 힘을 모을 수가 없었다고 할 수 있다. 또한 파업을 어업노동자들과 함께 계획하고 실행하지 못 했기에 파업이 어업노동자들과 동떨어져 있다.

이렇게 개인적이고 파업 과정이 없는 파업이었지만 파업이 일어났을 때, 그래도 선장은 일단 그들의 요구조건을 들어 준다. 하지만 이것은 선장의 계책에 다름 아니었다. 선장은 요구조건을 받아들이는 척하면서 어업노동자들을 안심시키고, 요코하마까지 무사히 항해하는 것이다. 그리고 배가 요코하마에 도착하자마자 바로 경찰에 연락하였던 것이다.

후지와라도 선장이 파업 노동자들을 경찰에 연락할 수도 있다는 것을 생각하고 있었다. 하지만 단지 생각뿐이었다. 그 후의 대책이 없었다. 어업노동자들과 함께 하는 파업의 과정이 없었기 때문에 그 혼자 어떻게 해볼 방법이 없었던 것이다. 만일 이 작품에서 어업노동자들과 함께 하는 파업 과정이 있었다면, 선장이 그렇게 쉽게 경찰에게 연락을 하지는 못했을 것이다. 자신의 책임이 남기 때문이다. 어업노동자들과 함께 하는 파업이 아니었기에 주동자 네 명을 처리하자, 파업은 간단히 끝나게 되는 것이다.

하지만, 「게잡이 공선」에서의 파업은 다르다.

「게잡이 공선」에서 파업은 한 단계 한 단계 파업에 이르는 과정을 거친다. 우선 이 작품에서 잔혹한 노동과 학대를 당하고 있는 어업노동자들은 더 이상 작업을 할 수 없어 느리게 작업하는 태업을 실행한다. 태업은 어업노동자들의 몸을 어느 정도 편하게 해주었다. 각기병 어업노동자가 죽은 뒤에는 태업을 하루 걸러서 계속한다. 어업노동자들은 이러한 태업을 통해 감독에게 저항하는 방법을 배운다. 하지만 태업은 단지 작업을 느리게 할 뿐으로 근본적인 대책이 되지 않았다. 그래서 어업노동자들은 다음 단계의 행동으로 나아가게 되는 것이다.

그 다음 단계로 「게잡이 공선」의 어업노동자들은 전체 집회를 열어 파업의 정당성에 대해 토론한다. 그들은 치열하게 자신들의 의견을 교환한다. 그리고 그 의견을 다수결로 추인한다. 그 후 각각의 직종을 대표하여 9명의 대표자를 선발한다.

이 작품에서 어업노동자들은 몇 명을 제외하고 모두 파업 과정에 참가한다. 파업은 어업노동자들 모두의 하나된 의견이었다. 「바다에 사는 사람들」에서의 파업이 네 명의 의견이었다면, 「게잡이 공선」에서의 파업 결정은 배에 있는 노동자 모두의 의견이었던 것이다. 「바다에 사는 사람들」에서의 파업보다 「게잡이 공선」에서의 파업이 파괴력이 큰 이유다. 이것은 두 작품에서 파업 과정의 차이라고 생각된다.

여섯 째, 「바다에 사는 사람들」의 파업은 실패로 끝나지만, 「게잡이 공선」의 파업은 성공한다.

두 작품의 가장 큰 차이는 「바다에 사는 사람들」의 파업은 실패로 끝나지만, 「게잡이 공선」의 파업은 성공하는 곳에 있다. 「바다에 사는 사람들」의 파업은 배가 요코하마에 도착해 일등항해사가 해양경찰서에서 경찰을 데리고 오자 간단히 끝난다. 그들은 단지 '당했다'라고 말하며 아무런 저항도 없이 잡혀간다. 후지와라와 하다는 경찰서에 가서 형벌이 확정되기를 기다리고, 오구라와 갑판장은 해고를 당한다. 이 작품에서 파업은 실패로 끝나고, 아무것도 변하지 않는다.

하지만 「게잡이 공선」은 다르다.

「게잡이 공선」의 파업은 처음에는 실패로 끝났지만, 이 작품의 노동자들은 거기에서 멈추지 않는다. 어업노동자들은 파업이 참혹하게 패하자 비로소 자신들이 처한 현실을 인식하게 된다. 어업노동자들은 "우리에게는 우리밖에 편이 없다"라는 사실을 비로소 깨닫는다. 제국군함을 보면 만세를 부르던 어업노동자들이었지만, 이제 그들은 "제국군함이라고 큰소리친다고 해도 재벌의 앞잡이야. 국민 편? 이상해, 똥이나 처먹어라야!"

라고 생각한다. 아무리 어부들이라도 이번에야말로, '누가 적'인지, 그리
고 그것들이 어떤 식으로 서로 연결되어 있는지, 라고 하는 것을 몸으로
알게 되는 것이다.

현실을 깨달은 어업노동자들은 천황(天皇)에 대한 인식도 달라진다.

매년의 예로 어기(漁期)가 끝날 무렵이 되면 게 통조림 '헌상품(獻上品)'을
만들게 되어 있었다. 그러나 '난폭하게도' 언제나 별로 목욕재계를 하고 만
드는 것도 아니었다. 그때마다 어부들은 감독을 지독한 일을 하는 자라고 생
각해왔다. ― 하지만 이번에는 달라져 있었다.

"우리의 진짜 피와 땀을 짜서 만든 것이야. 흥, 분명 맛있겠시. 먹고 나서
복통이라도 일으키지 않았으면 좋겠네."

모두 그런 마음으로 만들었다.

"돌멩이라도 넣어 두어! ― 상관없어." **12**

「게잡이 공선」의 어업노동자들은 천황, 국가, 제국군대에 대해 품고 있
던 이제까지의 환상(幻想)을 버린다. 그들의 "우리에게는 우리밖에 편이
없다."라는 의식은 모두의 마음속 깊은 곳으로, 깊은 곳으로 깊숙이 파고
들어간다. 그리고 그들은 다시 한 번 일어선다. 그리고 마침내 그들은 승
리를 거두는 것이다. 「게잡이 공선」의 의의는 어업노동자들의 이 '다시
한 번 일어서는' 곳에 있다고 생각할 수 있다. 어떠한 현실에도 굴하지
않는 태도, 이 불굴(不屈)의 정신이야말로 노동자의 정신이라고 할 수 있
을 것이다.

「바다에 사는 사람들」의 파업에서 하급선원들과 보일러공 등 어업노동
자들의 생각은 변하지 않는다. 그들은 이전과 같다. 파업이 실패로 끝났
기 때문이다. 하지만「게잡이 공선」의 어업노동자들은 변한다. 그들은 이
제까지 모르고 있던 자신들의 힘을 비로소 인식하게 된다. 이 작품에서
파업은 어업노동자들을 변화시킨다. 그리고 그들은 파업에서 이긴 경험
을 바탕으로 하여 노동현장으로 들어간다. 그들은 자신들의 힘으로 자본
가를 이겼다는 자신감을 가지고 새로운 세계로 나아가는 것이다.

「바다에 사는 사람들」에서 하급선원들의 파업이 실패한 이유로는 여러
가지를 들 수 있다.

우선「바다에 사는 사람들」의 어업노동자들의 노동의식이「게잡이 공
선」의 어업노동자들의 의식보다 낮다는 것을 들 수 있다. 그것은「바다에
사는 사람들」의 시대가「게잡이 공선」시대보다 빠르기에 당연하다고 할
수 있다. 또 개인 몇 명이 몰래 파업을 시도한 점, 파업 과정이 없었던 점
등을 들 수 있다. 그리고 네다섯 명으로도 타이밍만 잘 맞추면 이길 수 있
다는 단순한 인식도 들 수 있다. 그러므로 그들은 요코하마에 가서 파업
을 해결하려는 선장의 계략에 간단히 속는 것이다.

무엇보다 이 작품에서 어업노동자들의 파업은 파업에 이르는 과정을 밟
지 않았기에 강한 힘에 부딪치면 한순간에 사라질 것이었다. 이 작품에서
파업은 어업노동자 집단의 힘이 아니라, 개인인 네 명의 힘이 전부였다.
「바다에 사는 사람들」에서의 파업 실패는 어쩌면 예정된 일이었다. 어업
노동자 전체의 의견을 모으고 함께 하는 파업 과정이 없기에, 선장이 경
찰을 부르자 그들은 아무런 저항도 없이 무너지는 것이다.

한편 「게잡이 공선」에서 어업노동자들의 첫 번째 파업은 실패한다. 그것은 어업노동자들 전부가 아니고 9명의 대표자가 선두에 섰기 때문이다. 9명의 대표자가 구축함에 잡혀간 후, 어업노동자들은 자신들 모두가 대표자가 되어야 한다는 것을 깨닫는다.

어업노동자들은, "잘못했어. 저렇게 9명이면 9명이라고 하는 사람들을 대표로 내세우는 게 아니었어. 마치 우리의 급소는 여기다 하고 알려주고 있는 것이 아닌가. 우리 모두는, 모두가 하나다 하는 식으로 하지 않으면 안 되었던 것이야. 그랬다면 감독이라도 구축함에 무전은 칠 수 없었을 거야. 설마 우리 전부를 인계해 버린다는 것은 할 수 없을 테니까 말이야. 작업을 할 수 없으니까."라고, 깨닫는다.

무엇보다 어업노동자들은 그들의 적들을 정확히 인식하게 된다. 어업노동자들은 제국군함과 천황과 재벌이 어떤 식으로 서로 연결되어 있는지를 몸으로 알게 된다. 그리고 그들은 "우리에게는 우리밖에 편이 없다."라고 하며 다시 한 번 일어서는 것이다. 이것은 그들이 한 단계 한 단계씩 파업 과정을 밟아나갔기에 가능한 일이었다. 어업노동자들은 태업으로 감독에 저항하는 법을 배우고, 첫 번째 파업에서 제국군대의 구축함이 자신들 편이 아니라는 것을 배운다.

만일 이러한 파업 과정이 없었다면 어업노동자들이 두 번째 파업을 일으키는 일은 없었을 것이다. 어업노동자들은 파업 과정을 거치면서 온몸으로 파업을 받아들이고 있었기에 첫 번째 파업이 실패한 이유를 찾을 수 있었다. 그리고 첫 번째 파업이 실패했어도 굴하지 않고 다시 한 번 파업을 일으킬 수 있었던 것이다. 이렇게 이 작품에서는 어업노동자들의 파업 과정이 있기에 파업이 성공할 수 있었다고 할 수 있다.

또「게잡이 공선」의 어업노동자들이 승리한 이유의 하나로, 이 작품의 어업노동자들에게는「바다에 사는 사람들」의 어업노동자들에게 없는 절실(切實)함이 있었다고 생각된다.

「바다에 사는 사람들」에는 죽음이 없지만,「게잡이 공선」에는 죽음이 있다. 이 작품에서는 각기병으로 고생하던 어업노동자가 죽는다. 어업노동자들은 과로에 지친 몸이었지만 밤을 새워 그를 추모한다. 그의 시신은 삼베자루에 넣어져 바다에 던져진다. 어업노동자들은 마치 자신의 몸이 시커먼 캄차카 바다 바닥에 그렇게 떨어지기라도 한 듯이 무서워한다. 이 작품에서 어업노동자들이 목숨을 걸고 파업을 한 이유이다. 이 작품에서 '살해당하고 싶지 않은 사람은 오시오!'가 어업노동자들의 선전 문구였다. 그들에게 파업은 생명(生命)이 걸린 문제였던 것이다.

하야마 요시키의「바다에 사는 사람들」은 1926년에, 고바야시 다키지의「게잡이 공선」은 1929년에 발표된 작품이다. 발표가 겨우 3년 차이이다. 하지만 앞에서 설명했듯이, 두 작품의 간격은 크다. 3년 사이에 일본 노동운동의 급격한 발전 모양을 볼 수 있다.

「바다에 사는 사람들」이 발표된 1926년부터「게잡이 공선」이 발표된 1929년 사이의 3년간에 발생한 주요한 사건으로서는 코민테른의 '27년 테제', 일본 최초의 보통선거, 그리고 3·15사건을 들 수 있다. 일본 공산당은 1927년 코민테른 집행위원회가 결정한 '일본에 관한 테제'(27년 테제)를 채택한다. 27년 테제는, 일본의 권력은 부르주아의 손에 있고, 당면한 일본 혁명은 부르주아 민주주의에서 직접적으로 사회주의 혁명으로 전화·성장한다고 규정하고, 제국주의 전쟁의 방지, 중국 혁명에서 손을 뗄 것, 소비에트의 수호, 식민지의 완전한 독립, 군주제의 폐지, 18세 이상의 남녀 보통선거권, 기생적 토지 소유의 폐지 등 부르주아 민주혁명의 요구를 내걸었다.[13] 테제는 야마카와(山川)의 해당 이론, 후쿠모토(福本)주의의 오류를 철저하게 비판했다.

한편 1928년 2월, 일본 최초의 보통선거가 실시되었다. 그 결과 무산정당은 8명의 당선자를 내었다. 이 선거에서 노농당(勞農黨) 후보로 나선 야마모토 겐조(山本懸藏)의 활약상을 고바야시 다키지는 「총선거와 우리들의 야마모토 겐조」라는 르포로 쓰고 있다. 이러한 총선 결과에 놀란 정부는 그해 3월 15일 전국에 걸쳐 일본 공산당 지지자들을 체포하였다. 소위 3·15사건이다. 이 사건으로 검거된 사람은 1,000명을 넘었고, 그중 484명이 기소되었다. 다키지는 「1928년 3월 15일」이라는 작품에서, 이 사건으로 구속된 운동가들에게 가해진 테러리즘을 생생하게 묘사하고 있다. 그리고 1928년 5월에 나프(전 일본무산자예술연맹)가 결성된다.

이렇게 3년 사이에 일본사회는 긴박하게 돌아간 사정이 있었다. 그러므로 두 작품에서 이러한 간격이 발생한다고 볼 수 있다. 또, 바로 이 시기가 자유민권운동의 다이쇼(大正)에서 군국주의 시대인 쇼와(昭和)로 넘어가는 시기이기 때문에 그 시대 차이도 있을 것이다. 「바다에 사는 사람들」이 발표된 때는 1926년이지만, 앞에서 말했듯이 1917년경부터 1923년에 걸쳐 쓰인 작품이기에 다이쇼 시대의 작품이라고 할 수 있다.

요컨대 하야마의 「바다에 사는 사람들」보다 고바야시의 「게잡이 공선」이 진화된 자본주의를 묘사하고 있다고 생각된다. 고바야시 다키지는 하

야마 요시키의「바다에 사는 사람들」에서 작품 구성상 많은 것을 배우면
서도, 그 주제에 대한 진전된 측면을 개척하여 일본문학에 새로운 시각을
열어주었다.

5. 나가며

이상, 본 장에서는 하야마 요시키의「바다에 사는 사람들」과 고바야시
다키지의「게잡이 공선」을 비교·연구해 보았다.

하야마 요시키의「바다에 사는 사람들」과 고바야시 다키지의「게잡이
공선」은 어업노동자를 주인공으로 하고 있다는 점에서 하나의 공통점을
가진 소설이다. 그리고「게잡이 공선」은「바다에 사는 사람들」에게 많은
영향을 받았다. 하지만 두 작품은 여러 가지 면에서 차이를 보이고 있다.

두 작품은 배에 대한 실권의 문제, 난파선에 대한 대응, 어업노동자의 신
분과 노동기간, 경찰과 제국군대의 차이, 개인 파업과 집단 파업, 파업 과
정의 유무, 그리고 파업의 성패 등 많은 차이점을 보인다. 무엇보다「바
다에 사는 사람들」에서는 파업이 실패하지만,「게잡이 공선」의 파업은 성
공한다. 또「바다에 사는 사람들」에서는 파업에 이르는 과정이 없고,「게
잡이 공선」은 파업에 이르는 과정이 있다. 그리고 이것이 두 작품에서 파
업의 성패를 갈랐다고 볼 수 있다.

두 작품의 발표는 각각 1926년과 1929년이다. 이렇게 겨우 3년 차이이지
만, 두 작품의 간격은 크다. 3년 사이에 일본 노동운동의 급격한 발전 모
양을 볼 수 있는 것이다. 고바야시 다키지는「게잡이 공선」에서 하야마

요시키의 「바다에 사는 사람들」에게 많은 것을 배우면서도, 그 위에 자신
의 새로운 시각을 열어갔다고 생각된다.

역주

1 구라하라 고레히토(藏原惟人), 「『바다에 사는 사람들』에 대하여(『海に生くる人々』について)」『구라하라 고레히토 평론집 제3권』신일본출판사, 1975, p.279.

2 나카노 시게하루(中野重治), 「『바다에 사는 사람들』의 언어(『海に生くる人々』の言語)」『나카노 시게하루 전집 제18권(中野重治 全集 第十八卷)』筑摩書房, 1997, pp.20-21.

3 「회상의 고바야시 다키지」, 『쓰보이 시게지 전집 별권(壺井繁治全集 別卷)』青磁社, 1989, p.48.

4 『고바야시 다키지 전집 제7권』신일본출판사, 1993, p.45.

5 위의 책, p.385.

6 고바야시 다키지, 「葉山嘉樹」『新潮』新潮社, 1930년 1월(『고바야시 다키지 전집 제5권』신일본출판사, 1993, pp.153-154.).

7 히라노 켄(平野謙)은 「바다에 사는 사람들」을 빼고서는 「게잡이 공선」도 존재할 수 없다고 말한다(「하야마 요시키」 『히라노 켄 작가논집(平野謙作家論集)』新潮社, 1971, p.338.).

8 하야마 요시키(葉山嘉樹), 『바다에 사는 사람들(海に生くる人々)』岩波文庫, 2003, pp.15-16.

9 「게잡이 공선」『고바야시 다키지 전집 제2권』신일본출판사, 1993, pp.276-277.

10 요구서의 요구조건은 노동시간 제정, 임금 증액, 공휴일 출항과 입항 시에는 다음날 휴업, 부상 및 질병 수당의 규정과 시행, 심야 거룻배 운항금지 등이었다.

11 후지와라가 보일러 하역을 거부하는 행동이 있지만 어업노동자들의 파업 과정이라고 보기는 힘들다.

12 「게잡이 공선」『고바야시 다키지 전집 제2권』신일본출판사, 1993, p.361.

13 이토야 히사오(糸屋壽雄)・이나오카 스스무(稻岡道) 저, 윤대원 역, 『일본민중운동사』학민사, 1987, p.374.

제4장

「1928년 3월 15일

(一九二八年三月十五日)」

1. 초출(初出)에 대하여

 1928년의 3·15사건을 취재한 「1928년 3월 15일(一九二八年三月十五日)」
은 고바야시 다키지의 실질적인 처녀작이다. 「1928년 3월 15일」은 1928
년 11월호의 『전기』(제1권 제7호)와 1928년 12월호『전기』(제1권 제8호)의
2회로 나누어 발표되었다. 전자에는 「1928년 3월 15일(1)」로써 1장에서
4장까지가, 후자에는 「1928년 3월 15일(2)」로써 5장에서 9장까지가 실
려 있다.

 「1928년 3월 15일」의 타이틀은 다키지의 육필(肉筆)원고에 「1928·3·15」
로 되어 있다. 그러나『전기』11월호에는 목차의 제목은 「1928·3·15」이지
만, 본문의 제목은 「1928년 3월 15일(1)」로 되어 있다. 목차의 제목과 본
문의 제목이 다르다. 또 목차에서 게재 페이지가 '52' 부터 라고 되어 있
지만, 실제로는 55페이지부터 72페이지까지 게재되었다. 그리고 본문의
말미에는 '- 차호(次號)완결 -'이라고 부기가 붙어 있다.

 이 「1928년 3월 15일(1)」이 게재된『전기』11월호에는, 같은 3·15사건을
제재(題材)로 한 니시자와 류지(西沢隆二)의 단편소설 「오가요(お加代)」가
실려 있다. 같은 3·15사건을 취급한 작품이지만 「오가요」에는 복자가 전
혀 없고, 「1928년 3월 15일(1)」에는 복자 작업을 행하고 있는 것이 대조
적이다. 그것은 「1928년 3월 15일(1)」이 무법(無法)적인 경찰의 폭력을 묘
사하고 있는 것에 대하여, 「오가요」는 남편을 감옥에 보낸 노동자 아내의
분투를 묘사했다는 두 작품의 내용의 차이에서 온 것이라고 생각된다.

 한편 「1928년 3월 15일(1)」에 대해서는, 이 작품이 게재된『전기』11월

호의 '전초선(前哨線)'란에 구라하라 고레히토가 '이번 달부터 게재하게 된 고바야시 다키지 군의 소설 "1928년 3월 15일"은 여러 가지 의미에서 주목할 가치가 있다. 과연 그곳에는 매우 많은 예술적 결함이 보인다. 하지만 작가가 우리들에게 가장 가깝고 가장 생생한 문제를 작은 에피소드로써가 아니고, 커다란 시대적 스케일로써 묘사하려고 한 노력에는 프롤레타리아 문학의 이제부터의 발전에 대한 하나의 중요한 암시가 포함되어 있다. 이 암시는 작가가 그 예술적 결함을 극복한 때, 비로소 현실의 모습이 되어 나타날 것이다. 그러나 거기에는 이미 작가에 의해, 하나의 방향이 제시되어 있다. 우리들은 이러한 작품이 우리나라의 공장에서 농촌에서 나오는 것을 바라마지 않는다' 라고 이 작품을 소개하고 있다.

또 『전기』 편집부로부터의 '편집후기'에는 '오타루에서 고바야시 다키지 씨가 소설을 보내왔다! 전기는 항상 이러한 공장의, 농촌의, 전국의 동지의 힘찬 솜씨를 희망한다! 그렇다! 먼 동지제군! 전국적인 편집회의에 참가하라! 각각의 지방색 있는 통일된 프롤레타리아트의 의지를 우리들의 전기에 명기(銘記)하라!' 라고 있다.

「1928년 3월 15일(2)」는 12월호 『전기』의 10페이지에서 43페이지까지이고, 그 말미에 '(완)'이라고 있다. 그리고 이 작품의 탈고 일을 나타내는 '– (1928·8·17) –' 가 부기되어 있다. 「1928년 3월 15일(2)」의 타이틀은 목차에는 3월 15일의 15가 '十五'로 되어 있는데, 본문의 제목에서는 '一五'로 표시되어 있다. 이렇게 「1928년 3월 15일」은 초출 잡지의 발표 시에 있어서 그 타이틀의 표기가 제각각으로 통일되어 있지 않았다.

그리고 「1928년 3월 15일」의 타이틀은 『일본 프롤레타리아 작가총서 제

2편 게잡이 공선(日本プロレタリア作家叢書第二篇 蟹工船)』이라는 제목으로, 「1928년 3월 15일」이 「게잡이 공선」과 함께 처음으로 단행본으로 출판되었을 때에도 통일되어 있지 않다. 이 책 안에서 「1928년 3월 15일」의 타이틀은 목차의 제목에서는 3월 15일의 15가 '十五'로 되어 있는데, 본문에서는 '一五'로 되어 있다. 또 본문 위의 기둥 부분에는 「一九二八·三·一五」로 되어 있고, 이 책의 내용으로 나와 있는 속표지(裏表紙)의 제목에는 아라비아 숫자로 「1928·3·15」로 되어 있어, 그 타이틀 표기가 완전히 각각이다.

이 작품의 타이틀은 이 책의 개정본인 『일본 프롤레타리아 작가총서 No.9 1928년 3월 15일 개정판(日本プロレタリア作家叢書 No.9 一九二八年三月十五日 改訂版)』에 의해, 「1928년 3월 15일(一九二八年三月十五日)」로 통일되게 된다. 한편 1951년 1월에 발행된 이와나미(岩波) 문고판에서는 원래의 제목인 「1928·3·15」를 사용하고 있다. 이와나미 문고판은 다키지의 육필 원고를 그대로 복원했기 때문이다.

이것에 대하여 이 문고판에는 "'1928·3·15'의 복원 본문에 대하여'라는 제목으로, 가쓰모토 세이이치로(勝本清一郎)가 '삭제뿐만이 아니고 가필(加筆)도 많았다. 가필은 제목에까지 미쳤다. 고바야시의 노트 고(稿)에서도 구라하라에게 보낸 편지에서도 이 작품의 원제(原題)는 '1928·3·15'이다. 이번에는 이 제목에 이르기까지도 처음으로 복원했다'라고 하면서, 다테노(立野)의 회상으로써 다음과 같은 문장을 인용하고 있다.

발표에 있어 최초의 제목 「1928·3·15」가 「1928년 3월 15일」이 되어 있어,

이후 그것이 쭉 사용되고 있다. - 작가 자신도 그것을 사용하고 있다 - 하지만 그것은 아마 내가 그렇게 한 것이라고 생각한다. 그러나 지금으로서는 무엇 때문에 그렇게 바꾸었는가 그때의 마음은 기억나지 않아서 잘 모르겠다.[1]

다테노 노부유키는 당시 『전기』의 최종 편집자였다. 다키지가 구라하라(蔵原)에게 보낸 「1928년 3월 15일」은 구라하라에서, 최종적으로 다테노의 교정 작업을 거쳐 『전기』 지상에 실렸던 것이다. 그는 「1928년 3월 15일」이 『전기』에 실릴 때, 원고가 구라하라로부터 자신에게 돌아왔다고 하면서 '단정한 서체의 백수십 매, 한 자(一字)도 지우지 않은 원고를 대하고, 당시의 검열에서는 도저히 통과할 수 없다고 생각되어지는 노골스러운 표현과 단어를, ××와 선으로 난폭하게 삭제했던 것을 확실하게 기억하고 있다'[2]라고 쓰고 있다. 이렇게 하여 보면 「1928년 3월 15일」이 『전기』에 게재되었던 때, 다테노의 판단으로 도저히 통과되지 않을 부분에 복자와 삭제를 했다고 생각할 수 있다.

그러나 가쓰모토는 「1928년 3월 15일」의 원고에 대하여, 다테노가 '단정한 서체의 백수십 매, 한 자(一字)도 지우지 않은 원고라고 했지만, 사실 그렇지 않았다'라고 하면서 '실제로 백사십오 매의 원고에 한 자의 정정도 없었던 것은 아니다. 고바야시 자신의 필적의 정정도 다소 있었던 것이다'[3]라고 쓰고 있다. 이러한 사정에 대해 다테노의 기억이 정확한지 가쓰모토의 기억이 정확하지는 알 수 없다. 원고에서의 가필이 다키지의 것인지 편집자의 것인지 불분명하기 때문이다. 하지만 「1928년 3월 15일」의 내용에 있어서 두 사람의 차이는 거의 없다고 말해도 좋을 것이다.

「1928년 3월 15일(1)」과 「1928년 3월 15일(2)」는 검열을 고려하여 복자와 삭제 작업을 하여 발행되었다. 「1928년 3월 15일(1)」과 「1928년 3월 15일(2)」에 행하여진 복자와 삭제 부분을 전부 합하면, 복자가 135개 부분, 삭제 부분이 121행 102자에 이르고 있다.

이 가운데 「1928년 3월 15일(1)」의 복자 부분은 11개 부분이다. 「1928년 3월 15일(2)」는 「1928년 3월 15일(1)」보다 훨씬 많고, 이러한 복자와 삭제 부분의 대부분은 「1928년 3월 15일(2)」의 제8장의 고문 장면에 집중되어 있다. 「1928년 3월 15일(2)」의 경우, 검열에 걸리지 않도록 상당히 신경을 썼다고 생각할 수 있다.

그러나 이러한 노력에도 불구하고 「1928년 3월 15일(1)」이 게재된 『전기』 11월호와, 「1928년 3월 15일(2)」가 실린 『전기』 12월호는 안녕을 이유로 양쪽 모두 발매 금지에 처해졌다. 하지만 데즈카 히데타카의 '해제(解題)'(『고바야시 다키지 전집 제2권』 1982년 6월 발행, 신일본출판사)에 의하면, "'1928년 3월 15일"이 게재된 "전기" 11월호와 12월호는 각각 8000부를 발행하여 넓게 읽혔다' 라고 한다. 신인 작가인 다키지의 「1928년 3월 15일」은 문단에 커다란 반응을 불러일으키게 된다. 하지만 일본 특고(特高) 경찰의 잔학성을 철저히 폭로했기 때문에 특고 경찰의 미움을 받는 결과가 되기도 했던 것이다.

「1928년 3월 15일」의 발매 금지에 대한 사항은 내무성 경보국으로부터 1928년 12월에 발행된 『출판경찰개관(出版警察概観)』의 '좌익출판물 경향'이라는 곳을 보면, 다음과 같이 쓰여 있다.

3월 15일 사건을 문예작품으로써 취급한 것에는 「이쓰쿠라(いすくら)」 창간호인 「밤(夜)」 및 전기 11월호, 12월호에 게재된

　　　「1928년 3월 15일」　　　고바야시 다키지

가 있다. 후자는 각 방면에 있어서 문제가 되었던 작품으로 홋카이도에 있는 공산당 사건의 검거를 취급한 것으로, 심문 모습을 과대하게 취급하여, 이것을 게재한 『전기』 11월, 12월호의 금지의 이유가 되었던 것이다.

이 책에 의하면 다키지의 「1928년 3월 15일」 때문에 『전기』 11월호와 12월호가 발매 금지가 되었던 것을 알 수 있다. 또 「1928년 3월 15일(2)」가 게재된 『전기』 12월호에 대해서는, 같은 내무성 경보국에서 1928년 12월에 발행된 『출판경찰보 제3호』의 '안녕금지출판물 목록'에 '전기 12월호, 제1권 제8호, 11월 30일, 동경'이라고 있고, 그 이유로써 '고문 기사 및 부록 "신당 준비의 결당(結黨)"이라고 되어 있다. 고문 기사라는 것은 다키지의 「1928년 3월 15일(2)」로, 부록의 신당 결당이라는 것은 야지마 마쓰오(矢島益夫)의 '신당 준비회와 그 결당'을 가리킨다.

한편 『전기』 11월호와 12월호의 발매 금지에 대하여, 1930년 1월호 『전기』의 '전초선'란에 '11월에 이어, 12월호도 또 발매 금지! 11월호는 소비에트 기념제 기사와 야나기세(柳瀬)의 "광견에 물린다(狂犬に噛まれる)"와 고바야시의 "1928년 3월 15일"이 나쁘고, 12월호는 별책부록 "신당 준비회와 그 결당"과 도표(グラフ)인 "삿포로 공판(札幌の公判)"과 고바야시 소설의 후속이 안 된다는 것이다' 라는 문장이 보인다.

2. 초출 이후

「1928년 3월 15일」은 『전기』에 발표되고 나서, 전전(戰前)까지 세 개의 단행본에 수록되었다. 그것은 각각, 전기사에서 1929년 9월에 발행된 『일본 프롤레타리아 작가총서 제2권 게잡이 공선』안에 수록된 「1928년 3월 15일」, 이 책의 개정본으로서 역시 전기사에서 1930년 5월에 발행된 『일본 프롤레타리아 작가총서 No.9 1928년 3월 15일 개정판』, 그리고 나우카 사에서 1935년 6월에 발행된 『고바야시 다키지 전집 제3권』안에 수록된 것이다.

처음 단행본으로 발간된 「1928년 3월 15일」은 『일본 프롤레타리아 작가총서 제2편 게잡이 공선』이라는 제목으로, 전기사에서 1929년 9월 25일에 발행되었다. 「게잡이 공선」의 부록으로써 수록된 것이다. 이 책에서 「1928년 3월 15일」은 『전기』 초출의 복자와 삭제 부분을 복원하여 발행되었다. 여기에서 「1928년 3월 15일」은 129페이지부터 222페이지까지로 복자를 전부 복원하고 있지만, 마지막 한 페이지는 빠져 있다.

이것에 대하여 이 책을 복각(復刻)했던 때, 오다키리 스스무(小田切進)가 '해설'(『명저복각전집 근대문학관 작품해제-쇼와기-(名著復刻全集近代文學館作品解題-昭和期-)』1969년 9월 발행, 일본근대문학관)에, '본서는 어느 원본도 마지막 한 페이지 "수록 작품 『1928년 3월 15일』의 말미에서, 앞의 페이지 『3·15를 잊지 마(三·一五を忘れるな)』에 이어지는 슬로건 부분 약 한 페이지"가 찢어져 있고, 분명히 페이지를 짜른 잔지(殘紙)가 남아 있는 책도 있다' 라고 쓰고 있다. 이 작품과 함께 수록된 「게잡이 공선」에는 9개

의 복자가 보인다. 그렇다고 하면 「1928년 3월 15일」도 이것과 맞추어서, 그 마지막 한 페이지는 당시의 검열을 고려하여 찢겨져 출판된 것이라고 생각할 수 있다.

이 「1928년 3월 15일」이 수록된 『일본 프롤레타리아 작가총서 제2편 게잡이 공선』은 발행일인 9월 25일에 발매 금지에 처해졌다. 이 사항에 대해서는 내무성 경보국에서 1929년 10월에 발행된 『출판경찰보 제13호』의 '주요출판물납본월보(主要出版物納本月報)'에 후지모리 나리키치의 『일본 프롤레타리아 작가총서 제1편 빛과 어둠(光と闇)』, 야마다 세이사부로의 『일본 프롤레타리아 작가총서 제3편 오월제 전야(五月祭前夜)』와 함께, '일본 프롤레타리아 작가총서 제2 게잡이 공선(금지), 고바야시 다키시, 도쿄 전기사, 46판, 244, 0. 70'이라고 있다. 또 『일본 프롤레타리아 작가총서 제2편 게잡이 공선』과 야마다 세이사부로의 『일본 프롤레타리아 작가총서 제3편 오월제 전야』에 대해서는, 같은 책의 '사상관계출판물해제' 란에 그 금지 이유가 상세하게 설명되어 있다.

이것에 대하여 『일본 프롤레타리아 작가총서 제2편 게잡이 공선』의 발매 금지 때문에, 전기사에서 1929년 11월에 발행된 『게잡이 공선 개정판』의 '후기'에는 '개정판을 발행하는 데 있어 "1928년 3월 15일"은 그 전부를 삭제하지 않을 수 없게 되었다. "3월 15일" 그것이 현재의 검열 제도 치하에서는 발매 분포를 금지되는 것으로 되어 있다' 라고 이 작품에 대한 발매 금지의 전후 사정이 쓰여 있다.

이렇게 하여 보면 『일본 프롤레타리아 작가총서 제2편 게잡이 공선』에 대한 발매 금지 대상은 「게잡이 공선」이 아니고, 「1928년 3월 15일」이었나는 것을 알 수 있다.

「1928년 3월 15일」의 두 번째의 단행본은 『일본 프롤레타리아 작가총서 No.9 1928년 3월 15일 개정판』(이하, 『1928년 3월 15일 개정판』으로 한다)이라는 제목으로, 1930년 5월 13일에 같은 전기사에서 발매 출판되었다. 이것은 『일본 프롤레타리아 작가총서 제2편 게잡이 공선』 안의 「1928년 3월 15일」의 개정판으로써 발행된 것이다. 이 책은 「1928년 3월 15일」만의 전전 유일한 단행본으로, 1페이지에서 95페이지까지로 되어 있다.

이 『1928년 3월 15일 개정판』의 발행에 있어서 『전기』 1930년 3월호(제3권 제4호)와 4월호, 그리고 5월호에는 '게잡이 공선과 함께 고바야시 다키지의 역작인 이 "1928년 3월 15일"은, 너무나도 사건을 진실되게 묘사한 것과 3월 15일이라는 역사적 기념일을 다루었다는 점에서 지배 계급의 노여움을 샀다. 한 번 발매 금지의 어둠 속에 던져졌던 본서도 전 노동자 농민의 요구에도 내기 어려워, 개정하여 제군들에게 보낸다. 3·15 원한의 날, 눈보라 속에 악전고투하고 ××된 북해(北海) 동지의 모습, 그것은 전 노동자 농민의 가슴이 터질 듯한 분투와 결의에……' 라는 이 작품의 선전광고(宣傳廣告)가 실려 있다.

『일본 프롤레타리아 작가총서 제2편 게잡이 공선』 안의 「1928년 3월 15일」과 함께 수록된 「게잡이 공선」의 개정판에 대해서는 이미 앞에서 살펴보았다. 이 『1928년 3월 15일 개정판』의 '개정'의 의미는, 이 작품이 처음으로 단행본의 형태로 나온 『일본 프롤레타리아 작가총서 제2편 게잡이 공선』의 「1928년 3월 15일」에서 몇 개인가의 복자 작업을 한 것에 불과하다. 본문은 한 행(一行)도 개정되어 있지 않다. 요컨대 『1928년 3월

15일 개정판』은 단지 몇 개인가의 복자를 한 것으로 '개정판'이라는 제목으로 출판되었던 것이다.

『1928년 3월 15일 개정판』의 복자는 「　」라는 활자의 공백을 사용해 행해졌다. 즉 이 책의 지형(紙型)과『일본 프롤레타리아 작가총서 제2편 게잡이 공선』안의 「1928년 3월 15일」의 지형이 완전히 똑같기 때문에, 이 책의 복자 작업은『일본 프롤레타리아 작가총서 제2편 게잡이 공선』안의 「1928년 3월 15일」에서 위험하다고 판단되는 곳을 적당히 지운 것에 다름 아니다. 이러한 복자의 개수는 73곳으로, 단어만이 아니고, 문장의 구(句)나 절(節) 등이 삭제되어 있다.

그런데 이 책에는『일본 프롤레타리아 작가총서 제2편 게잡이 공선』안의 이 작품에 빠져 있는 마지막 페이지가 보인다. 이것은『일본 프롤레타리아 작가총서 제2편 게잡이 공선』에 있어서 「1928년 3월 15일」의 마지막 페이지가 찢겨진 사실을 뒷받침하고 있다고 생각할 수 있다.

「1928년 3월 15일」의 타이틀은 이『1928년 3월 15일 개정판』에 의해, 비로소 통일된다. 타이틀 표기(表記)는 전부 일곱 군데 있는데, 표지(表紙) 제목, 책이름(標題) 제목, 뒷장 책 이름 제목, 본문 제목, 본문 마지막 부분, 판권장(板權張) 등 여섯 군데가 「1928년 3월 15일」로 되어 있다. 다른 한 군데는 본문 위의 기둥 부분인데, 이것은 이 책의 지형과『일본 프롤레타리아 작가총서 제2편 게잡이 공선』안의 「1928년 3월 15일」의 지형이 같은 것이기 때문으로, 논외로 해도 좋을 것이다.

『1928년 3월 15일 개정판』의 발매일은 5월 13일이었지만, 발매 전인 5월 5일에 이미 발매 금지에 처해졌다. 이 책의 발매 금지에 대해서, 내무성

경보국에서 1930년 6월에 발행된『출판경찰보 제21호』의 '주요출판물납
본월보'에 '일본 프롤레타리아 작가총서 No.9 1928년 3월 15일(금지), 고
바야시 다키지, 도쿄 전기사, 46판, 95, 0. 40' 이라고 있다. 요컨대 이 문
장은, 도쿄 전기사에서 발행된 46판, 95페이지, 정가 40전의『일본 프롤
레타리아 작가총서 No.9 1928년 3월 15일 개정판』이 발매 금지 처분을
받았다, 라는 내용인 것이다.

 그 후,「1928년 3월 15일」은 나우카 사에서 1935년 6월 20일에 발행된
『고바야시 다키지 전집 제3권』 안에 수록되었다. 이『고바야시 다키지
전집 제3권』은 1935년 6월 16일 납본 인쇄, 1935년 6월 20일 발행이었
다. 그리고 이 책의 보급판은 1936년 5월 12일 납본 인쇄, 1936년 5월 16
일 발행으로 되어 있다. 이 책 안에「1928년 3월 15일」은「×생활자」「지
구의 사람들(地区の人々)」「누마시리 마을(沼尻村)」「전형기의 사람들(転
形期の人々)」 등과 함께 수록되었다. 이 책의 내용은「×생활자」의 제목
이 나타내고 있듯이, 복자와 삭제 투성이의 것이었다.

『고바야시 다키지 제3권』 안의「1928년 3월 15일」은 547페이지에서부
터 618페이지까지로,「……」와「――」, 그리고 활자의 공백인「　」을 사
용한 복자와 '(한 행 삭제)' '(14자 삭제)' 라는 많은 삭제 부분을 가지고
발행되었다. 이 책의「1928년 3월 15일」의 복자와 삭제 개수(個所)를 합
하면 121개 정도이지만, 삭제 범위가 넓어서 가장 심한 곳에서는 '(이하
108행 삭제)' 라는 표기도 보인다. 이러한 삭제 부분은 전부 274행 삭제와
241자 삭제에 이르고 있다.

 이『고바야시 다키지 제3권』에는「1928년 3월 15일」뿐만이 아니고, 다

른 작품에 있어서도 복자와 삭제 부분이 매우 많다. 이 책의 「1928년 3월 15일」은 다키지의 원래 작품과 비교하면, 작품의 가치가 손상되었다고도 말할 수 있다. 그러나 이 책이 가지고 있는 의미가 전혀 없는 것은 아니다. 나우카 사판의 『고바야시 다키지 전집 제3권』은 그 발행 자체가 평가되어야 하는 것이다. 나우카 사판 『고바야시 다키지 전집 제3권』이 출판되었던 1935년(보급판 1936년)이라는 시기는 탄압에 의해 프롤레타리아 문학 운동이 괴멸한 후로써, 이 책의 출판은 의미가 있었던 것이라고 생각할 수 있다.

그러나 복자와 삭제 투성이인 이 책도 당시의 심한 검열을 그냥 지나칠 수 없었다. 『고바야시 다키지 전집 제3권』에 대하여 『증보판 쇼와 서적/신문/잡지 발금 연표 중(增補版昭和書籍/新聞/雜誌発禁年表中)』(1981년 5월 발행, 메이지(明治)문헌자료간행회)에서 1935년 6월의 '단행본' 란에, '고바야시 다키지 전집 제3권, 6·20, 618, 도쿄 나우카사, 6·28, 안(安), "전형기의 사람들" 445-7, 476-9페이지 삭제'라고 있다. 요컨대 6월 20일에 도쿄 나우카 사에서 발행된 618페이지의 『고바야시 다키지 전집 제3권』은 6월 28일에 안녕금지 처분을 받아서 발매 금지가 되었다. 그 '처분 이유 또는 개요'로써는 '"전형기의 사람들" 445-7, 476-9페이지 삭제'로 되어 있다라는 것이다. 그것에 의하면 이 책 안의 「1928년 3월 15일」과 「×생활자」가 문제가 되었던 것이 아니고, 「전형기의 사람들」이 문제가 되었던 것이라는 사실을 알 수 있다.

이렇게 「1928년 3월 15일」은 높은 평가를 받았음에도 불구하고, 나우카판을 끝으로 전전 마지막 출판이 되었다. 이 작품은 발행된 모든 판본이 안녕을 이유로 발매 금지에 처해졌다. 그리고 「1928년 3월 15일」을 비롯하여, 고바야시 다키지의 모든 작품은 전전 국금(國禁)의 취급을 받아서, 1937년부터 패전까지의 8년간 출판될 수가 없었다.

3. 「1928년 3월 15일」의 '소리(音)'

다키지의 「1928년 3월 15일」은 '소리(音)'로 시작되어 '소리'로 끝난 작품이다. 이 작품에서 '소리'는 작중의 중심인물들과 깊게 관련하면서 작품 전체를 관통하고 있다. 류키치(龍吉), 와타(渡), 구도(工藤) 사다(佐多) 등 작품의 중심인물들은 '소리'와 밀접한 관계를 가지고 묘사되고 있다. 여기에서는 류키치, 와타, 구도, 사다 등, 작품의 중심인물을 통하여 이 작품에 나오는 '소리'의 의미에 대하여 생각해보기로 한다.

1) 류키치(龍吉)의 경우

류키치는 인텔리겐치아 출신의 운동가이다. 그는 아내 오게이(お惠)와 아이인 유키코(幸子)의 3인 가족이다. 이 가족이 자고 있는 한밤중에 갑작스럽게 경찰이 들이닥친다. 그 장면이 어린이인 유키코의 눈을 통하여 묘사되고 있다.

그날 아침 유키코는 오얏! 하고 무언가의 소리에 눈을 떴다. 유키코는 동그랗게 뜬눈으로 무의식적으로 집안을 둘러보았다. 몇 시일까. 아침일까 하고 생각했다. 어째서인지 옆방에서 5, 6명의 사람들의 무엇인가 웅성거리는 소리가 들려왔다. 한밤중이면 그럴 리가 없었다. 하지만 아직 전등이 밝게 켜져 있다. 아침은 아니다. 어떻게 된 것일까. 다다미 위를 쉬지 않고 삐걱삐걱 누군가가 걷고 있는 소리가 났다.[4]

이것은 이 작품의 모두(冒頭) 부분이다. 유키코는 '무언가의 소리' 때문에 잠을 깬다. 그것은 '5, 6명의 사람들이 무엇인가 웅성거리는 소리'였다. 그리고 이러한 유키코의 귀에 '다다미 위를 쉬지 않고 삐걱삐걱 누군가가 걷고 있는 소리'가 들리는 것이다. 이렇게 다키지의 「1928년 3월 15일」은 '무언가의 소리'로 시작되고 있다. 그리고 이 '소리'는 작품 전체에 걸쳐서 중요한 모티브로서 전개되는 것이다. 유키코의 잠을 깨운 어떤 '소리'는 계속된다.

선반에서 물건을 내리거나, 신문지가 꺼칠꺼칠 거리거나, 다다미를 일으키는 소리가 나거나 옷장 서랍을 하나하나씩 일곱 개까지 열고 있다. 그것이 전부였다. 유키코는 그것을 마음속에서 세고 있었다. 그러자 부엌 쪽에서는 찬장을 열고 있다. 유키코는 몸의 저쪽 밑바닥으로부터 오싹오싹 한기가 밀려왔다. 그렇게 되자 몸을 어떻게 굽혀도, 어떻게 방향을 바꾸어도 그 한기가 멈추지 않고 몸이 떨려왔다. 갑자기 이빨과 이빨이 조금씩 덜덜 떨렸다. 깜짝 놀라서 턱에 힘을 주어 그것을 막았다. 아버지와 어머니의 말소리는 하나도 들리지 않았다. 어떻게 된 것일까. 무엇인가 말하고 있는 것은 남의 집

사람뿐이었다.

자신의 집에는 언제나 많은 사람들이 온다. 그러나 지금 와있는 사람들은 그러한 사람들과는 전혀 다른 무서운 사람들이라고 직감했다.[5]

'선반에서 물건을 내리거나, 신문지가 꺼칠꺼칠 거리거나, 다다미를 일으키는 소리', '옷장 서랍을 열고 있는 소리', '찬장을 열고 있는 소리' 이러한 '소리'가 그것을 세고 있는 유키코의 마음에 들어가자, 유키코는 '한기(寒氣)'를 느끼게 된다. 그리고 그녀는 '한기' 때문에 '이빨과 이빨이 조금씩 덜덜 떨리'는 상태가 되는 것이다.

청각은 무생물인 '소리(音)'와 생물의 '소리(声)'로 구성되는 감각이다. 잠에서 깨어나 눈을 떴지만 지금 유키코가 느끼는 감각은 '소리(音)'와 '소리(声)'라는 청각뿐이다. 여기에서 무생물인 '소리'는 유키코의 몸을 통하여 생물화된다. 생물화된 '소리'의 힘은 점점 커질 뿐이었다.

유키코가 이러한 '소리'에 겁내고 있는 또 하나의 이유는 '아버지와 어머니의 말소리가 하나도 들리지 않았'기 때문이다. 자신의 집인데도 불구하고 '무엇인가 말하고 있는 것은 남의 집 사람뿐이었'던 것이다. 이것은 부적절하고 일방적인 관계를 그녀에게 전해준다. 말할 것도 없이 부적절하고 일방적인 관계는 올바른 상태가 아닌 것이다.

이렇게 유키코는 '소리'를 통하여 지금 집에서 일어나고 있는 상황을 파악하고 있다. 그녀는 이러한 상황을 통하여 지금 자신의 집이 올바른 상태에 있지 않고, 지금 자신의 집에 있는 남의 집사람들은 '무서운 사람들이라고 직감'하게 되는 것이다. 유키코로서 '소리'는 '무서운 사람들'을 의미하는 것에 다름 아니다.

이러한 유키코에 대하여, 류키치도 어떤 '소리'를 듣고 있다.

　　그는 몹시 허둥거리고 있었다. 바지를 입으면서 고꾸라질 뻔하거나 비틀거리거나 자기 스스로 그러한 자신에게 불쾌해지는 것을 느끼기조차 했다. 그러나 그는 바로 옆방에서 자신을 기다리고 있는 경찰의 짤그랑짤그랑 거리는 칼 소리가 유키코의 귀에 들린다, 지금이라도 들린다고 그렇게 생각해 조마조마하고 있었다. 그는 그 소리를 유키코가 들으면 유키코의 '마음'에 금이 가는 것을 알고 있었다.

　'아빠는 학교 사람들과 함께 여행가는 거야'

　　유키코가 검고 큰 눈을 둥그렇게 뜨고 그를 올려보았다.

　'선물로 뭐 사올 건데?'

　　그는 뭉클하고 와 닿았다. 그러나 '응, 좋은 것 듬뿍'

라고 말하자, 유키코가 안쪽으로 휙 머리를 돌렸다. 그는 갑자기 양손으로 자신의 머리를 붙잡았다. 핀-, 도자기가 갈라지는 그 소리를 그는 확실히 들었다. 그는 앗 하고 걱정스런 비명을 지르고, 가까이 가서 서둘러 유키코의 품속을 열어 보았다. 검포도를 붙인 것 같은 두 개의 유방 사이에 도자기 그릇과 같은 마음이 붙어 있다. - 살펴보니 머리털과 같은 금이 그곳에 나 있는 것이 아닌가!

　　앗 앗 앗 앗…… 류키치는 계속해서 숨 막힐 것 같은 외마디 비명을 질렀다.[6]

여기에서 '소리'는 '칼 소리'가 되어 있다. '칼 소리'는 무슨 사건을 일
으키는 상징이라고 할 수 있다. 그러므로 이 '칼 소리'의 의미를 알고 있
는 류키치는 '경찰의 짤그랑짤그랑 거리는 칼 소리가 유키코의 귀에 들
린다, 지금이라도 들린다고 생각해 조마조마하고 있는' 것이다. 그는 그
소리가 유키코에게 들리면, 유키코의 어린 '마음'에 금이 가는 것을 알고
있는 것이다.

이윽고 이 '칼 소리'는 더 기분이 나쁜 '도자기가 깨지는 소리'로 변한
다. 그 때문에 유키코의 도자기 그릇과 같은 마음이 붙어있는, 건포도를
붙인 것 같은 두 개의 유방 사이에 '머리털과 같은 금이 그곳에 나게 되
는' 것이다. 그리고 그 '금'을 보고, 류키치는 '외마디 비명'을 지르는 것
이다.

이 장면은 류키치의 꿈속에서의 것이다. 경찰이 그의 집을 들이닥쳤을
때, 류키치는 유키코의 자고 있는 모습을 보고 있었다. 그러므로 유키코
는 아무것도 듣고 있지 않고, 또 당연히 어떤 일도 없을 것이었다. 그러
나 꿈에서 유키코는 경찰의 '칼 소리'를 듣게 되고, 그녀의 마음에 '금'이
간다. 그리고 그것을 보고, 그는 '외마디 비명'을 지르는 것이다. 이렇게
'칼 소리'는 유키코의 신체를 통하여 류키치의 '외마디 비명'에 이르게
된다.

'칼 소리'도, '도자기가 깨지는 소리'도, '외마디 비명'도, 모두가 불길
한 '소리'에 다름 아니다. 다키지는 이러한 류키치에 대하여, '그는 지금
비몽사몽간에 꾼 꿈이 기분 나쁜 실감(實感)의 여운을 언제까지나 마음에
남기고 있는 것을 느꼈다'고 쓰고 있다. 꿈이 현실의 잠재적인 반영이라

고 한다면, 실로 이 '기분 나쁜 실감의 여운'은 뒤의 고문(拷問)의 전조였다고 생각할 수 있다.

고문은 이성적인 인간이 상상할 수 있는 범위를 넘는 동물적인 행위이다. 고문은 이성적인 인간을 동물적인 모습으로 바꾸어 놓는다고 말할 수 있다. 그러나 류키치는 달랐다. 고문을 받고 난 후의 류키치는 더 단단해져 있었다. 다키치는 고문을 받은 후의 류키치를 다음과 같이 묘사하고 있다.

다음 날 아침, 류키치는 지독한 열이 났다. 옆에 붙어있는 나이든 경찰이 이마를 젖은 수건으로 식혀주었다. 계속 잠꼬대를 하고 있었다. 하루 지나자 그것이 나았다. 건달이

'당신의 헛소리는 어지간했소'

류키치는 깜짝 놀라 상대가 전부 말하기도 전에 '뭐라고, 뭐라고?' 하고 다그쳤다. 그는 옆에 붙어 있는 경찰이 있는 곳에서 당치도 않은 것을 말해 버리지는 않았나, 하고 움찔했다. 외국에서는 심문할 때 헛소리를 하는 액체 주사를 놓아 그 효과로 증언을 얻는, 그러한 바보 같은 방법까지 행해지고 있는 것을 류키치는 책에서 읽어 알고 있었다.

'그리 간단히 죽을까. - 좀 지나자, 또 그리 간단히 죽을까, 그런. 뭐가 뭔지 모르지만 몇십 번이나 그것만 헛소리를 하고 있었소'

류키치는 어깨에 힘을 넣고 무의식중에 숨을 죽이고 있었는데, 안심이 되자 갑자기 부자연스럽게 큰소리로 웃기 시작했다. 그러나 '아파 아파 아파……' 하고 웃음소리가 몸에 울려 엉겁결에 외쳤다.[7]

'칼 소리'라는, '도자기가 깨지는 소리'라는, '외마디 비명'이라는, 불길한 '소리'였던 이러한 '소리'가 이곳에 와서 '웃음소리'로 변하고 있다. 모든 불길한 '소리'는 고문이라는 가혹한 과정을 거치면서, 오히려 '웃음소리'로 변해오는 것이다. 인텔리겐치아 출신인 류키치로서 고문이라는 행위는 생각만으로도 미쳐버릴 것 같은 무서운 경험이었을 것이다. 이것은 인텔리겐치아 출신 운동가의 약점이기도 하다. 그렇기 때문에 노동자 출신인 와타는 언제나 류키치에게 '오가와씨는 경찰에게 한번 호되게 맞으면 훨씬 더 유망해질 텐데 말이야'하고 말하고 있었던 것이다.

그러므로 고문이라는 잔학(殘虐)한 행위를 스스로 극복했을 때, 류키치는 비로소 진정한 운동가가 될 수 있었던 것이다. 류키치의 '웃음소리'가 이것을 극명하게 나타낸다. 고문은 비명 '소리'를 동반한다. 그러나 가혹한 고문에 대한 그의 마음은 '그리 간단히 죽을까'라는 한 마디로 요약될 수 있다. 류키치로서 고문은 이미 무서운 것이 아닌 것이다. 그리고 가혹한 고문을 극복할 수 있었던 류키치에게 '소리'는 더 이상 기분 나쁜 것이 아니었다. 류키치에게 '소리'는 '헛소리'를 거쳐, '웃음소리'로 연결된다. 모든 것을 극복한 그는 '큰소리로 웃기 시작'했던 것이다.

'큰소리로 웃기 시작'한 상태는 모든 곤란한 상황을 극복한 후에만 나올 수 있는 감정의 표현이다. 고문에 대한 불안이 사라진 순간, 그의 마음속으로부터 떠올라오는 안도의 마음이 이 '웃음소리'로 나타난 것이다. 이 '웃음소리'는 류키치의 승화(昇華)된 마음이라고 볼 수 있다. 그리고 그의 '웃음소리'에 의하여, 비로소 금이 간 유키코의 마음도 나을 수 있을 것이라고 생각된다.

2) 와타(渡)와 구도(工藤)

와타는 노동자 출신의 운동가이다. 그는 철과 같은 강한 의지를 가지고 있는 인물로서, 동료들은 그를 리더로 따르고 있다. 그는 다른 노동자와 함께 자고 있던 합동노동조합에서 검거된다. 와타의 검거 장면은 경찰의 '발소리'로 시작되고 있다.

공기가 공간을 채우고 있는 그대로의 형태로 파랗게 얼어 버린 듯했다. 아무런 소리도 들리지 않았고, 사람의 모습도 없었다. – 밤이 깊어 있었다. 조금씩 한기가 뼈 속까지 스며들고 있었다. 새벽 3시였다. 바스락바스락 눈이 얼고 있는 거리에 5, 6인의 발소리가 급히 났다. 그것은 어슴푸레한 골목에서였다. 쥐죽은 듯 고요한 거리에 그 소리가 생각보다 높게 울려 퍼졌다. 전신주에 전등이 켜져 있는 조금 넓은 도로에 발소리가 났다. – 모자 턱근을 한 경찰이었다. 칼 소리가 나지 않도록 한 손으로 그것을 잡고 있었다. 우르르 하고 구두를 신은 채(!) 경찰이 합동노동조합의 2층에 일제히 뛰어올랐다! 조합원은 1시간쯤 전에 막 잠들었던 것이었다.[8]

처음에는 '아무런 소리도 들리지 않고 사람의 모습도 없었다'라고 되어 있다. 여기에 '소리'가 남으로써 사건이 시작된다. '소리'는 무생물인 '바스락바스락 눈이 얼고 있는 소리'로부터 시작되어, 생물인 경찰의 '5,

6인의 발소리'로 변해간다. 또 그것은 '어슴푸레한 골목'에서 '전신주에 전등이 켜져 있는 조금 넓은 도로'로 확장된다. 쥐죽은 듯 고요한 거리에 '경찰 5, 6인의 발소리'만 나고 있는 것이다.

경찰은 '칼 소리가 나지 않도록 한 손으로 그것을 잡고 있'어서, 경찰이 내는 '소리'는 '우르르 하는 구두 소리' 뿐이었다. 이렇게 경찰이 내는 '소리'는 여러 곳으로 분산되지 않고, 한 곳에 집중되어 있다. 한 곳에 집 중된 '우르르 하는 구두 소리'는 무엇인가 심상치 않은 사건이 벌어지려 고 하는 것을 예기하고 있다.

'우르르' 하는 '소리'는 많은 사람이 발소리를 높게 내어가는 모습으로, 기세 좋게 일시에 파고들어 가는 모습이다. 여기에 '우르르 하는 구두 소 리'는 '짤그랑짤그랑 거리는 칼 소리' 보다 중량이 무겁다. 그렇다고 한 다면, '우르르' 하는 '소리'로써, 이 사건의 성격이 앞의 류키치의 사건보 다 중대(重大)하다는 것을 알 수 있다. 그것은 류키치의 귀에 들린 '짤그 랑짤그랑 거리는 칼 소리'가 개인(個人)적인 문제인 것에 대하여, 이곳은 집단(集團)적인 사건이라는 차이 때문이라고 생각할 수 있다. 요컨대 '소 리'는 그 음량의 크기와 함께, 사건을 확대시켜 간다. 이 작품에서는 검거 된 후의 와타가 다음과 같이 묘사되어 있다.

밤이 밝아오고 있었다. 전등이 꺼지자, 그러나 눈이 익숙해지기 전에 방안 이 갑자기 어두워졌다. 벽의 낙서도 보이지 않았다. 창백한 새벽빛이 사각 (四角)인 창문에 나누어져 아래쪽으로 3, 40도 각도로 들어왔다. 와타는 갑자기 크게 방귀를 뀌었다. 그리고 걸으면서도 힘을 주어 몇 번이나 계속해 방귀를 뀌었다. 와타는 치질이 있었기 때문에 방귀는 얼마라도 나왔다. 그리고 그것이 스스로도 싫어질 정도로 지독한 냄새가 났다. '엣, 꾸려, 꾸려!' 와타는 그때마다 한 발을 조금 들고 방귀를 뀌었다. 8시경인지도 몰랐다. 입구의 열쇠가 짤그랑짤그랑 울렸다. 문이 열리고 허리에 칼을 차지 않은 경찰이 발끝이 갈라져있는 양말에 짚신을 끌고 들어왔다.

'나와'

'동물원의 짐승이 아니야'

'바보'

'내보내 주는 건가. 고맙군'

'취조야'

그렇게 말했지만, 갑자기 '냄새, 냄새!' 하고, 복도로 뛰어나가 버렸다. 와타는 방귀라고 알자, 큰소리를 내어 웃기 시작했다. 우습고 우스워서 참을 수 없었다. 몸을 한껏 구부리뜨리면서 자지러지게 웃었다. 이런 일이 왜 이렇게 우스운지 몰랐지만, 우습고 우스워서 참을 수 없었다.[9]

'방귀' 라는 것은 가스가 항문으로 나오는 생리 현상으로, 오랫동안 막혀있던 불순물이 배출되는 행위이다. 그런데 와타는 유치장 안에서 '갑자기 방귀를 뀌는' 것이다.

'방귀'는 '소리'와 냄새가 합성된 물질이다. 그것은 '소리' 라는 청각에, 냄새라는 후각이 더해진 것이다. 그러므로 그 범위는 '소리' 라는 청각 감각을 넘어선 것이라고 생각할 수 있다. 와타의 '방귀'는 '스스로도 싫어질 정도로 지독한 냄새가 났다'라고 되어 있다. 이 '지독한 냄새'가 나는 그의 '방귀'는, '입구의 열쇠가 짤그랑짤그랑 울리'는 '소리'를 내면서 취조를 알리려고 온, 경찰을 덮친다. 경찰이 취조라고 말하는 순간, 냄새가 진동한다. 그리고 '지독한 냄새'가 나는 와타의 '방귀'는 취조를 알리려고 온 경찰을 유치장 밖으로 내쫓아 버리는 것이다.

취조는 말할 것도 없이 고문을 의미하는 것이다. '지독한 냄새'가 나는 와타의 '방귀'는 취조, 즉 고문을 알리려고 온 경찰을 내쫓아 버린다. 그는 그것을 보고 '큰소리를 내어 웃기 시작했다. 우습고 우스워서 참을 수 없었다. 몸을 한껏 구부러뜨리면서 자지러지게 웃었다. 이런 일이 왜 이렇게 우스운지 몰랐지만 우습고 우스워서 참을 수 없었'던 것이다. 노동자 출신의 운동가인 와타에게 고문이라는 행위는, '우습고 우스워서 참을 수 없'는 행위에 불과한 것이라고 생각할 수 있다.

'큰소리를 내어 웃기 시작'한 그의 모습은 고문을 극복한 후에 나온 류키치의 '웃음소리'와 완전히 같은 상태라고 할 수 있다. 또 그것은 고문 뒤에 이시다(石田)가 보였던 '웃는 얼굴'과 같은 상태이다. 와타의 이러한 '몸을 한껏 구부러뜨리면서 자지러지게 웃'는 감정 표현은 모든 걱정을 벗어버린 자만이 느낄 수 있는 마음 상태이다. 이러한 그의 모습은 자유로운 경지에 이른 평화(平和)로운 마음 상태라고 할 수 있다. 와타는 이미 고문을 극복하고 있는 것이다.

노동자 출신으로 투사 의식에 투철한 와타에게 유치장은 오히려 별장 같은 곳이었다. 그는 '독방에 털썩 앉았을 때, 먼 여행으로부터 오랜만에 자기 집에 돌아온 사람 같이 넓고 편안한 마음을 느끼'는 사람이었다. 이러한 그가 경찰의 고문을 두려워할 리가 없었다. 그는 '고문을 받을 때마다 오히려 증오가 더해갈 뿐이다'고 말하고 있을 정도였다.

고문에 신경 쓰지 않는 그의 마음은 이 '방귀'라는 행동으로써 나타나고 있다. 그가 '크게 방귀를 뀐' 뒤 '힘을 주어 몇 번이나 계속해 방귀를 뀌었'던 것은, 경찰이라는 존재를 전혀 신경 쓰지 않는 행동이라고 생각할 수 있다. 감방 안에 '지독한 냄새'가 났지만, 와타가 '그때마다 한 발을 조금 들고 방귀를 뀌'는 장면은, 마치 그의 일인(一人) 무대와 같다. 와타의 이러한 행위는 경찰의 고문에 대한 사전의 예행연습이라고 생각할 수도 있다. 그는 자신이 경찰의 유치장 안에 있으면서도 철저하게 경찰을 무시하고 있는 것이다. 그렇게 경찰로 대표되는 국가 권력을 무시하고 있는 것이다.

이렇게 경찰의 유치장 안에 갇혀있으면서도, 와타는 누구에게도 신경 쓰지 않고 단지 자신의 세계(世界)를 즐기고 있다. 그에게는 이곳이 경찰의 유치장 안이라는 의식이 없는 것이다. 경찰의 유치장 안이지만, 그에게 이곳은 마치 자기 집과 같이 몸과 마음이 자유로운 곳이었다. 그에게는 단지 '방귀'라는 자신의 세계만이 존재할 뿐이었다. 그에게 경찰의 고문 따위는 아무래도 상관없는 것이었다. 고문은 그의 '방귀'에 의하여 이미 극복되어 있는 것이었다.

한편, 와타와 같은 노동자 출신의 운동가인 구도(工藤)는 어떻게 묘사되어 있을까. 「1928년 3월 15일」에서는 경찰이 구도의 집에 들이닥치는 장면이 다음과 같이 묘사되어 있다.

- 구도의 집에 경찰이 들이닥친 때, 집안은 아주 캄캄했다. 경찰은 '어이, 일어나!' 라고 하면서, 전등이 매달려있는 주위를 손으로 더듬었다. 세 명의 아이가 잠을 깨서 큰소리로 한꺼번에 울기 시작했다. 전등의 위치를 찾고 있는 경찰은 '야스나(保名)'[10] 라도 추고 있는 것 같은 손놀림을 하며, 하늘을 더듬고 있었다. 그러자 어둠 속에서 빠친, 빠친 하고 스위치를 돌리는 소리가 났다.

'어떻게 된 거야, 응?'

'전등은 켜지지 않아'

그때까지 아무 말도 하지 않고 있던 구도가 경찰이 당황하고 있는 것과는 정반대로, 얄미울 정도로 침착한 목소리로 말했다. 구도의 집은 전기료가 체납되어, 2개월이나 전부터 전기가 끊어져 있었다.[11]

사건은 경찰의 '어이, 일어나!' 라는 외침으로부터 시작된다. 그 '소리'에 의하여 '세 명의 아이가 큰소리로 한꺼번에 울기 시작'하는 상황이 전개되는 것이다. 그리고 '"야스나" 라도 추고 있는 것 같은 손놀림을 하며, 경찰이 전등을 켜는' 빠친 빠친 하는 '소리'가 이어진다.

구도 집에서의 장면은 경찰이 전등을 켜는 '소리'로써 상징적으로 묘사되고 있다. 전등을 켜는 '빠친, 빠친 하고 스위치를 돌리는 소리가 났' 지만 전등은 켜지지 않는다. 그리고 거기에서 오는 '경찰의 당황하는 소리'와, 그것과 반대로 철과 같은 노동자 출신 운동가인 구도의 '얄미울 정도로 침착한 목소리'가 비교되고 있는 것이다.

이렇게 구도의 경우는 전등을 켜는 '빠친, 빠친 하고 스위치를 돌리는

소리'에 의해, 집안의 장면을 모두 파악할 수 있다. 물론 여기에서 '소리'
는 경찰이 외치는 소리도 있고, 아이들이 우는 소리도 있다. 그러나 전등
을 켜는 '빠친, 빠친 하고 스위치를 돌리는 소리'에 의해, 그 외의 '소리'
는 모두 해소(解消)되어 버리고 있다. 구도의 집은 전등을 켜는 '빠친, 빠
친 하고 스위치를 돌리는 소리'에 그 모든 상황이 집중(集中)되어 있는 것
이다.

3) 사다(佐多)

사다는 은행에 근무하고 있으면서 운동에 참가하고 있는 인텔리겐치아
다. 이 작품에서 사다는 인텔리겐치아의 전형(典型)을 보여주는 인물로서
그려지고 있다. 유치장에서의 그의 모습은 인텔리겐치아의 특성인 '이
중성(二重性)' 바로 그것이었다. 그의 이러한 모습은 '하루에도 그에게는
이 상반된 두 가지의 마음이 번갈아 일어났다. 그는 그때마다 우울해지
거나 쾌활해지거나 했다. 아마도 긴, 게다가 아무것도 하는 일 없이 단지
한 방안에만 있지 않으면 안 되는 그에게는 그것이외에 달리 생각할 것이
없'게 되는 것이다. 사다에게 일어난 '상반된 두 가지의 마음'은 '자신을
위한 운동'과 '타인을 위한 운동'과의 고민이었다고 생각할 수 있다. 이
것은 인텔리겐치아의 특성인 이중성에 다름 아니었다. 이러한 사다에 어
떤 '소리'가 들려온다.

두 사람은 잠시 숨을 죽였다. 전신이 귀가 되었다. 깊은 밤처럼 지잉, 지잉,

153

징 하고 귀에 울리는 소리가 났다. 사다는 점점 졸음으로부터 멀어져갔다.

'들리지'

멀리서 검술을 하고 있는 것 같은 죽도(竹刀) 소리(확실하게 죽도 소리였다)가 그의 귀에 들려왔다. 그것만이 아니고, 그 사이에 무언가 사람 소리 같은 것도 섞여서 들렸다. 그러나 그것은 확실히 알 수 없었다.

'호라, 호라…… 호라, 아' 그 소리가 높아질 때마다 불량소년이 그에게 주의시켰다. '무엇일까' 사다도 소리를 죽여 그에게 물었다.

'고문이야'

'……!?' 갑자기 목에 총이 들어왔다고 생각되었다.

'좀 더 잘 들어봐. 그렇지. 호라, 호라, 저것은 당하고 있는 놈이 지르는 소리야. 맞지'

사다는 그것이 뭐라고 말하고 있는지 몰랐지만, 한번 들으면 마음에 그대로 스며들어 필시 평생 잊을 수 없을 것 같은 비통한 소리였다. 그는 꼼짝 않고 그 소리에 귀를 기울이고 있는 동안에, 밤에 기분 나쁜 종소리를 들으면서 불구경을 하고 있는 때와 같이, 몸이 떨려왔다. '이'가 덜덜 떨렸다. 그는 모르는 사이에 한 손으로 이불 끝자락을 꽉 잡고 있었다.

'알아, 알아! 죽-여라, 죽-여라, 하고 말하고 있는 것 같아'

'죽-이라고?'

'응, 잘 들어봐'

두 사람은 다시 가만히 숨을 죽이고 들었다. 외마디 소리는 먼 곳으로부터, 바이올린의 가장 높은 음(音)의 가느다란 예리함으로, 바늘 끝과 같이 두 사람의 고막을 쳤다. 죽-여라, 죽-여라! 그렇다. 확실히 그렇게 말하고 있었다.

'아아, 아아'

'......'

사다는 귀를 양손으로 덮고, 땀 냄새나는 끈적끈적한 이불에 얼굴을 묻어버렸다. 그러나 그의 귀는, 그리고 또 그의 뇌 깊숙이에서는 그 비명소리를 아직 듣고 있었다.[12]

처음에 사다가 들은 '소리'는 분명하지 않았다. 하지만 무언가의 '소리'를 듣고 그는 '전신이 귀가 되'는 것이다. 그리고 전신이 귀가 되어있는 사다에게 '지잉, 지잉, 징 하고 귀에 울리는 소리'가 나는 것이다.

검술을 하고 있는 것 같은 '죽도 소리'로 시작되는 '소리'는 그것과 함께 '무언가 사람소리 같은 것'도 섞여서 들려온다. 그것은 고문을 당하는 소리였다. '죽도 소리'는 고문하는 '소리'로, '무언가 사람 소리 같은 것'은 고문당하고 있는 사람이 지르는 '비명소리'였던 것이다. '한 번 들으면 마음에 그대로 스며들어 필시 평생 잊을 수 없을 것 같은 비통한 소리'를 듣고, 사다는 '이가 덜덜 떨릴' 정도로 두려움을 느끼게 된다. 그것은 유키코가 한기가 나서 '이빨과 이빨이 조금씩 덜덜 떨리는 상태'와 똑같은 현상(現象)이라고 생각할 수 있다. 사다는 어린이인 유키코와 같은 정도의 두려움을 느끼고 있는 약한 사람이라고 생각할 수 있다.

더욱이 사다는 '귀를 양손으로 덮고, 땀 냄새나는 끈적끈적한 이불에 얼굴을 묻어버렸다. 그러나 그의 귀는, 그리고 또 뇌 깊숙이에서는 그 비명소리를 아직 듣고 있'는 것이었다. 사다는 이러한 소리로부터 필사적으로 벗어나려고 하였지만, 마음이 약한 그는 고문 '소리'로부터 벗어날 수가 없었다. 사다가 들은 '소리'는 그의 마음속에 '비명소리'로써 남아있게 되는 것이다.

이렇게 '소리'는 사다에게 견딜 수 없는 공포의 소리로써 묘사되어 있다. 그런데 다른 사람과 마찬가지로 사다에게도 이러한 '소리'의 의미는 변해간다. 「1928년 3월 15일」에서는 사다에게 변해 가는 '소리'의 의미(意味)가 다음과 같이 그려져 있다.

가장 뒤의 '쇠사슬은 풀리지 않는다'의 구절에, 와타 답게 마음속에 있는 힘을 넣어 부르고 있는 것을 알았다. 그곳만을 몇 번이고 반드시 반복해서 불렀다. 그에게는 와타의 마음이 직접 가슴으로 전해오는 기분이 들었다.

사다에게는 그것이 항상 기다려지는 즐거움이었다. 언제나 저녁 무렵이었다. 사다는 보통 때라면, 그런 노래는 그가 자주 경멸하여 말하던 단어로, '민중예술'이라고 치워 버린 것이었다. 그것이 싹 변해 버렸다. 그러나 또 그 노래가 아니어도, 밖에서 걷는 사람의 단순히 껄껄 웃는 소리, 눈길이 웅웅 하고 울리는 소리, 그러한 것에도 잘 들어보면 복잡한 음조가 있는 것을 처음으로 알거나, 어디인지 모르지만 소곤소곤 거리는 이야기 소리에 이상하게 음악적인 섬세한 뉘앙스를 느끼거나 했다. 천장에 보슬보슬 눈이 내리는 회미한 소리를 한 시간이나 – 두 시간이나 열심히 들었다. 그러자 그것에 여러 가지 환상이 섞여서, 그의 마음을 지루함으로부터 구해주었다. 그는 아무것도 필요하지 않았다. '소리'가 필요했다. 그의 마음이 조금이라도 아직 '생물(生物)'인 증거로써 움직일 수 있다고 하면, 그것은 '소리'에 대해서 일

뿐이었다. 함께 있는 불량소년의 여자를 꾀는 이야기와 부랑자의 참혹한 생활 등은 보통 때라면 사다의 흥미를 끌 이야기였다. 하지만 그것은 2, 3일 지나면 이미 싫증이 나버렸다.

오타루의 하나의 명물로써 '광고 사람'이 있다. 그것은 시내 상점의 의뢰를 받으면 어릿광대의 모습을 하고, 길가에 서서, 우스운 가락으로 그 광고 선전을 한다. 거기에 북과 피리가 가세한다. - 그것이 한번 유치장 밖 근처에 서 있었다. 딱따기가 언 공기에 금이라도 가듯이 투명한 울림을 전하자, 어릿광대의 우스운 가락이 들렸다.

스왓!! 그것은 문자 그대로 '스왓!!' 이었다. 유치장 안에 있는 모든 사람들은 '성 뺏기' 라도 하듯이, 작게 사각형으로 높은 곳에 붙어있는 창문을 향하여 쇄도하였다. 늦은 사람은 앞사람의 등에 반동을 붙여서 뛰어올라 탔다. 그리고 그 뒤에도 똑같이 다른 사람이. -'소리'에는 사다 뿐만이 아니었던 것이다![13]

「1928년 3월 15일」에서는 '비명소리'를 들은 이후의 사다의 모습이 그려져 있지 않다. 그 변화 과정을 생략하고, 이 작품에서는 단지 변화된 사다의 모습이 묘사되어 있다. 사다에게 있어, 귀를 막고 이불을 뒤집어쓸 정도로 견딜 수 없었던 '소리'는 이곳에 와서 구원(救援)의 의미로 변한다. 도저히 견딜 수 없었던 '소리'에 대하여, 처음에 사다의 의식을 움직였던 것은 동지인 와타의 '노래 소리'였다. 와타는 유치장 안에서 '와타답게 마음속에 있는 힘을 넣어' 노래를 부르고 있는 것이었다.

그는 '쇠사슬은 풀리지 않는다' 라는 곳을, '그곳만을 몇 번이고 반드시 반복하여 부르는' 것이었다. 와타가 이 '쇠사슬은 풀리지 않는다' 라는 구절을 몇 번이나 반복해서 부르고 있는 것은 고문을 극복한 자신감으로부터 온 것이라고 생각할 수 있다. 그리고 이 노래가 사다에게는 '와타의 마음이 직접 가슴으로 전해오는 기분이 들게 되는' 것이다. 이렇게 와타의 '노래 소리'는 도저히 견딜 수 없었던 사다의 '소리'에 대한 의식을 정반대의 의미로 바꾸어버린다.

지금 사다 자신이 묶여 있는 쇠사슬은 '소리'에 다름 아니었다. 그에게는 고문의 '비명소리'가 쇠사슬이 되어있는 것이었다. 그러나 '비명소리' 라는 견딜 수 없었던 '소리'는 와타의 '노래 소리'에 의해, '그것이 싹 변해 버리'게 되는 것이다. 그리고 이렇게 와타의 '노래 소리'로부터 시작된 새로운 '소리'는 '밖에서 걷는 사람의 단순히 껄껄 웃는 소리', '눈길이 웅웅 하고 울리는 소리', '어디인지 모르게 소곤소곤 거리는 이야기 소리', '천장에 보슬보슬 눈이 내리는 희미한 소리'로 계속 변하면서, 사다에게 친근하게 들려온다.

실은 사다를 그렇게 괴롭혔던 고문의 '비명소리'의 당사자는 와타였는지도 모른다. 「1928년 3월 15일」에는 와타, 구도, 스즈키, 그리고 류키치에 대한 고문 묘사가 있다. 그러나 죽도를 이용한 고문과 '죽-여라' 라는 비명소리를 지른 사람은 와타밖에 없다. 그렇다고 한다면, 사다는 와타 때문에 괴로워하고, 와타에 의하여 구원받았다고 생각할 수 있다.

이렇게 '그의 마음을 지루함으로부터 구해준' 것, 즉 사다를 그 상태에서 구해준 것은 공교롭게도 자신을 그렇게도 괴롭혔던 '소리' 였던 것이다. 사다를 괴롭혔던 것도 '소리' 였고, 또 사다를 구해준 것도 실로 이

'소리'에 다름 아니었던 것이다. 그렇다고 하여도 지금의 '소리'는 물론 고문의 '비명소리'는 아니다. 일찍이 사다의 마음에 그대로 스며들어 필시 평생 잊을 수 없을 것 같았던 비통한 '비명소리'는 여러 가지의 환상이 담아지면서 '마음이 들뜨는 소리'로 변해 있는 것이다.

지금 사다에게 '소리'라는 의미는 '비명소리'를 넘은 정반대의 영역에 있다고 생각할 수 있다. 사다의 이러한 '소리'에 대한 변화(變化)는 무엇보다도 그의 마음가짐의 문제로부터 온다고 생각된다. 불안한 마음과 사물을 침착한 눈으로 바라보는 마음의 차이가 그의 '소리'에 대한 의식에 그대로 반영된 것이다. 사다는 와타의 마음속에 힘을 넣어 부르는 '노래 소리'를 듣고, 비로소 그의 침착한 평소의 마음을 되찾았던 것이다.

그는 '아무것도 필요 없었다. "소리"가 필요했다'고 한다. 그에게는 '소리'에 대한 반응만이 남아있는 것이다. 요컨대 사다는 '소리'가 있으면 자신은 살아있다고 느끼고 있다. 사다는 '소리'에 대한 의식을 자신이 살아있다는 증거로써 받아들이고 있는 것이다. 이렇게 '소리'는 그에게 구원의 의미로 변해 있다고 생각된다.

그런데 이러한 '소리'에 대한 절실한 마음은 비단 사다만이 아니라, '유치장 안에 있는 모든 사람들'에게 해당한다. '유치장 안에 있는 모든 사람들'은 모두 '소리'를 갈망하고 있었다. 그들에게 '소리'는 폐쇄되어 있는 유치장이라는 공간을 넘어서, 열려진 공간에 이르는 유일한 수단이었다. 또 '소리'는 열려진 자유로운 공간으로부터 폐쇄되어 있는 유치장에 이른다. 요컨대 '소리'에는 자유(自由)에의 희망이 숨어져 있다고 볼 수 있다. 이렇게 '소리'는 '유치장 안에 있는 모든 사람들'에게 살아있는 표징으로써, 그리고 자유에의 희망의 메시지로써 받아들여지고 있다고 생각할 수 있다. '유치장 안에 있는 모든 사람들'에게 있어 '소리'에의 갈망, 그것은 자유에의 갈망에 다름 아닌 것이다.

그리고 또 '소리'는 그 변화를 통하여 사다의 경우에 현저하게 나타나듯이, 인물 내면의 변화, 바꾸어 말하면 그 인간의 단련된 결과로써의 변혁(變革)을 표현한다는 중요한 역할을 하고 있는 것을 본서에서는 독해하고 싶은 것이다.

역주

1 『게잡이 공선 1928·3·15』 1951년 1월, 이와나미(岩波) 문고, p.208.

2 다테노 노부유키 「고바야시 다키지(1)」 『문예(文芸)』 1949년 11월, 가와데(河出)서방.

3 『게잡이 공선 1928·3·15』 이와나미(岩波) 문고, p.210.

4 「1928년 3월 15일」 『고바야시 다키지 전집 제2권』 신일본출판사, 1993년, p.125.

5 같은 책, pp.125-126.

6 같은 책, pp.153-154.

7 같은 책, pp.190-191.

8 같은 책, p.130.

9 같은 책, pp.164-165.

10 가부키(歌舞伎). 삼세오가미고로(三世尾上五郎)의 일곱 가지 변화의 무용으로써, 「미야마노하나토도가누에다부리(深山桜及兼樹振)」의 봄(春)의 부의 하나. 1818년에 초연되었다.

11 「1928년 3월 15일」 『고바야시 다키지 전집 제2권』 신일본출판사, 1993년, p.137.

12 같은 책, pp.186-187.

13 같은 책, pp.199-200.

제5장

제5장 고바야시 다키지(小林多喜二) 의 「동굿찬 행(東俱知安行)」 연구

1. 들어가며

고바야시 다키지는 1928년에 일본프롤레타리아 문학운동에 본격적으로 들어간다. 이 해 신진작가인 다키지의 프롤레타리아 문학 작품 활동은 눈부셨다. 다키지는 3월에 「방설림(防雪林)」을 쓰고, 「1928년 3월 15일」을 잡지 『전기(戰旗)』 1928년 11월과 12월호 두 번에 걸쳐 발표한다. 그리고 9월에는 「동굿찬 행(東俱知安行)」을 완성하고, 10월에 「게잡이 공선(蟹工船)」을 기고한다.

다키지의 「동굿찬 행」은 일본 최초의 제1회 보통선거를 묘사한 작품이다. 그는 1928년 2월에 일본 최초의 보통선거 운동에 참가한 경험을 토대로 하여 이 작품을 완성했다. 작품에서는 일본 최초의 보통선거의 모양이 르포르타주 식으로 그려져 있다.

본 장에서는 다키지의 「동굿찬 행」을 고찰한다. 우선 1928년의 다키지의 주변 상황을 살펴본다. 그리고 일본 최초의 보통선거와 「동굿찬 행」의 관계를 조사하고, 이 작품의 주인공인 〈나〉의 의식의 변화에 대해 생각해보고자 한다.

2. 1928년 다키지의 주변 상황

일본의 사회주의 문학과 일본프롤레타리아 문학운동은 문단 내의 단순한 문학운동이 아니었다. 일본 근대사회의 여러 현실의 사회적 문제와 정면으로 마주한 사회운동이고, 정치운동이고, 사상운동이기도 했다. 일본프롤레타리아 문학운동은 일본 근대문학뿐만이 아니고, 일본 근대사에 그 족적을 남기고 있다. 여기에 일본프롤레타리아 문학운동의 의의가 있다.

1928년은 다키지가 본격적인 프롤레타리아 문학 작가로 등장하는 해이다.

이러한 1928년의 다키지의 변화에는 그 전 해인 1927년의 커다란 사건이 영향을 주었다고 할 수 있다. 1927년부터 1928년에 걸쳐 다키지는 그의 문학에서 결정적인 사건들을 체험한다. 다키지의 1927년은 스스로 사상의 범위를 넓혀 가는 과정을 통해 자기 변혁을 이루어 가는 해였다.

이 해 3월, 다키지는 홋카이도(北海道)의 이소노(磯野)농장 쟁의에 관여한다. 그는 쟁의 때, 쟁의 지도자 다케우치 기요시(竹内清)의 의뢰로 다쿠쇼쿠(拓殖)은행의 대주주인 이소노 스스무(磯野進)의 자료를 제공한다. 이소노 농장쟁의는 일본 최초로 농민과 노동자가 연대하여 성공한 쟁의였다. 이어서 그는 7월에 오타루(小樽)항만 쟁의의 응원 활동에, 9월에는 오타루사회과학연구회에 참가한다. 이렇게 1927년에 다키지는 적극적으로 사회운동에 참가한다. 그리고 1928년을 맞이하게 되는 것이다.

우선 여기에서 1928년에 일어난 일본사회의 중요한 사건과 다키지의 주변 상황을 살펴보기로 한다.

다키지는 1928년 1월 1일 일기에 "새로운 해가 밝았다. 작년에는 무엇을 했는가. 사상적으로 단연 마르크시즘으로 진전해 갔다. 후루카와(古川), 데라다(寺田)등 노농당(勞農黨) 동료들을 얻은 것은 획기적인 일이었다. (중략) 우리들의 시대가 왔다. 우리들이 무엇을 해야만 하는가가 아니고, 어떻게 해야만 하는가의 시대다."[1] 라고, 새해를 맞는 마음가짐을 쓰고 있다.

 다키지는 1928년 새해를 맞이하여, 올해는 '무엇을 해야 하는가' 가 아니고, '어떻게 해야 하는가'를 말하고 있다. 그는 '무엇을 해야 하는가'는 1927년 작년에 마르크시즘을 통해 이론적으로 알게 되었다. 그러므로 올해는 그 이론적 지식을 토대로 구체적으로 '어떻게 해야 하는가'를 실천하는 해로 만들고자 하는 마음가짐을 가진다. 이렇게 1928년에 다키지는 '무엇을 해야 하는가' 라는 이론 지식에서, '어떻게 해야 하는가' 라는 실천 활동 문제로 진전한다.

 1월 21일 다나카(田中)내각은 민정당(民政党)이 제출한 불신임안에 대해 돌연 국회를 해산한다. 그 결과 2월 20일에 일본에서 최초의 남자보통선거법에 의한 중의원 총선거가 실시되었다. 보통선거법은 3년 전에 제정되어 25세 이상 남성들에게 선거권을 부여했다. 역시 3년 전에 언론, 사상의 자유를 제한하는 치안유지법이 시행되었다.[2] 1923년 관동대지진 직후의 혼란을 막기 위해 공포된 긴급 칙령이 전신인 이 법률은 천황제나 사유재산제를 부정하는 운동을 단속하는 것을 목적으로 제정되었다. 그 반면 무산정당도 탄생했다. 이 총선거에서 비합법의 일본공산당은 각 무산정당과 함께 공공연하게 활동을 전개했다.

1월 다키지는 노농당 후보인 야마모토 겐조(山本懸蔵)의 선거유세로 동굿찬을 방문한다.

2월 1일 일본공산당 기관지 『적기(赤旗)』가 창간된다.

2월 20일 제16회 중의원총선거가 보통선거법에 의한 최초의 총선거로 실시되었다. 야마모토 겐조의 득표수는 2887표, 득표율 3.5%였다. 그 결과는 예상을 크게 밑돌아 입후보자 11인 가운데 9위였다.

 정부는 이 선거에서 민주세력 진출에 억압을 가해, 특히 노동농민당의 선거운동에는 심한 탄압을 집중했다. 하지만 이 선거를 통해 혁신세력의 진출은 현저했다. 무산정당인 사회민중당, 일본노농당을 포함하여 48만 명의 득표 중 19만 2천(도시 5만, 농촌 14만)이 노동농민당에게 집중되었다. 무산정당 당선자 8명 가운데 노동농민당은 야마모토 센지(山本宣治)등 2명이었지만, 전국 지부는 200을 넘고, 당원 2만 명의 조직으로 확대했다.[3]

 무산정당이 현저한 진전을 보인 선거결과는 지배계급에 큰 충격을 주어, 그 반동이 직후의 3·15사건으로 나타난다. 정부는 3월 15일 오전 4시를 기해 전국의 검사국과 경찰을 총동원하여 혁명적 노동자, 농민, 지식인을 체포했다. 대상은 공산당, 노동농민당, 평의회 관계자 등으로 총 3700명에 이르는 활동가가 특고경찰에 검거되어 야만적인 고문을 받았다. 그리고 그 중 488명을 치안유지법으로 기소했다.

 오타루에서는 500여명이 검거되었다. 이 사건에서 다키지는 직접 탄압을 받지는 않지만, 그와 밀접한 관계에 있는 사람들이 그의 신변에서 검거되었다. 오타루사회과학연구회 멤버들과 다키지가 1월 1일의 일기에서 획기적인 일이었다고 한 노농당 동료 후루카와와 데라다도 검거되었다. 오타루에서 검거된 사람들도 모두 야만적인 고문을 받았다. 그 잔학한 고문의 실태를 안 다키지는 분노에 찬 심정으로 「1928년 3월 15일(一九二八年 三月 十五日)」을 쓰게 된다.

 3월 25일에는 3·15사건으로 인해 위기감을 느낀 일본프롤레타리아 예술연맹, 전위예술가동맹, 좌익예술동맹, 그리고 투쟁예술연맹의 네 단체가 합동하여 전 일본무산자예술연맹(全日本無産者芸術聯盟, 나프)을 결성한다. 나프가 결성되자, 그는 여기에 참가하여 이후 프롤레타리아 문학운동의 가장 적극적인 작가가 된다.

4월 10일에 정부는 노동농민당, 일본노동조합평의회, 전 일본무산 청년동맹의 해산을 명한다.

4월 26일 다키지가 「방설림」을 완성한다.

4월 28일에는 3월 25일에 결성된 전 일본무산자예술연맹(나프)의 창립대회가 개최된다.

5월 5일 전 일본무산자예술연맹의 기관지 『전기』가 창간된다. 다키지는 나프의 오타루 지국을 조직하고, 기관지인 『전기』 배포를 담당한다.

5월 14일경 다키지가 상경하여 24일까지 체재한다. 이때 처음으로 구라하라 고레히토(藏原惟人)와 만난다. 구라하라 고레히토와의 만남은 다키지 문학의 비약적인 발전을 가져온다. 구라하라의 '프롤레타리아 리얼리즘(プロレタリア・レアリズム)'이라는 창작방법은 다키지에게 새로운 문학의 방향을 제시해 주었다.

5월 26일 다키지는 「1928년 3월 15일」을 기고(起稿)한다.

6월 29일 정부는 치안유지법 개정을 긴급 칙령으로 공포한다. 국체 변혁을 목적으로 하는 결사(結社)행위에 사형, 무기징역 형을 추가한다.

7월 21일 다키지가 「1928년 3월 15일」을 완성한다.

8월 17일 다키지는 「1928년 3월 15일」의 청서(淸書)를 끝내고, 이 작품을 구라하라 고레히토에게 보낸다. 직후에 「동굿찬 행」에 착수한다.

9월 5일 다키지가 「동굿찬 행」을 탈고한다.

10월 28일 「게잡이 공선」을 쓰기 시작한다. 이 작품은 다음 해 3월 30일에 완성된다.

11월 하순 다키지는 오타루 해원(海員)조합 관계의 『해상생활자 신문(海上生活者新聞)』의 문예란을 담당한다.

이렇게 1928년은 다키지가 본격적으로 프롤레타리아 문학의 길에 들어간 해였다. 다키지는 이 해 그의 문학에서 가장 뛰어난 작품인 「방설림」 「1928년 3월 15일」「동굿찬 행」「게잡이 공선」을 완성하거나 기고했다. 실로 1928년이라는 해는 다키지에게 그 어느 해보다도 중요한 의미를 가진다고 할 수 있다.

비참한 현실과 사회 모순을 몸으로 느끼면서 다키지는 하나씩 하나씩 자신의 작품을 써 갔다. 1928년이라는 해에 다키지는 본격적으로 사회변혁과 연결된 자기 변혁의 길을 걷게 된다. 사회변혁과 자기 변혁의 기운으로 그는 확신을 가지고 프롤레타리아 문학의 길로 들어선다.

3. 제1회 보통선거와 「동굿찬 행(東倶知安行)」

고바야시 다키지의 「동굿찬 행」은 1928년 2월의 제1회 보통선거 운동을 그린 작품이다. 그는 노농당 후보인 야마모토 겐조의 선거유세에 참여한 경험을 바탕으로 이 작품을 썼다.

총선거에서 홋카이도(北海道)는 5구로 나누어져, 제1선거구는 삿포로(札幌), 오타루, 굿찬(倶知)지역으로 정원 4명의 입후보자 11명이었다. 여기에 공산당원 야마모토 겐조가 노동농민당 후보로 출마했다. 노농당 본부는 1월 상순에 홋카이도 제1선거구에 출마하는 공인후보로 야마모토 겐조를 결정하고 있었다.

그런데 선거가 가까이 오는데도 야마모토 겐조는 도쿄(東京)에 있었다. 그 이유는 그가 병으로 자리에 누워있었고, 선거활동자금이 부족해서 홋카이도로 출발할 수가 없었기 때문이었다. 무엇보다 노농당은 선거운동자금이 부족했다. 선거에 참여하기 위해서는 공탁금 2000엔이 필요했다.[4] 그리고 여기에 선거운동자금이 필요했다. 병상에서 무리하게 일어난 후보자를 위해 노농당은 선거자금 모집에 분주했다.

그러면 왜 홋카이도 1구의 후보자가 홋카이도 출신의 후보가 아니고, 도쿄에서 온 야마모토 겐조였을까. 그것은 오타루의 노동자·농민과 야마모토 겐조의 떼려야 뗄 수 없는 관계에 있었다. 후지타 히로토(藤田廣登)는 그 관계를 이렇게 설명한다.

1925년 10월, 평의회의 야마모토 겐조는 총동맹의 마쓰오카 고마기치(松岡駒吉)와 오타루에서 연설회에 참가했다. 오타루의 노동자는 야마모토 겐조의 연설에 감격해 이것으로 오타루 총노동조합의 평의회 가맹이 결정되었다. 그리고 1927년 3월 31일에는 뒤에 다키지의 「부재지주(不在地主)」의 무대가 된 이소노 농장쟁의 지원에 달려왔다. 그 오타루 시내 쇼지쿠좌(松竹座)연설회에는 입장료 30전, 정원을 넘는 1700명이 몰려들어, 결국 입장 금지가 될 정도였다. 그곳에서의 야마겐의 연설은 많은 청중들의 마음을 사로잡아 이소노 쟁의 승리에 큰 영향을 주었다. 다키지는 경찰의 방해로 야마모토 겐조의 이소노 농장 쟁의 연설회장에는 들어가지 못했지만, 그 광경을 목

격하고 있다.[5]

여기에서 야마모토 겐조의 3월 31일의 연설회는 3월 14일의 착오라고 생각된다. 3월 30일에 이미 지주 측과 쟁의단은 시의원인 나카지마 신조(中島親三)의 조정으로 마지막 협상에 들어갔기 때문이다. 3월 14일 밤 혼간지(本願寺) 설교소에서 지주를 규탄하는 두 번째 연설회가 노동농민당 오타루지부, 소작쟁의공동위원회, 오타루합동, 일농 홋카이도 연합회 주최로 열렸다. 다키지는 연설회 다음날 다구치 다키코(田口滝子)에게 보낸 편지에서, 이날의 모습을 다음과 같이 쓰고 있다.

연설회에 갔지만 만원으로 들어가지 못했다. 밖에는 무장한 경찰이 몇십 명이나 서 있고, 들어가지 못한 사람들이 몇백 명이나 물러가지 않고 밖에 있었다. 그리고 그러한 노동자 대부분이 어떻게 진보하여 왔는가라는 것은 그들이 서서 하는 이야기로도 알 수 있었다. 마르크스 운운 하는 단어를 사용하는 한텐을 입은 남자도 있었다. 하여간 나는 흥분해서 돌아왔다. 무엇이든 역시 이소노가 경찰에 돈을 내어 교묘하게 속이고 있다고 한다.[6]

다키지는 연설회장에는 들어가지 못했지만 만원인 사람들의 모습을 보고 흥분해서 돌아온다. 결국 농민과 노동자가 함께 힘을 합쳐 싸운 일본 최초의 소작쟁의인 이소노 농장쟁의는 쟁의단의 승리로 끝나게 된다. 해가 바뀌어 신년 초, 노농당 본부에서 야마모토 겐조의 홋카이도 1구 입후보가 결정된 배경에는 이러한 고려가 있었기 때문이었다.

171

노농당의 입후보자로 결정된 야마모토 겐조는 오타루 역에서 노동자들의 열렬한 환영을 받는다. 마침내 선거자금을 구한 야마모토 겐조가 1월 31일 오타루 역에 도착하자, 그곳에는 500여명의 오타루 시민들이 야마모토 겐조를 환영하러 나와 있었다. 다키지는 이 날의 광경을 『전기』 1930년 2월호의 '전열에서(戦列から)'라는 란에 게재된 「총선거와『우리들의 야마겐』(総選挙と『我等の山懸』)」이라는 감상에서 다음과 같이 쓰고 있다.

2월의 홋카이도는 매일 눈보라가 치고 있다. - 우리들은 그곳에서 '우리들의 야마겐'을 맞이했다. 역 앞 광장은 아크등 아래 반짝반짝 얼어 살을 에듯 매섭게 추웠다. 야마겐은 오타루의 전투적인 노동자 500명에게 둘러싸였다. "나는 5일전까지 빈사 상태의 병자였다. 의사는 움직이면 죽는다고 말했다. 하지만 나는 다다미 위에서 죽을 수 없다. 내가 죽는 곳은 노동자와 농민 가운데 외는 결코 없다."
추웠다. 하지만 사람들은 제자리걸음하는 것을 잊고 있었다. 눈을 깜빡이면 양쪽 눈썹이 달라붙었다. 세차게 가슴이 복받쳐온다. 환영식은 '데모'로 변했다.[7]

당시 비합법 공산당원인 야마모토 겐조는 오타루 노동자들로부터 '우리들의 야마겐'이라는 애칭으로 불리고 있었다. 그가 오타루 노동자들에게 얼마나 지지받고 있는지 알 수 있는 대목이다. 이 문장에서 다키지는 "야마겐은 소변을 보면 눈이 피보다 빨갛게 물들었다."고 회상한다. 야마모토 겐조, 즉 야마겐은 심각한 병마를 무릅쓰고 홋카이도 노동자와 농민을 위해 선거에 출마했던 것이다.

다키지는 야마모토 겐지의 선거유세에 적극적으로 참여한다. 은행에서 알면 해고가 되기 때문에 오타루에서의 연설회에는 갈 수 없었지만, 매일 선거사무실에 들러 여러 가지 일들을 처리한다.[8] 다키지는 이때의 일들을 다음과 같이 기억한다.

나는 그때 은행에 다니고 있었다. 돌아오면 즉시 나가서 전단지와 포스터와 회계업무를 도왔다. 선거사무실에서 집까지 1리 이상이었기에 돌아오면 매일 2-3시였다. 나는 시내에서 연설을 할 수 없었기에 병이라든가 친척 상이라든가 하여 지방에 가서 야마겐과 함께 연설했다. 아리시마 다케오(有島武郎)의 「카인의 후예(カインの末裔)」에 나오는 홋카이도 후지의 들판을, 눈에 덮인 철도를 따라 4리나 걸어갔던 때의 인상은 평생 잊을 수가 없을 것이다.[9]

시내 연설회에 갈 수 없었던 다키지는 야마모토 겐조를 응원하러 지방 연설대에 합류한다. 다키지가 연설대원으로 간 곳은 동굿찬 교고쿠쵸(京極町)의 고주지(光寿寺)라는 절이었다. 몇백 명의 사람들이 와서 연설회장은 이미 출입금지가 되어 있었다. 다키지는 이곳에서 처음으로 선거운동 연설을 하게 된다. 그의 흥분한 상태의 연설은 「동굿찬 행」에 그대로 그려져 있다.

4.「동굿찬 행」에서의 〈나〉의 의식 변화

다키지의「동굿찬 행」은 노농당으로 입후보한 야마모토 겐조를 응원하기 위해 동굿찬 방면에 연설대원으로 참가한 경험을 바탕으로 쓴 것이다.[10] 다키지의「동굿찬 행」은 선거운동을 묘사한 뛰어난 작품으로, 노마 필드는 "선거를 이렇게 뜨겁게 그려낸 문학작품이 또 있을까"라고 하며, 이 작품을 높게 평가한다.[11] 선거를 취재하여 쓴 문학작품이 드문 가운데 일본 최초의 제1회 보통선거를 묘사한「동굿찬 행」은 기록으로서의 의미도 있다고 할 수 있다.

다키지는 8월 17일에「1928년 3월 15일」을 완성하여, 이 작품을 구라하라 고레히토에게 보낸다. 그리고「동굿찬 행」을 기고하여, 9월 5일에 완성한다. 이렇게「동굿찬 행」이라는 작품의 시기는「1928년 3월 15일」의 완성과 발표 사이에 있다.「동굿찬 행」을 쓸 때, 다키지는 고문 받는 동료를 생각하며 분노에 찬 심정으로 쓴「1928년 3월 15일」의 잡지 발표를 기다리고 있었다. 그는「1928년 3월 15일」의 작품 특성상, 이 작품이 가져올 엄청난 폭풍과 세간의 평가에 대하여 상당한 기대를 하고 있었을 것이다. 그리고 이 작품으로 인해 자신에게 닥쳐올 국가권력으로부터의 탄압까지 알고 있었을 것이다.

총선거와 3·15사건은 깊은 관계가 있으니「1928년 3월 15일」의 발표를 기다리며, 그는 지난겨울 선거운동에 참여했던 기억을 되살린다. 특히 다키지는 야마모토 겐조의 선거운동을 함께 한 후루가와와 데라다가 3·15사건으로 검거되어 그의 신변으로부터 멀어진 사실로부터「동굿찬 행」

이라는 작품을 복잡한 심정으로 썼을 것이라고 생각된다.

1930년 3월말, 오타루에서 도쿄로 옮기고 나서 다키지는 곧 비합법의 일본공산당에게 자금 원조를 한 사건으로, 6월 24일 치안유지법으로 체포되어 「게잡이 공선」에 의한 불경죄로 추가기소를 받아, 8월 21일부터 다음해 1월 22일까지 도요다마(豊多摩)형무소에 수용되어 있었다.

「동굿찬 행」은 그가 감옥에 있을 때, 가족의 생활을 배려하여 친구인 사이토 지로(斎藤次郎)가 노트에 적혀있던 원고를 청서하고, 일본프롤레타리아 작가동맹의 알선으로 『개조』1930년 12월호 '창작특집'란에 발표되었다.[12] 이 작품은 복자(伏字)가 조금 행해졌지만, 거의 완전한 형태로 발표되었다. 하지만 친구가 노트 원고에서 청서한 만큼 정확한 내용을 복원할 수 없었다. 이 작품은 현재에도 완전한 형태로 복원이 안 되어, 복자가 몇 군데 남아 있다.

그런데 「동굿찬 행」이 『개조』에 발표되는 것이 정해졌을 때, 2년 전 작품이고 다시 읽어볼 자유도 없었기에 옥중에서 다키지는 상당히 걱정한다. 이 작품 발표가 작가 자신의 개인적인 문제만이 아니고, 작가가 속한 작가동맹에 관계된 문제가 되기 때문이었다. 만일 「동굿찬 행」이 읽을 만한 작품이 아니면, 작가동맹에 대한 상대 진영의 심한 비판이 예상되기 때문이었다.

다키지는 1930년 11월 18일에 이 작품을 청서한 사이토 지로에게 작품 발표에 대해 우려하는 편지를 보낸다.

나는 「동굿찬 행」이 잡지에 발표되는 것에 절대 반대다. 나는 지금 나 자신조차 그 작품을 어떤 식으로 썼는지조차 모른다. 나는 내 작품의 성패가 단지 그것만의 의미가 아니고, 우리들 동료의 명예에도 걸려있다는 것을 알고 있기에 특히 그 점에서 자중하기 않으면 안 된다고 생각한다.[13]

다키지는 「동굿찬 행」이 『개조』에 싣기로 결정된 뒤에 그 사실을 알았다. 그가 감옥에 있었기에 이 작품의 발표 과정에 참여할 수가 없었던 것이다. 다키지는 위의 편지에서 이 작품의 세간의 평가에 대한 걱정으로 "나는 작은 독방 안에서 안달복달하게 여기저기 걸어 다니고 있다."고 쓰고 있다. 자신의 작품이 프롤레타리아 문학 진영 전체의 문제가 되기에, 발표에 신경을 쓰지 않을 수 없었던 것이다.[14]

다키지는 1931년 9월호 『어린 풀(若草)』의 '처녀작 때를 생각한다' 라는 특집에서 「동굿찬 행」에 대해 "이 작품은 그 예술적 가치는 차치하고, 나에게는 잊을 수 없는 의의를 가지고 있다. 그것은 단지 '나 자신'의 이야기를 쓰고 있다는 이유 때문이 아니고, 당시(1927-1928년경)의 일본프롤레타리아운동이 지나온 하나의 면이 그 안에 묘사되어 있기 때문이다." 라고 하면서, 다음과 같이 이 작품의 의의에 대해 말하고 있다.

일본에서의 최초의 보통선거를 모멘트로 하여, 물론 노동자 · 농민이 자기들 스스로 활동 무대에 등장해 온 것이지만, 어느 나라에서도 운동 초기에 가장 현저하게 나타나는 급진적인 지식계급의 팽배한 합류였다. 그 일단에 언급하고 있는 것이다. 그렇기 때문에 이 작품은 나 자신의 이야기를 쓴 것이지만, 나 자신의 이야기를 통해서 하나의 역사적 사실을 나타내고 있다는

의미에서 개인적인 경험 범위를 넘어 있다고 생각된다.[15]

「동굿찬 행」은 1928년 전환기를 맞는 다키지 자신의 이야기이기도 하지만, 일본 최초의 보통선거를 취재한 기록이기도 하다. 그는 보통선거 취재를 통하여 노농당의 선거운동 양상, 노농당 입후보자에 대한 관헌의 선거방해, 홋카이도 연설회장에서의 노동자·농민의 모습 등을 기록한다. 실로 이것은 일본의 새로운 역사 한 페이지의 기록이었다. 제1회 보통선거를 취재한 문학작품은 이 작품이 거의 유일하다.

다키지의 「동굿찬 행」에서는 보통선거에서 그의 체험이 르포르타주 소설로 그려진다. 이 작품에서는 다키지 자신이 〈나〉로서 1인칭으로 등장한다. 이 작품에 나오는 〈나〉는 다키지 자신이고, 선거 입후보자 시마다 세이사쿠(島田正策)는 야마모토 겐조라고 할 수 있다. 이 작품에서 다키지는 주인공인 〈나〉를 통해 자신을 투영하고 있다.

앞에서 언급했듯이 은행원인 〈나〉는 공공연하게 앞에 나와서 선거활동을 할 수 없기에, 어쩔 수 없이 밤에 조합사무실에서 전단지를 쓰거나 회계 업무를 도와주거나 한다. 〈나〉는 은행에 알려지면 즉시 해고가 되는 위험을 무릅쓰고, 매일 밤늦게까지 일한다. 그리고 매서운 추위의 눈길을 1리나 걸어서 새벽 2-3시에 귀가하는 날들이 계속된다. 「동굿찬 행」에서는 은행에 다니는 〈나〉의 고민이 다음과 같이 묘사된다.

나는 언제나 자신이 애매한 안쪽의 일밖에 할 수 없는 사실을 답답하게 생각했다. 그것은 현재 다니는 회사를 생각하면 어쩔 수 없는 일이었다. 그러나 곰곰이 생각하면 그것은 우리들 운동에 대해 커다란 '비겁함'이라고 생각했다. 특히 그러한 계급적 양심의 절대적인 '순수함'이라는 것이 시대병적으로(?) 요구되고 있는 만큼, 견딜 수 없는 엄격함으로 나는 책망받았다.

그러나 나는 엉거주춤 가는 것밖에 다른 방법이 없었다. 은행을 떠나면 다음 날부터 전혀 먹고살 자신이 없었다. 나는 제멋대로 돌아다니는 둘째도 아니었다. 내 월급에 여섯 명의 식구가 매달려 있다. 물론 그런 말을 하면, "너에게만 먹여 살릴 부모와 자식이 있는 것이 아니다."라고 주위에서 말한다. 그것은 알고 있다. 개인의 이익은 언제라도 계급의 이익을 전제로 하지 않으면 안 된다. 그런데도 자신만의 행복을 혼자 지킨다! 나는 무엇보다도 그것이 슬펐다. - 두려웠다.[16]

〈나〉는 은행에 다니기에 전면에 나서지 못하고 사무실 안쪽 일만을 하는 것에 대해 고민한다. 그리고 〈나〉는 이것이 계급적 순수한 양심으로 볼 때, 비겁한 일이라고 자책한다. 그런데 〈나〉에게는 자신만을 믿고 의지하는 여섯 명의 식구가 있다. 은행을 그만둘 수가 없는 것이다. 〈나〉는 이것이 자신만의 행복을 지킨다고 생각되어, 슬프고 두려운 복잡한 심정이 된다.

소시민 의식을 가진 〈나〉는 '비겁함'과 '순수함' 사이에서 고민한다. 그것은 운동이라는 이상과 생활이라는 현실 사이에서의 고민이었다. 하지만 〈나〉는 전면에는 나가지 않아도 매일 조합에 나간다. 조합에 나간다는 사실이 회사에 알려지면 그것만의 이유로 바로 해고였다. 적어도 〈나〉는 해고를 각오하고 일을 하고 있는 것이다. 온몸으로 운동에

뛰어들고 있지는 않지만, 상당한 위험을 무릅쓰고 운동에 참여하고 있다고 할 수 있다.[17]

 그런데 시내에서의 연설회에 참가할 수 없는 〈나〉에게 굿찬의 연설대원에 합류하는 기회가 찾아온다. 지방에 가도 물론 해고 걱정을 해야 했다. 월급쟁이의 운동은 갑갑하고 애매하고 성가신 문제였다. 그러나 지방 연설대원으로 가는 〈나〉는 출정하는 군인처럼 흥분한다.

 하지만 굿찬으로 가는 기차에서 〈나〉는 자신이 회사원이라는 사실을 새삼 인식한다. 막 출근할 시간이었던 것이다.

 시계를 보니 8시를 조금 지나고 있있다. 8시라는 시간은 나에게 본능적으로 회사를 생각하게 했다. 그것은 우리들 회사원으로서는 떼려야 뗄 수 없는 강박관념이었다. 후방의 군인이 어린이가 부는 나팔소리를 듣고 엉겁결에 직립 부동자세를 하거나, 예전에 급사를 한 적이 있는 자가 벨소리를 듣고 즉시 일어나거나 하는 그것과 이 관념은 비슷하다.[18]

 〈나〉는 아프다거나 친척 상이라든가 하는 핑계를 대고 휴가를 얻어 지방 연설대원으로 참여한다. 하지만 출근할 시간인 아침 8시가 되자 본능적으로 회사를 생각한다. 지방의 선거연설대원이 되어 출정하는 군인처럼 흥분하고 있던 〈나〉였지만, 일상의 본능에 저절로 몸이 반응하게 되었던 것이다. 〈나〉의 이상과 현실의 갭을 여기에서도 볼 수 있다.

 한편, 시내에서는 매일 밤 시마다 세이사쿠의 정견발표연설회가 열렸다. 거기에는 조합과 당의 간부가 모두 나왔다. 지금까지 부르주아와 그들의 기분을 살피는 하급 의원들의 틀에 박힌 연설에 익숙해있던 일반 민중은, 이 거칠고 촌스럽고 대담하고 확 다가오는 모든 것이 정반대인 절규에 가까운 연설을 듣고 깜짝 놀란다. 또 그것이 이상하게 다른 연설회보다 인기를 얻어 거의 만원이었다.

제1회 보통선거가 실시되어 25세 이상의 남성은 처음 선거라는 제도를 경험하게 된다. 일반시민으로서 자신이 지지하는 정당에 투표할 수 있다는 것은 태어나서 처음 맞이하는 신선한 경험이었다. 그러므로 연설회장이 가득 차는 것은 당연한 일이었다고 할 수 있다. 그 가운데 판에 박힌 연설을 하는 일반 후보와 달리 거칠고 절규에 가까운 연설을 하는 노농당 후보 시마다의 연설은 노동자·농민의 흥미를 끌었던 것이다.

시마다는 아픈 몸을 이끌고 선거에 입후보했지만, 이러한 기회를 이용하여 자신이 가진 역량을 총동원하여 사람들의 마음을 끄는 연설을 한다. 시마다는 절규에 가까운 연설로 인해 목소리가 완전히 잠겨 있었다. 그리고 "큰일이네. 목소리뿐이 아니야. 내 배 옆은 문짝과 같이 굳어져 조금 힘을 주어 말하면 찌르르 울리네. 게다가 역에서 이곳까지 도저히 걸을 수가 없었네. 숨이 차고, 발이 휘청거려서."라고 말할 정도로 몸이 망가져 있는 상태였다. 하지만 그는 노동자·농민을 위하여 자신의 아픈 몸을 상관하지 않고 분투하고 있는 것이다.

〈나〉는 동굿찬 마을의 연설회장에서 태어나서 처음으로 연설한다. 〈나〉는 선거는 경제문제라고 생각한다. 〈나〉는 '부엌과 정치'의 관계가 부르주아에 의해 어떻게 속여지고 있는가, 이것이 단 하나의 줄로 연결되어 있는 것을 알기 쉽게 알려주어야만 한다고 생각한다.

〈나〉는 "간장 한 병이 간장가게— 도매상— 간장주식회사— 주주— 이사— 대기업— 부르주아 정당으로 연결된다. 그리고 이들이 거꾸로 착취관계로 되돌아오는 것이다. 이렇게 간장 한 병에 모든 착취관계, 정치관계가 들어가 있다."라고 하면서, 농민들에게 다음과 같이 호소한다.

"여러분이 누구를 선택해야 하는 것을 여러분보다 더 확실히 그리고 정확하게 그것을 알고 있는 사람이 누구일까요. 저 어슴푸레하고 비참한 부엌에서 걸레와 같이 일에 지치고 오랜 시간 가난에 고통받아온 여러분의 아내이고, 여러분의 나이든 어머니인 것이다!"
나는 큰 소리로 외쳤다.[19]

연설이 상대의 마음을 확실히 얻기 위해서는 상대방이 현재 무엇을 생각하고 또 무엇을 요구하고 있는가를, 그 사람이 실제로 일상에서 경험하고 있는 것으로부터 문제 삼아 제시해야 한다. 특히 지방에서는 책에서 배운 이론과 전혀 다르다. 〈나〉는 그들이 원하는 것을 알고 있었다.
〈나〉의 이러한 연설은 선거권이 25세 이상의 남자에게만 있다는 불합리한 선거법을 질타하는 의미도 있다고 볼 수 있다. 제1회 보통선거에서 선거권은 25세 이상의 남자에게만 주어졌다. 여성들은 투표권이 없어 후보자의 연설에 오지도 않았을 것이다. 하지만 직접 가계를 꾸려나가는 일은 여자가 하고 있고, 남자들은 가족의 생활이 어떻게 돌아가는지 잘 모른다. 이것을 다키지는 〈나〉의 연설을 통해 비판하고 있는 것이다. 무엇보다 선거는 경제문제가 가장 중요하기 때문이었다.

한편,「동굿찬 행」에서 〈나〉는 노인과 비교된다.

〈나〉는 우리들의 운동에서 70세의 노인은 제외하고 있었다. 이 운동은 젊은 사람이 해야 하는 일이라고 생각했다. 하지만 이 운동은 단지 젊은 사람들만의 운동이 아니었다. 또한 스즈모토(鈴本)의 "우리들의 운동은 이제 막 시작되었다. 몇 세대가 걸리는 운동이다."라는 말처럼, 오랜 시간이 걸리는 일이었다. 〈나〉는 동굿찬 연설회장에서 어느 노인을 만난다. 가난하고 귀가 먹고 눈도 잘 안 보이는 노인이었다.

나는 시마세이(島正)와 노인을 멍하니 보고 있었다. 시마세이는 그래도 전국적인 인기투사였다. (어폐는 있지만 말하자면 그렇다) '우리들의 시마세이' - 보통 그런 식으로 그것도 전국적으로 그렇게 불려진다. 나는 그 옆에 노인이 있는 것을 이상하게 깊은 마음으로 바라보았다. 까닭 없이 우울해졌다.
북국의 한 추운 마을에서 '시마세이와 노인' - 나는 그것이 역사적으로 뭔가 중대한 의미를 가진, 그것도 분명 언제까지나 남을 하나의 장면인 것 같은 환상에 사로잡혔다.[20]

시마세이는 시마다 세이사쿠의 애칭이다. 〈나〉는 시마세이와 노인을 비교해 본다. 시마세이는 전국적으로 유명한 사람이고, 노인은 북국의 작은 마을에서 이름도 없이 활동하고 있다. 같은 운동을 하지만 두 사람의 인생은 완전히 다르다고 볼 수 있다. 그래서 〈나〉는 우울한 마음이 된다.
노인은 18세부터 이러한 운동에 참가했다. 그리고 70세가 되는 지금도 그 일만은 변하지 않았다. 굿찬에서 처음으로 농민조합을 만들 때 노인은 솔선해서 발기인을 했다. 극히 미온적인 구제(救濟)조합으로 하려는 다른 발기인과 달리, 좌익노동조합과 연락을 취해 전투적인 조합으로 만들려고 했다. 〈나〉는 귀가 먹고 눈이 잘 안 보이는 노인에게 사람의 심금을 울리는 것을 느낀다. 노인은 평생 홋카이도의 작은 농촌 마을에서 운동을 했다. 하지만 노인과 달리 소시민적 명예욕이 있는 〈나〉는 도시에만 가려고 한다.

〈나〉는 이러한 노인을 보고, 자신처럼 약아빠진 인간은 언제 결말이 날지 알 수 없는 '몇 세대에 걸치는' 운동을 아마 보람도 없이, 또 아마 누구도 높게 인정해 주지 않는 이런 곳에서, 게다가 커다란 희생을 치르면서 활동할 진정한 마음을 가지고 있을까하고 자문한다. 그리고 〈나〉는 다음과 같이 고백한다.

─ 너는 레닌과 같이 '존경받고 싶다' 라고 생각한다.
─ 너는 단지 무산계급운동의 '거물'이 되고 싶은 것에만 필사적이다.
─ 너는 일생 동안 이렇게 열심히 해도 자신이 그래도 묻히고 게다가 이 운동의 결말을 알 수 없으면, 벌써 예전에 배신했을 것이다.
─ 너는 중앙에 나가 '인정받고' 싶기에 하고 있다. 이 운동이 도쿄(東京)만으로 가능하다고 생각하고 있듯이.[21]

이것은 자기 비하에 가까운 문장이지만, 이런 마음이 분명 〈나〉에게 있었을 것이다. 그러므로 어느 정도 진실된 마음이었다고 할 수 있다. 〈나〉는 운동에 참여하면서 도쿄 같은 대도시에서 활동하는 시마다 세이사쿠처럼 전국적으로 유명해지는 것을 바라고 있었다. 하지만 현실적으로 이 운동에서 전국적으로 유명한 시마다 세이사쿠의 경우보다, 이름도 없이 작은 마을에서 활동하는 노인과 같은 사람들이 더 많을 것이다.

이 작품에서 〈나〉는 동굿찬 연설 원정에서 노인을 만난 것을 계기로 자신이 막연히 생각하고 있던 운동 개념을 바꾼다. 〈나〉는 소시민적 인텔리겐치아에서 노동자·농민과 함께 호흡하는 사람으로 변한다. 운동은 〈나〉와 같은 청년들만의 것이 아니다. 그리고 도쿄 등 도시만의 것이 아니다. 이 운동은 실로 어려운 길로 청년과 노인, 그리고 도시와 농촌의 노동자·농민 모두가 연대 해야 한다. 게다가 한 세대가 아니고, 몇 세대에 걸쳐 해야만 하는 운동인 것을 새삼 인식하게 된다.

노인의 운동도 딸 세대를 걸친다. 운동 때문에 아들과 멀어진 노인은 딸의 도움으로 살아간다. 처음 취직한 공장에서 불미스러운 일을 당한 딸은 새로 일하러 나간 공장에서 동맹파업의 선두에 선다. 그리고 파업이 실패로 끝나자 가장 먼저 해고된다. 그녀는 어쩔 수 없이 매춘을 하며 살아가고, 가끔 조합 일을 돕는다. 노인의 운동은 딸에게 이어진다.

이 작품의 마지막 장면에서 선거에 지고 술에 취해 굿찬으로 돌아가는 노인을 보고 〈나〉는 운다.

〈나〉는 일생을 운동에 바쳤지만, 현재는 비참한 생활을 하고 있는 노인을 보며 하염없이 눈물을 흘린다. 〈나〉가 노인을 보내며 우는 이유는 노인의 모습이 슬픈 것도 있지만, 노인을 통해 자신의 미래를 보고 있기 때문이다. 노인의 모습이 자신의 미래의 모습이기 때문이다. 노인은 〈나〉의 미래이고, 노인의 과거는 현재의 〈나〉의 모습이라고 할 수 있다.

또한 〈나〉의 눈물은 가족의 생활을 걱정하며 운동을 하는 〈나〉가 노인에게 미안한 마음에서 흘리는 눈물이기도 했다. 평생 운동에 헌신한 노인을 보고 소시민적 인텔리겐치아로서 운동을 하는 〈나〉는 부끄러움을 느끼고 있는 것이다. 그리고 이 눈물은 자신을 위로하는 눈물이기도 했다. 노인과 같이 온몸으로 노동자·농민을 위한 운동에 참가하지 못하는 자신을 안타깝게 여기는 눈물이었다. 노인을 보내면서 우는 〈나〉의 눈물에는 운동에 대한 다키지의 복잡한 마음이 담겨져 있다고 생각된다.

5. 나오며

이상, 고바야시 다키지의 「동굿찬 행」을 고찰해 보았다.

다키지에게 1928년은 중요한 해이다. 그는 이 해 일본프롤레타리아 문학 작가로 본격적으로 들어간다. 그는 전 해인 1927년 이론적 공부를 통해 무엇을 해야 하는지를 인식한다. 그리고 이 해에 그 이론을 바탕으로 구체적인 실천 활동에 착수한다.

다키지의 「동굿찬 행」은 일본 최초의 제1회 보통선거 체험을 바탕으로 그 실천과정에서 쓴 작품이다. 이 작품에서 다키지는 주인공 〈나〉를 통해 자신을 투영한다. 은행에 다니기에 전면에 나설 수 없는 〈나〉는 선거 사무실에서 안쪽 일을 돕는 일을 한다. 이러한 일을 하면서 〈나〉는 회사원으로서 운동에 참여하는 순수함과 비겁함 사이에서 갈등한다. 하지만 〈나〉는 해고를 각오하고 선거사무실에 매일 나온다.

결론적으로 〈나〉는 굿찬의 연설회장에서 만난 노인을 통해 변한다. 〈나〉

는 이 운동이 젊은 사람들과 도시만의 것이 아니고, 또 몇 세대에 걸쳐서 해야 하는 운동이라는 것을 깨닫게 된다. 노인은 평생을 운동에 헌신했지만, 현실에서 그의 모습은 초라했다. 노인은 〈나〉의 미래의 모습이었다. 평생을 운동에 바쳤지만 이룬 것이 없는 비참한 노인의 현실은 다키지가 걸어가야 할 험난한 길을 예고하고 있다고 할 수 있다.

역주

1 小林多喜二,『小林多喜二全集 第七巻』신일본출판사, 1993, p.142.

2 1925년 5월 5일 중의원의원 선거법 개정공포. 남자 25세 이상의 보통선거 실현. 5월 8일 치안유지법을 조선, 대만, 사할린에 시행하는 건(件) 공포.

5월 12일 치안유지법 시행. (우라니시 가즈히코(浦西和彦),『文化運動年表 明治·大正 編』三人社, 2015, pp.403-404.)

3 手塚英孝,『고바야시 다키지(小林多喜二)』신일본출판사, 2008, p.134.

4 당시 은행에 다니던 다키지의 본봉이 96엔이었으니, 이것은 그의 은행연봉의 약 2년 치에 해당했다.

5 후지타 히로토(藤田廣登),『고바야시 다키지와 그 맹우들(小林多喜二とその盟友たち)』学習の友社, 2008, p.16.

6 小林多喜二,『小林多喜二全集 第七巻』신일본출판사, 1993, p.351.

7 「총선거와『우리들의 야마겐』(総選挙と『我等の山懸』)」『小林多喜二全集 第五

卷』신일본출판사, 1993, p.162.

8 이때 노농당은 오야마 이쿠오(大山郁夫)를 위원장으로 하고, 이나호쵸(稲穂町)에 있던 오타루합동노동조합이 실질적인 선거운동의 추진본부가 되어 있었다. 합동노조 2층에서 프로예(プロ芸)파와 노예(労芸)파가 합동노조의 사카이 가즈오(境一雄), 다케우치 기요시, 와타나베 리우에이몬(渡辺利右衛門)등의 알선으로 다키지, 가자마(風間), 이토 신지(伊藤信二)등이 야마겐을 응원하려는 것으로, 오타루지구의 홋카이도 노동운동에서도 획기적이고 역사적인 연대가 실천되었다. (가사이 기요시(笠井清),『삿포로 프로문학 비망록(札幌プロ文学覚え書)』新日本文学会出版部, 1976, p.249.)

9 「총선거와 우리들의 야마겐」『小林多喜二全集 第五巻』신일본출판사, 1993, p.163.

10 「동굿찬 행」은 작품 모두에 '이 일편(一篇)을 『홋카이도 혈전기(北海道血戦記)』의 필자에게 바친다.' 라는 문장이 있다. 이 헌사 중『홋카이도 혈전기』의 필자는 야마모토 겐조로, 이 작품은 1928년 4월호『개조』에 게재되었다.

11 노마 필드 저 강문화 역,『고바야시 다키지 평전』실천문학사, 2018, p.150.

12 다키지의 「동굿찬 행」의 원고는 1928년 9월 5일에 완성되어, 문예춘추사의 『창작월간(創作月刊)』편집부에 보내졌으나 어떠한 이유인지 실리지 않았다.

13 小林多喜二,『小林多喜二全集 第七巻』신일본출판사, 1993, p.499.

14 다키지는 1930년 11월 20일 나카노 레이코(中野鈴子)와 1930년 11월 22일『개조』의 편집자인 사토 세키(佐藤績)에게도 같은 내용의 편지를 보내고 있다. 이것을 보면, 그가 「동굿찬 행」의 발표를 앞두고 얼마나 걱정을 하고 있는지 알 수 있다.

15 「一九二八年三月十五日」『小林多喜二全集 第五巻』신일본출판사, 1993, p.293.

16 「동굿찬 행(東倶知安行)」『小林多喜二全集 第二巻』신일본출판사, 1993, p.211.

17 결국 다키지는 「부재지주」 발표를 이유로 은행에서 해고된다.

18 같은 책, p.223.

19 같은 책, p.242.

20 같은 책, p.253.

21 같은 책, p.252.

제6장

고바야시 다키지(小林多喜二)의

「방설림(防雪林)」 연구

1. 들어가며

고바야시 다키지의 「방설림(防雪林)」은 일본프롤레타리아 문학 작가로서 그의 실질적인 처녀작이라고 할 수 있다. 그의 사후에 발견된 이 작품의 노트원고에 의하면 「방설림」은 1928년 4월에 완성되었지만, 발표를 하지 않고 묻어둔 작품이다. 그는 「방설림」을 완성한 뒤 출판할 예정이었지만, 구라하라 고레히토(藏原惟人)를 방문한 뒤 그에게서 큰 영향을 받아 「방설림」 발표를 포기하고, 그 대신 3·15사건을 소재로 한 「1928년 3월 15일」을 쓰기 시작한다.

다키지의 「방설림」은 홋카이도(北海道) 농민들의 생활을 그린 작품이다. 본토에서 새로운 희망을 품고 농민들은 홋카이도로 이주해 온다. 하지만 이곳에서의 생활도 본토의 생활과 다르지 않았다. 「방설림」에서는 지주의 높은 소작료에 고민하면서 빈궁한 생활을 보내는 마을농민들의 현실이 선명하게 그려져 있다. 마을농민들은 소작료 감면을 탄원하기 위해 지주를 찾아가지만, 그들의 행동은 경찰에 의해 제지된다.

본 장에서는 우선, 당시 일본의 농촌사정을 조사해서, 이것과 연관하여 다키지의 「방설림」을 고찰한다. 그리고 「방설림」과 이 작품의 개작(改作)이라고 불리는 「부재지주(不在地主)」에 이르는 변화 과정을 살펴볼 것이다. 본 장에서는 다키지의 「방설림」이라는 작품을 통하여 당시 일본농촌의 현실에 대하여 알아보고 싶다.

2. 당시 일본의 농촌사정

일본에서 도쿠가와(德川)시대에 개간을 한 농가는 메이지(明治)유신 때까지 대부분이 자작농이었다. 하지만 1873년(메이지 6년)에 토지세금이 연공제(年貢制)에서 금납제(金納制)로 바뀌었을 때[1], 현금수입이 적던 많은 농가는 토지를 상인과 지주에게 팔고, 소작농으로 전락했다. 메이지 신정부는 지주를 우대하여 재정의 약 8할이 농민으로부터의 수탈이었다. 지주는 약 6할의 소작료를 징수하여 그 안에서 세금을 납부하기에 정부는 손쉽게 세금을 거둘 수 있었다. 천황제(天皇制) 정부는 농민으로부터 수탈한 국가재정으로 미쓰비시(三菱), 미쓰이(三井), 스미토모(住友)등 재벌을 육성했다.[2]

이렇게 당시 일본은 농민과 농업의 희생으로 유지되고 있었다. 홋카이도에서는 1886년에 9,114호의 농가가 1926년에는 132,343호로 증대했다. 그런데 메이지 정부의 조세 개정 영향으로, 1886년에 자작(自作) 84.9, 소작(小作) 15.1의 비율이 1926년에는 자작 33.1, 자작 겸 소작 15.1, 소작 51.1로 변화되었다. 같은 해 일본 본토의 비율은 자작 31.2, 자작 겸 소작 41.7, 소작 27.2이었다.[3]

요컨대 홋카이도에서는 40년 사이에 급격히 농가가 증가하고, 또 소작 비율이 높아진 것을 알 수 있다. 홋카이도의 소작 비율은 본토의 약 두 배나 되었다. 홋카이도 농민들의 생활이 본토 농민의 생활보다 훨씬 어려울 것이라는 것을 짐작할 수 있다. 또한 제1차 세계대전 후, 1921년경부터 시작된 일본의 농업 불황은 1929년 공황을 정점으로 10여 년에 걸쳐 농업

위기상태를 만들었다. 그것은 특히 농산물 가격, 그중에서도 쌀 가격 하락이 농가경제에 심각한 타격을 주었다.

자본주의 경제에 의한 농민의 빈궁(貧窮)화와 자주 발생하는 냉해와 흉작에 몰려서 개간농민이 되어 홋카이도에 이주하는 농민들은 매년 증가했다. 청어와 다시마 채집을 위한 계절노동자도 매년 늘어서, 1897년 이후 아오모리(青森), 이와테(岩手), 아키타(秋田)로부터의 계절노동자 수는 매년 8만 명을 넘었다.

홋카이도에서 국유지 불하에 의한 자본경영의 부재지주 농장이 증가하기 시작한 때는 저리 자금을 융자 받을 수 있게 된 1897년 전후부터였다. 1900년에는 저리 자금 융자기관으로서 홋카이도 척식(拓植)은행이 창립되었다. 농장의 소작인으로는 몰락한 개간이민도 상당히 많았지만, 일본 본토에서도 상당수 모집되었다. 이렇게 하여 자본주의 경제에서 먹고살기 힘들었던 빈농의 일부가 대량으로 홋카이도에 흘러들어왔다.[4]

부재지주의 농장에서 일하는 소작인들은 관리인에게 지배되고 생활적으로도 여러 가지 제약을 받아 비인간적 노동이 의무 지워져 있었다. 홋카이도의 소작제도는 임금제도가 아니고 봉건적 소작제도를 교묘히 이용한 것으로 어쩌면 본토의 소작인보다 발전된 근대적 자본주의 제도 안에 있었기 때문에, 농장의 소작인들은 봉건적인 속박과 이중의 질곡으로 극히 비참한 상태에 있었다.

다키지는 전 일본무산자예술단체협의회(ナップ)의 기관지『나프(ナップ)』에 1931년 10월부터 연재한 장편소설「전형기의 사람들(轉形期の人々)」에서 생활에 어려움을 겪고 있는 홋카이도 농민들의 모습을 다음과 같이 묘사하고 있다.

　예전과 달리 여러 가지 잡화와 집에서 사용하는 물건을 만들어 파는 부업을 해도 그것만으로는 부족했다. 반대로 그런 물건들은 점점 더 싼 가격에 도시에서 마을로 흘러들어왔다. 부업으로 겨우겨우 생계를 꾸려가던 농민들은 아무것도 안 하고 손을 놓아 버렸다. 몇 번이나 미리 웃돈을 떼어가면서도 여러 차례 가불을 해서 홋카이도의 청어어장으로 나가 집을 비우는 사람이 늘어났다. 류키지(龍吉) 가족이 살던 마을에서는 그것을 '품을 판다' 라고 말했다. 2월이 끝날 무렵 마을을 떠나 5월의 단오 무렵 마을로 돌아왔다. 어장에 나가지 않은 사람은 목재를 베러 산으로 들어갔다. 하지만 7, 8월 농번기에도 농민들은 무리를 해서라도 날품팔이를 하러 나섰다.[5]

　농민들은 농번기에는 농사를 짓고, 부업을 하고, 또 농한기인 겨울에는 어장에 나가거나 목재를 베러 산으로 들어갔다. 하지만 이렇게 열심히 일해도 농민들의 생활은 팍팍했다. 무엇보다 지주에게 내는 소작료가 터무니없이 높았기 때문이다. 소작료 문제가 해결되지 않는 한, 홋카이도 농민들의 어려움은 결코 해결될 수 없는 것이었다.

　이러한 홋카이도 농민의 모습은 「방설림」에서도 그대로 그려진다. 「방설림」에서도 마을사람들은 겨울에 계절노동에 가기 위해 마을을 나간다. 계절노동은 농민의 궁핍을 계절노동의 노임수입으로 지탱하려는 것이다. 이것은 농민을 노동자로서 취급하는 것이고, 빈곤한 농민은 사실상 노동자와 큰 차이가 없는 상태라고 할 수 있다.

「방설림」에서 마을농민들은 '아사리(朝里) 산속에 들어가서 참피나무 껍질을 벗기는 일에 고용되기 위해 눈이 내리면 나가기로 되어 있었다. 그것을 2월 내내 해서 일단락 지으면, 요이치(余市)의 청어잡이에 가게 되어 있었다. 그리고 4월 말경 마을로 돌아온다. 그것은 어느 농민이라도 대개 그렇게 했다. 그래서 농민의 생활이 빠듯했' 다. 그러나 이렇게 일을 해도 그들의 생활은 결코 나아지지 않았다. 지주에게 내는 소작료가 너무 가혹했기 때문이다.

다키지는 그의 사후에 출간된 「당 생활자(党生活者)」에서 지주의 착취에 고생하던 아버지의 모습을 다음과 같이 묘사하고 있다.

아버지는 몸이 상할 정도로 무리하면서 일했다. 소작료가 너무 가혹했기 때문에 마을사람들은 누구도 손대지 않은 돌멩이밖에 없는 '들길'을 여분으로 갈았다. 그곳에서 조금이라도 수확을 하여 생계에 보탬이 되도록 했던 것이다. 그렇기 때문에 아버지는 심하게 심장이 나빠졌다. (중략) 그러나 아버지는 지주에 항의하여 소작료를 깎을 생각을 하지 않고, 자신의 몸을 부수면서까지 일하는 것으로 거기에서 벗어나려고 했다.[6]

다키지의 아버지 세대는 지주에게 항의하여 소작료를 깎을 생각을 하지 못하는 세대였다. 그들은 소작료를 내기 위해 오로지 자신의 몸을 학대하면서까지 일을 하였다. 하지만 다키지 세대는 달랐다. 그들은 아버지 세대와 같이 자신의 몸을 학대하면서까지 소작료를 마련하려고 하지 않고, 지주에게 소작료 감면을 요구하는 행동에 나서는 것이다.

「전형기의 사람들」에서도 「당 생활자」에서도, 또 「방설림」에서도 홋카이도 농민들의 생활은 비슷했다. 홋카이도의 농민들은 지주의 높은 소작료에 괴로워하면서, 떠나온 본토의 고향을 그리워하고 있었다.

다음은 다키지의 아버지 스에마쓰(末松)가 1910년 7월 25일에 오타루에서 고향의 사토 히코시로(佐藤彦四郎)에게 보낸 엽서이다. 이 편지를 보면 이제까지 알려지지 않았던 다키지의 아버지인 스에마쓰라는 인물을 알 수 있다. 즉 그가 상당한 지식인이고, 명문달필의 소유자였다는 사실을 알 수 있다.

(전략)

날이 갈수록 여름이 되어갑니다만 집안은 모두 평안하신지요? 저희들은 모두 잘 있으니 안심해 주세요.

조금 마음일 뿐입니다만 아내가 소포를 보냈습니다. 수고스럽지만 봉투에 이름을 쓴 사람들과 나누어 드십시오. 오타루에 있는 제가 보냈다는 말씀을 부탁드립니다.

오늘이 7월 25일 입니다만 여기는 6월 초부터 그동안 이틀만 조금 비가 내렸을 뿐 거의 비가 오지 않았습니다. 그 때문에 농작물이 흉작일거라고 벌써부터 농가의 사람들이 이야기하고 있습니다. 본토의 분들은 어떠신가 여쭈어 봅니다.

7월 1일부터 쌀값이 올랐습니다.

상품백미가 22전

중품백미가 21전

하품백미가 20전 정도

7월 이전에는 상품백미가 19전이었습니다.

올해의 작황은, 벼가 푸릇푸릇한 논은 어느 정도일까요.

아베 선생님의 사모님께도 안부 전해 주십시오.[7]

다키지의 아버지인 스에마쓰가 집안을 이끌고 오타루에 이주한 것이 1907년 12월 하순이었다. 그러므로 1910년이면 오타루에 거주한 지 3년째가 되는 해이다. 엽서에서 스에마쓰의 홋카이도 농사의 어려움과 생활의 어려움, 그리고 고향에 대한 그리움이 묻어난다.

다키지 아버지의 경우와 같이, 홋카이도에 이주한 농민들의 생활은 이전의 본토 생활과 별반 다르지 않았다. 다키지는 이러한 홋카이도 농민들의 현실을 「방설림」을 통해서 묘사했다. 이 작품에서 그려진 마을농민들의 생활은 홋카이도 농민들의 현실 그대로였다.

3. 「방설림」의 농민들

다키지는 1927년 11월 상순, 「이사카리 강가(石狩川のほとり)」라는 가제(仮題)로 홋카이도의 개척농민을 주제로 한 소설을 쓰기 시작했는데, 12월부터 「방설림」이라고 개제(改題)하고 전력을 집중해서 쓰기 시작했다. 그는 1927년 11월 23일의 일기에 '「방설림(이사카리 강가)」약 120-130매의 예정으로 30-40매 정도 쓰고, 월초에 그대로 하여 두었다. 이것은 꼭 완성하고 싶다고 생각한다. 원시인적인, 말초신경이 없는 인간을 그리고

싶다. 체르카슈, 카인의 후예 같이. 그리고 농부의 생활을 그린다.' 라고,
「방설림」의 작품 의도를 쓰고 있다. 그리고 다키지는 1928년 1월 1일 일
기에 '「방설림」은 130매까지 완성했다. 앞으로 15, 6매 남았다.' 라고 쓰
고 있다.[8] 그가 두 달 동안 맹렬한 스피드로 작품을 써내려갔다는 것을 알
수 있다. 노트원고에 의하면「방설림」은 1928년 4월 26일에 완성되었다.

「방설림」은 1927년의 원고장(原稿帳) 제3호에 미발표인 채로 남겨져 있
었다. 183매의 중편소설로, 표제에는「북해도에 바친다(北海道に捧ぐ)」라
는 서브타이틀이 있고, '미정고(未定稿)' 라고 표기되어 있다. 노트원고의
마지막에는 '(1927, 12 → 1928, 4, 26밤) 마침' 이라는 집필기간의 기입이 있
다.「방설림」의 노트원고는 작가가 죽은 지 14년 후인 1947년, 전집 편찬
중에 발견되었다. 일본공산당 기관지의『빨간 깃발(アカハタ)』같은 해 6
월 19일자 제151호에 소개되고, 나우카(ナウか)사 발행『사회평론』11, 12
월 합병호, 1948년 1월호에 나누어 발표되어, 전환기의 대표작으로서 평
가되었다. 1948년 8월, 일본민주주의문화연맹으로부터『방설림』(187쪽)
이 간행되었다.[9]

다키지는「방설림」에서 지주의 높은 소작료에 괴로워하는 홋카이도 소
작농민의 생활을 그렸다. 이 작품에서 마을농민들은 지주에게 소작료를
내고 나면 먹을 것이 없는 빈궁한 생활을 보낸다. 다키지는「방설림」에
서 마을농민들이 힘들게 살아가는 모습을 다음과 같이 쓰고 있다.

소작인은 지주의 소작료로, 자작농은 척식은행 연부금의 납부금으로 다 나
가버렸다. 게다가 비료가게와 농기구점이 있었다. 농사를 짓고, 콩을 재배

하고, 수수를 키우고, 가지를 재배한 농민들은 매일 말린 푸성귀와 감자밖에 먹을 것이 없었다. 그것밖에 먹을 수 없었다. 게다가 밥을 먹을 때, 농민들은 그것만 먹는 것도 과분하다고 생각했다. 그래서 물에 쌀을 몇 배나 불려서 얇고 걸쭉하게 만들어 감자를 넣거나 콩을 섞거나 하여 먹었다.

여름에 처마에 말려 두었던 몇십 개나 되는 호박을 겨울 동안 먹었다. 그것을 매일 계속해서 먹기 때문에 어느 농민이나 얼굴도 손바닥도 발도 완전히 샛노란 색이 되어 있었다. 눈알의 흰 자위조차 노란 핏줄이 보였다.[10]

농민들은 지주에게 내는 높은 소작료로 빈궁한 생활을 보내고 있었다. 자신들이 농사를 짓고 있어도 먹을 쌀조차 없었다. 농민들의 힘든 생활은 겨울이 가까워 올수록 더 심해졌다. 눈이 내리기 시작하고 나서부터 10일 정도 지나면, 농민들은 슬슬 이 겨울을 어떻게 보낼까 하고 생각하기 시작했다. 먹을 것이 없어도 지주에게 납부할 것에는 손을 댈 수 없어서 마을에 물건을 사러 가는 돈도 없게 되었다. 농민들이 만나면 서로 자신들의 생활을 이야기하고 어떻게든 하지 않으면 안 된다고 말했다. 모두 괴로워하고 있었다. 그래서 어느새 그 괴로움이 거침없이 널리 퍼져갔다. 수업료를 납부할 수 없게 되어 초등학교에 갈 학생이 갑자기 줄었다.

그리고 이 마을뿐만이 아니고 강 건너 마을에서도 여러 가지 그런 이야기가 나오고 있었다. 농민들의 빈궁한 생활은 어느 농촌이나 마찬가지였던 것이다. 점점 농민들은 진지해져 간다.

벼랑에 몰린 농민들은 학교에 모여 대책을 의논하기로 한다. 여기에는 이야기를 정리하기 위해 몰래 행동한 교장선생의 역할이 있었다. 그때 같은 마을에 있는 농민이 지주 때문에 퇴거를 강요당하고 있다는 사실이 드러나고 나서 갑자기 이러한 일들이 적극적으로 되어 간다. 집회에 참석한 젊은 사람들은 자신들의 비참한 생활에 대해 울분을 토한다. 서른 대여섯 살쯤 되는 이시야마(石山)라고 하는 농민은 교단에 올라서 다음과 같이 말한다.

우리는 개돼지보다 더 비참한 생활을 하고 있는 것, ─ 그런데 우리들은 언제 일을 게으름피운 적이라도 있었는가? ─ 그러면 왜 그런가? 우리가 아무리 일하고 일해도 도저히 아무 도움도 되지 않을 정도로 가난한 이유는 실로 지주 때문이라는 사실을 알기 쉽게 설명하고, 올해 같은 경우에 지주에게 소작료를 바치는 것은 '우리의 죽음'을 의미한다. 더욱이 우리 농민은 고리대금업자의 부당한 이자와 척식은행의 이자에도 괴롭혀지고 거기에 세금이 걸려온다. 그리고 산출된 농산물은 비료나 농기구에도 채산이 맞지 않는다. 우리가 이렇게까지 되어 있는데도 가만히 있을 수 있는가? 그래서 우리는 모두에게 모임을 원하고 그 대책을 결정하게 하고 싶다.[11]

이시야마는 이렇게 연설을 끝맺고 단을 내려온다. 그는 소작농민들이 개돼지보다 더 비참한 생활을 보내고 있는 이유는 지주 때문이라고 말한다. 하지만 모두가 같은 생각을 가지고 있는 것은 아니었다. 나이 든 농민들은 "당치도 않아. 무서운 이야기를 하는군" 이라고 중얼중얼 말하기도 하고, "여러 가지 이야기를 들었지만 모두 '불의불충' 한 것뿐이다." 라고 말했다. 또 다른 나이 든 농민은, "지주님과 자신들은 부모와 자식과 같은 것이다. 젊은 사람들은 그것을 잊어서는 안 된다. 적어도 지주님에게 반항하는 듯한 언동을 해서는 안 된다."라고 하면서, "밭이라도 몰수당하면 어떻게 할 것인가"라고 걱정하기도 한다. 젊은 농민들과 나이 든 농민들의 극명한 인식 차이를 볼 수 있다. 나이든 농민들은 지주에게 소작료 감면을 요구한다는 생각을 하지 못한다.

나이 든 농민들은 어떤 일이 있어도, 그것은 정말로 말 그대로 '어떤 일'이 있어도 그저 '어쩔 수 없지' 하고 그렇게 몇십 년이나 살아왔다. 그렇기 때문에 그런 당치도 않은 일은 생각할 수도 없었다. 하지만 그것 외에는 방법이 없기 때문에, 마을농민들은 지주에게 소작료 감면을 탄원(歎願)하기로 결정한다. 농민들은 지주의 중간관리인이 예년과 같이 곧 돌아오기로 되어 있기에 거기에 사정을 설명하고 바로 지주와 교섭을 시작하기로 하였다.

농민들은 그렇게 모여 정했지만 막상 교섭을 지주와 중간관리인을 상대로 해간다는 이야기가 되자 서로 어딘가 상태가 이상해진다. 어느새 그럭저럭 참는 것으로 할까, 그렇게 제자리로 되돌아갈 것 같은 장면이 나오는 것이다. 그렇게 되었다고 해도 농민들은 이제까지 오랜 시간 가난의 수렁의 바닥과 같은 곳에 익숙해져 있었기 때문에 조금도 이상하게 여기지 않고 역시 그 생활에 견디어 갔을지도 몰랐다.

그런데 여기에 농민들의 행동을 일으키게 하는 사건이 일어난다.

소작료를 납부하지 않았기 때문에 퇴거가 될 것 같은 소작인의 집에 중간관리인이 드디어 찾아온 것이다. 그는 "밭을 처분할 테니까 눈이 녹아 없어지면 집을 비우게" 하고 말했다. 소작농민은 당황하여 이전의 집회

동료에게 그것을 말하러 갔다. 그리고 곧 학교에 사람들이 모여들고는 새삼스레 새로운 일과 같이 이전과 똑같은 논의를 또다시 시작했다. 집회에서 나이 든 사람은 또다시 반대했지만, 몇 번이나 똑같은 이야기를 빙빙 되풀이하며, 논의는 '힘차게 덤비자'라는 것으로 결정된다.

하지만 중간관리인은 이시야마가 읽어주는 '진술서'를 듣고는 "뭐 하러 처왔는가. 경찰에 끌려가고 싶은가!?"라고 말한다. 그리고 '진술서'를 5분이나 10분 정도 읽고 "바보 자식. 두 번 다시 오지 마!"라고 고함치며, 그것을 이시야마의 무릎에 되던져 넘겨준다. 중간관리인은 농민들 대표를 상대도 해주지 않고 쫓아낸다. 중간관리인은 농민들이 마을집회를 열어 결정한 의견을 지주에게 보고도 하지 않고 무시해 버리는 것이다.

그런데 중간관리인이 마을대표를 상대도 해주지 않았다는 소식을 듣고, 농민들은 변해 간다. 농민들은 점차 살기를 띠는 듯이 보였다. 그리고 자연히 그 기세가 간부부터 점점 농민 한 사람 한 사람으로 전해져 갔다.

농민들은 겨울계절 노동을 떠날 때였지만, 이제는 모두 그럴 때가 아니다, 라고 생각할 정도로 흥분한다. 특히 젊은 농민들 중에는 '지주가 괘씸하다!'라는 말의 근거를 알게 되는 자가 나왔다. 처음에 "그럴까?"라고 생각해 흔들흔들한 마음을 가졌던 자가 "자식" 등이라고 말하게 되었다. 중간관리인과 교섭해도 결국 소용없다는 것을 알고, 거기에 관리인이 취한 오만한 태도에서 발끈한 기운으로, 바로 지주와 담판하는 것으로 계획이 짜여졌다. 농민들은 농민 3명과 간부 2명, 도합 5명으로 '정류장이 있는 마을'에 있는 지주 집을 찾아간다.

하지만 지주의 집에 갔던 농민들도 중간관리인의 경우와 똑같은 상황이 된다.

지주의 집에 갔던 농민들은 집 안에서 들개라도 '밖으로 내쫓는' 것처럼 마루에 앉지도 못하고 그대로 '밖으로 내쫓겨' 돌아온다. 지주는 "이 자식들, 꼬치경단 같이 너희들을 푹 찔러 경찰에 넘겨 줄 테니까 —이제 곧 먹지도 못하게 될거다! 관리를 데리고 가서 너희들의 물건을 빈틈없이 모조리 압류해줄 테니까"라며, 나가는 농민들의 뒤를 통나무라도 후려갈 기듯이 욕설을 퍼붓는다. 중간관리인과 같이 지주도 농민들을 전혀 상대해 주지 않았다. 여기서 지주는 농민들 대표에게 경찰과 관리를 동원할 것이라고 공언한다. 지주의 말에서 지주와 경찰, 그리고 관리가 결탁되어 있다는 사실을 알 수 있다.

한편, 농민들 대표가 지주의 집에서도 쫓겨났다는 소식을 듣고 농민들은 또다시 흥분한다. 그들은 "단결이다! 단결이다! 한 사람도 남김없이 단결이다!" 농민 두세 명이 교장선생이 사용하는 '단결'이라는 단어를 사용해 외치기도 했다. 그리고 마침내 농민들은 마지막 방법으로 집단으로 지주를 찾아가서 탄원하는 행동에 나서기로 하는 것이다.

마침내 마을농민들은 집단으로 말 썰매를 끌고 기세를 올리며 지주 집을 향해 간다. 그리고 어떤 기세가 '무언중에 모두의 마음을 동료관계로 굵고 강하게 하나로 묶고 있었다. 만약 그들 앞에 뭔가 장애물이 나온다고 하면, 그것이 무엇이건 기병의 한 부대가 적진의 한복판으로 뛰어들어 말발굽으로 종횡으로 쫓아버리듯이 단숨에 해치웠을지도 모를' 분노를 느끼며 지주가 있는 마을을 향해 가는 것이다.

하지만 마을농민들의 이러한 기세는 경찰에 의해 순식간에 무너진다.

농민들은 아무런 저항도 하지 못하고 경찰에 잡혀간다. 무엇보다 농민들은 경찰이라는 존재를 전혀 인식하지 못하고 있었다. 그리고 지주와 경찰의 관계도 알지 못하고 있었다. 농민들은 "지주 놈, 서투른 짓하면 뭇매야"라고 큰 소리로 말하고 있었지만, 그들은 지주의 서투른 짓을 예상하지도 못했고, 지주의 서투른 짓에 뭇매를 때릴 수도 없었다. 이미 경찰서에 와 있던 지주는 모두가 들어오는 것을 보고는 의자에 앉은 채로 큰 소리로 웃기 시작한다. 이러한 지주의 모습을 보고, 비로소 농민들은 지주와 경찰의 관계를 알게 되는 것이다.

결국 농민들은 경찰서에서 지독한 고문을 당하고 마을로 돌아온다. 다키지는 「방설림」에서 농민들이 처참하게 패하고 마을로 돌아오는 모습을 다음과 같이 그리고 있다.

모두가 주재소의 모퉁이에 매여 있던 텅 빈 말 썰매에 등을 움츠려 타고는 나갔다. 얻어맞은 후에 찬바람을 맞으니 얼얼하게 그곳이 아팠다. 눈보라가 치고 있었다. 변두리로 나가니 거리낌 없이 휘몰아쳤다. 모두가 외투 위에 거적과 돗자리를 뒤집어쓰고 가능한 한 몸을 움츠렸다. 한 대 한 대 힘없이 해 질 녘 속의 점점 심해져 가는 한기 속에서 방울을 울리면서 돌아갔다. 누구도 아무것도 말하지 않았다. 서로의 얼굴도 보지 않았다. 보려고도 하지 않았다.[12]

농민들은 눈보라 폭풍 속에서 보자기에 싼 것 같이 말 썰매 위에 둥글게 웅크리고 마을로 돌아온다. 그리고 그들이 마을로 돌아온 뒤, 마을은 눈속 여기저기에 내버려둔 쓰레기통처럼 무기력하게 쇠퇴해 버린 듯이 보였다. 애써 얻은 물건을 불의에 빼앗긴 뒤처럼 모두 멍하니 있었다. 「방설림」의 주인공 겐키치(健吉)는 이러한 농민들의 무기력한 모습을 다시 일으켜 세우기 위해, 지주 집에 방화(放火)하는 계획을 세우고 그것을 실천한다. 겐키치는 경찰에서의 고문으로 이제 농민들이 자신들의 적(敵)이 누구인지 분명히 알게 되었다고 생각한다. 그리고 자신이 먼저 행동하면 농민들이 따라와 줄 것이라고 생각한다. 그래서 그는 지주의 집에 불을 지르게 되는 것이다.

하지만 겐키치의 방화사건은 한계가 있었다. 이 사건은 그의 감정적인 행동에 불과했고, 무엇보다 지주 집에 대한 방화로 근본적인 문제는 해결되지 않는다. 이것은 일시적인 위안(慰安)일 뿐이고, 농민들에게 남는 것은 아무것도 없다. 지주네 집이 불에 탔어도 농민들과 아무런 관계가 없다. 농민들의 생활을 안정시킬 해결책이 되지 못한다. 농민들은 여전히 지주에게 높은 소작료를 내야 하고, 쌀이 없어 밥을 먹지 못할 것이다. 지주네 집에 대한 방화보다 농민들의 생활을 안정시킬 근본적인 해결책이 필요한 것이다. 겐키치의 개인적인 행동이 한계를 지닌 이유다.

「방설림」에서 지주에게 소작료 감면을 탄원하려는 농민들의 행동은 실패했다. 하지만 실패로 끝났다고 해서, 「방설림」에서 농민들의 행동이 아무런 의미가 없다고 볼 수는 없다. 농민들의 행동은 상당한 의미가 있다. 이 작품에서 농민들은 무작정 감정만을 앞세워 집단으로 지주 집을 찾아간 것이 아니었다. 그들은 집단으로 지주를 찾아가는 행동에 앞서 하나씩 단계를 밟아 갔다.

첫 번째 단계로 마을사람들은 집회를 열어 대책을 논의했다. 그리고 그 논의된 사항을 중간관리인에게 보고한다. 순서를 밟는 것이다. 하지만 중간관리인은 농민들의 '진술서'를 완전히 무시했다. 그러므로 두 번째 단계로 농민들 대표가 직접 지주를 찾아간다. 하지만 지주도 역시 농민들 대표를 상대해 주지 않았다. 농민들 대표는 지주 집에서 쫓겨 나온다. 그러므로 마지막 단계로 이번에는 농민들이 집단으로 모두 지주를 찾아갔던 것이다. 농민들의 행동은 하나씩 진전했고, 이러한 과정을 통하여 농민들의 의식도 조금씩 성장해 갔다.

물론 마을농민들은 지주와 결탁한 경찰에게 잡혀서 고문을 당하고 처참한 패배를 거둔다. 하지만 경찰에게 고문을 받고 돌아온 후, 그들은 지주와 경찰이 결탁하고 있는 현실을 자각한다. 그러므로 지주와 경찰과 관리가 결탁하고 있다는 사실을 안 농민들은 이제 이러한 현실에 부딪치기 위하여 여러 가지 새로운 대책을 세울 것이다. 그들은 농민조합을 만들고, 여기에 노동조합과 연대하는 다음 단계로 진전하려고 노력할 수 있을 것이다. 「방설림」에서 농민들의 의식은 하나씩 단계를 밟으면서 성장해 간다고 생각된다.

4. 「방설림」에서 「부재지주」에 이르는 변화

다키지의 「부재지주」는 「방설림」의 개작이라고 말하여진다. 이 작품의 노트원고 처음에, '「방설림」 개제(改題) 「부재지주」' '1929, 7, 6 펜을 잡다.' 라는 기입이 있다. 「부재지주」는 『중앙공론(中央公論)』1929년 11

월호에 게재된 작품으로, 다키지는 홋카이도 이소노(磯野) 농장의 쟁의를 취재하여 이 작품을 썼다. 작품에서는 이소노 농장의 쟁의 모양이 사실적으로 그려져 있다. 그는 「부재지주」를 『중앙공론』이라는 메이저 중앙잡지에 의욕을 가지고 발표하였고, 실제 큰 반향을 얻었다.[13]

두 작품의 노트원고에 의하면, 다키지가 「방설림」을 완성한 날이 1928년 4월 26일이고, 「부재지주」를 완성한 날짜가 1929년 9월 29일이다. 두 작품의 시간 차이는 1년 반 정도이다. 그런데 그 1년 반 동안 다키지의 농민에 대한 인식은 커다란 변화를 일으키고 있다. 여기에서 「방설림」에서 「부재지주」에 이르는 변화과정을 살펴보기로 한다.

첫째, 「방설림」은 겐키치를 주인공으로 하는 개인적인 관점의 작품이지만, 「부재지주」는 농민들 집단이 주인공이 되어 있다. 「방설림」은 주인공인 겐키치의 시각으로 서술된다. 그리고 이 작품은 지주 집에 대한 주인공 겐키치의 방화사건으로 끝난다. 작품이 겐키치라는 개인을 중심으로 그려져 있다.

하지만 「부재지주」에서는 개인이 아니고, 마을농민 집단의 시각으로 전개된다. 지주에게 소작료 감면을 요구하기 위해 모인 마을사람들이 집단으로 묘사된다. 중심인물인 겐(健)이 있지만 전체적으로 마을농민 집단이 주인공이 되어 있다. 이러한 서술의 차이는 두 작품의 성격 차이를 나타낸다. 이것은 두 작품 사이에 발표된 그의 「1928년 3월 15일」과 「게잡이 공선(蟹工船)」을 보면 분명히 알 수 있다. 전자는 개인이 주인공인 작품이고, 후자는 집단이 주인공인 작품이다. 앞의 작품에서 집단에 대한 묘사 부족이 지적되었던 다키지는, 뒤의 작품에서 그 지적을 수용하여 노동자 집단의 움직임을 극명하게 묘사했다. 이것은 다키지라는 작가의 문학적 성장에 의한 것이었다. 다키지는 「방설림」을 겐키치라는 개인을 주인공으로 하는 작품으로 하였으나, 1년 반 뒤 「부재지주」는 농민집단을 주인공으로 하는 작품으로 완성했다. 그의 문학적·정치적인 성장에 의한 것이라고 생각된다.

둘째, 농민들의 쟁의 성격과 지주의 성격이 다르다.

「방설림」의 농민들은 조직을 가지고 있지 않고, 「부재지주」의 농민들은 조직을 가지고 있다. 두 작품 모두 작황이 나빠 먹을 것이 없어진 농민들은 소작료 인하를 요구하며 지주를 만나러 간다. 그런데 「방설림」에서 농민들은 기세만으로 지주를 만나러 가지만, 「부재지주」의 농민들은 그들의 농민조합이 있고, 또 도시의 노동조합과 연대를 한다. 즉 조직적이다.

「방설림」에서 농민들의 행동은 감정적이다. 그러므로 경찰의 검거로 그들은 한순간에 무너져 버린다. 「방설림」에서 농민들은 경찰과 지주가 어떻게 관계되어 있는지 아무것도 모르고 있었다. 단지 소작료 감면을 탄원하기 위해 집단으로 찾아가 지주를 위협하려고 하는 단순한 생각밖에 가지고 있지 않았다. 감정적이었다.

하지만 「부재지주」의 농민들은 다르다. 「부재지주」의 농민들은 이성적이다. 이 작품의 농민들은 농민조합을 가지고 있었고, 도시의 노동조합과 연대한다. 그리고 이러한 연대를 통하여 쟁의를 이길 수 있었다. 이것은 두 작품 농민들의 현실인식의 차이라고 생각된다.

또 「방설림」과 「부재지주」는 지주의 성격이 다르다.

「방설림」의 지주는 마을에서 떨어진 곳에 살고 있지만, 기본적으로 마을사람들과 함께 살고 있다고 할 수 있다. 그러므로 중간관리인도 마을에 살고 있지 않다. 하지만 「부재지주」에서 지주는 마을에 살고 있지 않다. 대신에 중간관리인이 마을에 산다. 이 작품에서 지주는 멀리 오타루라는 도시에 산다. 말 그대로 '부재지주'이다. 그리고 이 작품에서 지주는 지주라기보다 자본가에 가깝다. 반은 지주이고 반은 자본가인 것이다. 「부재지주」에서 더 자본화된 지주의 모습을 볼 수 있다.

셋째, 「방설림」은 농민들이 졌지만, 「부재지주」에서는 농민들이 이긴다. 요컨대 「방설림」에서는 희망이 보이지 않지만, 「부재지주」에서는 희망이 보인다.

「방설림」에서 농민들은 기세를 올리고 출발했지만 경찰에서 고문을 받고 처참한 모습으로 마을로 돌아온다. 마을에 돌아온 농민들은 더 이상의 희망이 없었다. 여기에 지주 집에 대한 겐키치의 방화사건이 일어나지만, 그의 의도대로 이 사건을 계기로 해서 농민들이 다시 일어날 수 있는지는 알 수 없다. 지주 집이 불타서 없어지지만, 그렇다고 하여 농민들이 이긴 것이 아니다. 현실적으로 농민들이 얻은 것이 아무것도 없기 때문이다. 마을농민들은 여전히 먹을 쌀이 없어 빈궁하게 지내야할 것이다.

하지만 「부재지주」에서 농민들의 쟁의는 성공한다. 무엇보다 이 작품에서 농민들에게는 조직이 있었다. 농민들은 농민조합을 함께 하고, 또 도시의 노동조합과 연대하여 쟁의에 성공하는 것이다. 이긴다는 경험은 중요하다. 희망이 보이기 때문이다.

그러므로 「방설림」의 주인공인 겐키치와 「부재지주」의 중심인물인 겐의 변화가 다르다.

「방설림」에서 주인공 겐키치는 지주의 집에 불을 지른다. 그런데 그 후의 상황이 불확실하다. 그는 경찰의 추적을 받을지도 모른다. 불안한 상태이다. 하지만 「부재지주」의 겐은 쟁의 후 아사히가와(旭川)에 있는 농민조합에 참가한다. 그는 합법적인 길을 선택한다. 불안한 상태와 합법적인 신분의 차이는 크다. 두 사람이 할 수 있는 일의 차이가 다른 것이다.

「방설림」에서 겐키치의 방화는 단지 개인의 감정적인 행동에 불과했다. 무엇보다 그는 성장하지 못했다. 농민조합의 경험도 없고, 노동조합과의 연대경험도 없기 때문이다. 하지만 「부재지주」의 겐은 다르다. 그는 쟁의과정을 통해 성장한다. 여기에는 도시 노동조합의 도움이 절대적이었지만, 그는 농민들과 함께 하는 쟁의를 통해 한 명의 농민조합원으로 성장해 간다. 이긴 경험을 가진 농민조합원이 탄생하는 것이다. 이긴 경험은 소중하다. 이긴 경험이 있다는 것과 그러한 경험이 없다는 것, 이것은 농민들에게 엄청난 차이라고 생각된다. 희망의 차이인 것이다.

넷째, 중간관리인(마름)이 더욱 비열해진다.

「방설림」에도 「부재지주」에도 중간관리인이 나온다. 그런데 「방설림」의 관리인보다 「부재지주」의 관리인인 요시모토(吉本)가 더욱 비열하다.

「방설림」에서 중간관리인은 이름조차 나오지 않는다. 단지 중간관리인이라는 명칭으로 언급된다. 그는 단지 지주의 지시를 농민들에게 전하고, 또 농민들의 이야기를 지주에게 전해주는 역할을 한다. 「방설림」의 관리인은 단순히 전달자의 역할을 하며 지주 쪽에 있는 인물이라고 할 수 있다.

한편 「부재지주」에서 관리인 요시모토는 단순히 농민들의 이야기를 지주에게 전해주는 중간관리인의 역할을 넘는다. 그는 지주와 소작농민 사이에 서서 자신의 이익을 극대화하는 존재가 되어 있다.

「부재지주」에서 농민들은 요시모토 관리인을 몇 번이나 찾아가 소작료 감면을 탄원하는 편지를 지주에게 보낸다. 답장도 역시 관리인을 통하여 받게 된다. 그는 중간에서 양쪽을 관리한다. 그는 지주가 농민들에게 주는 돈을 가로채고, 농민들을 공짜로 일 시키고 그렇게 받은 돈으로 마을에 첩까지 얻어 산다. 소작농민들은 지주보다 오히려 중간관리인인 요시모토를 더 미워한다. 다키지는 「부재지주」에서 중간관리인 요시모토에 대한 농민들의 증오(憎惡)를 다음과 같이 그리고 있다.

"지주보다 뛰어나다. 지주는 그렇게 나쁘지 않아. 뱀 요시야!"
소작인은 그들끼리 그렇게 말했다.
"진드기야."
"입이 두 개 있는 진드기야." 겐은 스스로 빨개져 그렇게 말했다.
"하나는 지주의 피를 뽑고 다른 하나는 소작인으로부터 빨지."
"지주에게라면 뽑을 피가 있지만…"
겐이 그렇게 말하자,
"그래, 그것, 그것이 중요한 포인트지."
반은 드르륵하는 큰 소리를 냈다.
"무슨 일이 있으면 그 놈을 가장 먼저 해치운다."[14]

요시모토 관리인은 농민들에게 '뱀 요시'라고 불리고, 진드기로 인식된다. 요시모토 관리인은 작황이 나쁜 논을 아무리 보여주고 부탁해도 결코 그대로 지주인 기시노(岸野)에게 알려주지 않았다. 또 누군가 불행이 있던 때, 지주가 소작인에게 보내오는 부의금의 일부를 가로챘다. 그리고 자신이 완전히 다시 써서 소작인에게 부의금을 가지고 왔다.

그 외, 그는 '도로와 관개수로 보수공사를 한다고 일당을 지주에게 받아 소작인을 공짜로 일시키고 그 돈을 감쪽같이 자신의 호주머니에 넣었다' '소작료 갱신을 한다고 위협해 농작물을 베게 한다.' 그러나 사실은 거짓말로, 자신의 집에 몇백 마리나 키우고 있는 닭과 거위와 칠면조의 먹이로 하기 위한 구실에 다름 아니었다. 농민들은 지주뿐만이 아니고, 관리인에게도 착취되고 있었다. 「방설림」에서 중간관리인은 단지 지주와 농민들을 연결해 주는 존재였지만, 「부재지주」의 중간관리인은 지주와 소작농민 모두를 속이고 양쪽에서 이익을 챙긴다. 「부재지주」의 중간관리인은 비열한 존재가 되어 있는 것이다.

다섯째, 「방설림」에는 군대가 등장하지 않지만, 「부재지주」에는 군대가 등장한다.

「방설림」에서 농민들의 행동을 막은 것은 경찰이다. 하지만 「부재지주」에서 농민들의 쟁의를 막는 것은 경찰이 아니고, 군대가 될 수 있다. 다키지는 「부재지주」의 작품 의도를 설명하며, 이 작품에서 농촌과 군대의 관계를 쓰고자 했다고 한다.

「부재지주」에서는 일본군국주의가 농촌을 배경으로 추진하는 정책이 나온다. 'S마을 상호부조회' 발대식에서 와타나베(渡辺) 대위는 군모(軍帽)를 겨드랑이 아래에 끼고 연단에 올라서, '농촌에서의 군인 정신'이라는 제목으로 연설한다. 그는 군대에서의 엄격한 질서, 올바른 규율, 복종 관계를 여러 가지 예를 들어 설명하고, "이것이야말로 외국에서 결코 무시할 수 없는 일본의 강인한 군대를 만들고 있는 것이며, 그리고 이 정신은 군대 내만이 아니고 넓게 농촌에도 침투되지 않으면 안 된다. 특히 외래의 나쁜 사상이 자칫하면 전도유망한 청년을 붙들어 이 소중한 사회질서를 파괴하려고 하는 이때, 더욱 건전한 군인정신이 실로 농촌에서야말로 요구되지 않으면 안 된다."라고 연설한다.

훈련을 위해 겐의 집에 묵은 군인은, 자신의 사촌동생이 군대에 있던 때, 그의 마을에서 소작쟁의가 일어나 출동했다고 하면서, "언젠가 우리가 착검하고 이 마을에 와아 하고 올지도 모릅니다."라고 말한다. 설마 그런 일이 있을까 하지만 그런 일이 현실로 벌어지고 있는 것이다. 군인 훈련은 소작쟁의의 진압출동을 위한 예행연습일지도 모르는 일이었다. 「방설림」에서 지주는 경찰과 관련되어 있지만, 「부재지주」에서는 경찰을 넘어서 군대까지 관련된다. 「부재지주」의 세계에서는 일본군국주의가 등장하는 것이다.

여섯째, 「방설림」에서는 농민과 지주의 관계가 변하지 않지만, 「부재지주」에서는 두 사람간의 관계가 바뀐다.

「방설림」에서 농민들의 행동은 쟁의라기보다 단지 집단적으로 지주 집에 찾아가서 소작료 감면을 요구하는 정도의 것이었다. 하지만 이러한 행동조차도 경찰에 의해 제지된다. 「방설림」에서 소작농민들과 지주의 관계는 농민들의 행동을 통하여 변하지 않는다. 농민들의 행동이 실패로 끝났기 때문이다. 이 작품에서 소작농민과 지주의 관계는 변화가 없다. 이전의 농민들과 지주 관계 그대로이다. 「방설림」에서 소작농민들과 지주의 관계는 부자 관계라는 이전의 관계가 유지된다.

한편, 「부재지주」에서 "지주와 소작인은 부모와 자식 관계다."라는 중간관리자 요시모토의 주장은, 쟁의 후 소작인 부인을 만난 자리에서 "이제 결코 너희들과 만나지 않을 것이고, 말하는 것도 들어주지 않을 것이다. 맘대로 해봐."라는 기시노 부인의 발언으로 그들의 관계가 정리된다. 이 작품에서는 소작농민의 쟁의를 통하여 둘 간의 관계가 변화한다. 이제 그들은 부모와 자식 관계라는 가족적인 관계가 아니고, 지주계급과 농민계급이라는 대립하는 관계가 되는 것이다.

「방설림」에서 농민들의 움직임이 일어났어도 그것은 일시적인 곤경의 타개이고 계급 관계라는 의미는 아니었다. 지주에 대한 소작인의 계급적 대립이 아니고, 단지 소작료 감면 요구라는 형태였다. 하지만 「부재지주」의 농민은 다르다. 「부재지주」에서 농민들의 쟁의는 도시의 노동조합과 연대하는 조직적인 싸움으로 바뀐다. 둘 간의 관계가 지주・자본가계급과 농민・노동자계급이라는 대립하는 관계가 된 것이다. 이것은 앞으로 농민들의 쟁의가 소작료 감면이라는 소극적인 요구에서 토지의 경작권 쟁취라는 적극적인 요구로 변해 간다는 것을 의미한다.

이렇게 「방설림」에서 「부재지주」에 이르는 과정은 농민의식에서 커다란 변화가 있다고 할 수 있다. 「방설림」에서 「부재지주」 사이의 기간은 1년 반 정도였다. 하지만 다키지에게 이 1년 반이라는 시간은 일찍이 없던 새로운 경험을 한 시간이었다. 그는 이 기간 동안 「1928년 3월 15일」과 「게잡이 공선」을 발표하면서 일약 일본프롤레타리아 문학을 대표하는 작가로 도약했다. 다키지는 「방설림」에서 찾지 못한 농민들의 문제를

「부재지주」에서 그 해결책을 마련했다. 「방설림」에서 실패한 농민들의 행동은 「부재지주」에서 성공한다. 두 작품 사이의 간격에서 다키지의 괄목할 만한 성장모습을 볼 수 있다.

5. 나가며

이상, 본 장에서 「방설림」에 대하여 살펴보았다. 그리고 「방설림」에서 「부재지주」에 이르는 변화과정에 대하여 비교분석하여 보았다.

「방설림」에서 농민들은 소작료 감면을 부탁하려고 지주를 찾아가지만 경찰에 잡혀간다. 이 작품에서 농민들의 행동은 실패로 끝난다. 하지만 농민들의 행동이 실패로 끝났다고 해도 아무것도 없는 것은 아니었다. 농민들은 비로소 자신의 적이 누구인가 알게 된다. 농민들은 이러한 상대에게 대비하기 위하여 다음 행동을 준비할 것이다.

한편 「부재지주」에서 농민들의 쟁의는 성공을 거둔다. 무엇보다 이 작품의 농민들은 농민조합이라는 조직을 가지고 있었다. 「부재지주」에서는 도시 노동조합의 도움을 얻어 농촌의 농민의식이 성장하는 모습이 보인다. 이제 농민들의 요구는 단지 개개의 지주에 대한 불만이라는 형태만이 아니고, 계급적 지배자로서의 지주제에 대한 요구로 변해갈 것이다. 그리고 그 배후에 있는 일본자본주의에 대하여 강한 비판을 가지게 될 것이다.

요컨대 「방설림」에서 「부재지주」에 이르는 변화를 보면, 개별적 운동에서 조직적 운동으로 바뀌고, 일시적인 운동에서 상시적인 운동으로 발전하고 있다. 또한 이것은 종래 개인적인 지배 관계였던 지주와 소작인의 관계가 지배계급대 소작인계급이라는 관계로 변했다는 것을 나타낸다.

역주

1 토지세 개정(地租改正); 메이지 정부에 의한 토지·조세제도의 개혁. 1872년 전답(田畑)의 매매금지령을 풀어 지권(地券)을 발행하고, 다음해 토지세(地租) 개정조례를 정하여 토지 소유권을 확정. 토지 측량, 지가(地價) 산정, 신지권 교부를 하여, 세율을 지가의 3퍼센트의 금납으로 했다. 이것에 의해 정부의 재정적 기반이 확립된 한편, 지주·소작 관계는 강화되었다.

2 야마기시 잇쇼(山岸一章), 『발굴 기사키 쟁의(木崎爭議)』 신일본출판사, 1989, p.154.

3 데즈카 히데다카(手塚英孝), 『고바야시 다키지(小林多喜二)』 신일본출판사, 2008, pp.290-291.

4 위의 책, p.105.

5 고바야시 다키지, 「전형기의 사람들」 『고바야시 다키지 전집 제4권』 신일본출판사, 1993, p.16.

6 고바야시 다키지, 「당 생활자」 『고바야시 다키지 전집 제4권』 신일본출판사, 1993, p.430.

7 오다테(大館)시 시모가와조이(下川沿) 공민관 소장. 이 엽서는 2016년 1월 20일, 연구자와 차타니 주로쿠(茶谷十六)에 의해 처음으로 발견되었다. 그 후 『적기(赤旗)』에 그 내용이 게재되었다.

8 고바야시 다키지, 『고바야시 다키지 전집 제7권』 신일본출판사, 1993, pp.141-142.

9 고바야시 다키지, 「방설림 해제(解題)」 『고바야시 다키지 전집 제2권』 신일본출판사, 1993, p.531.

10 고바야시 다키지, 「방설림」 『고바야시 다키지 전집 제2권』 신일본출판사, 1993, p57.

11 위의 책, p.75.

12 위의 책, pp.102-103.

13 다키지는 『중앙공론』의 아메미야(雨宮) 편집자에게 「부재지주」와 함께 보낸 편지에서, 이 작품의 작품의도를 설명하고 있다. 즉 그는 이 소설에서, ① 상반신이 지주이고 하반신이 자본가인, 즉 자본주의가 지배적인 상태의 농촌을 쓰려고 한 것. ② 소작인과 빈농이 얼마나 비참한 생활을 하고 있는가 라는 것이 아니고, 어떻게 하여 비참한가 또 어떤 위치에 어떻게 관련되어 있는가 라는 것을 분명히 하려고 한 것. ③ 소작쟁의가 어떻게 농민과 노동자의 연대로 나아가는가, 또 노동자 계급과 연대하는 것에 의해 어떻게 이길 수 있었는가 라는 것을 쓰려고 했던 것이다 라고 말하고 있다(『고바야시 다키지 전집 제7권』 신일본출판사, 1993, pp.412-413.).

14 고바야시 다키지, 「부재지주」 『고바야시 다키지 전집 제4권』 신일본출판사, 1993, pp.437-438.

제7장

고바야시 다키지(小林多喜二)의
「방설림」과 최서해의「홍염」 비교 연구

1. 서론

고바야시 다키지(小林多喜二, 1903-1933)의 「방설림(防雪林)」과 최서해 (1903-1932)의 「홍염(紅焰)」은 흥미로운 비교 대상이다. 두 작품은 일본과 한국의 농민문학으로, 1920년대라는 시대 배경과 이주(移住)라는 상황 그리고 지주 집에 대한 방화(放火)사건까지 여러 부분에서 많이 겹쳐진다.

본 장에서는 고바야시 다키지의 「방설림」과 최서해의 「홍염」을 비교분 석하기로 한다. 고바야시 다키지와 최서해는 동일한 시대를 살았던 작가 로, 당시 시대에 대한 고민이 많았던 작가라고 할 수 있다. 다키지의 「방 설림」은 그의 사후에 발견되었지만, 집필기록에 의하면 1928년 4월에 완 성된 작품이라고 할 수 있다. 한편 최서해의 「홍염」은 1927년 1월 『조선 문단』에 발표되었다. 두 작품은 같은 시기의 작품임과 동시에 1920년대 후반이라는 시간적 배경과 홋카이도와 간도라는, 본토를 벗어난 지리적 배경을 가지고 있어 그 작품 배경이 유사한 작품이다. 다키지와 최서해 두 사람 모두 자신의 경험을 바탕으로 쓴 글이기도 하다. 두 작품의 주인 공들은 지주의 가혹한 착취에 정면으로 도전한다.

지주의 착취에 시달리던 두 작품의 주인공들은 그들의 절망적인 생활을 '방화'를 통하여 상황을 반전시킨다. 이 장에서는 두 작품의 주인공들이 어떠한 과정을 거쳐서 변화하여 가고, 또 희망의 근원인 '방화'의 의미는 어떠한지 두 작품의 비교를 통하여 고찰할 것이다. 다키지의 「방설림」과 최서해의 「홍염」 두 작품 간의 공통점과 차이점을 비교하여, 「방설림」과 「홍염」의 문학사적 의미를 생각해볼 것이다.

2. 본론

2.1 고바야시 다키지의 「방설림」의 겐키치

「방설림」은 고바야시 다키지의 실질적인 처녀작이라고 볼 수 있다. 그는 「방설림」을 완성한 뒤 출판할 예정이었지만, 구라하라 고레히토를 방문한 뒤 그에게서 큰 영향을 받아 「방설림」 발표를 포기하고, 그 대신 3·15 사건을 소재로 한 「1928년 3월 15일」을 쓰기 시작한다.

다키지의 「방설림」이 농민들이 겪는 비참한 현실이었던 것에서도 확인할 수 있듯이, 다키지의 생활도 이 작품의 내용과 크게 다르지 않았다.[1] 그의 부모님은 농한기에도 토목 공사장에 나가 광차를 밀 정도로 가난했으며, 그가 네 살 때 가난을 견디지 못하고 고향을 떠나 홋카이도로 이주하였다. 다키지는 백부의 제빵공장에서 일을 도우면서 간신히 상업고등학교에 진학할 수 있었다. 하지만 그는 어려운 환경에서도 일찍부터 문학에 흥미를 가지고 습작을 하거나 했다.

「방설림」의 배경은 홋카이도의 이시카리(石狩)강 근처의 농민들이 모여 사는 작은 마을이다. 「방설림」에서 사람들은 희망을 가지고 홋카이도로 이주한다. 하지만 꿈을 가지고 이주한 이곳도 본토와 그다지 다르지 않았다. 이곳 역시 지주에 의한 착취가 만연한 곳이었다. 「방설림」은 내지에서 홋카이도로 이주한 농민들의 비참한 생활을 그린 작품으로, 당시 사회현실에 대한 사실적이고 구체적인 묘사가 돋보인다. 「방설림」에서는 홋카이도로 이주해온 농민들을 다음과 같이 설명한다.

고향에서 그들은 감자밖에 먹을 것이 없었다. 밭에서 난 것은 싸고, 비료나 농기구는 그 배로 비쌌다. 지주에게 소작료가 쌓이고 쌓이면, 농작물은 압류되고 토지는 몰수당했다. '홋카이도에 가면' 그렇게 생각하고, 쫓겨서, 그러나 큰 꿈을 가지고, 그들은 '곰이 나오는' 홋카이도에 찾아왔다. 쓰가루 (津軽) 해협을 건너 북으로 북으로 찾아왔다. 부모자식이 고리짝을 짊어지고, 홋카이도의 엄청난, 플랫폼도 없이 한데에 있는 정류장에 내리면, 끝도 보이지 않는 눈길을 몇리나 걸어야 했다. (중략) 이따금 땅을 싸게 '손에 넣을 수 있어도,' 그것을 경작해갈 돈이 없었다. 결국 남에게 빌린 돈으로 하면 2, 3년 지나 그 황무지를 겨우 밭처럼 만들었을 무렵, 담보가 된 땅은 완전히 그들의 손으로부터 사라져 버렸다. — 이곳도 역시 살기 좋은 곳은 아니었다.[2]

고향에서 먹을 것이 없는 농민들은 꿈을 가지고 홋카이도로 이주해 온다. 하지만 그곳도 고향과 그다지 다르지 않은 곳이었다. 마을사람들은 '겨울이 오기 전에 처마에 매달아둔 푸성귀만을 맹탕 같은 된장국으로 해서 3, 4, 5일이나 — 아침 점심 저녁 계속해서 먹었다. 거기에 호박과 감자였다. 쌀은 하루에 한 번 정도밖에 먹을 수 없을' 정도로 가난한 생활을 보내고 있었다. 자신들이 직접 농사를 짓는데도 쌀을 하루에 한 번 정도밖에 못 먹을 정도로 궁핍한 생활을 하고 있는 것이다. 소작농에 대한 지주의 착취 때문이었다.

이 작품의 주인공은 겐키치(源治)로 그는 어머니, 동생인 요시(由), 오후미(お文)와 함께 살고 있다. 다키지는 1927년 11월 23일 일기장에 「방설

림」에 대해서, '원시적인, 말초신경이 없는 인간을 묘사하고 싶다. 체르 카슈, 카인의 후예와 같이, 그리고 또 농부의 생활을 그린다.' 라고 쓰고 있다. 겐키치는 이러한 인물의 표상이었던 것이다.

여기서 주인공인 겐키치라는 인물에 대하여 살펴보자.

다키지는 겐키치의 성격에 대하여 친구인 가쓰(勝)를 통하여, '어린 시절 겐키치는 어떤 일이 발생해도 꼼짝 않고 있었다. 다른 사람은 그 일에 대 하여 이야기하거나 언쟁하거나 했다. 겐키치는 그것이 없었다. ···어슬렁 어슬렁 나가서 혼자서 터무니없이 커다란 일을 저질렀다. ···지능이 낮아 서 그런 것이 아니고, 뭔가 깊고 확고한 생각이 있기 때문에 그렇게 한 것 이' 라고 설명한다. 가쓰는 겐키치가 뭔가 깊고 확고한 생각이 있는 사람 이라고 이해한다. 겐키치는 이전에도 억울하게 몰수된 아버지의 토지 때 문에 관리에게 대든 적이 있는 인물이다. 요컨대 겐키치는 모순된 제도에 순응하는 종류의 사람이 아니었다.

관리들이 강에서 연어잡이를 금지했지만, 그는 가쓰와 함께 몰래 연어를 잡는다. 연어를 잡으며 그는 지주들에 대한 분노를 연어에게 푼다.

　겐키치는 연어를 잡는 동안 묘하게 난폭한 마음이 되어 있었다. 그는 한 마 리 한 마리 "이놈." "개새끼." "이놈." "개새끼." 라고, 입술을 깨물거나 이 를 갈거나 하며 말했다. 이상하게 얼굴 근육이 경련을 일으키거나 굳어지거 나 했다. 그리고 미친듯이 마구 쳤다.[3]

지주에 대한 적개심이 있는 겐키치는 연어 한 마리 한 마리를 지주나 관리와 같이 생각하고, 잡은 연어를 미친듯이 마구 친다. 그의 과격한 성격이 나타나는 문장이다. 강에 연어가 넘치고 있었지만 농민들은 연어를 잡을 수 없었다. 하류에서 어장의 부자들이 연어를 잡을 수 있도록 하기 위해서 관리들이 연어를 잡는 것을 금지했기 때문이다. 겐키치가 관리나 지주에 대한 분노를 연어에게 대신 하는 이유이다.

그는 불합리한 결정이 이해되지 않으면 그것을 인정하지 않는 사람이다. 겐키치는 사회구조적인 모순에 대해 쉽사리 납득하거나 수용하지 않고 자신의 기준을 통하여 의문을 제기한다. 이에 더하여 겐키치는 '농민이 싫증나지 않는다면 바보일거야' 라는 가쓰의 질문에 '그래, 난 바보야', '나는 농민의 아들이야' 라고 확언하며, 농민에 대한 자부심을 드러낸다. 그는 어린 시절부터 '밭은 농민 것이어야만 한다.'는 아버지의 말씀을 분명하게 기억하고 있었다.

한편 교장선생이 겐키치의 집으로 찾아와, 세상에서 농민과 직공이 가장 훌륭하나 가장 가난하고 가장 바보 취급당하고 있다며 사회구조적인 모순을 꼬집자, 겐키치가 화로 속의 불을 쳐다보며 깊은 고심을 하는 장면은 그의 계급의식이 조금씩 발현되기 시작하는 장면이라고 볼 수 있다. 마을사람들이 가난한 근원적인 문제는 소작농에 대한 지주의 착취에 있었다. 「방설림」의 소작농들도, 「홍염」의 소작농들도 겨울을 넘기기 어려울 정도로 가난한 생활을 할 수밖에 없는 것은 불합리하게 높은 소작료율 때문이었다. 그러므로 「방설림」의 농민들은 불합리하게 높은 소작료율에 대해, '지주에게 소작료를 바치는 것은 "우리의 죽음"을 의미하고 있다. 더욱이 우리 농민은 고리대금업자의 부당한 이자와 척식은행의 이자에도 괴롭혀지고 거기에 세금이 걸려온다. 그리고 산출된 농산물은 비료나 농기구에도 채산이 맞지 않는다.' 라고 말하는 것이다. 이것은 「홍염」의 문서방의 경우도 마찬가지였다.[4]

결국 농민들은 소작료율 인하문제를 지주와 교섭하기로 의견을 모은다. 하지만 자신들의 불합리하게 높은 소작료율을 협상하려고 지주의 집에 갔던 농민은, 집 안에서 들개라도 '밖으로 내쫓는' 것처럼 마루에 앉지도 못하고 그대로 '밖으로 내쫓겨' 돌아온다. 오히려 지주는 토지를 몰수한다고 농민들을 협박한다.

농민들은 이러한 상황에 분노하며 착취와 억압의 현실을 타파하기 위해 단결한다. 하지만 농민들의 이러한 행동은 경찰에 의해 진압되는 것이다. 경찰에 잡혀간 농민들은 차례로 호출되어 취조를 받고 고문을 당한다. 경찰로부터 고문을 당하고 돌아오는 길에서 농민들은 그 누구도 말하지 않는다. 오직 침묵만이 흐를 뿐이다. 「방설림」에서는 경찰에서 고문을 당하고 집으로 돌아오는 겐키치를 다음과 같이 묘사하고 있다.

겐키치는 이를 꽉 악물고 있었다. 분했다. 미웠다! 단지 분했다! 단지 밉고 미워서 견딜 수 없었다. 겐키치는 비로소 자신들 '농민'이라는 존재가 어떤 존재인가 라는 것을 알 수 있었다. ― "죽어도, 저놈들을!" 이라고 생각했다. ― 겐키치는 분명히 자신들의 '적'을 알 수 있었다. 적이다! 물어뜯어 주어도 손도끼로 머리를 깨버려 주어도 얼굴 한가운데를 저 낫으로 마구 긁어 주어도 아직 부족한 '적'을 똑똑히 보았다. 그것이 '경찰'이라는 것과 손을 짜맞추고 있는 '장치'도! 음, 분하다! 지주 자식! 겐키치는 이를 꽉 악물었다.[5]

겐키치는 경찰의 고문을 통하여, 비로소 자신들의 '적'이 누구인지 또 그들이 어떻게 연결되어 있는지 분명하게 알게 된다. 겐키치 역시 처음에는 다른 농민들과 똑같이 그러한 것을 그저 어렴풋이 생각하고 있었지만, 그 어렴풋한 생각이 겐키치 자신의 경험으로 조금씩 형태를 잡아 왔다. 그리고 그것이 한 걸음 더 약진했던 것은 교장선생이 말하던 '지주에게 속고 있다'는 이야기였다. 그런데 경찰에서의 고문을 통해 겐키치는 비로소 지주와 국가권력인 경찰이 자신들의 '적'이라는 것을 인식하게 되는 것이다. 이러한 사회구조의 장치를 알게 된 겐키치는 분함을 느끼며 이를 꽉 악문다. 그리고 그는 '각오해라!!' 라고 말하는 것이다. 겐키치의 분노하는 가슴은 눈보라 폭풍과 똑같이 거칠어져 있었다.

한편 그에게 경찰사건과 함께 또 하나의 사건이 발생한다. 그것은 애인이었던 오요시의 목매죽음이었다. 이 사건으로 겐키치는 전에 그렇게 생각하고 있는 것보다 더 탄탄한 마음이 된다. 그날 밤 겐키치는 사탕깡통 정도의 석유깡통에 석유를 채우고 그것을 너덜너덜해진 방석으로 싸서 밖으로 나왔다. 다음은 겐키치가 지주의 집에 불을 지르는 장면이다.

"불이다! 불이다!" 라고 외치면서 정류장 쪽으로 두세 명이 달려갔다.
밖에 서 있던 마을 사람들이 일제히 그쪽을 보았다. 어두운 하늘이 조금 밝아졌다. 하지만 순식간에 높이가 3미터나 되는 불길이 뿜어 올랐다. 빠지직 빠지직 타오르는 불 소리가 들려왔다. 보고 있는 동안에 시내의 집도 나무도 그것들 한쪽 편만이 흔들거리는 빛을 받아 새빨갛게 되어 명암이 또렷이 생겼다. 마을을 달려가는 사람의 살기를 띤 얼굴이 하나 하나 빨간 잉크를 뿌린 듯이 보였다.

(중략)

불을 끄고 있는 사람들은 너무 불길이 빨리 번졌기 때문에 집에 있는 사람은 전부 타죽은 것은 아닌가 — 누구도 나온 흔적이 없다고 말하고 있었다.

이전에 기타하마(北濱) 마을의 소작인으로부터 몰수한 잡곡 등이 가득 쌓여 있던 창고가 불에 타서 내려앉을 때, 모두는 엉겁결에 소리를 질렀다. 굉장한 소리를 내고 무너져 내리고는 거기에서 뭉게뭉게 불티와 악마와 같은 연기가 굵직굵직하게 하늘로 소용돌이치며 올라갔다.[6]

겐키치가 지른 불은 너무 빨리 번졌기 때문에 지주네 집에서 누구도 나올 수 없었다. 지주네 집 사람들은 불에 타서 모두 죽었을 것이다. 소작인으로부터 몰수한 잡곡 등이 가득 쌓여 있던 창고도 불에 타서 내려앉는다. 지주네 집은 완전히 전소되어 버린다. 하지만 겐키치는 누구도 눈치 채지 못하게 방설림이 철도연선을 따라 늘어서 있는 곳까지 달려와서는, '아직 부족해.'라고 혼잣말을 한다. 지주네 집이 다 타버리고 지주네 집 사람들이 모두 죽었는데도 그는 아직 부족하다고 말하고 있는 것이다. 지주에 대한 겐키치의 분노가 얼마나 큰지 알 수 있다.[7]

농민들의 집단적인 투쟁이 실패하자, 겐키치는 지주네 집에 방화를 한다. 겐키치의 '방화(放火)'는 개인적인 행동이라고 할 수 있다. 겐키치는 지주 집에 방화를 하기로 결심한 후에 '아버지와 오요시의 유언과 나의 생각 — 이 세 개로 한다.'라고 하며, 집단과는 일견 분리된 모습을 취한다. 하지만 그의 '방화'가 개인적인 행동인 것만은 아니었다.

225

겐키치는 경찰에서의 일로 농민들이 자신들의 존재와 적에 대한 인식이 확실해졌다고 생각한다. 또한 누군가가 농민들의 마음을 부추긴다면 이전의 실패한 투쟁, 단결보다 더욱더 강하게 농민들이 일어설 것이라고 믿는다. 그러므로 그는 지주네 집에 방화를 한 것이다. 그의 '방화'는 마을 농민들에게 현실적 사회구조의 모순을 깨우쳐 주고, 농민들이 올바로 가야할 길을 제시해주는 행동이었다. 지주네 집에 대한 겐키치의 '방화'의 의미는 여기에 있다고 할 수 있다.

2.2 최서해의 「홍염」의 문서방

최서해는 함북 성진의 빈촌에서 태어났다. 그가 열 살이 되던 해 부친은 가족을 고향에 남겨두고 만주로 들어가 독립운동을 하였다. 그는 어려운 가운데서도 『청춘(靑春)』, 『학지광(學之光)』을 구해서 읽을 정도로 문학에 열정을 가지고 있었다. 춘원의 「무정」이 『매일신보』에 연재되자 이 소설에 큰 관심을 가지고 춘원에게 편지를 보내기도 했다.

연보에 따르면, 최서해는 1918년부터 5년여에 걸쳐 간도[8]를 유랑하면서 온갖 밑바닥 생활을 체험하는데, 이 체험이 창작의 밑거름이 되었다. 그리고 1925년 2월 그는 『조선문단』에 입사한다. 그는 극도로 빈궁했던 간도 체험을 바탕으로 한 자전적 소설 「탈출기」를 발표함으로써, 당시 문단에 충격을 줌과 동시에 작가적 명성을 얻게 되었다. 이후 그는 계속해서 「박돌의 죽음」, 「기아와 살육」과 같은 문제작을 발표했고, 그 뒤 「홍염」을 발표한다.[9]

「홍염」은 1927년 1월 『조선문단』에 발표된 최서해의 단편 소설로 그의 대표작이라고 할 수 있다.[10] 이 작품은 1920년대 서간도와 가난한 촌락 바이허(白河)를 배경으로 조선인 문서방의 비참한 삶과 저항을 그리고 있다. 작품에서는 작가 본인의 직접적인 체험에 근거하여 당시 간도 농민들의 극한 상황을 묘사하고 있다. 「홍염」에서 중국인 지주인 인(殷)가에게 딸을 빼앗긴 채 살아가는 문서방의 모습에는 식민지 시대 간도로 떠난 우리 농민들의 비참한 상황이 잘 나타나 있다.

조선에서 소작농을 하던 문서방은 가난을 극복하기 위해 간도로 이주한다. 하지만 이주한 간도도 조선과 그다지 다르지 않았다. 간도에서도 별 방도가 없었고 결국 문서방은 중국인 인가의 소작인이 된다. 「홍염」에서는 간도까지 와서도 소작농으로부터 벗어나지 못하는 문서방의 심정이 다음과 같이 묘사되어 있다.

언제나 이놈의 소작인 노릇을 면하여 볼까? 경기도에서도 소작인 생활 십년에 겨죽만 먹다가, 그것도 자유롭지 못하여 남부여대[11]로 딸 하나 앞세우고 이 서간도로 찾아 들었더니 여기서도 그네를 맞아 주는 것은 지팡살이[12]였다. 이름만 달랐지 역시 소작인이다. 들어오는 해는 풍년이었으나 늦게 들어와서 얼마 심지 못하였고, 그 이듬해에는 흉년으로 말미암아 일 년 내 꾸어 먹은 것도 있거니와 소작료도 못 갚아서 인가에게 매까지 맞고 금년으로 미뤘더니 금년에도 흉년이 졌다.[13]

문서방은 경기도 소작인 생활 10년에 겨죽만 먹다가 꿈을 가지고 간도로

이주한다. 하지만 경제적인 기반이 없는 그에게 간도도 희망의 땅이 아니
었다. 결국 문서방은 빚을 갚지 못해 중국인 지주 인가에게 딸 용례를 빼
앗긴다. 딸을 빼앗긴 슬픔에 문서방의 아내는 쓰러지고, 그녀는 죽기 전
에 딸을 한 번만이라도 보고 싶어 문서방에게 딸을 데려오라고 애원한다.
문서방은 아내의 소원을 들어주고자 인가를 네 번이나 찾아가 부탁해 보
지만, 인가는 그것을 허락하지 않는다.

　여기에서 문서방이라는 인물을 살펴보자.

　이 작품에서 문서방은 두려움이 많고 소극적인 인물로 그려진다. 아내
가 죽기 전의 소원이어서 인가를 찾아가던 중임에도 사위의 집이 보이자,
문서방은 '스스로 다리가 움츠러지면서 걸음이 더뎌지'는 겁이 많은 사
람이다.

"엑 더러운 놈! 되놈에게 딸 팔아먹는 놈!"

그것은 자기 스스로 한 일은 아니지만, 어디선지 이런 소리가 귀청을 징징
치는 것 같은 동시에 개기름이 번지르르하여 핏발이 올올한 눈을 흉악하게
굴리는 인가 ― 사위의 꼴이 언뜻 눈앞에 떠올라서 그는 발끝을 돌릴까 말까
하고 주저거렸다. 그러다가도,

"여보 룡네(딸의 이름, 용례)가 왔소? 룡네 좀 데려다 주구려!"

하고 죽어가는 아내의 애원하던 소리가 귓가에 울려서 다시 앞을 향하였다.

"이게 문서뱅이! 또 딸집을 찾아가웁느마?"

(중략)

문서방은 대답도 아니요 변명도 아닌 이러한 말을 하고는 얼른얼른 인가의

집으로 향하였다. 온 동리가 모두 나서서 자기의 뒤를 비웃는 듯해서 곁눈질도 못 하였다.[14]

문서방은 아내가 죽어가는 심각한 상황임에도, 자신이 딸을 '되놈에게 팔아먹은 놈'이라고 사람들에게 욕을 먹을까봐 걱정하는 인물이다. 그는 이러한 급한 상황에서도 사위가 무서워 발끝을 돌릴까 주저하기도 하고, 모두가 자신을 비웃는 듯해서 '곁눈질도 못하'는 소극적인 성격의 사람이다. 이렇게 문서방은 아내의 마지막 소원을 들어주러 가는 길에도 겁에 질려 안절부절 못하는 사람이었다.

네 번째 마지막으로 인가의 집을 방문했을 때, 그는 분한 마음에 '부뚜막에 놓은 낫을 들어서 인가의 배를 확 긁어 놓고 싶었으나 아직도 행여나 하는 바람과 삶에 대한 애착심이 그 분을 제어하'는 약한 사람이다. 그리고 용례를 단 한 번만이라도 보는 것을 거부당하자, 문서방은 '인가를 따라 나오면서 울고', '못이기는 것처럼 인가가 주는 돈을 받기도 하며', '개들이 쫓아 나와 짖을 때 돌멩이를 들었지만 작년 가을에 어떤 조선사람이 어떤 중국사람의 개를 때려죽이고 그 사람이 주인에게 총 맞아 죽은 일이 생각나서 들었던 돌멩이를 헛뿌리기도 하는', 한 마디로 자존감이 없는 사람이라고 할 수 있다.

결국 문서방의 아내는 딸을 보지 못한 채 피를 토하고 죽게 된다. 그런데 아내가 죽은 그 이튿날 밤, 문서방은 인가의 집을 찾아가 그 집에 불을 지른다. 그날 밤에도 바람이 몹시 불었다. 문서방은 우렁찬 바람에 휘날리는 눈발을 무릅쓰고 달리소 앞 강 빙판을 건너서 인가네 집에 찾아가 불을 지른다. 그는 불길을 바라보며 비로소 인가에게서 받은 억압으로부터 해방된 듯 시원하게 웃는다.

　동풍이 몹시 이는 때면 불기둥은 서편으로, 서풍이 몹시 부는 때면 불기둥은 동으로 쏠려서 모진 소리를 치고, 검은 연기를 뿜다가도 동서풍이 어울치면 축융의 붉은 혓발은 하늘하늘 염염이 타올라서 차디찬 별 — 억만 년 변함이 없을 듯하던 별까지 녹아내릴 것같이 검은 연기는 하늘을 덮고, 붉은 빛은 깜깜하던 골짜기에 차 흘러서 어둠을 기회로 모아들었던 온갖 요귀를 몰아내는 것 같다. 불을 질러놓고 뒷숲에 앉아서 내려다보는 그 그림자 — 딸과 아내를 잃은 문서방은,
"하하하."
시원스럽게 웃고 가슴을 만지면서 한 손으로 꽁무니에 찬 도끼를 만져보았다.[15]

문서방이 인가네 집에 불을 지르는 장면이다. 그런데 문서방은 불을 지르기도 하지만 꽁무니에 도끼를 차고 있었다. 이것은 그가 불을 지르고 난 뒤, 인가를 죽일 계획이 있었다는 것을 엿보게 한다. 이 작품에서 일을 추진하는 과정묘사는 없지만, 문서방이 도끼를 차고 있다는 것은 지주 집의 방화가 치밀하게 준비된 행동이라는 것을 이야기한다.
그는 아내가 병석에 드러누운 늦여름부터 네 번이나 인가의 집을 방문한다. 그러나 그때마다 그는 인가에게서 돈을 받거나 모멸감을 안고 돌아올 수밖에 없었다. 아내가 죽은 그 다음 날 밤, 문서방이 바로 지주 집에 대

한 방화에 나설 수 있는 것은 이러한 반 년 간의 모멸감과 울분이 그의 내부에 차곡차곡 쌓여있었기 때문이라고 볼 수 있다. 용례가 잡혀간 뒤 문서방은 차마 생목숨을 끊기 어려워서 원수가 주는 땅을 파먹게 된다. 원수가 주는 땅을 파먹으면서 살아가는 문서방의 분함을 상상하기는 어렵지 않다.

그런데 아내가 죽자 반 년에 걸친 그동안의 분노가 폭발한 것이다. 자존감이 없고 겁 많던 문서방이 아내의 죽음 이후에 변한 것이다. 그만큼 문서방에게 아내의 죽음이 주는 충격이 컸다고 할 수 있다. 아내가 죽자, 이제 문서방은 삶에 대한 애착심이 없어진 것이다. 딸과 아내를 잃은 문서방에게 남은 것은 아무것도 없었다. 그가 최후의 행동에 나갈 수 있었던 이유이다.

문서방은 아내의 복수를 위해 신속하게 행동한다. 그는 인가네 집에 대한 방화는 물론, 그를 살해할 목적으로 도끼까지 준비하고 온 것이다. 이 작품에서 문서방이 지주 집 방화를 준비하는 과정은 묘사되어 있지 않다. 하지만 인가네 집에 불을 지르고 그를 살해할 목적으로 도끼를 준비했다는 것은 문서방이 충동적으로 방화를 한 것이 아님을 알 수 있다. 그가 도끼를 준비했다는 것은 인가를 죽이고 딸을 되찾아오겠다는 결의였다. 그는 주의를 분산하기 위해 용의주도하게 개 먹이까지 준비한다. 요컨대 아내의 죽음을 계기로 쌓여 있던 문서방의 분노가 한꺼번에 표출된 것이다. 방화는 인가의 억압으로 인한 그동안의 문서방의 분노가 한계에 달한 화산 폭발처럼 강렬하게 분출된 것이라고 할 수 있다.

여기서 '억만 년 변함이 없을 듯하던 별'은 오랫동안 부와 권세를 누린

인가의 지위를 상징한다고 볼 수 있다. 하지만 문서방이 지른 불로 '억만 년 변함이 없을 듯하던 별'은 검은 연기로 인하여 녹아내릴 것처럼 되는 것이다. 인가의 권세와 재물은 그의 집이 불타면서 함께 사라져 가는 것이다. 결국 불길 속에서 인가와 용례를 발견한 문서방은 인가를 도끼로 쳐죽이고 다시 딸을 찾는다. 다음은 「홍염」의 마지막 부분이다.

문서방이 여러 사람을 헤치고 두 그림자 앞에 가 섰을 때 앞에 섰던 장정의 그림자는 땅에 거꾸러졌다. 그때는 벌써 문서방의 손에 쥐었던 도끼가 장정 인가의 머리에 박혔다. 도끼를 놓은 문서방의 품에는 어린 여자의 그림자가 안겼다. 용례가…….

그 바람에 모여 섰던 사람들은 혹은 허둥지둥 뛰어 버리고 혹은 뒤로 자빠져서 부르르 떨었다. 용례도 거꾸러지는 것을 안았다.

"용례야! 놀라지 마라! 나다! 아버지다! 용례야!"

문서방은 딸을 품에 안으니 이때까지 악만 찼던 가슴이 스르르 풀리면서 독살이 올랐던 눈에서 뜨거운 눈물이 떨어졌다. 이렇게 슬픈 중에도 그의 마음은 기쁘고 시원하였다. 하늘과 땅을 주어도 그 기쁨을 바꿀 것 같지 않았다.

그 기쁨! 그 기쁨은 딸을 안은 기쁨만이 아니었다. 적다고 믿었던 자기의 힘이 철통같은 성벽을 무너뜨리고 자기의 요구를 채울 때 사람은 무한한 기쁨과 충동을 받는다.

불길은 ─ 그 붉은 불길은 의연히 모든 것을 태워 버릴 것처럼 하늘하늘 올랐다.[16]

문서방은 딸을 품에 안으니, 이때까지 '악만 찼던 가슴'과 '독살이 올랐던 눈'이 스스로 풀리면서 뜨거운 눈물이 떨어진다. 그러면서 그는 '무한한 기쁨과 충동'을 느낀다. 딸 용례를 되찾은 문서방의 감격이 얼마나 컸던 것인지 알 수 있다. 그동안 장정 인가에게 괴롭힘을 당했을 딸을 생각하는 문서방이기에 그 기쁨의 정도가 더욱 컸을 것이다. 최서해는 '적다고 믿었던 자기의 힘이 철통같은 성벽을 무너뜨리고 자신의 요구를 채울 때 사람은 무한한 기쁨과 충동을 받는다.'라고 말한다. 적다고 믿었던 자기의 힘이 커다란 분노로 인해 오히려 더욱 엄청난 힘으로 변할 수 있었던 것이다. 여기에는 아내의 죽음이라는 커다란 분노가 숨어 있는 것이다.

문서방은 소극적인 사람이었다. 인가에게 딸을 빼앗긴 아내는 늦은 여름에 드러눕는다. 병으로 드러누운 아내의 소원이 딸을 보는 것인데도 문서방은 반 년간 겨우 네 번 인가네 집에 찾아갔을 뿐이다. 앞에서 설명하였듯이 인가를 두려워하는 문서방은 그것도 간신히 간 것이었다. 문서방이 얼마나 겁이 많고 소극적인 성격인지 알 수 있는 대목이다.

하지만 아내의 죽음으로 그는 변화한다.

자존감이 없고 겁이 많던 문서방은 아내의 죽음 뒤에 변화한다. 이제 그는 삶에 대한 애착심이 없어져 버린 것이다. 그는 인가네 집을 불태울 성냥을 준비하고 도끼를 마련한다. 그리고 인가네 집을 지키는 개에게 줄 고기도 준비한다. 아내가 죽은 후 삶에 대한 애착심이 없어진 문서방에게 이제 두려울 것은 없었다. 인가네 집을 찾아갈 때 다리가 후들거리던 그는 눈밭을 무릅쓰고 쏜살같이 달려간다. 그리고 불을 지르고 도끼로 인가의 머리를 박살내는 것이다.

문서방은 인가에의 복수를 통하여 불가능하다고 생각했던 벽을 넘는다.

요컨대 억압받은 자들이 자신의 힘을 믿고 대항한다면 그 힘은 엄청난 힘으로 바뀔 수 있다는 것을 이야기한다. 하지만 문서방의 복수는 개인적인 것이었다. 현실의 구조적인 모순이 해결된 것은 아니다. 인가네 집에 대한 방화는 문서방 개인의 복수에 그치는 한계가 있다고 생각된다.

2.3 「방설림」과 「홍염」, 두 작품의 비교

여기에서 「방설림」과 「홍염」을 비교해 보기로 한다. 우선 두 작품의 공통점을 생각해 보자.

첫 번째로 두 작품의 시대적 배경을 들 수 있다. 「방설림」은 1928년 작품이고, 「홍염」은 1927년 작품이다. 그리고 두 작품의 시대적 배경은 1920년대라고 할 수 있다. 두 작품 모두 작가의 개인적인 경험을 바탕으로 나온 작품이며, 각각 홋카이도와 간도로 이주한 농민들의 모습을 그리고 있다. 「방설림」의 지리적 배경은 홋카이도의 농촌이다. 농민들은 새로운 생활을 찾아 본토에서 홋카이도로 넘어가지만, 농민들의 생활은 고향에서의 소작인 시절의 생활과 별 차이가 없다. 이 작품은 새로운 땅에서 겪는 농민들의 비참한 생활을 보여줌으로써 그 당시 가난한 소작인들이 처한 일본의 시대적 상황과 사회구조의 모순을 보여주고 있다.

「홍염」의 배경도 비슷하다. 이 작품은 우리 농민들이 일제의 억압을 피해 간도에 정착했지만 조국이 없는 식민지의 농민들은 중국인 지주들로부터 더욱 가혹한 착취를 받을 수밖에 없었던 시대적 상황을 담고 있다.

두 작품의 배경이 되는 한국과 일본은 식민지와 식민지배 관계에 있었지만 민족에 관계없이 농민들의 생활은 비참하였다. 지리적 배경이 식민지와 피식민지의 차이일 뿐, 그것과 관계없이 농민들의 비참한 생활은 어디서나 같은 것이었다.

두 번째로, 저항의 방식을 들 수 있다. 두 작품에서 주목할 만한 점은 두 작품 모두 저항의 방법으로 '불(放火)'이라는 방식을 사용하였다는 것이다.「방설림」에서는 겐키치가 지주의 집에 방화하고,「홍염」에서는 문서방이 인가의 집에 불을 지른다. 사실 이 '불'은 문학 속에서 약자가 강자에게 저항하기 위한 장치로 자주 쓰인다.[17]

불은 강자에게 착취당하는 약자들의 분노를 가장 효과적으로 전달할 수 있는 상징적 의미를 가지고 있다. 모든 것을 집어삼키고 파괴하는 불은 약자가 품고 있었던 증오와 한(恨)을 불꽃과 연기로 승화시키는 역할을 한다. 불꽃은 하늘로 퍼지면서 그동안 억압받았던 약자의 마음을 위로하고, 강자의 상징이었던 집은 연기와 같이 사라진다. 불에 타버린 집은 지주가 가지고 있었던 재산의 증발을 의미한다.「방설림」에서나「홍염」에서나 '불'은 지주들에게 착취당하는 농민들의 분노를 표출하고 잠들어 있던 저항의 씨앗을 깨어나게 하는 기폭제가 되는 것이다.

세 번째로,「방설림」의 오요시(お芳)와「홍염」의 용례라는 인물을 들 수 있다. 오요시는 겐키치의 옛 연인이지만 시골을 떠나 삿포로(札幌)로 돈을 벌러 나간다. 하지만 삿포로에서 만난 대지주 아들의 아이를 임신해 버림받은 뒤 고향에 돌아와 홀대를 받는다. 결국 오요시는 유서를 남긴 후 자살하는데 그녀의 죽음은 겐키치가 지주네 집에 불을 지르는데 결정

적인 역할을 하게 된다. 이 사건이 일어나고 겐키치는 지주의 집에 불을 지른다.

한편 용례는 지주에게 빚을 갚지 못한 부모님을 대신해서 결국 강제로 인가에게 끌려가게 된다. 용례가 끌려간 충격으로 문서방 아내가 쓰러지고, 아내의 죽음은 문서방이 인가의 집에 불을 지르게 하는 직접적인 계기가 된다. 두 작품 모두 사랑하는 사람의 죽음을 통하여 방화라는 행동으로 나아간다.

또한 오요시와 용례는 모두 연약한 여성이지만 기개(氣槪)가 있는 여성으로 그려진다.

「방설림」의 오요시는 유서에, '나는 부자를 증오하고 증오하고 증오해서 죽는다. (중략) 그리고 마지막으로 나는 삿포로의 대학생에게는 침을 뱉고 죽는다.'고 쓰고 있다. 그녀의 의기가 느껴지는 부분이다.

「홍염」에서 용례는 어머니의 팔목을 잡은 중국인의 손을 물어뜯는다. 인가가 용례를 잡자, '이 개새끼야! 이것 놔라……'라고 욕을 하기도 한다. 인가네 집에서 그녀의 상태를 알고 있는 중국인은 '용례는 매일 밥도 안 먹고 어머니 아버지만 부르고 운다.'라고 말한다. 요컨대 용례는 약한 여자이지만 현실과 타협하지 않는 기개가 있는 여성이었다.

오요시와 용례는 여자라는 점에서 농민들 중에서도 특히 약자라고 볼 수 있다. 이 두 사람은 가난한 농민의 집안에서 태어나 고통을 받는 인물이다. 이들의 경우는 그 당시 농촌사회의 비참함을 극단적으로 보여주는 거울이라고 생각된다.

다음에, 「방설림」과 「홍염」의 차이점에 대하여 생각해 보자.

두 작품 간의 가장 큰 차이는 집단(集團)과 개인(個人)의 차이이다.
「방설림」의 지주와 농민은 집단적이고, 「홍염」의 지주와 농민은 개인적
이다. 「방설림」의 지주와 농민은 집단적인 관계를 가지고 있는 반면에,
「홍염」의 지주와 농민은 개인적인 관계에 그치고 있다. 두 작품에 드러
난 지주를 분석해 보면, 가장 간단한 비교로 「방설림」의 지주는 그 모습
을 잘 드러내지 않지만, 「홍염」의 지주는 직접 찾아와 착취를 한다.[18] 이
것은 단순해 보이지만 중요한 사실로, 「방설림」에 등장하는 지주가 「홍
염」의 지주에 비해서 훨씬 탄탄한 착취구조를 가졌다는 이야기가 된다.
이것을 다른 말로 표현하면 「방설림」이 「홍염」보다 계급에 관한 사회구
조적 문제의식을 더욱 깊게 고찰했다고 말할 수 있다.

「홍염」의 지주인 인가를 보면, 자기네 나라 땅이고 상당한 토지를 가지
고 있긴 하지만, 그것은 고작해야 커다란 집과 어느 정도의 하인을 거느
리고 있는 것에 불과하다. 개인적이다. 하지만 「방설림」의 지주는 국가
권력인 경찰과 결탁하고 있다. 「홍염」은 단순히 지주와 소작인 사이의
착취문제를 다루고 있지만, 「방설림」에서는 지주와 소작인 사이에 경찰
의 존재를 끌어들임으로써 사회구조의 모순을 보다 근본적으로 파고들
었다고 할 수 있다.[19]

또한 「방설림」의 지주는 과도한 착취를 유지하기 위한 수단으로 신앙을
이용한다. 스님은 다름 아닌 지주의 끄나풀로 일 년에 두 번씩 꼭 찾아와
설교를 한다. 스님은 '이 세상에서 괴로워도 아미타불 옆으로 갈 때 비로
소 극락을 얻게 된다.', '어떤 일에도 불평을 말해서는 안 된다.'라고 말하
며, 현실세계에서 고통받는 농민들의 눈을 가리고 있다. 그리고 이러한

구조는 경찰이라는 국가권력에 의해 유지되고 있으며, 이것은 곧 이러한 착취와 탄압이 단순히 작중 배경의 마을에만 해당되는 것이 아니라는 점을 시사한다.

또한 「방설림」에서 주목해야 할 인물은 교장선생의 존재이다. 교장선생은 지식인의 전형(典型)으로, 지주의 착취에 순응하며 살던 농민들을 계몽시키고, 농민들의 우민화를 맡고 있는 스님에 대한 비판을 서슴치 않는 인물이다. 일찍이 교장선생은 겐키치에게, '누구도 지주에게 속임을 당하고 있다는 것을 모른다.'고 이야기한다. 겐키치는 교장선생의 이야기를 듣고 의문이 싹트기 시작하게 된다.

교장선생이 추구하는 것은 농민들의 단결을 통한 지주제도의 개혁이다. 즉 착취구조를 근본적으로 바꾸려고 하는 인물인 것이다. 결국 이 작품에서는 교장선생을 중심으로 소작료율에 대하여 지주와의 교섭이 진행된다.[20] 그러나 「홍염」에는 이렇게 사회구조적인 문제의식을 가지고 농민을 계몽시키는 인물이 등장하지 않는다.

두 번째로, 두 작품에서 집단과 개인의 차이는 저항의 문제라는 관점에서도 볼 수 있다. 두 작품에서 '방화'라는 개인적인 행동이 어떠한 의미를 가지고 있는지를 살펴보자.

「방설림」에서 마을농민들은 지주와 담판하려고 가는 길에 경찰에 의해 잡혀간다. 그들은 경찰에서 취조를 받고 고문을 받기도 한다. 이렇듯 이 작품에서는 농민들이라는 집단이 행동주체가 되어 있다. 겐키치의 방화가 비록 혼자서 계획된 사건이기는 하지만, 이러한 방화의 배경에는 농민들과의 관계가 있었던 것이다. 그러므로 「방설림」에서의 방화는 겐키치 개인적인 면만 가지고 있는 것이 아니라고 할 수 있다. 집단적인 면이 있다. 방화는 겐키치 개인의 저항이지만, 농민들 집단과도 연관성을 가지고 있는 것이다. 농민들이 집단의 저항 경험이 있기 때문이다. 겐키치도 이것을 알고 있다.

 겐키치는 앞쪽을 보았다. 보자기에 싼 것인지 뭔가 같이 말 썰매 위에 둥글게 웅크리고 있는 농민을 보고는 그것이 자신들 전부의 생활을 그대로 나타내고 있듯이 겐키치에게는 느껴졌다. 이 사마귀 같은 '적'을 모르고, 알려고도 하지 않고, 개미나 땅강아지처럼 비참하게 살고 있는 농민들이 똑똑히 보였다. 그러나 그들일지라도 지금이야말로 적이 어느 놈인지 어떤 짐승인지 알았을 것이다. 하지만 이렇게 때려 눕혀진 선량한 농민들이 다시 한 번, 그렇다 이번에야말로 낫과 괭이를 들고 있는 힘을 다해 버티며 일어설 수 있을까! 적의 촉루에 괭이를 삭— 하고 처박을 수 있을까![21]

마을사람들이 경찰에게 고문을 당하고 마을로 돌아오는 장면이다. 경찰에게 호되게 당한 농민들은 말 썰매 위에 둥글게 웅크리고 있다. 겐키치는 그 모습을 보면서 마치 그것이 농민들의 생활을 그대로 나타내는 것처럼 느낀다. 그에게는 이 사마귀 같은 '적'을 모르고 알려고도 하지 않고, 개미나 땅강아지처럼 비참하게 살고 있는 농민들이 똑똑히 보인다. 그러나 그들일지라도 지금이야말로 적이 어느 놈인지 어떤 '짐승'인지 알았을 것이다. 하지만 그는, 이렇게 때려 눕혀진 선량한 농민들이 다시 한 번, 이번에야말로 낫과 괭이를 들고 있는 힘을 다해 버티며 일어설 수 있을까, 하고 의문을 가지는 것이다. 겐키치는 그것이 불가능할지도 모른다고 생각한다. 하지만 그는 분함을 느끼고 그것을 각오로 바꾸며 이를 악문다. 지주네 집에 대한 겐키치의 '방화'의 직접적인 시작은 여기서부터다.

'지주에게 속고 있다'는 간단하고 당연한 것을 농민들은 평생 걸려 알거나 혹은 알지 못하고 끝나는 경우조차 있었다. 모두가 이렇게 가난한데도 무슨 이유로 이렇게 가난한 건지 농민들은 아무도 모르고 있었다.[22] 하지만 경찰에서의 취조와 고문으로 그들은 비로소 그들의 '적'이 누구인지 분명하게 알게 된다. 농민들은 비록 경찰의 고문으로 흠칫흠칫하고 있다고 해도, 그들이 얼마나 자신들을 괴롭히는 자인가라는 것이 뼛속까지 스며들어 있었다.[23] 문제는 때려 눕혀진 선량한 농민들이 '다시 한 번 일어설 수 있을 것인가'에 있었다.

겐키치가 자신이 집단을 온전히 설득하여 투쟁의 길로 나아가지는 않았으나, 지주 집에 대한 그의 방화는 때려 눕혀진 선량한 농민들이 '다시 한 번 일어설 수 있는' 용기를 주는 계기가 되었다고 생각된다. 겐키치는 자신의 대담한 행동이 '어둠에 있는 소처럼 느린 농민에게 틀림없이 무언가 확 하고 오겠지, 그러면 그것이 도화선이 되어 모두가 의외로 오히려 잽싸게 하나가 되어 괭이와 낫을 들고 일어서서, 밭을 우리 농민의 손으로 빼앗아 올 수 있을지도 모른다.'고 상상한다. 겐키치의 방화가 집단과 분리될 수 없는 이유이다.

한편 「홍염」에서 문서방의 방화는 용례와 그의 아내를 위한 개인적인 복수로, 농민들의 단결을 통한 착취구조의 개혁과 같은 문제의식은 보이지 않는다.

무엇보다 두 작품의 가장 중요한 차이는 「방설림」에는 희망이 있지만, 「홍염」에는 그것이 보이지 않는다는 것이다.

「방설림」도 「홍염」도 주인공의 지주 집에 대한 방화라는 개인적인 행동으로 마무리된다. 같은 방화사건이지만 「방설림」과 「홍염」의 차이는 크다. 두 작품에서 나타나는 희망의 차이가 크기 때문이다. 「홍염」의 문서방은 이제 중국 경찰의 추적을 피해 간도를 떠나야 하지만, 「방설림」의 겐키치는 마을을 떠나지 않는다. 문서방이 인가를 죽이는 것을 사람들이 보았지만, 겐키치가 불을 지르는 것을 본 사람은 없기 때문이다. 여기에 두 작품의 결정적인 차이가 있다. 희망의 차이라고 생각된다.

「방설림」에서 지주와의 교섭 실패와 경찰에서의 고문에 의해 농민들의 의식은 변한다. 농민들은 더 이상 지주에게 충성하는 존재가 아니며, 그들을 '적'으로 인식하고 있다. 비록 실패하였지만 농민들은 단결과 투쟁의 경험을 통해 사회구조의 모순을 뼛속까지 깨닫는다. 이 작품에서 농민들의 의식 변화를 통해 볼 때, 방화는 겐키치 개인의 분노의 감정 표현에 더하여 농민들에게도 역시 분노의 표출로 기억되리라는 것을 알 수 있다. 농민들을 대신하여 겐키치가 대표로서 지주 집에 방화를 한 것으로 볼 수 있다. 방화를 한 사람은 겐키치가 아니고 모든 농민이었다. 「방설림」에 희망이 있는 이유이다.

하지만 「홍염」의 경우는 그렇지 않다. 「홍염」에는 희망이 없다. 용례가 인가에게 잡혀 갈 때, '낯빛이 파랗게 질린 흰옷 입은 사람들은 죽 나와서 섰건마는 모두 시체같이 서 있을 뿐이었'다. 그런데 이 사람들은 변하지 않는다. 문서방만 변했을 뿐이다. 또한 이 작품의 농민들은 집단으로 행동한 경험이 없다. 무엇보다 문서방이 사는 곳은 '통틀어서 다섯 집밖에 되지 않는' 마을이기도 했다.

이 작품에서 문서방의 방화는 개인적인 문제로부터 발생한 사건에 그친다. 「홍염」에서 문서방의 방화는 개인적인 사건으로 마을사람들에게 파급되지 않는다. 왜냐하면 마을사람들은 이 사건에 직접적으로 개입할 여지가 없었기 때문이다. 인가네 집의 방화는 오로지 문서방 개인의 문제로 끝난다. 여기에 사회구조의 문제를 집단의 문제로 승화시킨 「방설림」과, 단지 개인적인 복수극에 그친 「홍염」과의 차이는 분명하다. 요컨대 위의 내용들을 종합해 보았을 때, 「홍염」보다는 「방설림」이 분명하게 계급의식을 띠고 있다고 말할 수 있다.

3. 결론

지금까지 고바야시 다키지의 「방설림」과 최서해의 「홍염」을 비교분석해 보았다. 「방설림」과 「홍염」은 일본과 한국의 농민문학으로, 지주의 착취로 고통받는 소작농의 비참한 생활을 묘사한 작품이다. 두 작품은 1920년대라는 시대 배경과 이주라는 상황, 그리고 주인공의 지주 집에 대한 방화 사건까지 여러 부분에서 많이 겹쳐진다. 본 장에서는 주인공들이 어떠한 과정을 거쳐서 변화하여 가는지 두 작품의 비교를 통하여 고찰하였다.

살펴본 것과 같이 「방설림」과 「홍염」은 동일한 시대적 배경과 지리적 배경을 가지고 있다. 그리고 결말이 주인공의 '방화'로 끝나는 것도 같았다. 두 작품의 이러한 결말은 주인공인 겐키치와 문서방의 변화된 의식으로부터 나온 것이었다.

 하지만 「방설림」과 「홍염」의 차이는 분명하였다. 「방설림」에서 겐키치의 방화는 개인적인 행동이었지만, 그것을 반드시 개인적인 차원의 행동으로 볼 수는 없다. 여기에서 겐키치가 농민들과 완전히 분리되었다고 볼 수 없고, 이러한 '방화'를 초래한 원인이 근본적으로 사회구조와 연결되어 있기 때문이다. 착취에 시달리던 농민들은 단결하고 지주와 교섭을 한다. 하지만 경찰에서의 취조와 고문을 통하여 그들은 자신들의 진정한 적의 정체를 인식한다. 요컨대 「방설림」에서의 '방화'는 단순히 개인적인 행동이 아닌, 농민들의 집단적인 의식이 겐키치로 대표된 것이었다고 볼 수 있다. 집단적인 단결 경험이 있는 농민들은 이후 다시 한 번 일어설 수 있을 것이다. 또한 이 작품에서는 이러한 과정을 선도하는 교장선생이라는 지식인이 등장하고, 도시의 공장에 취직한 가쓰를 통하여 도시 노동자와 농촌 농민 사이의 관계를 이야기한다.

 그에 비해 「홍염」에서 문서방의 '방화'는 오로지 개인적인 문제로부터 발생한 사건이었다. 이 작품에서 방화는 문서방 개인의 문제로 농민들의 집단적인 움직임과 사회구조의 모순은 보이지 않는다. 이렇게 같은 시대의 작품임에도 불구하고 「방설림」에 비해 「홍염」의 시각이 개인적인 차원에 그치고 있는 것은 두 나라 문학의 갭이 그만큼 크다는 것을 나타낸다고 생각된다. 이것은 두 나라 자본주의 발달과정의 갭이라고 할 것이다.

「방설림」과 「홍염」, 두 작품의 비교 연구는 홋카이도와 간도라는 지역적 차이를 떠나, 농민에 대한 지주의 착취가 만연했다는 점에서 그 당시 같은 시대적 배경을 가지고 있었던 일본과 한국 농민들의 실상을 파악하는 데 의미가 있다고 생각된다. 당시 농민들의 문제는 식민지와 피식민지의 차이가 아니었다.

역주

1 메이지(明治) 시대의 농업 발전은 일본 전 지역으로 확대되지 못했고, 특히 도호쿠(東北) 지역은 낙후되어 있었다. 소득 역시 1920년대 산업노동자의 평균 소득은 일본 평균 220엔보다 높은 444엔이었지만, 농민의 경우는 163엔에 불과했다(W. G. 비즐리 지음, 장인성 옮김, 『일본 근현대 정치사 소설의 이론』을유문화사, 1999, p.162.).

2 「防雪林」, 『小林多喜二全集 第二卷』신일본출판사, 1993, pp.60-61.

3 위의 책, p.35.

4 조선인 소작농들에 대한 봉건지주의 착취는 실로 가혹하였으며 명목이 많았다. 소작료에는 타작과 도조가 있었다. 타작은 마당질하는 한편 소작료를 바치는 형식인데, 일반적으로 그해 생산량의 3~5할을 바쳐야 했다. 도조는 풍년이 들든 흉년이 들든 관계없이 일률로 계약에 따라 소작료를 바치는 형식으로 그 비율은 평균 생산량의 10분의 3~4였다. 어떤 곳에서는 소작료를 바치는 시간에 따라 봄 소작료와 가을 소작료로 나누었다(최성춘, 『연변인민항일투쟁사』중국 북경 민족출판사, 1999, p.19.).

5 「防雪林」, 『小林多喜二全集 第二卷』신일본출판사, 1993, p.103.

6 위의 책, pp.114-116.

7 지주네 집에 대한 '방화'는 여러 가지 면에서 많은 의미를 가진다고 볼 수 있다. '방화'는 힘이 없는 약자가 강자에게 호소할 수 있는 유력한 수단이다. 방화는 약자가 가진 유일한 무기로, 그것은 가슴에 쌓여있던 울분을 터뜨리고 마음을 정화시키는 역할을 한다. 지주의 집은 지주 계급의 권세를 상징한다. 그러므로 지주네 집을 태워 없애는 것은 한 번에 지주의 권위를 손상시킬 수 있는 방법인 것이다. 지주의 실질적인 재산(사실은 모두 소작농으로부터 착취로 얻은 재산이지만)이 상실되는 것이기도 하다. 이것은 지주 계급을 몰락시키는 계기가 되기도 한다.

8 참고로 간도는 현재 중국 지린성(吉林省)의 동부, 두만강 북쪽의 옌볜(延邊) 조선족 자치주에 해당하는 지역을 말한다. 그에 비해 만주는 현재의 중국 동북부, 헤이룽장성(黑龍江省), 지린성, 랴오닝성(遼寧省), 내몽고 자치구 북동부에 해당하는 지역을 가리킨다(유수정, 「잡지 『조선』(1908-1911)에 나타난 간도·만주 담론」『아시아문화연

구』, 2010, pp.111-112.).

9 연구자들은 그의 작품들이 실제 체험을 바탕으로 하고 있다는 점, 고난당하고 부정적 현실에 저항하는 개인의 운명을 통해 민족의 운명을 상징하고 있다는 점, 식민지 조선의 현실과 상등관계에 놓인 간도의 현실을 박진감 있게 그렸다는 점, 현실과 환상이 교차되는 구성을 통해서 가난의 참상과 절망적 심리를 극적으로 표현하였다는 점, 가족의 해체와 이산의 고통을 통해 당대 현실의 단면을 효과적으로 그렸다는 점 등을 지적하며 신경향 문학을 대표하는 작가로 평가해 왔다(김승종, 「최서해 소설의 기호학적 연구」 『현대문학의 연구』한국문학연구학회, 2008, p.10.).

10 「홍염」은 민족 문제와 계급 문제의 내적 연관성과 차별성을 적절하게 반영하고 있다. 이 점에서 「홍염」은 최서해 문학의 정점에 놓인다고 할 수 있다. 최서해 문학에서 「홍염」이 갖는 가장 중요한 의의는 이 작품에 와서야 명실상부한 의미에서의 '계급의 발견'이 이루어졌다는 점이다(하정일, 「민족과 계급의 변증법」『한국근대문학연구』 한국근대문학회, 2005, p.235.).

11 남부여대(男負女戴); '남자는 등에 짐을 지고 여자는 짐을 머리에 인다'는 뜻으로, 가난한 사람이나 재난을 당한 사람들이 살 곳을 찾아 이리저리 떠돌아다님을 이르는 말.

12 소작인(小作人).

13 최서해, 『홍염・탈출기』하서출판사, 2009, p.13.

14 같은 책, p.11.

15 같은 책, p.29.

16 같은 책, p.29.

17 일본문학에서는 미시마 유키오(三島由紀夫)의 「금각사(金閣寺)」가 그 대표적인 작품이라고 할 수 있다. 또 한국문학에서는 나도향의 「벙어리 삼룡이」에서 삼룡이는 주인집 색시를 만나기 위해 주인집에 불을 지른다. 또 현진건의 「불」에서 순이는 '원수의 방'을 없애기 위해 집에 불을 지른다.

18 「방설림」의 지주는 토지를 자신이 관리하지 않고 대리관리인을 사용한다.

19 여기에서 식민지 농민과 피식민지 농민이라는 차이는 의미가 없다.

20 또한 「방설림」에서는 도시의 공장에 취직한 가쓰를 통하여 도시 노동자와 농촌 농민

사이의 관계를 이야기한다.

21 「防雪林」, 『小林多喜二全集 第二卷』 신일본출판사, 1993, p.105.

22 노동량이 부족해서 가난하다는 지주의 말에 모두가 속고 있었다. 농민들은 새벽부터 밤까지 일만 하였다. 그들만큼 열심히 일하는 사람은 없었다.

23 위의 책, p.112.

제8장
고바야시 다키지(小林多喜二)의
「부재지주(不在地主)」 연구

1. 들어가며

고바야시 다키지(小林多喜二)는 「1928년 3월 15일」을 잡지 『전기(戰旗)』 1928년 11월과 12월호 두 번에 걸쳐 발표하고, 「게잡이 공선(蟹工船)」을 1929년 5월호와 6월호에 썼다. 이 두 작품은 발표와 동시에 검찰 당국에 의하여 곧 발매금지가 되었다. 그럼에도 불구하고 두 작품 중에 나타난 뛰어난 작가적 역량은 단지 프롤레타리아작가 진영만의 박수를 받은 것이 아니었다. 넓게 부르주아 문단의 일단에서도 신흥문단의 빛나는 희망으로 확인되었던 것이다. 그 뒤 다키지가 발표한 세 번째 작품이 「부재지주(不在地主)」였다.

다키지의 「부재지주」는 『중앙공론(中央公論)』 1929년 11월호에 게재된 작품이다. 그는 홋카이도(北海道)의 이소노(磯野)농장의 쟁의를 취재하여 「부재지주」를 썼다. 이소노 농장의 쟁의는 일본에서 농민과 노동자가 연대한 첫 번째 쟁의였다. 작품에서는 이소노 농장의 쟁의 모양이 사실적으로 그려져 있다.

본 장에서는 다키지의 「부재지주」를 고찰해 보고자 한다. 우선 「부재지주」의 작품 발표의 전후 사정을 살펴본다. 그리고 이소노 농장의 쟁의를 구체적으로 조사하고, 이 쟁의와 「부재지주」와의 관계를 고찰해보고자 한다.

2. 「부재지주」의 작품 발표의 전후 사정

이 작품의 노트 고(稿)의 처음에는, '「방설림(防雪林)」개제(改題)「부재지주」' '1929. 7. 6. 펜을 잡다.'라는 기입이 있다. 노트 고의 마지막에는 '(1929. 9. 11. 밤) (1929. 9. 29. 완성)' 이라는 기입이 있다. 9월 11일에 노트 고가 끝나고, 9월 29일에 원고를 완성하고 있다라는 의미이다. 또 노트 고는 청서를 하여 완성할 때, 각장에 소제목이 붙여지고, 12장 정보 3의 셋째 줄과 넷째 줄 사이에 '기시노(岸野)농장 수전(水田) 1호분(一戸分, 5정보(五町步))에 대한 지출 개산표(概算表)'가 삽입되어 있다.

「부재지주」의 머리말에는 '이 작품을 "신농민 교과서"로서 전국 방방곡곡의 "소작인"과 "빈농"에게 바친다. "아라키마타에몬(荒木又右衛門)"[1] 이나 "나루토 비밀수첩(鳴門秘帖)"[2] 이라도 읽는 셈치고, 일하는 짬짬이 아무렇게나 누워서 읽었으면 한다.'라는 문장이 있다.

다키지는 『중앙공론』과 계약하고, 1929년 7월 6일부터 「부재지주」를 쓰기 시작하였다. 3개월 후의 9월 30일이 원고 마감일이었다. 그는 이 소설 거의 대부분의 노트 고(稿)를 은행의 근무시간 중에 썼다. 동료인 오다 가쓰에(織田勝恵)가 시종 그의 집필을 도와주었다.

「부재지주」는 전년의 4월 노트 고인 채로 버려둔 「방설림」을 완전히 새로 쓴 것으로, 그가 1927년 3월에 가까이에서 경험한 이소노 농장 소작쟁의에서 취재한 농민과 노동자의 공동투쟁을 그린 야심적인 작품이었다. 9월 29일 「부재지주」가 완성되자, 그는 『중앙공론』의 편집자인 아메미야(雨宮庸藏)에게 이 작품의 작품의도에 대해서 다음과 같은 편지를 보내고 있다.

원고 받으셨을 거라고 생각합니다. 약속보다 하루 늦고 매수도 30매를 초과하여 죄송합니다. 하지만 힘껏 쓴 작품이고, 그것으로 보답하고 싶다고 생각합니다.

A, 나는 이 작품에서는 무엇보다 '자본주의가 지배적인 상태에 있는 농촌'을 그렸습니다. 그리고 그 근원에서는 당연 지주의 부르주아화의 과정, 인어와 같이 상반신이 지주이고 하반신이 자본가—즉 '부재지주'의 형태를 띠는 것입니다.

그리고 '부재지주'를 언급한다는 것은 또 필연적으로 '지주와 자본가' '농촌과 도시'의 관계를 가장 첨예한 형태로 언급하는 것입니다. 이 의미에서는 종래의 소부르주아·농민문학은 물론, 히라바야시 다이코(平林たい子), 구로시마 덴지(黒島伝治), 다테노 노부유키(立野信之) 주위도 여전히 '봉건적'인 농촌, 혹은 겨우 '과도기'적인 농촌밖에 묘사하고 있지 않다고 생각합니다. 농민문학에서 이 의도만으로 자신은 자부해도 좋을 정도의 자신감을 가지고 있습니다.

B, 농민문학은 종래 단지 소작인의 비참한 생활(일상의)만 묘사하고 있었다. 나는 이 작품에서는 '농민과 이민의 관계' '청년훈련소와 농민' '상부상조회와 농민' '은행과 농민' '군대와 농민' '징병과 농민' ……이러한 스케일로 언급하고 있다. 소작인과 빈농은 얼마나 비참한 생활을 하고 있는가라는 것이 문제가 아니고, 어떻게 하여 비참한가 또 어떠한 위치에 어떻게 관련되어 있는가가 (그들 자신도 모르고 있는 것이고) 그것이야말로 분명히 밝혀두지

않으면 안 되는 가장 중요한 일이라고 생각한다. 이 한도에서 나는 할 수 있는 만큼 폭로하고 있다고 생각한다.

C, 이 작품의 중요한 의미는 '농민'과 '노동자'의 협동을 묘사했다는 점이다. −부재지주가 자본주의의 전형적인 형태라고 할 때, 이 투쟁형태가 필연적으로 이후 지배적인 것이 되고 그렇게 되도록 하지 않으면 안 된다. 그러한 의미에서 이 작품은 단지 예술적인 의의뿐만이 아니고, 구체적이고 정치적인 의미도 있다고 생각합니다. −이러한 방면을 다룬 최초의 프롤레타리아 작품은 아닌가 하고 생각합니다.

D, 인물로서는 '반' '아베' '요시모토 관리인' '사사 오야지' '△의 남편'의 한 계열, '겐' '다케다' '나나노스케' '노베하라'의 한 계열, '기누' '세쓰' '오케이' '기누의 여동생'의 한 계열, 그리고 '기시노 지주' '교장' '소작관' '농민조합의 아라카와' 등, 모두 (너무 자세히 묘사하지는 않았지만) 각각 농촌의 하나하나의 그룹을 대표하는 '인간'으로서 묘사하고 있다.

이들의 의도가 어디까지 구체화되어 있는가는 작품을 읽고 평가받고 싶습니다.

(후략)[3,4]

다키지는 이 작품에서 무엇보다 '자본주의가 지배적인 상태에 있는 농촌'을 그렸다고 말한다. 근대에 들어와 일본의 농촌은 이미 농촌만의 문제가 아니고 일본자본주의의 문제가 되어 있었다. 지주제도 또 그러한 점에서 일본자본주의를 지탱하는 기구가 되어 있었다. 일본의 자본주의는 지주제를 바탕으로 발전할 수 있었다. 다키지는 「부재지주」라는 작품을 통해서 이러한 문제를 폭로한 것이다.

「부재지주」는 1929년 10월 19일에 발매된 『중앙공론』 11월호에 발표되었는데, 작가에게는 무단으로 259매의 작품 중 마지막 부분의 50페이지 정도가 생략되어 있었다. 그곳은 12장에서 15장으로 꽤 설명적인 부분이지만, 무대가 농촌에서 오타루(小樽)로 바뀌고 오타루에 나온 소작인들과 오타루의 노동조합이 노농쟁의 공동위원회를 조직하여 쟁의가 본격적으로 시작되는 부분이었다.

다키지는 『중앙공론』 12월호에 삭제된 부분을 게재해 주도록 요청했지만 받아들여지지 않았다. 그때 마침 「부재지주」를 읽은 구라하라 고레히토에게 비평하기 위해서 생략된 원고를 보고 싶다는 연락을 받았기에, 그는 구라하라에게 원고를 보내도록 아메미야 편집자에게 부탁했다. 그리고 『전기』에 발표할 수 있도록 구라하라에게 의뢰했다. 이러한 사정으로 「부재지주」의 마지막 부분은 「싸움(戰い)」이라는 제목으로, 『전기』 12월호에 게재되었다.

두 작품은 1930년 1월, 일본평론사에서 나온 『일본프롤레타리아 걸작선집』의 한 권으로 출판된 『부재지주』(「구원뉴스 No. 18. 부록(救援ニュース No. 18. 附録)」을 수록)에서, 그때까지 두 권의 잡지에 두 개의 작품으로서 나누어져 있던 작품이 비로소 복원되었다. 이 판본에서는 전편에 걸쳐서 작가의 정정이 상당히 있는데, 앞의 '기시노 농장 수전 1호분 (5정보)에 대한 지출 개산표'는 삭제되어 있다. 이 판본은 현재 다키지 전집의 정본(定本)이 되어 있다.

한편, 구라하라는 1929년 12월 12일 『도쿄아사히신문(東京朝日新聞)』에 연재된 「주목되는 네 작품(注目される四作品)」에서, 다음과 같이 「부재지주」를 평하고 있다.

　작가의 의도에 의하면 그는 이 작품에서 완전히 자본가가 되어있는 지주ー
소위 '부재지주'의 대리에 의해 관리되고 있는 식민지 농촌의 소작인 생활
을 그려 농촌의 부르주아와 지주의 대리와 ××(경찰)과의 관계를 폭로하고,
그리고 동시에 지주이면서 공장주인 자본가에 의해 도시와 농촌이 어떻게
결부되어 있는가를 밝혀서 농촌에서 일어난 소작쟁의가 어떻게 하여 도시
의 노동자와 제휴해야만 했는가를 묘사하려고 했다. 이 제재야말로 사회적
으로 보아 극히 의의가 있는 것이고 또 예술가로서 야심적인 것이다. 동시에
이것을 단지 논문적이지 않고, 예술적 형상에 의해 표현하는 것은 또 극히
곤란한 일이고 우리나라에서는 아직 누구도 착수하지 못했던 것이다. 이러
한 곤란한 작업에 고바야시가 처음으로 착수했다는 것에 우리들은 우선 이
작품의 의의를 인정하지 않으면 안 된다.

　그러나 이 작업이 곤란하다고 해서 그것만으로 이 작품이 아직 완전한 성공
에 이르고 있다고 말할 수는 없다. 작가가 「3월 15일(三月十五日)」과 「게잡
이 공선」에 머물지 않고 더 크고 더 흥미 있는 제재에 향했다는 것은, 이 작
품이 이전의 두 작품에 비해서 더 멋진 작품이 될 수 있는 것을 약속하고 있
음에도 불구하고 이 「부재지주」 한 편은 이전 작품의 성공에 대해 그 성공
과 실패가 반반씩 있는 느낌이다. 그것은 아마 작가가 이 작품의 완성을 서
둘러서 봐야하는 것을 보지 않고 연구해야 하는 것을 연구하지 않았기 때문
은 아닐까 생각한다. (후략)

구라하라는 '우선 이 작품의 의의를 인정하지 않으면 안 된다'고 「부재지주」의 의의를 높게 평가한다. 그는 「부재지주」가 '지주이면서 공장주인 자본가에 의해 도시와 농촌이 어떻게 결부되어 있는가를 밝혀서 농촌에서 일어난 소작쟁의가 어떻게 하여 도시의 노동자와 제휴해야만 했는가를 묘사하려고 했다.'고 하면서, '이 제재야말로 사회적으로 보아 극히 의의가 있는 것이고 또 예술가로서 야심적인 것이다.'라고 평가한다. 그러나 그는 이 작품은 성공과 실패가 반반으로, 그것은 작가가 작품의 완성을 너무 서둘렀던 곳에 있다고 지적한다. 이렇게 「부재지주」는 높은 의의를 가지고 있는 작품이지만, 집필기간이 정해져 있었기에 다키지가 작품의 완성을 서두르지 않을 수 없었다고 생각된다.

「부재지주」는 다키지가 오타루에서 가까이서 경험한 이소노 소작쟁의를 취재한 것으로, 당시 그는 이소노 농장의 소작인대표와도 만나고, 그 후 소라치(空知)군 시모후라노(下富良野)에 있는 농장의 실지조사도 했다. 또 부재지주가 많은 이시카리(石狩)강 중류의 스나카와(砂川)부근의 농촌 조사도 했다고 전해지고 있다.

하지만 「게잡이 공선」을 준비할 때와 같이 몇 년에 걸친 면밀한 조사는 할 수 없었다. 작품이 마음먹은 대로 진행되지 않은데 마감이 다가오자, 정력적이고 낙천적인 다키지도 상당히 괴로워하며 서두르는 모습도 보였다고 한다. 다키지는 11월 16일 「부재지주」의 발표가 직접적인 이유로, 5년 8개월 근무했던 다쿠쇼쿠(拓植)은행에서 해고된다.

3. 홋카이도 이소노(磯野)농장의 쟁의

그러면 여기에서 다키지의 「부재지주」의 작품제재가 되었던 홋카이도 이소노 농장의 쟁의에 대해서 구체적으로 살펴보기로 한다. 이소노 농장의 쟁의가 일어났던 해는 1926년이었다.[5]

1926년 홋카이도는 10여년만의 냉해(冷害)로 큰 흉작이 되었다. 후라노(富良野)의 이소노 농장의 작황은 평년의 4할에서 5할 작이었다. 소작인들은 6할이나 하는 높은 소작율의 감면을 요구하고, 농장관리인과 교섭했지만 현지에서는 결국 해결을 볼 수 없었다. 1927년 2월, 농장주인 이소노 스스무(磯野進)는 소작인에게 토지반환과 재산압류 소송을 아사히가와(旭川) 재판소에 제소했다. 이소노는 오타루(小樽)에서 해륙(海陸)물산상을 본업으로 하는 부재지주로, 상업회의소 회장을 맡고 있는 오타루 재계의 톱 리더로서 자타가 인정하는 유력자였다.[6]

일농 홋카이도 연합회(日農北海道連合会)는 1925년 창립되었을 때는 5지부 600명의 작은 조합에 불과했지만, 1926년에는 이시카리를 중심으로 홋카이도의 다른 농경지대로 급속히 확대되어 43지부 약 3000명의 농민을 조직하고 있었다. 그해 여름부터 소작료 감면운동이 각 지부에서 일제히 일어났는데 후라노의 이소노 농장도 그중 하나였다. 대부분의 농장은 소작인과 지주 사이에 타협이 성립되었지만, 후지척식(富士拓殖)농장과 이소노 농장은 해결의 전망이 보이지 않고, 특히 이소노 농장은 지주 측의 태도가 강경하여 쟁의는 점차 심각한 상태에 빠져갔다.

소라치군 시모후라노 마을의 이소노 농장은 약 250정보(町步)의 면적에 소작인 48가구, 가족을 합쳐 200명 정도의 홋카이도에서는 중간 규모의 농장이었다. 다른 농장과 같이 이소노 농장도 예전에는 완전히 황무지로, 특히 배수가 나빠서 2~3일 비만 와도 수렁이 되어버리는 토지를 오랜 시간을 들여 소작인이 개간하여 논으로 만든 농지였다. 지주인 이소노는 쌀이 산출되게 된 뒤에도 논농사보다 가벼운 밭농사 소작료로 좋다고 소작인에게 약속했지만, 사실은 홋카이도에서도 가장 높은 5할 이상의 소작료를 징수하고 있었다.

대립상태가 된 이소노 농장의 쟁의(爭議)에는 후라노 농민회가 조정에 나섰지만, 1926년도의 수확량에 대한 지주 측과 소작인 측과의 견해 차이가 커서 타협의 전망이 낮았다. 결국 소작인 측은 12월 중순, 소작료 감면 요구를 아사히가와 지방재판소에 제소했다. 이렇게 하여 이소노 소작쟁의는 점차 홋카이도 전체가 주목하는 문제가 되어갔다.

소작쟁의는 1925년경부터 지주의 공격이 적극적이 되어, 토지 출입금지, 압류를 강행하게 되고, 특히 1926년과 1927년은 앞에서 이소노가 소작인에게 토지반환과 재산압류 소송을 제기한 것에서 보듯이, 이러한 지주의 폭력적인 수단이 급격히 증가한 해였다. 따라서 소작농민의 요구는 소작료감면에서 경작권확보로 바뀌고 소작료 불납동맹, 마을농민 대회 등의 대중적 방법으로 대항해, 이제까지의 소작농민만의 지주에 대한 투쟁에서 지배 권력에 대한 마을농민 대중의 투쟁 형태를 띠기 시작하였다. 1926년 메이데이에는 약 8만 명의 조직을 가진 일본농민조합이 처음으로 참가하여 농민운동도 종래의 경제투쟁에서 도시 노동자와의 공동전선에 의한 정치투쟁으로의 방향이 강조되기 시작했다.[7]

이소노 소작쟁의는 날카롭게 대치된 채 1927년을 맞이하자, 일농 홋카이도 연합회와 오타루 합동노동조합의 지원을 받아서 지주가 사는 오타루로 전선이 옮겨졌다.

3월 3일, 소작인 대표인 한 리하치(伴利八)와 아베 가메노스케(阿部亀之助)등 15명이 약 200명의 노조원의 환영을 받으며 오타루 역에 도착했다. 3월이 되어도 추위가 심해 오타루는 매일 눈보라가 휘날리고 있었다. 곧 어깨띠를 두른 소작인 대표를 선두로 이소노 상점과 상업회의소로 데모 행진을 하기 시작했다. 이렇게 하여 일본에서 최초의 노농제휴의 소작쟁의라고 불리는 이소노 쟁의의 37일간의 격렬한 투쟁이 시작되었다.[8]

6일, 쟁의단은 쟁의의 경과와 실정을 설명한 '시민에 호소한다'라는 전단을 시 전체에 뿌리고, 7일에는 이소노 쟁의진상 발표연설회를 열었는데 경찰과 난투소동이 일어났다. 쟁의단은 경찰의 탄압을 폭로한 격문을 전국의 노농단체에 보내어 응원을 요청했다. 사태의 심각성을 깨닫고 오타루 경찰서에서는 다음날인 8일 소작인 대표와 지주인 이소노를 불러서 조정을 시도했지만, 지주 측은 소작인의 요구를 전면적으로 거부했을 뿐이었다. 한편 소작인 대표는 이소노와의 직접 교섭을 요구했지만 지주 측은 조합관련 사람들의 입회를 거절하고, 소작인 대표와의 회견을 계속 거부했다.

14일 밤 혼간지(本願寺) 설교소에서 지주를 규탄하는 두 번째 연설회가 노동농민당 오타루지부, 소작쟁의공동위원회, 오타루합동, 일농 홋카이도 연합회 주최로 열렸다. 다키지는 연설회 다음날 다구치 다키코(田口滝子)에게 보낸 편지에서, 이날의 모습을 다음과 같이 쓰고 있다.

연설회에 갔지만 만원으로 들어가지 못했다. 밖에는 무장한 경찰이 몇십 명이나 서 있고, 들어가지 못한 사람들이 몇백 명이나 물러가지 않고 밖에 있었다. 그리고 그러한 노동자 대부분이 어떻게 진보하여 왔는가 라는 것은 그들이 서서 하는 이야기로도 알 수 있었다. 마르크스 운운 하는 단어를 사용하는 한텐을 입은 남자도 있었다. 하여간 나는 흥분해서 돌아왔다. 무엇이든 역시 이소노가 경찰에 돈을 내어 교묘하게 속이고 있다고 한다.[9]

다키지는 이 쟁의에서 조합의 요청에 의해, 다쿠쇼구 은행에서 수집할 수 있는 이소노 측의 정보를 제공하는 역할을 수행했다. 소작인 대표는 이소노와의 직접 교섭을 계속 요구했지만 16일이 되어도 회답이 없어, 해결의 전망이 점점 어렵게 되어 가는 듯이 보였다. 이러한 때 항만노동자는 소작료 감면요구를 이소노가 받아들이지 않을 경우, 이소노 상점 화물의 양륙거부와 상품의 불매동맹을 결의했다.

20일에는 후라노 농장에서 소작인 아내들이 오타루에 응원 왔다. 그러나 한편, 그날 소작인 대표와 이소노와의 첫 번째 정식회담이 쟁의 후 18일째에 오타루 구락부에서 열리고 있었다. 이소노는 처음의 강경한 태도에서 어쩔 수 없이 양보하여, 소작인 대표와 함께 노조, 농조(農組)대표의 입회를 인정하지 않을 수 없었다. 첫날 회담은 의견을 말하는 것으로 그치고 구체적인 교섭은 다른 날을 필요로 하는 상태였다.

23일에는 아사히가와 지방재판소의 소작료 감면신청에 근거한 두 번째의 조정 준비회에서 소작인 측은 이소노의 소작 계약서의 위조를 발견했다. 소작계약서의 위조가 법정에서 발견되어 지주의 음모가 오타루 시민들에게 널리 알려지게 된다. 이 때문에 일거에 소작인 측 유리의 형세가 되었다. 한편 오타루 노동자와의 공동투쟁은 점차 조직적으로 되어 동정 스트라이크가 오타루합동 조합의 현장과 공장에서 일어나기 시작했다. 불리한 정세를 느끼고 그때까지 몰래 원조를 하던 오타루 사업주들은 이소노의 선처를 바라기 시작했다.

24일, 쟁의에 대한 관헌의 탄압규탄 연설회가 이나호(稲穂)구락부에서 열렸다. 개회 1시간 전부터 회의장은 청중으로 넘쳐서, 입장할 수 없던 사람이 2000명에 이르렀다. 개회시작부터 이미 경찰과 몸싸움이 일어나 연설회장은 살기를 띠었다. 연사는 잇따라 발언중지를 당하고 체포되는 사람도 몇 명이나 있었다. 농장 부인을 대표하여 한 사쓰노(伴カツノ)가 연단에 서서 이소노를 방문한 상황과 회담의 실상을 호소했다. 연설회는 오타루합동 대표의 연설을 계기로 경찰과의 몸싸움이 시작되어 결국 대혼란으로 끝났다. 그런데 3월부터 전국적으로 금융공황이 확대되기 시작했다. 중소은행은 위기에 빠지고 그리고 휴업, 회사파산이 도쿄, 요코하마를 중심으로 점차 전국적으로 확대되기 시작했다. 이소노 측을 둘러싼 정세는 점차 불리하게 되었다.

3월 30일, 결국 이소노는 시의원인 나카지마 신조(中島親三)의 조정에 응하여 노조, 농조대표, 시의원, 변호사, 신문기자들의 입회로 쟁의단과 교섭을 개시했다. 교섭은 세 차례 반복되어 마지막 회담은 4월 8일에 24시간이 넘게 계속 되었다. 소작료를 4할로 변경하고 1927년도의 비료를 빌려주며 지주 측에서 소작인의 토지를 비워주고 압류를 철회하는 등, 쟁의는 소작인 측의 요구를 거의 대부분 들어주고 겨우 해결을 보았다.

이소노 소작쟁의는 농민과 노동자가 함께 힘을 합쳐 싸운 일본 최초의 소작쟁의라는 의의가 있다. 또한 이 쟁의는 농민과 노동자의 공동투쟁의 모델이 되어, 그해 7월에 일어난 오타루 항만(港灣)쟁의의 전초전으로서의 의미가 있다. 37일간의 긴 쟁의과정을 걸쳐서 노동자와 연대한 농민들은 시민들의 호응을 얻어 마침내 승리를 거두게 된다. 농민들이 노동자와 연대하여 승리한 이소노 소작쟁의는 일본 소작쟁의의 하나의 기념비적 사건이 되어, 그 후에 일어나는 모든 소작쟁의의 출발점이 된다고 할 수 있다.

4. 「부재지주」의 농민과 노동자

다키지는 이소노 농장의 소작쟁의를 제재로 하여 「부재지주」를 썼다. 한(伴)이라든지 아베(安部)등은 실명으로 작품에 나오고 있다. 여기에서 실제 사건과 작품과의 연관관계에 대해서 살펴보기로 한다. 「부재지주」에서 농민들의 행동은 이소노 농장의 소작쟁의와 비슷한 과정을 밟는다. 홋카이도의 농촌에는 지주가 없었다. 소위 '부재지주'였다. 그 대신 지주는 농장관리인을 그 마을에 두었다. 다키지의 「부재지주」에서 2년 연속으로 흉년이 들어 쌀 수확이 어려워진 농민들이 처음에 한 행동은 지주에게 소작료감면을 탄원하는 것이었다. 농민들은 요시모토(吉本)관리인을 몇 번이나 찾아가 소작료감면을 탄원하는 편지를 지주에게 보낸다. 답장도 역시 관리인을 통하여 받게 된다. 다키지는 「부재지주」에서 지주와 농민 사이에 있는 관리인의 모습을 다음과 같이 묘사한다.

요시모토 관리인은 반의 얼굴을 보자 "봐라!"라고 말하며 눈앞에 편지를 던져주었다. "저렇게 말했으니 봐라, 오히려 옹고집을 부리게 했어. 그래서 바보라고 한 거야."

교활한 놈! 우리가 말한 것을 네놈이 정직하게 써주었다고 누가 생각할까! 네놈이 자신의 입장이 곤란하니 소작인이 당치도 않은 일을 저지르고 있다라고, 있는 일 없는 일 온갖 거짓말을 늘어놓은 게 아닌가. 일이 순서가 있기에 너와 같은 놈을 중간에 끼운 것이다.[10]

다키지는 「부재지주」에서 지주와 농민 사이에 있는 관리인을 '입이 두 개인 진드기'라고 정의한다. 소작인들에게 관리인은 지주와 소작인 양쪽에게 붙어서 양쪽 모두에게 피를 빨아먹는 존재로 인식된다. 관리인은 지주와 농민 중간에 서서 양쪽을 모두 통제한다. 이 작품에서 요시모토 관리인은 소작인에게 보내는 지주의 돈을 가로채고, 소작인에게는 지주의 지시라고 거짓말하면서 소작인의 노동력을 착취한다.

지주의 답장은 농민들의 탄원을 완전히 무시하는 내용이었다. 농민들은 지주의 편지를 보고, 이번에는 관리인을 통하지 않고 직접 오타루에 있는 지주를 찾아간다. 그렇게 교섭단원들이 기시노(岸野)를 만나기 위해 오타루에 왔지만, 기시노는 만나주지 않는다. 겨우 만난 기시노는 "너희들 뒤에서 부추기고 있는 불온분자가 있기에 이야기를 들어줄 수 없다."라고 말한다. 그 불온분자라는 것은 농민조합이라고 했다. 교섭단원들은 전혀 이야기가 되지 않아서 돌아온다.

그런데 교섭단원들이 마을로 돌아온 뒤, 지주는 소작인의 소작미 압류를 지시한다. 하지만 지주에게 소작미를 압류당하고 나자 소작인도 달라진다. 이제까지 지주와 소작인의 관계는 부모와 자식 관계라고 인식되어 왔다. 하지만 '이제 부모와 자식도 아니야.'라고, 가장 순한 소작인조차 그렇게 말하는 것이었다. 비로소 소작인들은 지주의 실체를 깨닫게 되는 것이다.

소작인은 매일매일 먹을 쌀이 없어서 곤란을 겪는다. 하지만 헛간에는 쌀가마니가 쌓여 있다. 몇십 가마나 쌓여 있다. 몇십 가마나 쌓여 있어도 밥을 해먹을 수가 없었다. 자신들이 수확한 쌀이지만 자신들의 쌀이 아니었다. 조금이라도 손을 대면 죄인이다. 자신들의 쌀을 건들면 죄인이 되는 것이다. 소작인들은 '죄인'이 된다 라는 말에 등이 오싹해진다. 지주에 대한 농민의 다음 행동은 소작조정재판 신청이었다. 세 번째 행동으로 농민들은 아사히가와 지방재판소에 소작조정재판[11]을 신청한다.

농민들이 소작조정재판을 신청하는 이유는 정당한 판결을 받기 위한 목적도 있지만, 무엇보다 조정재판이 받아들여짐과 동시에 소작미의 압류가 해제되기 때문이었다. 그것을 언제라도 현금으로 바꿀 수 있었던 것이다. 그런데 언뜻 보아서는 소작인에게 좋아 보이지만, 조정재판은 아무래도 기득권인 지주에게 유리한 제도였다. 재판의 조정위원은 그 지역의 실정을 잘 아는 명망가로 선출되는데, 그들은 지주 편이었기 때문이다. 그러므로 조정재판에서 기시노는 '은혜를 모르는 개새끼들! 감히 이런 곳에 가지고 나와 개망신을 당하게 하다니. 마음대로 해라!'라고 재판소 한가운데서 소작인에게 호통을 치는 것이다.

재판에 참여하는 소작관(小作官)들은 "이 사건을 없었던 것으로 해 주면 기시노 씨에게 자네들의 위로금을 받게 해 줄 텐데…… 사회를 위해서도 그 편이 좋아."라고 말하고, 나중에 농민조합의 변호사도 조정재판이라는 것은 "이름은 좋지만 이런 것은 이제부터 더욱더 일어날 우려가 있는 소작쟁의를 좋게 막아, 크게 일어나지 않는 동안에 쉬쉬하며 수습하여 결국 지주를 안전하게 지키려고 하기 위한 법률이다."라고 말한다. 그러므로 반은 "들었는가? 모두 한 패다. 이제 남은 것은 우리들뿐이다. 이렇게 되면 모두 무기력하게 잠자코 목을 매는가? 이제 먹을 것이 하루치도 없는데, 게다가 기시노는 완력을 써서라도 뺏어보겠다고 한다. 아니면 죽고 싶지 않으면 최후까지 싸울까? 이제 그 두 가지뿐이다. 어느 쪽이냐? 하고 말하면서 울게" 되는 것이다.

소작재판과정을 통해 농민들은 그들이 모두 한 패인 것을 알게 된다. 아무것도 모르는 농민들은 비로소 자신들의 상황을 알게 되는 것이다. 잡화점 주인과 요시모토 관리인도 연계되어 있었다. 또 온화한 인격자인 교장이 시간이 있을 때마다 소작쟁의를 '불상사다'라며, "만약 너희들 부모와 형제가 저런 나쁜 짓을 하는 자가 있으면 그만두도록 열심히 부탁하지 않으면 안 된다."라고 말했다. 손으로 더듬어 가면 당치도 않은 의외의 놈이 실은 한 패가 되어 있었다. 이렇게 요시모토 관리인, 상점주인, 스님, 조정위원, 소작관, 그리고 온화한 인격자인 교장까지 모두 농민들과 반대편에 있었다. 농민에게 자기편은 농민들밖에 없었다.

하지만 지주에 대항하여 농민들은 하나씩 하나씩 다음 순서를 밟아간다. 소작조정재판을 신청한 농민들의 다음 행동은 쟁의단 조직이었다.

아라가와(荒川)는 농민들이 쟁의단을 조직하여 즉시 전투준비를 해야 한 다고 모두에게 말한다. 아베, 반, 겐, 아라가와 등이 밤을 새며 '기시노 소작쟁의단'의 결성을 위해 여기저기 뛰어다녔다. 그들은 전단지를 쓰거나 등사판 종이를 인쇄하거나 했다.

그렇게 해서 마을에 '제1회 기시노 소작쟁의 연설회'가 열렸다. 각 농장 상대로 생활하고 있는 시민과 다른 농장의 소작인들도 먼 곳에서 찾아왔 다. 연설회는 큰 반향을 일으켰다. 1주일도 지나지 않아 다른 농장에서 소작료 경감이 있었다. 그러나 관리인에 의하면 기시노는 "너희들이 천 번 연설회를 열어도 벼룩에 물린 것보다 아프지도 가렵지도 않다. 더 기 운내서 해 보렴."이라고 말했다고 한다. 연설회는 세 번 열렸지만, 그러나 몇 번 열려도 구체적으로 어떻게 되는 것이 아니었다. 어떻게 하지 않으 면 안 된다. 소작인들은 막다름을 느끼고 초조해지기 시작한다.

그 때 겐이 나나노스케(七之助)에게 쓴 편지의 답장이 온다.

오타루의 노동조합 사람들에게 그 이야기를 했다. 그렇다면 오타루에 나오 라고 한다. 지주는 오타루에 있다. 그런 곳에서 아무리 떠들어봐야 기시노 에게는 백리나 떨어진 강기슭의 불보다도 무섭지 않다. 도시노동조합이 응 원하고 함께 하지 않으면 그 쟁의는 결코 이길 수 없을 것이라고 한다. 하루 라도 빨리 쟁의단이 나오라고 말하고 있다.[12]

하루라도 빨리 오타루에 나오라고 하는 이 한 장의 엽서는 벽에 부딪힌 쟁의단에게 뜻하지 않는 계기를 주게 된다. 지주가 있는 오타루로 나오라는 노동조합의 조언은 정확한 판단이었다. 기시노가 '부재지주'이기 때문이다. 마을에서 아무리 외쳐보았자 오타루에 있는 기시노에게는 강기슭의 불에 불과하였기 때문이다. 노동조합의 조언으로 쟁의단은 활기를 띠고 새로운 편성이 행해진다. 그리고 소작인대표들은 지주가 있는 오타루에 나가는 것이다.

노동조합의 조언대로 기시노 농장의 소작인대표 15명은 멀리 오타루에 출진해 간다. 즉시 농민과 노동자는 노농쟁의 공동위원회를 조직하여 이 쟁의에 부딪히기로 한다. 농민이 도시에 와서 노농쟁의 공동위원회를 조직하고 지주에 대항하는 소작쟁의는 일본전국에서 이 기시노 소작쟁의가 최초였다. 농민운동이 막혀 있고 부재지주가 그 전형적인 형태가 되어 갈 때, 이러한 노농공동 쟁의야말로 중대한 의의를 가진 것이라고 생각할 수 있다.

오타루에 온 농민대표자들은 굳은 의지를 보인다. 그들은 붉은 어깨띠를 매고 기시노의 상점을 돌아, 오타루 시민들에게 기시노의 소작인의 얼굴을 모르는 사람이 없게 된다. 그들은 '시민에 호소한다.'라는 전단지를 1만매 배포한다. 그런데 지금까지의 상세한 경위를 쓴 그 전단지가 시민 사이에 큰 반응을 불러일으켰다. 그들은 '제1회 진상발표 연설회'를 개최하고, 마을에서는 쟁의단의 청년부와 부인부(婦人部)를 조직했다. 그리고 마을에서 '제1회 정세보고 연설회'가 열렸다.

하지만 기시노는 정식교섭을 거부하고 교섭대표를 인정하지 않았다. 차석경부는 조합의 무토(武藤)에게 "경찰은 과연 너희들이 말하는 대로 자본가의 주구(走狗)다. 그렇게 알아라."라고 분명하게 말했다. 경찰간부가 자신의 위치를 스스로 폭로한 것이다.

농민과 노동자들은 하루에 두 번 '공동위원회'를 개최하여 대책을 짰다. 그런데 여기에 오타루 노동자들로부터 기부가 들어온다. 농민들은 어째서 농민의 쟁의에 관계없는 오타루의 노동자들이 일을 쉬면서까지, 또 경찰에 끌려가서 맞으면서도 응원해 주는가 알 수가 없었다. 하지만 노동자와 농민은 관계없는 사람들이 아니었다. 실제로 노동자와 농민은 같은 사람들이었다.

경기의 좋고 나쁨에 따라 농민이 노동자가 되고, 노동자가 농민이 된다. 농민도 노동자를 환류(還流)시키고 있고, 농촌과 자본제 생산과의 관계는 점점 밀접해지고 있었다. 단지 노동자는 일찍 교육을 받아 '농민을 과거의 봉건적 농노적 생활에서 빛이 있는 사회로 해방할 수 있는 것은 도시 노동자 계급의 힘이다.'라는 사실을 알고 있었다. 그러므로 농민을 돕는 것이다. 쟁의단의 농민들은 노동자에게 점차 의식적, 계급적 입장으로 교육되어 전단지 배부 등 운동에 적극적으로 참가하게 되었다.

한편, 지주들은 전국에 지주 협의회를 만들어 기시노를 원조했다. 지청장(支廳長)은 '소작인이 이겨서는 안 된다'라는 기밀지령을 관내의 유력자에게 배포했다. 지청장도 그들 편이었다. 즉 지배층과 피지배층과의 대결이었다. 가진 자와 못 가진 자와의 대결이었다.

기시노는 만날 때마다 말을 바꾸고 대리인으로 무책임한 면회를 시키고 대화에 전혀 성의가 없었다. "소작인이 건방져져서 일하지 않게 되면, 홋카이도 개척에 커다란 손해를 입히게 된다. 너희들의 요구는 나 혼자의 입장이 아니라 더 큰 문제가 걸려있기 때문에 결코 받아들일 수 없다."라고 지껄였다. 겉으로는 '홋카이도의 개척을 위해서'라고 말하지만, 하지만 실제로는 '내 이익이 줄기 때문에'라고 말해야 할 것이다. 기시노 소작쟁의는 '기시노-소작인 문제'를 넘어서 바야흐로 사회문제로까지 확산되려고 하고 있었다.

오타루 육지 산업노동자회의에서는 소작인의 요구가 정당하다고 인정하면서 기시노에게 빠른 해결을 위한 노력을 재촉했다. 회의는 기시노가 해결노력을 보이지 않을 때는 기시노 회사의 하역을 거부하고, 기시노 회사 상품의 불매운동을 한다는 결의문을 기시노에게 보냈다. 이 결의에 기시노의 공장도 움직이기 시작했다.

그리고 여기에 결정적인 사건이 일어나게 된다. 소작인의 부인들이 오타루에 온 것이다.

기시노 농장의 소작인은 3일 오타루에 온 이래 고투에 고투를 거듭하고 있는데 집에 있는 부인들도 편안하게 지낼 수 없었다. 기시노 부인에게 청원을 하려고 갓난아이를 등에 업고 5명의 부인이 오타루에 온다. 이러한 사실을 『오타루신문(小樽新聞)』이 '지주부인에게 청원하기 위해/ 갓난아이를 등에 업고/ 5명의 부인들/ 어제 오타루에'라는 큰 타이틀로 보도했다.

그 뒤 『오타루 신문』은 '무슨 낯짝으로 나왔나/ "빌어먹을" 호되게 욕먹었지만/ 부인을 만나지 않고는/ 돌아가지 않겠다는 아내'라는 소제목으로, 소작인 아내들의 활동을 계속 보도했다. 오타루에 온 부인들은 즉시 기시노 집에 가서 기시노 부인에게 면회를 요청했지만 받아들여지지 않았다. 그리고 마침내 기시노 부인과의 면회가 이루어졌지만 "너희들의 얼굴은 이제 보고 싶지도 않다" 라고 느닷없이 야단맞았던 것이다. 기시노 부인이 이제 결코 너희들을 만나지 않고, 요구하는 것도 들어줄 수 없으니 마음대로 하라 라고 말했다며 아내들은 눈물을 흘리면서 말했다. 이렇게 하여 기시노 소작쟁의는 사회적 문제로 그 심각한 양상을 더해갔다. 그런데 상황은 급히 변해갔다.

지주에 대한 반감이 있어나기 시작한 것이다. 이제는 사회전체에서 지주에 대한 반감이 일어나고 있어서, 이것을 이대로 끝까지 밀고 나가면 '큰일이 난다' 라고 생각하는 지주협의회의 지주가 점점 생겨났다. 그들이 기시노에게 타협을 권했다. 기시노의 공장에서도 파업이 일어날 조짐이 보였다. 쟁의단에서는 이 쟁의를 더욱 사회적 문제로 만들기 위해 학교에 가는 소작인의 아이들을 한 명도 남김없이 휴학시켜 오타루에 오게 할 계획을 세웠다. 그것이 신문에 나왔다. 이것을 보고 체면을 중시하는 오타루 교육회가 움직이기 시작했다. 그리고 이제까지 힘이 되어주고 있던 다른 자본가가 기시노에게 압력을 가하기 시작했다.

결국 조정위원이 세워지고, 몇 번이나 결렬을 반복하면서 교섭을 계속한다. 그리고 오타루에 온 지 37일 만에 마침내 지주 기시노는 굴복하게 된다. 기시노 편이었던 지주협의회, 교육회, 그리고 다른 자본가들이 그에게 등을 돌린 것이 결정적인 전환점이 되었던 것이다.

「부재지주」에서 흉작으로 수확이 부족한 농민들은 처음에 중간관리인을 통해 지주에게 소작료감면을 탄원하는 편지를 보낸다. 하지만 지주는 농민들의 탄원을 무시한다. 이 때 지주는 소작인의 소작미를 압류하고, 소작미 압류사건을 계기로 지주에 대한 그들의 반감은 커지게 된다. 소작인들은 소작조정재판을 신청하고, 쟁의단을 조직한다. 쟁의가 진전이 없자, 그들은 노동조합의 조언을 듣고 지주가 사는 오타루에 나온다. 기시노는 소작인과의 대화를 계속 거부했지만 부인들이 오타루에 온 것이 이슈가 되고, 기시노 편이었던 사람들의 압력이 결정적인 요인으로 작용하여 그 후 상황이 급변한다. 그리고 마침내 농민은 대승을 거두었던 것이다. 기시노 농장의 소작쟁의는 농민과 노동자가 연대한 최초의 쟁의라는 의의가 있다. 소작농민들은 그들의 행동을 한 단계 한 단계 진전시켜 쟁의를 승리로 이끌었다.

소작농민들이 쟁의를 통해서 한 활동은 큰 항목만 살펴보아도 다음과 같다.

지주에게 소작료감면 탄원편지를 보냄→ 교섭단원들이 오타루에 있는 지주방문→ 재판소에 소작조정재판을 신청→ '기소노 소작쟁의단'의 결성→ '기시노 소작쟁의 연설회' 개최(총3회)→ 소작인 대표들이 오타루에 원정→ '노농쟁의 공동위원회' 조직→ 전단지 1만매 배포→ '제1회 진상발표 연설회' 개최(오타루)→ 공동위원회 개최(1일 2회)→ '제1회 정세보고 연설회' (마을) 보고→ '관헌 규탄연설회' 개최(오타루)→ 소작인 부인들 오타루에 원정.

농민들은 일을 하나씩 하나씩 진전시켰다. 농민들의 쟁의는 일이 순서대로 발전되면서 올바른 과정을 밟는, 그렇게 자연스러운 과정으로 전개되었다. 처음에 농민들의 행동은 중간관리인을 통한 소작료감면이라는 소극적인 탄원으로 시작된다. 하지만 나중에는 직접 지주가 사는 오타루에까지 원정을 가는 적극적인 행동으로 발전한다. 지주의 배려에 기대하는 탄원에서 쟁의목적을 스스로 쟁취하는 구체적인 행동으로 발전하는 것이다.

농민들은 이러한 쟁의과정을 통해 함께 하는 노동자에게 배우면서 그들의 의식이 성장한다. 그리고 마침내 그들은 승리를 거두게 되는 것이다.

이렇게 쟁의는 올바른 순서를 밟으며 진행되었기에 성공할 수 있었다. 농민들은 하나씩 하나씩 그 단계를 거치면서 그들의 의식이 성장해 갔다. 이렇게 하나씩 하나씩 단계적으로 진전된 과정의 힘이야말로 진정한 농민과 노동자의 힘이라고 생각된다. 농민과 노동자가 연대하여 소작쟁의를 이긴 경험은 양쪽 모두에게 소중한 자산이 될 것이다.

한편, 「부재지주」의 중심인물인 겐(健)에 대하여 살펴보기로 하자.

겐은 관청에서 표창장을 받은 모범청년이다. 겐은 '청년훈련소'에 다니며, 지주인 기시노에게 '농장에서 가장 신뢰받는 모범청년'으로 인정받고 있다. 한 마디로 겐은 마을에서 장래가 유망한 청년으로 인식되고 있다고 할 수 있다.

다키지는 「부재지주」에서 국가주의·군국주의 사상이 점차 농촌에 침투하여 지주세력과 결탁하여 소작농민과 대립하는 역할을 하고 있는 것을 그려낸다. 마을에도 군사교육이 행해지는 '청년훈련소'가 새로 설치되고, 모범청년인 겐도 여기에서 훈련을 받는다. 새롭게 발족한 '상호부조회' 발족식에서는 아사히가와 사단의 와타나베 대위가 '농촌에서의 군인 정신'에 대해서 연설한다. 하지만 흉작으로 당장 먹을 것이 없는 소작인들에게 이러한 모든 교육은 아무런 의미가 없었다.

모범청년인 겐은 쟁의를 통하여 조금씩 변해간다. 아베의 부탁으로 마을을 돌아다니며 연락을 하는 겐을 보고, 마을사람들은 "헤에, 겐군이 언제 이런 일을 하게 되었나"라며 모범청년인 그의 변화에 대하여 이상하게 여긴다. 그때 모범청년인 겐에게 결정적인 사건이 일어난다. 겐의 집에 도 경찰의 압류가 들어온 것이다.

겐이 뒷마당에서 저녁에 먹을 옥수수를 따고 있을 때였다.

"겐! 겐!!" - 어머니가 외치는 소리가 집 전체를 울렸다. 그 소리가 보통 일이 아니라는 예리한 느낌이 들어, 겐은 힘껏 목덜미를 잡혔다고 생각했다.

집안에 뛰어 들어갔다. 뛰어 들어가서 -보았다.

요시모토 관리인! 검! 경찰! 관청의 사람! 비서! 한 순간 한 순간 번쩍이는 것 같이 갑자기 겐의 눈을 어둡게 했다.

"안됐지만 오타루의 명령으로 소작미를 압류친다." 요시모토는 술입구에 선 채로인 겐에게 얄미울 정도로 침착하고 낮은 목소리로 천천히 말했다.[13]

겐의 어머니는 평소에 친하게 지내던 경찰에게 몇 번이나 압류를 만류하는 부탁을 하지만, 경찰은 "어머니, 어쩔 수가 없어요."라며 성가신 듯 말한다. 겐은 잠자코 뒷마당으로 다시 돌아간다. 하지만 마을의 모범청년이었던 겐은 지주의 소작미 압류사건을 계기로 결정적으로 변화하게 되는 것이다.

모범청년인 겐은 '소작인과 공사판의 막노동꾼이 가장 고생이다' 라는 것은 알고 있었다. 하지만 아무것도 몰랐던 농민들처럼 처음에는 아무것도 몰랐다. 그러나 그는 소작미의 압류사건으로 비로소 자신의 신분을 인식한다. 그리고 쟁의에 관여하면서 조금씩 변화하는 것이다.

이 작품에서 겐의 변화과정은 소작쟁의의 진행과정과 그 궤도를 같이 하고 있다. 겐은 쟁의를 눈앞에서 보면서 그도 쟁의 과정과 똑같은 과정을 밟아간다. 소작쟁의가 한 단계 한 단계 진전될 때, 그의 의식도 한 단계 한 단계 높아져 가는 것이다.

아라가와 농민들이 쟁의단을 조직하여 즉시 전투준비를 해야 한다고 모두에게 말했을 때, 겐은 모두와 밤을 새며 '기소노 소작쟁의단'의 결성을 위해 여기저기 뛰어다닌다. 겐은 이제껏 자신은 쓸모없이 돌아다니는 존재라고 생각했지만, 점점 성가신 일에도 자신이 생기기 시작한다. 그리고 마을에서 '제1회 정세보고 연설회'가 열렸을 때, 그는 처음으로 연단에 오른다.

또 무엇보다 겐은 친구인 나나노스케에게 편지를 써서 쟁의단이 오타루에 나가는 계기를 만든다. 겐의 편지에 의해 막다른 골목에 있던 쟁의단에 비로소 돌파구가 만들어졌던 것이다. 그는 오타루에 가고 싶었지만, 연락위원으로 남지 않으면 안 되었다. 겐은 신문 등 여러 정보로부터 쟁의가 어떻게 진행되는지 알고 있었다. 그는 쟁의단 농민들이 받는 그러한 '훈련'을 받을 수 없는 자신을 분하게 생각한다. 그리고 마침내 겐은 5명의 부인과 함께 쟁의가 벌어지는 오타루에 오게 되는 것이다.

이렇게 겐은 소작쟁의의 진행과정과 똑같은 변화과정을 밟는다. 겐은 쟁의가 한 단계 한 단계씩 진전하는 것과 같이 그도 똑같은 과정을 밟으면서 발전한다. 이 과정은 겐이 마을을 떠나는 힘이 된다. 쟁의가 끝난 후, 겐은 굳은 결심으로 마을을 떠나 아사히가와로 나간다. 그리고 거기에서 그는 농민조합에서 일하기 시작한다. 노동자와 연대하여 쟁의를 이긴 경험을 가진 한 사람의 농민조합원이 새로 탄생하는 것이다. 겐은 쟁의를 통해 짧은 시간에 한 사람의 농민으로 성장했다. 하지만 짧은 시간이었던 만큼 그 한계가 있다고 할 수 있다. 겐은 이제부터 농민조합에서 단련되어 가면서 진정한 농민으로 다시 태어날 것이라고 생각된다.

5. 나가며

이상, 본 장에서는 「부재지주」에서 소작농민들이 소작료감면 문제에서 출발해 농민과 노동자의 연대투쟁을 벌여 마침내 쟁의에 승리하는 과정을 살펴보았다.

「부재지주」에서 지주와 소작인의 관계는 부모와 자식 간이라는 사적인 지배관계에서 공적인 관계인 계급적인 관계로 바뀌어간다. 기시노 부인의 경우를 보면 알 수 있듯이, 시대는 이미 부모와 자식이라는 개인적인 관계에서 지주계급과 소작인계급이라는 관계로 바뀌어가고 있었던 것이다. 그리고 이것은 소작인의 경작권 문제로 나아간다. 이 작품이 나온 1929년경은 소작인의 토지경작권 문제가 사회문제가 되고 있던 시기였다. 하지만 다키지는 소작인의 토지경작권 문제에까지는 언급하지 않는다. 그것은 작품을 농민과 노동자의 연대라는 이제껏 볼 수 없었던 관계에 집중했기 때문이라고 생각된다.

봉건적 지주와 소작제도를 기반으로 하는 일본자본주의는 농민의 뒤처진 의식에 기대어 군사적 국가주의 체제 강화에 진력한다. 다키지가 이러한 지배체제의 동향을 예리하게 폭로함과 함께, '지주와 자본가' '농촌과 도시'의 문제에까지 언급한 것은 지금까지 어느 농민문학에도 없었던 새로운 문제제기였다. 다키지의 「부재지주」의 의의가 여기에 있다.

역주

1 에도(江戸) 전기의 검객(1599~1638). 이름은 야스가즈(保和). 이가(伊賀) 아라키(荒木) 마을 출신. 야규쥬베에(柳生十兵衛)에게 검술을 배웠다고 전해진다.

2 요시카와 에이지(吉川英治)의 장편소설이다. 1926년 8월 11일부터 다음해 10월 14일까지 『오사카매일신문(大阪毎日新聞)』에 연재되었다. 대중문학을 개척한 작품으로, 전기(伝奇)소설 여명기의 걸작이다.

3 『고바야시 다키지 전집 7권』 신일본출판사, 1993, pp.412-413.

4 다키지는 「부재지주」에 대해서 『중앙공론』의 편집자인 아메미야에게 1929년 6월 23일부터 11월 29일까지 모두 8편의 편지를 보내고 있다. 그가 얼마나 「부재지주」에 심혈을 기울이고 있었는가를 알 수 있다. 11월 29일에 보낸 마지막 편지의 내용은 「부재지주」 때문에 은행에서 해고되었다는 것이었다.

5 일본의 소작쟁의는 1926년부터 다발적으로 발생한다. 소작쟁의의 건수는 1918년에 전국에서 256건이었지만, 1922년에는 1578건, 1926년에는 2751건으로 증가했다. 1926년에는 전국에서 15만 명이 넘는 농민이 소작쟁의에 참가하여 생활개선의 길을 찾으려고

했다. 이러한 움직임에 호응하여 1922년에 일본농민조합이 가가와 도요히코(賀川豊彦), 스기야마 모토지로(杉山本次郎) 등에 의해 결성되어, 경작권의 확립을 요구하는 운동을 조직하기 시작했다. (다케다 하루히토(武田晴人), 『제국주의와 민본주의(帝国主義と民本主義)』集英社, 1992, p.155.)

6 고토사카 모리나오(琴坂守尚)편저, 『磯野小作争議_小樽港湾争議 資料集』不二出版 小林多喜二祭実行委員会 資料編集委員会, 1990, p.27.

7 1926년부터 1927년에 걸쳐서 전국적으로 노동자 농민의 투쟁은 1920년 이래 만성적 불황에 의한 반동공세 중에서 창의성 있는 과격한 형태를 띠기 시작하는 것이 특징적이었다. 전국적이고 조직적인 지원 아래 대규모로 오랜 시간에 걸친 투쟁으로 지배 권력의 노골적인 탄압과 폭력단의 테러에 대하여 날카로운 저항을 보였다. (데즈카 히데다카(手塚英孝), 『고바야시 다키지(小林多喜二)』신일본출판사, 2008, p.106.)

8 쟁의단은 노농공동투쟁위원회를 조직했는데, 소작인 대표의 한 리하치와 아베 가메노스케, 오타루합동의 스즈키 겐시게(鈴木源重), 다케우치 기요시(竹内清), 일농 홋카이도 연합회의 아라오카 아쓰타로(荒岡圧太郎), 시게이 시카지(重井鹿治), 마쓰오카 니쥬요(松岡二十世), 야마나 마사미(山名正実), 노농당에서 사카이 가즈오(境一雄)가 선출되었다. 여기에 관헌의 탄압에 대비하여 다케우치 기요시 등 몇 명의 멤버로 비밀이동 지도부가 만들어졌다. (같은 책. pp.107-108.)

9 『고바야시 다키지 전집 7권』신일본출판사, 1993, p.351.

10 「부재지주」『고바야시 다키지 전집 2권』신일본출판사, 1993, p.466.

11 1924년에 소작조정법이 제정되었다. 이것은 쟁의 때 재판소의 조정 규칙을 정한 법으로, 소작인에게는 불리한 것이었다. 예를 들어 그것은 정식재판이 아니고 조정(調停)이었기 때문에 지주와 소작인 쌍방의 합의가 필요하여 그 때문에 발언권이 강한 지주에게 유리하였던 것이다. (나카무라 요시하루(中村吉治)편저, 『社会史Ⅱ』山川出版社, 1975, p.442.)

12 「부재지주」『고바야시 다키지 전집 2권』신일본출판사, 1993, p.482.

13 위의 책, p.471.

제9장

고바야시 다키지(小林多喜二)의
「당 생활자(党生活者)」 연구

1. 들어가며

고바야시 다키지의 「당 생활자(党生活者)」는 다키지 사후, 『중앙공론(中央公論)』 1933년 4월호와 5월호에 「전환시대(転換時代)」라는 가제(仮題)로 두 번으로 나누어서 발표되었다. 다키지의 「당 생활자」는 한마디로 말하면, 불굴의 의지를 가진 비합법 공산주의자의 활동을 묘사한 작품이다. 다키지는 이 작품에서 이제까지 일본 근대문학에 존재하지 않았던 불굴의 정신으로 당을 위해 활동하는 새로운 인간상(人間像)을 그려냈다.

작가는 「당 생활자」에서 문학운동의 지도자적인 당 활동가로서 작가 자신의 굴하지 않는 당 생활의 모습을 그림과 함께, 작가 자신이 직접 관계를 가지고 있던 군수공장의 임시공 노동자의 생활과 투쟁을 묘사했다.

본 장에서는 우선, 이 작품의 발표 당시의 상황과 서지적 사항을 살펴본다. 그리고 어떠한 곤란에도 불구하고 진실에 대한 헌신적인 노력을 하는 주인공 〈나〉라는 인물과 군수공장인 구라다(倉田)공업에서의 투쟁을 고찰해 보기로 한다.

2. 「당 생활자」의 발표 전후사정

고바야시 다키지는 1933년 2월 20일 정오경 가두 만남 중에 붙잡혀서 겨우 7시간 후에 특고의 고문으로 학살당했다. 만 29세였다. 다키지의 장례는 3·15기념일인 3월 15일, 해방운동 희생자의 최고의 영예로 불리는 전국적인 노농장(勞農葬)으로 행해졌다. 그리고 그의 사후에 「당 생활자」

가 출간되었다.

「당 생활자」는『중앙공론』1933년 4월호와 5월호에 원제(原題)가 아니고, 「전환시대」라는 가제로서 발표되었다. 이 작품이 다키지가 원했던 「당 생활자」라는 제목이 아니고, 「전환시대」라는 제목으로 발표되지 않으면 안될 만큼 당시의 시대상황에 대한 출판사 측의 고민을 엿볼 수 있다.[1]

『중앙공론』편집자인 나카무라 메구미(中村恵)는 다키지가 지하생활에 들어간 후, 두 번 직접 만나고 원고는 1932년 8월말에 입수했다. 하지만 작품의 내용과 작가가 비합법 생활에 있던 사정 등으로 발표가 보류되어 있었다.

가제인 「전환시대」는 작가의 사후, 나카무라 메구미 편집자와 작가동맹 관계자의 협의에 의한 것으로, 발표지인『중앙공론』1933년 4월호의 「편집후기」에 "창작 란에 우리나라 프롤레타리아문단의 대표 고바야시 다키지씨의 쾌심의 유고인 대웅편(大雄篇)을 발표한다! 그 슬픈 죽음을 기억할 때, 이 걸작이야말로 하나의 큰 금자탑인 것이다. 작가의 원제는 시대 상황상 허용되지 않기에, 제목 변경에 대해서 작가의 허락을 얻지 못해 결정하지 못하고 있던 중에 결국 그가 죽어 버렸다. '전환시대'는 가제인 것을 독자들에게 양해를 구하고 싶다."라고 그 이유를 밝히고 있다. 다키지의 「당 생활자」가 발표된『중앙공론』1933년 4월호에는 시마자키 도송(島崎藤村)의 「동틀 무렵(夜明け前)」도 같이 실렸다.

이러한 「당 생활자」의 제목 변경에 대해서는 다키지가 나카무라 메구미 편집자에게 보낸 편지에서 그 사정을 상세히 알 수 있다. 다키지가 정한 이 작품의 처음 제목은 「당 생활자」가 아니었다. 다키지가 1932년 7월 9

일에 나카무라 메구미에게 보낸 편지를 보면, 그는 이 작품의 제목을 처음에는 「실업자의 집」으로 정해놓고 있었다.[2]

그런데 8월 2일, 다키지는 나카무라 메구미 편집자에게 "작업이 진행되고 있습니다. 시간에 맞을 것 같습니다. 제목은 「당 생활자」라고 합니다. (중략) 이 작품에서 저는 「게잡이 공선(蟹工船)」과 「공장세포(工場細胞)」 같은, 저의 지금까지 방식과는 다른 모험적인 시도를 해보았습니다. 이전의 「실업자의 집」이라는 제목은 취소합니다." 라는 편지를 보내고 있다. 다키지는 이 작품의 제목을 「실업자의 집」에서 「당 생활자」로 바꾼다.

그 이유는 「실업자의 집」이라는 제목보다, 「당 생활자」라는 제목이 강렬하고 신선한 의미를 가지고 있기 때문이라고 할 수 있다. 「실업자의 집」이라는 제목에는 소극적이고 패배주의적인 뉘앙스가 풍긴다. 이 제목은 자본주의 사회에서 외지로 밀려난 사람들의 이야기가 전개되는 인상을 준다고 할 수 있다. 그러므로 다키지는 당 생활에 긍지를 가지고 활동하는 적극적인 의미의 제목을 정했다고 생각된다. 무엇보다 여기에서 '당'이라는 의미는 말할 것도 없이 당시 비합법의 공산당을 가리키고 있기 때문이다.

1932년 8월 하순 그는 이 작품을 완성하고, 나카무라 메구미 편집자에게 "약속한 날보다 늦어져서 죄송합니다. 매수도 많아졌습니다. 이 점도 잘 부탁드립니다. 그리고 원고료는 대단히 죄송스럽지만, 되도록 빨리(빠르면 빠를수록 좋습니다.) 보내주시면 매우 고맙겠습니다." 라고 하면서, 「당 생활자」의 게재에 대해서 다음과 같이 주문한다.

o 제목 번호를 잊어버렸습니다만, 빨간 색으로 번호가 쓰여 있는 곳에는 앞 원고 순으로 숫자를 기입해 주세요.

o 매수가 초과되었습니다만, 두 번으로 나누지 말고 꼭 한 번에 게재해 주세요.

o 소설 제목은 내용으로부터 보아도「당 생활자」가 가장 어울린다고 생각됩니다만, 아무래도 이 제목이 나쁘면 월말까지 생각할 시간을 주세요. 그때에 다시 한 번 제목에 대해서 편지를 쓰겠습니다.

o 이제까지의 프롤레타리아소설의 틀에서 빠져나오려고 노력한 작품입니다. 이제까지 저의 일정한 계열의 작품에서 보아도, 저는 이 작품의 성과를 특히 주목하고 있습니다. 실패를 두려워하지 않고 쓴 것입니다.[3]

이렇게「당 생활자」의 원고는 원래대로 하면 1932년 가을에 발표되어야 할 작품이었지만, 작품 내용의 문제로 발표가 지연되어 다키지의 사후에 비로소 가제의 형식으로 세상에 발표되었다. 다키지의「당 생활자」는「전환시대」라는 제목으로 겨우 발표되었지만, 작품의 6분의 1에 달하는 부분이 검열을 피하기 위해서 삭제와 복자(伏字)가 되어 있고, 전혀 뜻이 통하지 않을 정도로 지워진 부분도 많았다. 그러나 당시 비합법 활동을 하던 다키지의 원고를 받아준 편집자와 위험을 무릅쓰고 이 작품을 출판한『중앙공론』출판사의 용기는 당시 시대상황에서 볼 때 감동적이다.『중앙공론』출판부는 이 작품의 출판은 물론이고,『요미우리신문(読売新聞)』1933년 3월 19일에 '역사적인 걸작'이라는 문구로 이 작품의 광고까지 내는 파격적인 행동을 한다.[4]

「당 생활자」는 1장에서 4장까지는 『중앙공론』1933년 4월호에 「전환시대」로, 5장에서 9장까지는 5월호에 「전환시대(속)」이라는 타이틀로 발표되었다. 작품의 마지막 부분에 '전편 끝'이라는 표기가 있고, 작품의 완성 날짜를 나타내는 '(1932. 8. 25)'라는 기록이 있다. 그리고 작가 부기로 '이 작품을 동지 구라하라 고레히토에게 보낸다'라는 문장이 있다.

이 작품은 당국의 검열을 피하기 위하여 180매 전편에 걸쳐서 삭제와 복자가 행해졌는데, 삭제와 복자는 758개소, 그 자수(字數)의 총계는 14,059자에 이르고 있다. 복자 방법은, 단어는 '××', 문장의 경우는 '……'로 나타내고, 삭제 부분은 '(10자 삭제)' 또는 '(이하 12행 삭제)'로 표시했다.

「당 생활자」는 「1928년 3월 15일」과 함께 전전(戰前)국금의 작품으로 취급되었다. 이 작품은 일본프롤레타리아 문화연맹과 작가동맹 관계자들의 협력으로 만들어진 전집 간행회에 의해, 원고에 의한 조판(組版)이 행해져 그 지형(紙型)이 보존되었다. 또 『중앙공론』편집부와 작가동맹 사람들이 뜻을 모아 검열과 삭제를 거치지 않은 교정쇄 네 통을 전쟁 이후까지 네 명이 나누어서 보관하고 있었다는 점 역시 국가권력에 의해 학살당한 작가에 대한 마음이 엿보인다.

「당 생활자」는 『중앙공론』에 발표된 이후, 전전에 전집의 형식으로 한 번 발행되었다. 그것은 1935년 6월, 나우카(ナウか)사에서 발행된 『고바야시 다키지 전집 제3권』에 수록된 것이다. 이것은 『중앙공론』의 판본이 저본이 되어 있지만, 삭제 부분이 발표 잡지보다 상당히 복원되어 있다. 제목도 원제에 가까운 「×생활자」로 표기되어 있다. 나우카사는 발매금지에 처해질 수 있는 상당한 위험을 감수하면서 이 전집을 발행했다고 생

각된다. 이 작품은 전후인 1946년 5월, 신흥출판사에서 발행한 『1928년 3월15일 · 당 생활자』에 의해, 비로소 완전한 형태로 복원되었다.

3. 「당 생활자」에 묘사된 〈나〉의 정체성

고바야시 다키지는 아키타 현(秋田県)의 가난한 농가에서 태어났다. 1907년 12월 고바야시 일가는 가난을 피하여 홋카이도로 이주하여 온다. 고바야시 다키지는 1921년 백부의 원조로 오타루(小樽)고등상업학교에 입학하여, 1924년에 학교를 졸업하고 홋카이도 척식(北海道拓植)은행 오타루 지점에 취직한다. 1927년경부터 그는 사회과학을 배우면서 사회의 모순을 알게 되고, 그 후 오타루의 노동운동에 직접 참가하며 프롤레타리아문학 운동에도 적극적인 관계를 가지게 된다.

「1928년 3월 15일」에서 천황제(天皇制)권력의 야만적인 탄압에 굴하지 않는 전위(前衛)의 모습을 묘사해 신진 프롤레타리아 작가로 등장한 고바야시 다키지는, 「당 생활자」에서 자신의 모든 개인적인 생활을 포기하고 국가권력과 싸우는 당 활동가의 모습을 그렸다.

미야모토 겐지(宮本顕治)는 「당 생활자」가 일본프롤레타리아문학 분야만이 아니고, 일본 근대문학사에서 중요한 작품의 하나라고 평가한다. 그는 이 작품에 대해서, "일본문학 가운데 권력으로부터 쫓기면서 그것에 대항하여 혁명운동에 전신을 내던져 활동하는 주인공이 나타난 것은 이 「당 생활자」가 처음이었다."[5]라고 높이 평가한다.

또 오다기리 스스무(小田切進)는 『게잡이 공선 · 당 생활자』에서, "「당 생활자」는 「게잡이 공선」과 함께 고바야시 다키지의 가장 뛰어난 작품일 뿐만 아니라, 일본프롤레타리아문학을 대표하는 걸작이다."[6] 라고 평가한다. 이러한 평가를 통해 일본 근대문학에서 「당 생활자」가 차지하는 문학적 위치를 알 수 있다.

다키지는 1932년 당시 일본프롤레타리아 작가동맹의 서기장이었다. 그는 당시 문화연맹 당 그룹의 책임자로서 문학운동의 지도적인 평론을 쓰고 있었기 때문에, 작품에서 구체적으로 이것을 나타내려고 노력했다. 그리고 「당 생활자」는 그 실천의 결실이었다.

다키지는 1932년 봄 작가동맹 제5회 대회에서 발표된 「제5회 대회를 앞두고(第五回大会を前にして)」라는 권두사를 쓴다. 그는 이 글에서, "우리들이 파시즘에 대한 투쟁에서 가장 약한 고리로 지적해야 하는 것은 활발하지 않은 작품 활동이다. 파시즘, 제국주의 전쟁에 대한 투쟁을 '직접적으로' 취급한 '작은 형식'의 작품을 계속 생산함과 동시에 이 미증유의 정세야말로 사회적 테마를 취급한 위대한 형식의 작품을 만들 수 있다는 것을 이해하고, 거기에 새로운 관심을 집중해야만 한다."[7]라고, 활발한 작품 활동과 사회적 테마를 취급한 작품 창작의 중요성을 설파한다. 그가 권두사에서 말한 파시즘에 대한 투쟁에서 가장 약한 고리인 활발한 작품 활동과 사회적 테마를 취급한 작품 창작, 「당 생활자」는 바로 이러한 의도로 창작된 작품이었다.

1932년 3월 일본프롤레타리아 문화연맹에 대한 대대적인 탄압이 시작되자, 다키지는 체포를 피하기 위해 비합법의 지하생활에 들어간다. 그는 지하생활 중 개인적 관계로도 경제적으로도 극도의 곤란한 생활을 보낸다.

다키지는 자신이 지하생활 중에 체험한 생활을 이 작품에서 〈나〉를 통해 생생하게 쓰고 있다. 경찰의 추적을 벗어나는 도피, 변장, 이사, 그리고 긴 장되고 부자유한 생활 등 지하생활의 실감은「당 생활자」의 〈나〉의 생활 그대로였다고 할 수 있다. 다키지는「당 생활자」에서 혁명운동에 관계하는 한 인간이 개인의 생활을 어디까지 버릴 수 있는가를 그리고 있다.

이 작품에서 주인공인 〈나〉는 불굴의 의지를 가지고 국가권력에 맞서는 강철 같은 사람이다. 〈나〉는 권력의 어떠한 탄압에도 굴하지 않는다. 그리고 동시에 〈나〉는 어머니와 형제와 가사하라(笠原), 그리고 농민과 노동자에 대해 한없는 애정을 가지고 있는 사람이다.

우선, 불굴의 의지를 가지고 있는 〈나〉를 살펴보자.

〈나〉는 세계제일의 조직망을 자랑하는 경찰의 추적에 쫓기면서 일을 하고 있다. 비합법 신분의 〈나〉는 일상생활에서 여러 가지 곤란을 겪는다. 합법적으로 활동하고 있던 때와는 일상의 모든 생활이 달라진다. 〈나〉는 외부로부터 모든 것을 차단당하고, 개인적인 친구와도 만날 수 없고, 잠시 목욕탕에 가는 일도 신경이 곤두서고, 만약에 잡히면 적어도 6-7년은 감옥에 가야 하는 처지다.

다키지는「당 생활자」에서 이러한 〈나〉의 모습을 다음과 같이 그린다.

〈나〉는 천천히 산책을 하고 있는 많은 사람을 보았지만, 그렇게 말하면 〈나〉는 일상생활에서 전혀 산책을 할 수 없었다. 〈나〉는 홀쩍 밖으로 나가는 것이 허용되지 않았고, 방 안에 있어도 부주의하게 창문을 열고 밖에서 내 얼굴을 보아서는 안 되기 때문이다. 그 점에서는 유치장과 독방에 있는 동지들과 조금도 다르지 않았다. 그러나 이들 동지들보다 어느 의미에서 더 괴로운 것은 홀쩍 밖으로 나갈 수 있지만 그것을 억제해야만 하기 때문이었다.[8]

비합법 신분으로 경찰에 쫓기는 〈나〉는 산책은 물론이고, 집에서 창문조차 마음대로 열지 못한다. 밖에 지나는 사람에게 보이면 안 되기 때문이다. 〈나〉는 몸은 자유롭지만, 그것을 자신의 의지로 제어해야만 하기에 감옥에 있는 사람들보다 어쩌면 더 힘든 생활을 보내고 있는 것이다. 〈나〉는 퇴로를 가지고 있지 않고, 〈나〉의 생애는 단지 일로만 채워져 있다. 전혀 개인적인 생활이 없는 것이다. 〈나〉는 전혀 개인 생활을 할 수 없기에 대부분의 개인 생활의 범위를 배후에 가지고 있는 가사하라와 다투기도 한다. 그리고 〈나〉는 마지막으로 어머니를 만남으로써 개인적인 생활의 최후의 퇴로마저 끊어 버린다. 마침내 〈나〉는 개인적인 생활이 동시에 계급적인 생활이라는 상황으로 나아간다.

그런데 〈나〉는 개인적인 생활이 없는 것만이 아니었다. 〈나〉는 경제적으로도 매우 힘든 생활을 강요받는다. 가사하라의 실직으로 돈이 궁해진 〈나〉는 연락하러 갈 때, 돈을 절약하기 위해서 먼 거리를 걸어서 가기도 하고 밥을 못 먹어 동지에게 얻어먹기도 한다. 「당 생활자」에서는 가사하라의 실직으로 생활이 어려워진 〈나〉의 모습이 다음과 같이 묘사되어 있다.

가지가 싸서 사려고하면 5전에 2,30개나 사기에 그것을 아래층 아주머니의 겨된장에 처넣고 아침, 점심, 밤, 세 번 모두 그 가지로 해결했다. 사흘이나 그것을 계속하자 즉각적으로 몸이 반응하여 왔다. 계단을 오를 때마다 숨이 차고 땀이 나와 곤란했다. (중략) 배가 고프고 몸이 피곤한데도 똑같은 반찬이면 조금도 식욕이 나지 않았다. 마지막에는 밥에 뜨거운 물을 붓고 눈을 힘껏 감고 덤벙덤벙 급히 먹었다. 그래도 밥이 있을 때는 좋았다. 밤에 세 번 정도의 연락이 기다리고 있고, 거기에 돈이 없어 걸어서 가지 않으면 안 될 때, 아침부터 한 번밖에 밥을 먹지 않았을 때는 비참한 마음이 들었다.[9]

가사하라의 실직 후 〈나〉는 밥도 제대로 못 먹을 정도로 빈궁한 생활을 한다. 합법적인 생활을 하는 사람은 친구들에게 돈을 빌릴 수도 있었지만, 그것이 비합법인 〈나〉에게는 불가능했다. 〈나〉는 보통의 생활을 하고 있는 자는 도저히 알 수 없는 생활을 하고 있는 것이다. 하지만 가사하라가 작은 다방에 취업을 해서 어느 정도 돈 문제가 해결되었어도, 그것은 단지 경제적 생활이 해결된 것이었다. 개인생활이 계급생활인 〈나〉는 지극히 고난한 생활을 이어간다.

〈나〉는 '지방', '지구' 거기에 '공장 활동가'의 일이 겹쳐 있어, 하루에 12, 3회까지 연락하는 경우도 있었다. 그런 때는 아침 9시경에 나가면, 밤 10시경까지 소요되었다. 집에 들어오면 목덜미가 막대기처럼 굳어져, 머리가 지끈지끈 아팠다. 〈나〉는 겨우 계단을 올라서, 그대로 다다미 위에 엎어졌다. 〈나〉는 그 무렵 어떻게 해도 위를 향하고 느긋하게 잘 수 없게 된다. 극도의 피로로부터 몸의 어딘가가 나빠져 있는 듯, 약한 아이처럼 곧바로 엎드려서 잤다.

엎드려서밖에 잠을 잘 수 없는 〈나〉는 아키타(秋田)에서 농사를 짓고 있던 때에 밭에서 나오면 진흙투성이의 짚신인 채로 자주 엎드려 툇마루에

서 낮잠을 자고 했던 아버지를 기억한다. 그리고 자신과 아버지를 비교한
다. 다키지는 「당 생활자」에서 지주의 착취에 고생하던 아버지의 모습을
다음과 같이 묘사하고 있다.

> 아버지는 몸이 상할 정도로 무리하면서 일하고 있었다.
> 소작료가 너무나 가혹했기 때문에 마을 사람 누구도 손을 대지 않는 자갈투
> 성이의 들판을 여분으로 경작하고 있었다. 거기서 조금이라도 수확을 올려서
> 살림에 보탬이 되도록 하고 있었다. 그 때문에 아버지는 심장이 매우 나빠져
> 있었다. ― 나는 도저히 엎드리지 않으면 잘 수 없을 때, 내가 점점 아버지와
> 닮아 간다고 생각되었다. 하지만 아버지는 지주에게 항의해서 소작료를 깎아
> 달라고 하지 않고, 자신의 몸을 망가뜨릴 때까지 일하는 것으로 거기서 벗어
> 나려고 했다. 이십 몇 년이나 전의 일이지만. 하지만 나는 다르다.[10]

다키지 아버지의 세대는 지주에게 항의하여 소작료를 깎을 생각을 하지
못하는 세대였다. 그들은 소작료를 내기 위해 오로지 자신의 몸을 학대하
면서까지 일을 하였다. 하지만 다키지는 달랐다. 그는 아버지 세대와 같
이 자신의 몸을 학대하면서까지 소작료를 마련하려고 하지 않고, 지주에
게 소작료 감면을 요구하는 행동에 나서는 것이다.

그러한 행동에 나서기 위해 〈나〉는 "한 명 있는 어머니와도 연락을 끊
고, 누이나 남동생으로부터도 몸을 숨기고, 지금은 가사하라와의 생활도
희생한다. 거기에 덧붙여 〈나〉는 몸마저 그 때문에 망가지기 시작한 듯
하다―그러나 이것들은 아버지처럼 지주나 자본가에게 좀 더 봉사하기

위해서가 아니라, 바로 그 반대를 위해서다!' 라고, 말한다.

극심한 피로 때문에 바로 눕지를 못 하고 엎어져서 잠을 자는 것은 자신과 아버지가 같은 상태였다. 하지만 〈나〉는 아버지와 달리, 자본가에게 더 봉사하는 것이 아니고 그 반대의 행동을 한다. 강철 같은 의지를 가진 〈나〉는 모든 개인적인 관계를 차단하고, 이제는 자신의 건강까지 해치면서 오직 당 활동을 위해 매진하고 있는 것이다.

이러한 〈나〉에게는 계절의 절기조차 당 생활 속의 일부밖에 되지 않는다. 사계절의 화초의 경치나 푸른 하늘이나 비도 독립한 것으로서 보이지 않는다. 〈나〉는 비가 내리면 기쁘다. 하지만 그것은 정보를 알리러 나가는데 우산을 들고 가기 때문에 얼굴을 다른 사람에게 보이는 일이 석기 때문이다. 〈나〉는 빨리 여름이 갔으면 좋겠다고 생각한다. 여름이 싫어서가 아니라, 여름이 오면 옷이 얇게 되어, 자신의 특징 있는 몸매가 그대로 드러나기 때문이다. 빨리 겨울이 오면, 〈나〉는 '자, 이제 일 년 수명이 늘어 활동할 수 있어!' 라고 생각한다. 이러한 생활에 들어서면서 〈나〉는 계절에 대해 무관심하게 된 것이 아니라, 오히려 지금까지 조금도 생각지도 않았던 방법으로 대단히 예민해진다.

〈나〉에게는 조금의 개인 생활도 남지 않게 된다. 〈나〉는 개인적인 생활이 없는 것은 물론, 모든 개인적인 관계를 희생하며 당 활동을 한다. 하지만 〈나〉는 이것을 희생이라고 생각하지 않는다. 자신이 마땅히 해야만 하는 행동이라고 생각한다.

만약 희생이라고 하면 〈나〉는 자신의 전 생애를 희생하고 있다. 하지만 희생이라고 해도 수백만의 노동자와 빈농이 매일의 생활에서 감내하는 희생에 비하면 아무것도 아니다. 〈나〉는 그것을 20년이 넘게 빈농으로 괴롭게 살아온 부모님의 생활로부터 직접 알 수 있다. 그렇기에 〈나〉는 자신의 희생도 수백만이라는 큰 희생을 해방하기 위한 불가결한 희생이라고 생각한다.[11]

〈나〉는 전연 개인 생활이 없는 〈나〉이다. 당 활동을 위해 개인적인 관계도 모두 차단했다. 이것은 분명 개인적인 생활의 희생이다. 하지만 〈나〉는 수백만의 노동자와 빈농이 매일의 생활에서 감내하는 희생에 비하면, 자신의 희생은 아무것도 아니다라고 생각한다. 그리고 만일 그것이 희생이라고 하면, 수백만이라는 큰 희생을 해방하기 위한 불가결한 희생이라고 생각한다. 이렇게 「당 생활자」의 〈나〉는 강철 같은 의지를 가지고 노동자와 농민의 해방을 위하여 국가권력에 맞서고 있는 자라고 할 수 있다.

한편, 〈나〉는 강철 같은 의지를 가지고 있지만, 동시에 인간적인 모습을 지니고 있다.

앞에서 다키지는 『중앙공론』편집자에게 보내는 편지에서 원고료를 되도록 빨리 집으로 보내달라고 부탁하고 있다. 집에는 그의 어머니가 있었다. 다키지는 「당 생활자」의 원고료에 대해 동생인 산고(三吾)에게 보낸 편지에서, "동봉한 돈은 돈이 생명인 내가 보내는 돈이라고 생각하고 (왜냐하면 때로 가지절임만으로 사흘을 버틸 때도 있으니까) 한여름을 잘 참고 지내신 어머니를 하루 정도 시원한 곳에서 쉬게 해 드리는데 써 주렴." 이라고 쓰고 있다.[12]

어머니에 대한 다키지의 사랑을 알 수 있는 대목이다. 자신은 돈이 없어

서 가지절임만으로 며칠을 버티지만, 어머니에게는 그 돈으로 더운 여름
에 피서라도 다녀오라고 말하고 있는 것이다.

다키지의 지하생활의 모습이 〈나〉의 모습이었다. 또한 「당 생활자」작품
속 어머니의 모습이 현실의 다키지 어머니의 모습이었다. 이러한 〈나〉에
대해 「당 생활자」속의 어머니는 자신이 죽었다는 연락을 받으면 아들인
〈나〉가 혹시 올지도 모른다고 하면서, 자신이 죽어도 연락하지 않겠다고
말한다. 이렇게 해서 〈나〉는 마지막에 남아 있던 개인적 관계의 끈을 자
를 수 있었던 것이다.

한편 이러한 〈나〉의 인성은 함께 살고 있는 가사하라와의 관계를 통해
서도 알 수 있다.

회사에서 해고된 후, 취직자리를 구하던 가사하라는 작은 다방에서 일하
게 된다. 「당 생활자」에는 피곤에 절어 귀가하는 가사하라의 모습이 다
음과 같이 묘사되고 있다.

가사하라는 처음에는 하숙에서 그곳에 다녔다. 밤늦게 익숙하지 않은 잔걱
정이 많은 일이었기 때문에 피곤하여 불쾌한 얼굴을 하고 돌아왔다. 핸드백
을 내팽개친 채 그곳에 옆으로 앉으며 어깨를 축 떨어뜨렸다. 말하는 것조
차 귀찮은 모양이었다. 잠시 지나자 그녀는 내 앞에 말없이 발을 뻗어 왔다.
"―― ?"

나는 가사하라의 얼굴을 보고 한 발을 만져 보았다. 무릎과 복사뼈가 몰라
볼 정도 부어있었다. 그녀는 다리를 다다미 위에 구부려 보았다. 그러자 관
절 부분의 살이 희미하게 으드득 소리를 냈다. 그것은 거슬리는 소리였다.

"하루 종일 서 있는다는 것은 힘든 일이네." 하고 말했다. (중략) 나는 오랜만에 자신의 다리 안에 작은 가사하라의 몸을 안아주었다. — 그녀는 눈을 감고 그대로 있었다.[13]

가사하라는 말없이 발을 뻗어 오고, 〈나〉는 한 발을 만져본다. 그리고 〈나〉는 자신의 다리 안에 작은 가사하라의 몸을 안아주고, 그녀는 눈을 감고 그대로 있다. 이 장면은 다방 취직을 둘러싸고 멀어진 〈나〉와 가사하라가 화해하는 계기가 되는 장면이다. 불굴의 의지를 가지고 당 활동을 하는 〈나〉였지만, 익숙하지 않은 힘든 일을 하는 자신의 반려자를 따뜻하게 안아준다. 이렇게 〈나〉는 강철 같은 의지를 가지고 활동하는 사람이기도 하지만, 어머니와 가족과 반려자, 그리고 노동자·농민에 대해서는 따뜻한 마음을 지닌 사람이라고 할 수 있다.

4. 구라다(倉田)공업의 파업의 의미

「당 생활자」의 구라다 공업은 전쟁[14]이 시작되고 나서 군수품을 생산하는 공장이다. 「당 생활자」의 무대가 되었던 곳은 도쿄(東京) 고탄다(五反田)에 있는 후지구라(藤倉)공업이다.

1932년 4월경 다키지는 군수공장인 후지구라 공업의 노동자들과 만남을 가진다. 후지구라 공업의 노동자들은 회사 측과 임시직 문제와 임금 문제 등으로 대립하고 있었다. 노동자들은 당시 공장 내 상황과 다키지와 관계를 가지게 된 사정을 다음과 같이 전하고 있다.

부분적으로는 모두의 불평불만의 선두에 서서 싸우는데 성공했지만, 곤란한 것은 일하는 기간이 짧은 것, 불만이 거의 임시공의 문제이기에 용감하게 말하면, 정규직 측에서 "건방지다. 주제넘다."라고 하여 정규직과의 관계도 곤란한 점, 이런 조건에서 "해고 반대" "임시직을 정규직으로!"라는 요구로 싸우는 것은 상당히 어려웠다. 활동적인 누군가가 "프롤레타리아 소설가인 고바야시 씨를 알고 있는데 그 사람에게 부탁해서 모두를 모으면 어떨까?" 하고 제안했다. 그것도 이 조직 사람들을 대중적으로 모으는 좋은 방법이었기에 즉시 한 사람이 공장을 조퇴하고 동지 고바야시에게 부탁하러 갔다.[15]

후지구라 공업의 노동자들은 1일 13시간의 노동을 강요당하고 있었기에 집회 장소조차 찾을 수 없었지만, 다키지는 그들을 친절하게 보살펴 주었다. 그리고 '고바야시 다키지 소설을 듣는 모임'이라는 명목으로 20여명의 남녀 노동자가 모였다. 젊은 노동자들이 자신들 공장의 일을 소설에 써 달라고 하자, 다키지는 "너희들 공장의 일을 나도 쓰고 싶지만 언제나 감독에게 협박당하고 두려워한다든지, 얌전하게 해고당했습니다라는 것은 창피해서 쓸 수가 없지 않은가. 이번의 해고 따위 너희들이 맨 앞에 서서 반대해라. 그러면 아저씨도 후지구라의 노동자는 이렇게 훌륭하다라고 뽐내면서 소설에 쓰겠다."라고 답하기도 했다. 후지구라 공업의 노동자들과의 만남은 급변한 다키지의 사정에 의해 단기간으로 끝났지만, 그 경험은 4개월 후에 집필한 「당 생활자」의 소재가 되었다.

「당 생활자」에서 구라다 공업은 군수품을 생산하는 공장이다. 전쟁이 시작되고 나서 젊은 공장의 노동자들이 전쟁에 나갔다. 그리고 한편 군수품 제조 일이 급격하게 늘었다. 공장은 이 갭을 메우기 위해서는 많은 노동자를 고용하지 않으면 안 되었다.

구라다 공업은 200명 정도의 금속공장이었지만, 전쟁이 시작되고 나서 600명의 임시공을 모집했다. 200명의 정규직에 600명의 임시공을 채용할 정도로 공장 일이 어느 정도 바빠졌는지 알 수 있다. 전쟁이 시작되고 나서 신원보증인의 조사가 소홀해진 틈을 타서 〈나〉와 스야마(須山)와 이토(伊藤)는 그 기회를 이용해 다른 사람의 이력서를 가지고 들어간다.

구라다 공업은 전쟁이 시작되고 나서 이제까지 전선을 만드는 것을 그만두고, 독가스용 마스크와 낙하산, 비행기의 날개 등을 만들기 시작했다. 그런데 최근 그 일이 일단락 지어졌기에 600명의 임시공을 해고하기로 한다. 여기에서 임시공의 해고를 둘러싸고 회사 측과 그것을 저지하려고 노력하는 〈나〉측 사이에 벌어지는 공방에 대해서 살펴보도록 한다.

회사 측의 1단계 방법은 해고 때에 10엔을 위로금으로 준다는 내용이었다. 회사 측은 임시공의 해고 때, 한 사람당 10엔 씩 준다는 소문을 퍼뜨린다. 그런데 임시공의 해고 때, 회사가 한 사람당 10엔 씩 준다는 소문에는 회사의 책략이 숨겨져 있었다. 그런 소문을 내어 해고 때 임시공의 동요를 막고 마지막 순간에 감쪽같이 해치우려는 수법이었다.

이것에 대해서 〈나〉와 스야마와 이토는 공장에 몰래 유인물을 배부하여 이러한 회사 측의 책략을 폭로한다. 10엔을 위로금으로 준다는 소문은 〈나〉측의 폭로로 무산된다. 이후 회사 측과 〈나〉측은 서로 공장 직원들을 자신들의 편으로 끌어들이기 위해 여러 가지 방법을 시도한다.

10엔 위로금의 소문이 무산되자, 회사 측은 2단계 전술로 나온다. 회사

는 처음의 임시공 600명을 해고한다는 방침을 바꾸어, 성적이 우수한 200
명은 정규직으로 편입한다는 책략으로 나온다. 이것은 해고 때에 임시공
들의 보조를 흩뜨리기 위한 술책으로, 임시공끼리 서로 정규직에 편입하
려고 경쟁시키는 교묘한 방법이었다.

공장에서는 전쟁이 시작되고 나서 노동 강도가 높아지고, 여공에 대한
착취도 더 심해졌다. 회사 측은 "전쟁에서 적의 총탄을 맞으면서 싸우고
있는 군인과 같은 마음가짐으로 일해야 한다."고 일을 독려한다. 그리고
재향군인이 직원으로 들어와 동료들의 움직임을 감시하고, 우익의 사람
들과 청년회 사람들을 동원해 직원 스스로 군대 위문금을 모집하는 선동
을 하기도 한다. 〈나〉측은 이러한 회사 측의 선동에 하나하나 대응하여,
그들의 모순된 이론을 폭로한다. 그리고 「마스크」라는 공장신문을 만들
어서, 그것을 공장 내에 가지고 들어가 직원들에게 몰래 배부한다.

구라다 공업이 임시공 200명을 정규직으로 바꿀지도 모른다는 소문을
퍼뜨리며 다음 단계 행동으로 나온 것에 대해, 〈나〉측은 그것에 대비하
기 위해 조직을 재결성하기로 한다. 스야마의 영향하의 그룹에서 젊은 정
규직 직원 한 명, 그리고 이토의 그룹에서 두 명, 그중 하나는 정규직이고
한명은 임시공이었다. 이 세 명을 새롭게 조직에 끌어들인다.

그리고 각 조직에 대해서 작업장 내의 책임을 명확히 분담해서 책임을
맡게 하고 스야마나 이토에게 만에 하나 일이 뒤틀렸을 때 다음 조가 바
로 준비된 새로운 부서를 따라서 일이 하루라도 차질이 안 되게 계획을
세운다. 스야마나 이토에게 무슨 일이 생기면 공장에 있을 땐 바로 알 수
있기 때문에 그때는 새로운 조가 스야마와 〈나〉의 연락 장소에 찾아오는

것으로 해놓는다.

한편, 군대 위문금 문제로 청년회모임에서 난투를 했기 때문에 스야마는 극도로 위험해져 있었다. 스야마는 오늘 당할지 내일 당할는지를 각오하고 매일 공장에 나와 있었다. 공장이기 때문에 일을 하고 있을 때 '잠깐 와'를 당하면 그뿐이었다. 하지만 조직의 가능성이 높아지고 있기 때문에 그는 매일 공장에 나갔다. 위험하긴 하지만 동시에 그는 직장 내에서 어느 정도의 일은 자유롭게 말할 수 있는 자유를 얻고 있고 모두가 신용하고 있었다.

전쟁 때문에 공장에서의 일이 더 힘들어졌다. 하지만 임시공들은 자신의 생활에서 '전쟁은 전쟁, 일은 일'이라고 나누어 생각하고 있었다. 일이라는 현실에 덮치고 있는 가혹함이 모두 전쟁으로부터 오고 있다는 사실을 모르고 있었다. 〈나〉와 스야마와 이토는 「마스크」를 통해서 이러한 직공들에게 왜 전쟁에 반대하지 않으면 안 되는가를 설명한다.

이러한 가운데 회사 측과 〈나〉측의 싸움은 임시공의 해고날짜인 말일이 가까워짐에 따라 마지막 피크를 맞이한다.

회사 측은 해고 날짜를 31일로 가장하고, 실은 그 전전날인 29일로 정하고 있었다. 해고 때 임시공들의 집단적 저항을 막기 위해서였다. 여기에 〈나〉측은 해고 전날인 28일에 파업 선동을 일으키기로 한다. 파업 선동은 누군가 대중 앞에서 대중적 선동을 하는 방법이 최선이었다.

〈나〉와 스야마와 이토는 회의를 열고, 해고 전날인 28일에 파업 선동을 하여 선수를 치기로 한다. 〈나〉는 회사 측과 싸울 마지막 기회인만큼 결정적인 투쟁을 해야 한다고 생각한다. 내가 생각한 방법은 스야마가 공공연하게 당의 유인물을 뿌리며 '해고 반대'의 대중적 선동을 하는 것이었다. 〈나〉는 누군가가 대중 앞에서 공공연히 하지 않으면 싸움이 되지 않을 거라고 말하고, 스야마가 그 역할을 해야 한다고 말을 꺼낸다.

「당 생활자」에는 세 사람이 회의를 열어 스야마가 대중적 선동을 하기로 결정하는 장면이 다음과 같이 묘사되어 있다.

나는 거기서, 나의 의견을 제안했다. 순간, 억눌린 듯한 긴장된 시간이 흘렀다. 그러나 그것은 극히 짧은 순간이었다.

"나도 그렇다고 생각해……"

스야마는 과연 굳어진 목소리로, 최초로 침묵을 깼다.

나는 스야마를 보았다. -- 그러자, 그는,

"그것은 당연히 내가 하지 않으면 안 돼." 라고 말했다.

나는 그의 말에 수긍했다.

(중략)

보니, 스야마는 자신도 모르게, 자기 다리 앞의 담배의 빈 상자를 잘게, 잘게 자르고 있었다.

방법이 정해졌을 때, 문득 짧은 정적이 흘렀다. 그러자 지금까지 알아차리지 못 하고 있던 큰길을 지나가는 사람들의 줄지은 발소리와 끊임없이 소리치고 있는 노점장사꾼의 큰 목소리가 갑자기 들려왔다.[16]

최후의 대책은 스야마가 공공연히 선동하는 것으로 정해진다. 당의 유인물을 뿌리게 되면 투쟁 경력에 따르겠지만 2, 3년에서 4, 5년의 감옥생활을 각오하지 않으면 안 된다. 그러므로 세 사람은 각기 마음을 진정시키지 못한다.

이토는 몸이 잔뜩 굳어져서, 스야마와 〈나〉를 눈만으로 보고 있고, 스야마는 자신도 모르게 자기 다리 앞의 담배의 빈 상자를 잘게 잘게 자른다. 그리고 〈나〉에게는 비로소 큰길을 지나가는 사람들의 발소리와 끊임없이 소리치고 있는 노점 장사꾼의 큰 목소리가 갑자기 들려온다. 세 사람이 이러한 결정에 모두 얼마나 긴장하고 있었는지를 알 수 있다.

구라다 공업의 옥상은 점심시간이 되면 모두가 그곳에 모여 비로소 햇빛을 온몸에 받으면서 엎드려 눕거나 이야기에 열중하거나 장난치거나 배구를 하거나 했다. 그날은 콘크리트 옥상에 초여름의 햇빛이 눈부실 정도로 내리쬐고 있었다. 스야마는 옆에 동료를 배치하고 만일의 경우 검거를 방해시킬 준비를 해두었다.

그리고 마침내 스야마는 옥상에서 유인물을 뿌리며 대중적 선동을 시작한다.

1시 15분전, 그는 갑자기 큰 소리를 지르며 유인물을 있는 힘껏 계속해서 위로 던졌다. '대량 해고 절대 반대!' '파업으로 반대하자!' 그러나 뒤의 말은 모두의 함성에 묻혀 들리지 않았다. 빨간 색과 노란 색으로 된 유인물은 햇빛을 받아 반짝반짝 빛났다. 유인물이 뿌려지자 모두는 깜짝 놀라서 멈추어 섰지만, 그 뒤는 와하고 고함치며 유인물이 뿌려진 곳으로 달려왔다. 그러자 그 중 몇 십 명이 정색이 되어 주워 올린 유인물을 제각기 높이 뿌려 올렸다. 그래서 처음 한곳에 뿌려진 유인물은 순식간에 600명 직원들 머리 위로 퍼졌다.[17]

직원들이 제각기 유인물을 머리 위로 뿌려 올리는 틈을 타서 스야마는 무리들 속에서 유유히 옥상을 내려와 직원들 사이로 사라진다. 직원 가운데 스야마가 유인물을 뿌렸음을 알고 있는 자도 있었지만, 누구도 말하지 않았다. 잡히면 몇 년의 감옥 생활이 기다리고 있는 대중 선동이었지만, 스야마는 동료들의 도움으로 무사히 탈출하게 되는 것이다. 이렇게 〈나〉측의 파업 선동은 외견상 아무런 희생도 없이 성공적으로 끝난다.

하지만 다음날 회사 측은 임시공 600명 중 200명을 정규직으로 하고, 나머지 400명에게 2일분의 급료를 건네주고 정문에서 해고한다. 그곳에는 경찰이 15명 정도 나와 있었다. 〈나〉측은 회사 측의 이러한 조치에 아무런 대응을 할 수 없었다

스야마의 '전쟁 반대' 파업 선동은 실패로 끝났다. 하지만 스야마의 '전쟁 반대' 파업 선동이 아무런 의미가 없는 것은 아니었다. 무엇보다 구라다 공업 노동자들은 파업 선동을 경험한다. 이러한 파업 경험은 그들에게 큰 힘이 될 것이다. 그리고 아직 공장 정규직에 동료가 남아 있고, 해고된 임시공들도 다른 일을 하게 된다. 그들과의 연락을 확보하면 투쟁 분야는 오히려 넓어질 것이다. 여기에 구라다 공업의 파업의 의의가 있다고 할 수 있다.

5. 나가며

이상, 다키지의 「당 생활자」에 대해서 살펴보았다.
우선, 본 장에서는 이 작품의 발표 당시의 상황과 서지적 사항을 조사했

다. 그리고 어떠한 곤란에도 불구하고 진실에 대한 헌신적인 노력을 하는 주인공 〈나〉라는 인물과 군수공장인 구라다공업 노동자의 투쟁을 고찰해 보았다.

요컨대 「당 생활자」에서 주인공 〈나〉는 불굴의 의지를 가지고 국가권력에 맞서는 강철 같은 사람이다. 그리고 동시에 〈나〉는 어머니와 형제와 가사하라, 그리고 농민과 노동자에 대해 한없는 애정을 가지고 있는 사람이라고 할 수 있다. 〈나〉는 경제적으로도 육체적으로도 극도의 곤란한 생활을 하면서도 당 활동에 헌신한다. 이 작품에서 개인적 생활이 없는 〈나〉의 생활은 다키지 자신이 지하생활 중에 체험한 생활 그대로였다.

한편 구라다 공업은 전쟁이 시작되고 나서 군수품을 만드는 군수공장이 된다. 여기에 임시공의 해고를 둘러싸고 회사 측과 그것을 저지하려고 노력하는 〈나〉측 사이에 공방이 벌어진다. 〈나〉측은 회사 측의 해고 날짜 하루 전에 선수를 쳐서 '전쟁 반대'와 '해고 반대' 선동을 하지만, 결국 해고를 당한다. 하지만 스야마의 '전쟁 반대' 파업 선동은 노동자들에게 전쟁 반대에 대한 새로운 인식을 심어 줄 것이다. 여기에 스야마의 파업 선동 행동의 의미가 있다.

역주

1 당시는 공산당이 비합법 상태였고, 혁명운동의 선두에 서 있는 인간－공산당원을 지지하는 태도 자체가 치안유지법의 대상이었다.

2 전에 약속한 소설을 7월내(늦으면 8월 5일까지)보내겠습니다. 150~160매 예정입니다. 제목은 「실업자의 집」으로, 자신 있는 작품입니다.(『고바야시 다키지(小林多喜二) 전집 제7권』신일본출판사, 1993, p.593.

3 같은 책, pp.595-596.

4 노마필드 저, 강윤화 역,『고바야시 다키지 평전』실천문학사, 2018, p.254.

5 『「당 생활자」에서(「党生活者」の中から)』『미야모토 겐지 문예평론선집 제3권(宮本顕治文芸評論選集 第三卷)』신일본출판사, 1974, p.514.

6 「해설」『蟹工船 党生活者』角川文庫, 2009, p.262.

7 이 글은 일본프롤레타리아 작가동맹 기관지인『프롤레타리아문학(プロレタリア文學)』(일본프롤레타리아 작가동맹 출판부, 1932년 4월호, p.5.)에 권두언으로 게재되었다.

8 고바야시 다키지,「당 생활자」『고바야시 다키지 전집 제4권』신일본출판사, 1993, p.411.

9 같은 책, p.414.

10 같은 책, p.430.

11 같은 책, pp.415-416.

12 『고바야시 다키지(小林多喜二) 전집 제7권』신일본출판사, 1993, p.596.

13 「당 생활자」『고바야시 다키지 전집 제4권』신일본출판사, 1993, pp.427-428.

14 1931년 9월 발생한 만주사변을 말한다.

15 ××지구 ××군수공장 내 마쓰코(マツ子)「고바야시의 학살에 즈음하여(小林の虐殺に際して)」『赤旗』적기사, 1933년 3월 12일.

16 「당 생활자」『고바야시 다키지 전집 제4권』신일본출판사, 1993, p.438.

17 같은 책, p.442.

제10장

「당 생활자(党生活者)」

―〈나〉와 가사하라(笠原)의 관계―

1. 들어가며

고바야시 다키지(1903-1933)의 「당 생활자」는 「전환시대(転換時代)」라는 가제(仮題)로써 다키지 사후, 1933년 4월호와 5월호의 『중앙공론(中央公論)』에 2회로 나누어서 발표되었다. 「당 생활자」는 한마디로 말하면, 비합법 공산주의자의 활동을 묘사한 작품이다. 다키지는 이 작품에서, 이제까지 일본 근대문학에 존재하지 않았던 불굴의 정신을 관철하는 새로운 인간상(人間像)을 창조하였다.

「당 생활자」는, 전후 〈나(私)〉의 가사하라(笠原)에 대한 취급이 비인간적이다 라는 문제가 『근대문학(近代文学)』의 동인들로부터 제기되었다. 그 때문에 『근대문학』의 히라노 겐(平野謙), 아라 마사히토(荒正人)와 『신일본문학(新日本文学)』의 나카노 시게하루(中野重治) 사이에, 이 문제를 둘러싼 격렬한 논쟁이 펼쳐졌다. 이 문제는 「당 생활자」라는 작품의 중요성이라든가, 작품의 의미 등과는 멀리 떨어져 있다. 그러나 이 문제를 둘러싸고 격렬한 논쟁이 펼쳐진 것은 인간적인 삶을 그 이상으로 하는 프롤레타리아 문학에 있어서 피할 수 없는 문제였다고 생각할 수 있다.

뒤에 혼다 슈고(本多秋五)는 『이야기 전후 문학사(物語戦後文学史)』(1966)에서 「당 생활자」에 있는 〈나〉의 가사하라에 대한 취급의 문제에 대하여 '그 시대에서는 어쩔 수 없었지만 결점이 있다 라는 주장과, 결점은 있지만 그 시대에서는 어쩔 수 없었다 라는 주장의 종이 한 장 차이의 대립이었다' 라고 명쾌하게 결론을 내고 있다. 그러면 그 '결점'과 '그 시대에서는 어쩔 수 없었다'의 관계는 어떠한 것이었을까.

여기에서는 히라노 겐이 제기한 ⟨나⟩의 가사하라에 대한 취급 문제에 대하여, ⟨나⟩와 가사하라의 본성(素性)을 중심으로 하여 두 사람 관계의 발전 과정을 통하여, 이 문제를 고찰하여 보려고 한다. 본 장에서는 ⟨나⟩와 가사하라의 본성을 중심으로 두 사람이 '함께 되기(一緒になる)' 이전과, '함께 된' 이후, 가사하라의 '실직' 이후, 또 가사하라의 '다방 취직' 이후, 그리고 가사하라의 '다방 숙박' 이후 등의 여러 가지의 상황 변화에 의한 ⟨나⟩와 가사하라의 관계 변화 과정을 살펴보려고 한다. ⟨나⟩와 가사하라 사이에 주어진 환경 변화에 따른 애정의 변화(變化)를 통하여, 두 사람 사이의 관계를 생각할 것이다.

2. '함께 되기' 이전

다키지는 「당 생활자」에서 가사하라에 대하여 다음과 같이 설정하고 있다.

나에게는 지금까지 한, 두 번 피난 장소의 교섭을 해준 여자가 있다. 그 여자는 내가 부탁하면 반드시 그것을 하여 주었다. 여자는 어느 상점 3층에 세를 살고 있고, 작은 회사에 근무하고 있었다. 좌익 운동에 호의는 가지고 있었지만, 특별히 스스로 적극적으로 하고 있는 것은 아니었다.[1]

이 문장에 의하면 가사하라는 '좌익 운동에 호의를 가지고 있으면서 작은 상점에 근무하고 있는 소시민적 여성이다' 라고 위치되어 있다. 소위

'심파(シンパ)'라고 할 수 있다. '심파'는 적극적으로 공산주의 운동을 하고 있지는 않지만, 운동에 찬성하여 이것을 지지하는 사람을 말한다. 이러한 가사하라에 대하여 〈나〉는 비합법의 공산주의자로서 경찰에게 쫓기고 있는 신분이다.

〈나〉는 '이제까지 한, 두 번 피난 장소'를 부탁하여, 가사하라는 '내가 부탁하면 반드시 그것을 들어주었다'고 되어있다. 경찰에게 쫓기고 있는 〈나〉와 같은 공산주의자에게 '피난 장소'를 교섭하여 주는 것은 상당히 위험한 일이다. 〈나〉가 부탁한 것이 '한, 두 번'이라고 하여도, 〈나〉의 부탁을 들어주는 것은 중대한 죄에 해당하는 일인 것이다. 물론 가사하라도 자신의 행동이 중대한 죄에 해당한다는 것을 모를 리가 없다. 즉 이곳의 '반드시'라는 단어에서 가사하라의 성격을 엿볼 수 있다. 가사하라는 비록 운동에는 적극적이지 않지만, 자기가 맡은 일을 확실하게 책임지는 성격이라고 볼 수 있다.

여기에서 〈나〉와 가사하라의 본성을 살펴보자.

우선 〈나〉는 강철과 같은 의지를 가진 비합법의 공산주의자이다. 〈나〉는 세계 제일을 자랑하는 일본 경찰에 대하여도 전혀 신경을 쓰지 않는 인물이다. 그러나 〈나〉는 한 여성인 가사하라에 대하여 부끄러움을 느끼고 있다.

오오타(大田)의 배신으로 〈나〉는 경찰에게 쫓기게 된다. 어떤 일이 있어도 잡혀서는 안 되는 〈나〉에게는 단 하나의 선택이 남아 있었다. 가사하라의 집을 방문한 〈나〉는 가사하라에게 '이곳은'이라고 말한다. 그런데 이 말에 대하여 〈나〉는 '그 말을 꺼내기에는 용기가 필요하였다'라고 하면서, '나는 대담하게 말했지만 스스로 빨갛게 되고 말을 더듬었다'라고 하고 있다. 그리고 '사람들에게는 대담하게 보일지 모르지만 어쩔 수 없었다'고 덧붙인다. 이렇게 〈나〉는 불의에는 타협을 하지 않는 강한 의지를 가지고 있지만, 한 여성에게 어색한 부탁을 할 때 용기를 필요로 하는 보통 남자이다. 그리고 몹시 부끄러움을 타는 내성적인 성격의 사람이라고 할 수 있다. 요컨대 〈나〉는 불굴의 의지를 가진 비합법 공산주의자이지만, 본성은 한 여성의 처지를 배려하는 평범한 남자이다.

다음에 가사하라의 본성을 살펴보자.

다키지는 가사하라의 용모(容貌)에 대하여 '그녀는 간소하지만 언제라도 깔끔한 양장을 하고 있고, 머리는 반 단발머리이며, 어린아이 같은 얼굴'을 하고 있는 여성이라고 묘사하고 있다. 용모는 사람의 성격을 나타낸다. 즉 간소, 깔끔, 양장이라는 단어에서 그녀의 성격을 알 수 있다.

'이곳은'이라는 〈나〉의 말에 대하여 가사하라는 침묵한다. 그리고 그녀는 '나의 얼굴을 갑자기 큰 눈으로 보고, 잠깐 숨을 멈추었다. 그리고 얼굴이 빨갛게 되어, 조금 당황한 듯 이제까지 옆으로 하여 앉아 있던 무릎을 바로 세웠다'고 하고, '잠시 후 그녀는 각오를 하고 밑으로 내려갔다'고 되어 있다.

〈나〉의 말에 대하여 그녀는 굳고, 긴장된 얼굴을 하고 있다. 물론 보통 여성으로서 단지 남자가 묵는다는 것은 단순한 일이 아니다. 그러나 이러한 묘사에 그녀의 성격의 일면이 나타나고 있다. 〈나〉와 가사하라는 어색한 이야기를 할 때, 두 사람 모두 얼굴이 빨갛게 되고 이야기는 곧 끊어져 버린다. 가사하라도 역시 〈나〉와 같이 내성적이고 수줍음을 많이 타는 성격(性格)의 사람이라는 것을 알 수 있다.

〈나〉는 어떠한 잠자리에도 익숙해져 있었지만, 그러나 여자의 숙소에 묵는 것은 처음이었기에 '정말이지 잠자리가 불편했다'. 〈나〉는 경찰에게 쫓기는 꿈만 꾸었던 것이다. 〈나〉는 몇 번이나 몸을 뒤척였고, 거의 잠을 잔 것 같지도 않았다. 그러나 가사하라는 아침까지 한 번도 뒤척이지 않았고, 조금도 몸을 움직이는 소리를 내지 않는다. 〈나〉는 가사하라가 처음부터 아침까지 자지 않을 작정으로 있었던 것을 깨닫는다. 여기에서도 가사하라의 성격이 보인다. 그녀는 상대방의 부탁을 들어주는 순한 성격의 여자이지만, 또 자신의 행동은 자신이 결정하는 책임 있는 의지를 가진 성격의 소유자라고 할 수 있다.

이러한 성격의 가사하라는 다음날 밖에 나가자마자 어젯밤의 걱정거리를 한꺼번에 토해낸다. 다키지는 '밖에 나가자마자 가사하라는 자못 어제부터의 걱정거리를 한꺼번에 토해내듯 "아 – 아 –" 하고 큰소리를 내었다. 그리고 "거지같은 할망구"라고 슬쩍 덧붙였다'라고 쓰고 있다. 다키지는 이러한 가사하라를 '남자처럼 밝게 외치는 여자스러움'으로 묘사하였는데, 수줍은 성격의 여성인 가사하라가 남자와 같이 외치는 것만 보아도 그녀로서 어젯밤의 일이 얼마나 힘든 일이었는가를 알 수 있다. 보통 여성으로서 단지 남자가 묵는다는 것은 단순한 일이 아니다. 가사하라가 처음부터 아침까지 자지 않을 작정으로 있었다고 해도, 역시 당시의 보통 여자로서 어젯밤의 사건은 어려운 일이었음에 틀림없었던 것이다. 그런데 제2의 피난장소를 항상 마련해둘 필요가 있는 〈나〉는 다음 연락에서 만났을 때, 가사하라에게 이것을 의뢰하게 된다. 그리고 이러한 상황에서 경찰에게 쫓기고 있는 〈나〉는 가사하라와 '함께 되기'를 생각한다. 다키지는 이러한 〈나〉의 생각을 다음과 같이 묘사하고 있다.

그 후 나는 가사하라와 갑자기 친해지게 되었다. 나는 스스로도 묘한 일이라고 생각했다. 그녀는 부탁한 일을 이것저것 깔끔하게 처리해 주었다. 오오타의 배신으로 나는 최근 다른 지구로 옮기기로 했는데 내가 집을 구하러 갈 수 없었기 때문에 그것을 가사하라에게 부탁했다. 그것과 동시에 나는 가사하라와 함께 되는 것을 생각해 보았다. 비합법의 일을 확실하고, 길게 해 나가기 위해서도 그것은 편리했던 것이다.[2]

〈나〉는 가사하라와 갑자기 친해지게 되었고, 그래서 가사하라와 함께 되는 것을 생각한다. 그런데 두 사람이 '함께 되는' 것에 대한 전제 조건은 말할 것도 없이 두 사람 사이의 애정(愛情)이다. '함께 되는' 것에의 전제 조건은 두 사람 사이에 있는 간격에도 불구하고, 〈나〉의 가사하라에 대한 애정과, 가사하라의 〈나〉에 대한 배려와 신뢰에 걸려 있다고 할 수 있다. 이 '함께 되는' 것에 대한 〈나〉와 가사하라의 서로에 대한 감정은 중요하다. 두 사람의 애정이 없으면, 이 '함께 되는' 것은 〈나〉의 가사하라에 대한 '이용'의 문제가 발생할 수 있기 때문이다. 그러므로 일찍이 히라노 겐은 이것에 대하여, 〈나〉의 가사하라에 대한 '이용'의 문제를 제기하고, 가사하라가 '하우스 키퍼(ハウスキーパ)'[3]라는 의견을 내고 있다.

그러나 가사하라가 '하우스 키퍼'라는 의견은 두 사람의 애정을 생각하지 않은 견해이다. 〈나〉의 가사하라에 대한 애정이 있고, 또 가사하라가

〈나〉에 대한 애정이 있는 한, '이용'의 관계는 성립하지 않는다. 그런데 두 사람이 '함께 되는' 것은 〈나〉의 가사하라에 대한 애정과, 가사하라의 〈나〉에 대한 애정 양쪽 모두에 해당된다.

우선 〈나〉의 가사하라에 대한 애정에 대하여 생각해보자.

〈나〉는 '이제까지 한, 두 번 피난 장소'를 부탁하여, 가사하라는 '내가 부탁하면 반드시 그것을 들어주었다'고 되어있다. 이곳에 '반드시' 라는 단어에서 〈나〉의 가사하라에 대한 믿음이 보인다. 또한 〈나〉가 제2의 피난 장소를 부탁했을 때, 가사하라는 그것을 구해준다. 그리고 그녀는 〈나〉가 부탁한 일을 이것저것 깔끔하게 처리해 주었고, 오오타의 배신으로 〈나〉가 다른 지구로 옮기게 되었을 때, 가사하라는 〈나〉 대신에 집을 알아보아 준다. 이렇게 하여 보면 〈나〉는 자신의 부탁을 들어주는 가사하라에게 고마운 감정을 느끼고, 또 이러한 것으로부터 그녀에 대한 애정이 싹트고 있다고 할 수 있다. 그래서 〈나〉는 가사하라와 함께 되는 것을 생각해 보고, 또 '비합법의 일을 확실하고 길게 해나가기 위해서도 그것은 편리했던 것이었다' 라고 설명하고 있다. 즉 자신의 일을 위하여 가사하라와 함께 되는 것이 아니고, 가사하라와 함께 되는 것이 자신의 일을 위하여도 좋았던 것이다. 〈나〉가 가사하라와 함께 되는 것이 먼저이고, 자신의 일은 나중이다.

한편 이것은 가사하라의 경우에도 똑같이 적용할 수 있다.

경찰에게 쫓기고 있는 〈나〉와 같은 공산주의자에게 '피난 장소'를 교섭하여 주는 것은 상당히 위험한 일이다. 〈나〉가 부탁한 것이 '한, 두 번' 이라고 하여도, 〈나〉의 부탁을 들어주는 것은 중대한 죄에 해당하는 일인 것이다. 그러나 가사하라는 이것을 충분히 알고 있으면서 〈나〉의 부탁을 들어준다. 이것은 〈나〉에 대한 가사하라의 기본적인 믿음이 있기 때문에 가능한 일이라고 볼 수 있다.

 물론 두 사람이 서로에 대한 열렬한 연애 과정을 거친 것은 아니었다. 그리고 〈나〉와 가사하라 두 사람 사이에 깊은 애정이 있어서 함께 된다고 말할 수는 없다. 그러나 이와 마찬가지로 가사하라가 〈나〉에 대한 애정이 없는데도 〈나〉와 함께 되었다고 생각할 수는 없는 것이다. 이것은 가사하라가 〈나〉에 대하여 보여준 행동에 잘 나타나 있다. 가사하라의 운동에의 의지는 소극적이었다. 그러나 그녀가 제2의 피난 장소를 마련해주고, 여러 가지 일들을 깔끔하게 처리해 주고, 〈나〉 대신에 집을 구해주고 하는 행동들은 이미 소극적인 운동의 범위를 넘어선 것이다. 운동에 소극적인 그녀가 이렇게 적극적으로 바뀐 데에는 분명히 〈나〉의 존재가 들어가 있다. 그리고 이러한 가사하라의 행동에는 〈나〉에 대한 인간적인 믿음과 배려가 들어가 있다고 볼 수 있다. 인간적인 믿음과 배려는 애정으로 연결된다.

「당 생활자」에서는 〈나〉와 가사하라가 함께 되는 장면이 다음과 같이 묘사되고 있다.

 가사하라는 회사에 다니고 있기 때문에 아침 일정한 시간에 나간다. 그렇게 되면 내가 놀고 있는 듯이 보여도 아내의 급료로 생활하고 있다는 것이 된다. 세상은 일정한 직업을 가지고 있는 사람밖에 신용하지 않는 것이다. ― 그래서 내가 가사하라에게 함께 되어 주겠는가 하고 물었다. 그 말을 듣자 그녀는 또 갑자기 그 커다란(크게 된)눈으로 놀라며 나의 얼굴을 보았다. 그러나 그녀는 아무 말도 하지 않았다. 나는 잠시 후 대답을 재촉하였다. 하지만 잠자코 있었다. 그녀는 그날 결국 아무 말도 하지 않고 돌아가 버렸다.

그 다음에 만나자, 가사하라는 내 앞에 이제까지와는 다르게 오도카니 앉아 있듯이 보였다. 그것은 정말이지 오도카니 였다. 어깨를 움츠리고 양손을 무릎 위에 놓고 몸을 긴장하고 있었다. 그녀의 하숙에 묵은 다음날 아침 하숙에서 한발 나왔을 때, '아 - 아, 이제 됐다. 빌어먹을!' 하고 남자처럼 밝게 외치는 여자스러움이 어디에도 보이지 않았다. (중략) - 그녀는 자신의 결심을 정하고 와 있었던 것이었다.[4]

〈나〉가 가사하라에게 함께 되어 주겠는가하고 물었던 때, 가사하라는 그날 아무것도 말하지 않고 돌아가 버린다. 그러나 그녀는 다음에 자신의 결심을 정하고 온다. 그녀는 〈나〉의 갑작스러운 제안에 놀라 그날은 어떠한 결정을 할 수 없었기에 아무런 말도 하지 않고 돌아갈 수밖에 없었다. 그러나 그 뒤 그녀는 〈나〉의 제안에 대하여 신중히 생각하여 '함께 되는' 것을 결심하고 오는 것이다.

가사하라가 그날 아무 말도 안 하고 돌아간 것은 〈나〉의 제안에 대하여 깊이 생각할 시간이 필요했던 것이었다. 그녀에게 〈나〉의 제안은 갑작스러운 것이었지만, 이 제안에 대한 대답은 그녀의 인생에 있어서 가장 중요한 결정이기 때문이다. 〈나〉에게 가사하라와 '함께 된다' 라는 의미가 무엇이었던 간에, 가사하라로서 '함께 된다' 라는 의미는 말할 것도 없이 '결혼'이었던 것이다.

이곳에서 가사하라라는 인물의 성격을 알 수 있다. 〈나〉와 가사하라는 이야기가 끊어지면, 머뭇머뭇한다. 두 사람 모두 이 앞의 이야기를 피해 중요한 이야기를 뒤로 뒤로 남겨 가는 것이었다. 그렇게 가사하라는 수줍음을 많이 타는 여성이었다. 그러나 그녀는 어느 정도의 의지(意志)가 있는 여성이기도 했다. 그것은 그녀가 소극적이지만 법으로 금지되어 있는 운동을 돕고 있다는 것에서 알 수 있다. 이러한 운동에는 자신의 주관에 대한 확고한 의지가 필요하다. 요컨대 가사하라는 내성적인 성격이지만 자신의 주관에 대한 의지가 있고, 자기 행동에 대한 책임을 가지고 있는 여성이라고 할 수 있다. 그리고 이러한 의지와 책임이 있기에, 그녀는 〈나〉와 '함께 되는' 것을 결정하였다고 생각할 수 있다.

물론 두 사람이 만난 시간으로 볼 때, 두 사람이 서로에 대한 애정을 쌓아갈 충분한 시간이 있었다고 볼 수는 없다. 그리고 가사하라가 〈나〉에 대하여 적극적으로 생각한 것도 아니었다. 그러나 역시 이와 마찬가지로 가사하라가 〈나〉에 대한 애정이 없는데도 〈나〉와 함께 되었다고 생각할 수는 없는 것이다. 이것은 앞에서 말했듯이, 가사하라가 〈나〉에 대하여 보여준 행동에 나타나 있다고 볼 수 있다. 한편 〈나〉로서도 가사하라와 '함께 된다' 라는 의미는 결혼의 의미이다. 이것은 앞으로 생각해 본다. 요컨대 〈나〉와 가사하라는 서로의 애정이 있었기 때문에 '함께 된다'고 생각할 수 있다.

〈나〉와 가사하라의 관계는 공산주의적 인간과 소시민적 인간이라는 차이와 함께, 비합법 생활자와 합법 생활자라는 두 사람의 차이에서 시작되고 있다. 그리고 〈나〉와 가사하라는 공산주의적 인간과 소시민적 인간이라는 본질적인 차이가 있음에도 불구하고, 두 사람의 애정이 그것을 넘었다고 할 수 있다. 그런데 여기에 두 사람이 함께 되는 전제 조건이 존재한다. 〈나〉와 가사하라 두 사람이 함께 되는 전제 조건은 가사하라의 정규적인 수입이었다. 「당 생활자」에는 〈나〉와 가사하라 두 사람이 함께 되는 전제 조건으로 가사하라의 정규적인 수입이 숨겨져 있다. 또한 이것이 나중에 두 사람 관계의 갈등의 원인이 되는 것이다.

3. '함께 된' 이후

〈나〉와 가사하라는 함께 되는 것에 의하여, 상대에 대한 애정이 깊어진다. 비합법의 공산주의자인 〈나〉는 항상 경찰의 눈을 걱정하고 있다. 그렇기 때문에 〈나〉는 경찰의 정보를 찾기 위하여 자신이 보고 있는 신문뿐만이 아니라, 여러 신문을 주의 깊게 읽고 있다. 함께 된 이후 가사하라는 이러한 〈나〉에 배려하고 있다. 「당 생활자」에는 이러한 장면이 다음과 같이 묘사되어 있다.

일상생활을 우연에 의지하고 있어서는 안 되기 때문에, 과학적인 생각에 서서 행동할 필요가 있었다. 가사하라는 때때로 고서점에서 『신청년(新靑年)』을 사와, 나에게 읽으라고 말한다. 나는 다분히 때로는 탐정 소설을 진지하게 읽는 적이 있다.[5]

『신청년』이란 당시 탐정 소설을 많이 연재한 잡지이다.[6] 즉 가사하라는

〈나〉가 이러한 탐정 잡지를 읽고 경찰의 추적을 따돌리는 방법을 생각해 보라고 잡지를 사다주는 것이다.

이러한 가사하라의 배려에 대하여, 〈나〉는 가사하라를 동지인 이토(伊藤) 와 비교하여, '나는 이토의 경대를 보고, 그것이 가사하라의 경대보다 매우 좋고, 노랑색과 빨강과 녹색의 분까지 갖추어져 있기에, "오얏!" 이라고 말했다'고 한다. 〈나〉는 가사하라와 비교하여 이토의 경대가 좋다는 것을 알고, 경제적으로 아무것도 하여 주지 못하는 그녀에게 미안한 감정을 느끼는 것이다.

이렇게 〈나〉와 가사하라는 '함께 된' 이후, 서로에 대한 애정이 깊어져 간다. 요컨대 〈나〉와 가사하라가 '함께 된다'는 의미는 하우스 키퍼의 의미가 아니라, 일반적인 결혼의 의미였다고 생각할 수 있다. 이것은 가사하라가 〈나〉의 안전에 신경을 쓰고 있는 것과, 또 〈나〉가 가사하라와 같은 여자인 이토를 남성의 입장에서 비교하고 있는 것에서 잘 나타나고 있다. 〈나〉는 가사하라와 이토를 비교하여 봄으로써 더욱 그녀에 대한 애정이 깊어진다고 볼 수 있다.

그러나 시간이 지남에 따라 비합법 공산주의자인 〈나〉와 보통의 생활을 하고 있는 가사하라는 점차로 메울 수 없는 간격이 생기게 된다. 전혀 개인적인 생활을 할 수 없는 인간과, 대부분의 개인적인 생활의 범위를 배후에 가지고 있는 인간이 함께 있는 것은 쉬운 일이 아니다. 특히 신혼(新婚)인 가사하라로서는 개인적 생활을 할 수 없는 〈나〉와의 결혼이 당연히 참기 힘든 생활이었다. 이것은 경제적인 문제만이 아니었다. 신혼부부인 두 사람으로서는 경제적인 것은 차치하고, 무엇보다도 함께 있을 수 있는 시간이 필요하였다. 하지만 두 사람에게는 그것이 불가능하였다. 〈나〉는 사람들에게 얼굴을 보이면 안 되기 때문에, 산보조차도 할 수 없는 신분 이었던 것이다. 「당 생활자」에는 〈나〉와 가사하라가 생활상에 있어서 맞 지 않는 장면이 다음과 같이 묘사되고 있다.

　하지만 나에게는 어떻게 해도 그렇게 하지 않으면 안 된다는 자각이 있었기 때문에 괜찮았지만, 함께 있는 가사하라에게는 매우 그것이 심각한 것 같았 다. 그녀는 때로는 역시 나와 함께 밖을 걷고 싶다고 생각한다. 하지만 그것 이 전혀 불가능하기 때문에 짜증을 내고 있는 것 같았다. 게다가 가사하라가 낮 근무를 마치고 돌아올 무렵, 언제나 엇갈리게 내가 밖으로 나갔다. 나는 낮에 집에 있고 밤에만 움직이기 때문이다. 그래서 함께 방안에 앉아 있는 적이 드물었다. 그러한 상태가 1개월, 2개월 지나는 동안에 가사하라는 눈에 띠게 기분이 나빠져 갔다. 그녀는 그렇게 되어서는 안 된다고 자신을 억제하 고 있는 듯 했지만, 긴 시간에는 져서 나에게 부딪쳐 왔다.[7]

이렇게 〈나〉와 가사하라는 애정으로 결합되었음에도, 두 사람의 생활 환 경의 차이로 인하여 시간이 지남에 따라 점차로 두 사람 사이에 간격(間 隔)이 벌어지게 된다. 가사하라는 처음에는 참고 있었지만, 시간이 지남 에 따라 점차 지쳐서 자신의 감정을 나타낸다. 결국 그녀는 '당신은 함께 되고 나서 한 번도 밤에 집에 있던 적도, 한 번도 같이 산책했던 적도 없 다!'라고 자신의 감정을 표출하게 된다. 여기에서 가사하라가 '한 번도' 라는 단어를 두 번씩이나 사용한 것에서 그녀의 불만이 얼마나 큰지를 알 수 있다. 지난번 그녀의 하숙에서 묵었을 때, 그녀는 내가 원고를 쓰고 있자, '자신이 먼저 "이제 잘까요"라고 말하지 않는' 사려 깊은 여성이었다. 그렇게 가사하라는 상대방을 존중하는 여성이었다. 하지만 이러한 그녀도 긴 시간에는 지쳐서 '함께 된' 이후, 가사하라는 보통의 생활을 할 수 없는 〈나〉에 대하여 불만을 드러내게 되는 것이다.

한편 〈나〉는 이 간격을 메우기 위하여 가사하라를 같은 일에 끌어들이려는 시도를 한다. 그러나 〈나〉는 '함께 되고 나서 가사하라는 그것에 적합한 사람이 아닌 것을 알았다'고 하면서, 그녀의 다른 면을 보고 있다. 여기에서 중요한 것은 가사하라에 대한 〈나〉의 평가가 '함께 되기 전'과 '함께 된 후'에 변화가 있다는 점이다. 요컨대 '함께 된 후', 가사하라에 대한 〈나〉의 평가는 '정말이지 감정이 얕고 끈질기지 않은 여자'로 바뀌게 되었던 것이다.

이것은 중요한 문장이다. 즉 일찍이 히라노 겐이 제기하였던 하우스 키퍼의 문제는 여기에서도 해결된다. 요컨대 〈나〉가 만약 하우스 키퍼로서 가사하라를 이용(利用)한다는 생각이었다면, 가사하라의 성격이 어떠한 것은 아무런 상관이 없기 때문이다. 하우스 키퍼는 단지 조직 활동을 손쉽게 하기 위한 위장에 불과하다. 그러므로 가사하라와 '함께 되는' 것이 하우스 키퍼의 의미였다면, 그녀의 성격이 어떠한지는 문제의 대상이 될 수 없고, 또 '함께 된 후' 가사하라에 대한 〈나〉의 평가도 아무런 의미가 없는 것이다.

그런데 〈나〉는 가사하라에 대하여 가엾다고 생각하고 있고, 그녀에게 좀 더 높은 수준의 의식을 요구한다. 그러나 그녀는 그것에 따라오지 못한다. 그러므로 〈나〉도 가사하라에 대하여 불만의 감정을 가지게 된다. 여기에서 만약 가사하라가 하우스 키퍼의 의미였다면, 〈나〉가 그녀에게 어떠한 요구와 불만을 가지게 될 수는 없었을 것이다.

이것은 가사하라에게서도 해당된다. 그녀는 〈나〉에게 '한 번도 같이 산보에 나간 적도 없다'라고 불평한다. 그런데 역시 같은 의미로 만약 가사하라가 하우스 키퍼의 의미였다면, 그녀가 〈나〉에게 이러한 요구와 불만을 표시할 수는 없었을 것이다. 요컨대 〈나〉와 가사하라가 동등(同等)한 위치에 있기 때문에 서로 상대방에게 불만과 요구를 할 수 있다고 생각된다.

〈나〉가 가사하라에게 불만을 가지고, 그녀가 〈나〉에게 불만을 표시할 수 있는 것은 서로의 애정에 대한 또 다른 표현 방법이라고 생각할 수 있다. 이것은 상대방에 대한 '요구'에 있어서도 마찬가지이다. 이렇게 〈나〉와 가사하라 두 사람은 애정을 가지고 함께 되었지만, 두 사람은 '함께 된' 후, 관계의 변화를 겪게 된다. '함께 된' 후, 원래 각자가 가지고 있었던 의식의 차이가 나타나면서 두 사람의 갈등이 나타나는 것이다.

4. '가사하라의 실직' 이후

이러한 두 사람 사이에 어느 날, 가사하라가 다니고 있던 회사로부터 해고되는 사건이 발생한다. 그리고 이 사건에 의하여 〈나〉와 가사하라의 관계는 중대한 위기가 찾아오게 된다. 그 동안 두 사람 내면에 숨어져 있지만 겉으로 나타나지 않았던 문제점들이 한꺼번에 폭발하여 버리는 것이

다. 두 사람 사이에 등장한 문제는 두 사람이 '함께 된' 기본 구조로부터
의 일탈의 문제였다. 「당 생활자」에는 '가사하라의 실직' 모습이 다음과
같이 묘사되어 있다.

　나는 자동차를 도중에서 내려 두 정류장을 걸어서 골목으로 들어와 집으로
돌아왔다. 가사하라는 창백하고 우울한 얼굴을 하고 방안에서 다리를 옆으
로 하고 앉아 있었다. 나의 얼굴을 보자,
'해고되었어요.'
하고 말했다.
그것이 너무나도 갑작스러운 것이었기에 나는 선 채로 잠자코 상대를 보
았다.[8]

　가사하라의 실직이라는 말을, 〈나〉는 선 채로 듣고 있다. 이 말이 〈나〉
에게 얼마나 갑작스럽고 충격적인 말이었는가를 알 수 있다. 가사하라의
실직은 두 사람의 관계를 근본적으로 되돌아보게 하는 사건이었다. 두 사
람이 '함께 되는' 것에서 암묵적으로 동의되어 있는 사실은 가사하라의
월급(月給)이었다. 왜냐하면 비합법 활동을 하는 〈나〉는 벌이가 없기 때
문이다. 이제까지 〈나〉는 가사하라의 급료로 모든 생활과 활동을 해왔고,
이것은 앞으로도 변하지 않아야 할 기본 조건이었다.
　그러므로 그녀의 실직이 두 사람의 관계에 영향을 주는 것은 피할 수 없
는 사실이었다. 두 사람이 '함께 되는' 것에서 암묵적으로 동의되어 있
던 가사하라의 월급이라는 조건이 없어졌을 때, 두 사람의 관계는 뿌리부

터 흔들리지 않을 수 없는 것이다. 가사하라의 월급이 생활적인 면도 포함하여, 근본적으로 두 사람이 '함께 되는' 기본 조건이었기 때문이다. 「당 생활자」에는 '가사하라의 실직'에 의하여 생활에 곤란을 받는 〈나〉의 모습이 다음과 같이 섬세하게 그려져 있다.

가지가 싸서 5전이라도 사려고하면 2, 30개나 사기에 그것을 아래층 아주머니의 겨된장에 처넣고 아침, 점심, 밤, 세 번 모두 그 가지로 해결했다. 사흘이나 그렇게 계속하자, 즉각적으로 몸이 반응하여 왔다. 계단을 오를 때마다 숨이 차고 땀이 나와 곤란했다.

배가 고프고 몸이 피곤해 있는데도, 똑같은 것이면 조금도 식욕이 나지 않았다. 마지막에는 밥에 뜨거운 물을 붓고 눈을 힘껏 감고 덤벙덤벙 급히 먹었다. 그래도 밥이 있을 때는 좋았다. 밤에 세 번 정도의 연락이 기다리고 있고, 게다가 돈이 없어서 걸어가지 않으면 안 될 때, 아침부터 한 번밖에 밥을 먹지 않았을 때는 비참한 마음이 들었다.[9]

결국 생활비에 고민하던 〈나〉는 최후의 수단을 취하기로 한다. 그것은 남자로서는 주저되는 이야기였다. 그것은 가사하라에게 카페(カフェー)의 여급이 되면 어떻겠냐는 이야기였던 것이다. 물론 이것은 〈나〉에게도 괴로운 이야기였다. 하지만 이것은 가사하라의 입장에서 보면 당치도 않은 이야기였던 것이다. 카페의 여급이 된다는 것은 보통의 여성들로서 꺼릴 수밖에 없는 직업이기 때문이다. 당시 카페라는 곳은 여급(女給)을 두고 양식과 양주 및 맥주 등을 파는 음식점이었다.[10]

그러므로 카페의 여급이라는 직업은 일종의 여성의 서비스가 필요한 직업이라고 할 수 있다. 어쨌든 카페의 여급이라는 직업은 보통 여성인 가사하라로서는 가능하면 피하고 싶은 직업이었을 것이다. 이 이야기를 듣고 가사하라가 화를 내는 것은 당연한 일이었다.

 나는 최후의 수단을 취하기로 했다. 그날 돌아와 나는 용기를 내어 가사하라에게 카페 여급이 되면 어떤가 하고 말했다. 그녀는 요즈음 매일 취직을 구하기 위하여 돌아다녀서 피곤하고 기분이 나빠져 있었다. 나의 말을 듣자 그녀는 갑자기 몸을 돌려, 그리고 어둡고 싫은 얼굴을 했다. 나는 정말이지 그녀에게서 눈을 피했다. 하지만 그녀는 그것뿐 고집스럽게 입을 다물었다. 나도 어쩔 수 없이 잠자코 있었다.
'일 때문이라고 하겠죠?'
가사하라는 나를 보지 않고, 오히려 침착하고 낮은 목소리로 말했다. 그리고 나의 대답도 듣지 않고 갑자기 새된 소리를 냈다.
'몸 파는 여자라도 되겠어요!' [11]

〈나〉가 가사하라에게 카페 여급의 이야기를 하였을 때, 가사하라는 '몸 파는 여자라도 되겠어요!' 하고 화를 낸다. 물론 카페 여급과 몸 파는 여자와는 그 직업상 상당한 차이가 있음에도 가사하라는 그렇게 말해버린다. 이러한 가사하라의 반응으로 볼 때, 그동안의 결혼생활에서 그녀가 〈나〉에 대하여 얼마나 실망하고 있었는지를 알 수 있고, 또 그동안 두 사람 사이에 얼마나 깊은 거리가 생겨져 버렸는지 알 수 있다.

원인을 따지면 가사하라가 다니고 있던 회사로부터 해고되었던 것도 사실은 〈나〉 때문이라고 할 수 있다. 가사하라는 다른 사람에게 절대로 주소를 알려서는 안 되는 〈나〉 때문에, 회사에서 해고되었던 것이다. 그런데 함께 된 이후, 〈나〉와의 생활에 실망하고 있고, 취직자리를 알아보는데 지쳐있는 가사하라에게 〈나〉는 또 다시 곤란한 제안을 하는 것이다. 그녀로서는 어쩌면 기가 막힌 일이라고 할 수 있다. 다키지는 이 작품에서 〈나〉와 가사하라가 갈등하는 장면을 다음과 같이 묘사하고 있다.

가사하라에게는 그것이 역시 몸에 사무치지는 않았고 게다가 나쁜 것에는 모두가 '나의 희생'이라는 식으로 생각하고 있는 것이다. '당신은 위대한 사람이기 때문에 나와 같은 바보가 희생이 되는 것은 당연한 일이다!' - 그러나 나는 전혀 개인 생활이라는 것을 가지지 않는 〈나〉이다.(중략) 내가 위대하기 때문도 내가 영웅이기 때문도 아니다. - 개인 생활밖에 모르는 가사하라는 그렇기 때문에 타인도 개인적 척도로밖에 이해할 수 없었다.[12]

〈나〉와 가사하라 두 사람의 갈등의 원인은 개인적 생활이 가능한 사람과 개인적 생활이 가능하지 않는 사람의 차이에서 오는 것이었다고 할 수 있다. 즉 두 사람의 갈등은 〈나〉가 사회적 척도로 살아가는 것에 대하여, 가사하라는 개인적 척도로 살아가는 생활에 의한 것이다. 그리고 이것은 두 사람이 함께 되기 이전부터 만들어진 환경의 차이에 의한 것이었다.

〈나〉는 희생이라는 것을 가사하라에게 이야기한다. 그러나 개인(個人)적인 척도로 사물을 보는 가사하라에게 사회(社會)적 척도의 희생이라는 의미는 이해될 수 없는 이야기였다. 그녀는 잠자코 듣고 있었지만, 그날은 한마디도 하지 않고 혼자서 자 버린다. 가사하라는 침묵으로써 〈나〉와의 대화를 거부하는 것이다. 〈나〉는 가사하라가 '언제나 나에게 쫓아오려고 하고 있지 않기 때문에, 하는 것 모두가 자신의 희생이라는 식으로 밖에 생각할 수 없었다'라고 불평한다. 하지만 보통 사람으로서는 가사하라가 생각하는 것처럼 개인 생활을 가지는 것은 당연하다. 단지 〈나〉가 특수한 상황 아래에 있기 때문에, 두 사람의 관계가 어려워지는 것이다.

무엇보다 이렇게 두 사람이 생활 환경의 차이로 인하여 갈등하게 되는 것은 두 사람이 함께 되기 전에 충분히 예견되어 있던 일이었다. 전(全)프롤레타리아의 해방을 위한 일을 하고 있는 〈나〉와, 보통의 생활을 하고 있는 가사하라와는 처음부터 메울 수 없는 간격이 있었다. 하지만 경제적인 여건이 되어 있었을 때는 이 간격이 숨어져 있었다. 가사하라의 실직이라는 극한 상황의 변화가 나타났을 때, 비로소 숨어져 있던 모든 문제가 한꺼번에 표출되어 나왔던 것이다. 이렇게 '가사하라의 실직'이라는 환경의 변화에 의하여 두 사람의 관계는 멀어져간다.

5. 가사하라의 취직

결국 가사하라는 작은 다방(喫茶店)에 들어가게 된다. 그런데 가사하라가 다방에 들어간 이후, 〈나〉의 가사하라에 대한 애정이 깊어진다. 이것은 취직에 대하여 자신의 의견을 들어준 가사하라에 대한 고마움과 여자가 다방이라는 힘든 일을 하는 것에 대한 안타까움 비슷한 것이었다. 여기에서 가사하라는 카페의 여급이 아니고, 다방이라는 곳에 취직하고 있다. 앞에서 설명했듯이 같은 여급의 서비스가 있어도 당시 카페가 술을 파는 음식점이었던 것에 비하여, 다방은 커피만을 파는 곳이었다. 당연히 보통 여성은 카페보다는 다방을 선호했을 것이라고 짐작할 수 있다. 「당 생활자」에서는 가사하라의 다방 취직이 다음과 같이 묘사되어 있다.

가사하라는 작은 다방에 들어가게 되었다. 들어간다고 정해지자 과연 가엾었다. 운동하고 있는 자가 생활 때문에 다방 등에 들어가는 것은 뭐라고 해도 무서운 것으로, 그러한 동지는 자신은 아무리 굳건히 있으려고 하여도 눈에 보이게 떨어져 간다. 우리들로서 '분위기'라는 것은 물고기에게 있어 물과 조금도 다르지 않을 정도로 중요한 것이다. 여자 동지가 자기 혼자를 위해서도, 또는 남과 여가 함께 일을 하고 있어서 같이 쓰러지지 않기 위하여 다방에 들어갈 때에도 똑같은 것이다. 그런데 가사하라의 경우, 그 일의 훈련조차도 되어있지 않기 때문에 질질 나쁜 쪽으로 자신의 몸을 기대어 가는 것은 뻔한 일이었다.[13]

이렇게 〈나〉는 가사하라가 '질질 나쁜 쪽으로 자신의 몸을 기대어 가는 것'을 알고 있고, 또 그것을 무엇보다도 걱정하고 있다. 그런데 가사하라가 변하는 것은 시간이 걸리는 일이었고, 오히려 두 사람의 관계는 원래의 애정 있는 상태로 돌아온다. 「당 생활자」에는 가사하라가 다방에 들어간 후, 〈나〉와 가사하라 두 사람의 다정스런 애정의 모습이 구체적으로 그려져 있다.

가사하라는 처음에 하숙에서 그곳에 다녔다. 밤늦게 익숙하지 않은 잔걱정이 많은 일이었기 때문에, 피곤하여 불쾌한 얼굴을 하고 돌아왔다. 핸드백을 내팽개친 채 그곳에 옆으로 앉으며 어깨를 축 떨어뜨렸다. 말하는 것조차 귀찮은 모양이었다. 잠시 후 그녀는 내 앞에 말없이 발을 뻗어 왔다.

"─?"

나는 가사하라의 얼굴을 보고 ─ 발을 만져 보았다. 무릎과 복사뼈가 몰라볼 정도 부어 있었다. 그녀는 발을 다다미 위에 구부려 보았다. 그러자 관절부분의 살이 희미하게 으드득 소리를 냈다. 그것은 거슬리는 소리였다.

"하루 종일 서 있는다는 것은 힘든 일이네."

하고 말했다. (중략) 나는 오랜만에 자신의 다리 안에 작은 가사하라의 몸을 안아주었다. ─ 그녀는 눈을 감고 그대로 있었다.[14]

그녀는 내 앞에 말없이 발을 뻗어 오고, 〈나〉는 자신의 무릎에 작은 가사하라의 몸을 안아준다. 그리고 그녀는 눈을 감고 그대로 되어 있는다. 이 것은 가사하라에 대한 〈나〉의 구체적인 애정(愛情)의 표현이고, 가사하라는 이러한 〈나〉의 애정을 받아들인다. 실직 이후 〈나〉와의 대화를 거부하던 가사하라는 '다방 취직' 이후 〈나〉와의 대화를 시도하고, 〈나〉를 다시 받아들인다. 〈나〉도 또한 그녀를 따뜻하게 대해준다. 이미 두 사람 사이는 이전의 불편한 관계가 아닌 것이다. 실직이라는 어려운 고비를 극복한 두 사람의 관계는 이전보다 더욱더 가까워졌다고 생각할 수 있다.

〈나〉는 가사하라에게 서서 일하기 때문에 다리가 붓는 방적 공장에서의 일을 이야기하면서 그녀의 일이 자신만의 일이 아니고, 전 프롤레타리아의 일로써 생각하라고 이야기한다. 그녀는 이 이야기를 듣고 '정말!' 하고 말한다. 실직 이후 대화조차 거부하던 가사하라가 사회적 척도로 생활하는 〈나〉의 이야기에 공감을 나타나게 되는 것이다.

몸 파는 여자라도 되겠다며 〈나〉와의 대화를 거부하던 가사하라는 '다방 취직'을 함으로써, 두 사람의 관계는 원래의 모습으로 돌아오게 된다. 여기에는 두 사람이 '함께 된' 때의 암묵적인 약속, 즉 가사하라의 경제적 능력이 복원된 것이 큰 역할을 하고 있다. 요컨대 그녀의 경제적 능력의 복원 이후, 두 사람의 관계는 일단 예전의 모습으로 돌아온 것이다. 가사하라의 실직 이후, 거리가 멀어져있던 두 사람은 그녀의 취직에 의하여 대화와 행동 모두, 두 사람이 '함께 된' 직후의 애정 있는 상태로 돌아왔다고 생각할 수 있다.

6. '가사하라의 다방 숙박' 이후

그러나 이렇게 서로에 대한 관계를 회복한 두 사람 사이에 새로운 문제가 발생한다. 그것은 가사하라의 '다방 숙박'이었다. 처음에 집에서 다니던 가사하라는 주인의 요청으로 다방에 묵으면서 생활하게 된다. '다방 숙박'이라는 새로운 환경으로 두 사람의 관계는 변해 간다. 가사하라의 다방 취직 때 〈나〉가 걱정하는 상황이 바야흐로 현실로 나타나게 되는 것이다. '다방 숙박' 이후, 생활 환경이 달라진 두 사람은 점차 그 관계가 멀어져 간다. 다키지는 이것을 다음과 같이 묘사하고 있다.

그러나 가사하라의 분위기는 더할 나위 없이 나쁘다. 여주인의 생활도 그렇고, 여자가 있는 다방에는 단지 차를 마시고 돌아가는 손님뿐만이 아니라, 여자를 상대로 되잖은 소리를 하고 가는 손님들이 많았다. 그것에 일일이 맞장구를 치지 않으면 안 된다. 그것들이 가사하라의 마음에 스며들어 가는 것을 알았다. (중략) 그러나 나는 그렇게 가사하라에 얽매어 있을 수 없었다. 바쁜 일이 나를 끌고 갔다. 구라다(倉田)공업의 정세가 절박해 옴과 함께 나는 가사하라가 있는 곳에는 단지 교통비를 받으러 가는 것과 밥을 먹으러 가는 것만이 되어, 그녀와 이야기하는 일은 거의 없게 되어 버렸다. 생각해보면, 가사하라는 때때로 쓸쓸한 얼굴을 하고 있었다.[15]

〈나〉는 가사하라의 다방 일에 대하여 걱정을 하지만, 자신의 바쁜 일 때문에 그녀에게 신경을 쓰지 못하게 된다. 가사하라가 다방에 숙박하게 되면서 〈나〉가 '그녀와 이야기하는 것은 거의 없게 되어져 버렸'고, '가사하라는 때때로 쓸쓸한 얼굴을 하는' 관계가 된다. 두 사람 사이에서 대화는 또다시 사라져 버린다. 상대방과 소통하는 가장 간단하고 확실한 수단이 대화(對話)라고 할 때, 두 사람 사이에 서로를 엮어줄 소통(疏通)의 방법이 없어져 버린 것이다. 또 대화는 애정을 표시하는 가장 손쉬운 수단이기도 하다. 그러므로 이러한 수단이 사라지자, 가사하라는 쓸쓸한 얼굴을 하게 되는 것이다.

이렇게 그녀의 '다방 취직' 이후 원래의 상태로 회복된 두 사람의 관계는 그녀의 '다방 숙식'에 의하여 또다시 멀어져 간다. 이러한 두 사람 관계의 변화는 두 사람 사이의 애정의 변화 때문이 아니라, 두 사람 사이에 놓인 환경의 변화 때문이라고 할 수 있다. 그런데 〈나〉는 공장의 정세가 급박하여 이러한 상황을 극복하여 갈 수 없었던 것이다. 〈나〉는 이러한 상황에서 가사하라와의 생활까지도 희생으로 하지 않으면 안 되는 이유를 자신의 아버지를 통하여 설명하고 있다.

　아버지는 지주에 항의하여 소작료를 깎는 것을 하지 않고, 자신의 몸을 망칠 때까지 일함으로써 그것으로부터 도망하려고 하였다. 20여년이나 전의 일이지만. 그러나 나는 다르다. 나는 단 한 분의 어머니와도 연락을 끊고, 누이와 동생과도 끊고, 지금은 가사하라와의 생활까지도 희생으로 하여 버린 것이다.[16]

〈나〉는 '단 한 분의 어머니와도 연락을 끊고, 누이와 동생과도 끊고, 지금은 가사하라와의 생활까지도 희생으로 하여 버린 것이다'라고 말하고 있다. 이 문장에서 알 수 있듯이 〈나〉에게는 어머니, 누이와 동생, 그리고 가사하라가 똑같은 위치를 차지하고 있다. 즉 가족(家族)인 것이다. 또한 〈나〉는 '지금은 가사하라와의 생활도 희생으로 하여 버린 것이다'라고 쓰고 있다. 〈나〉의 희생이 아니라, '나와 가사하라와의 생활'의 희생, 즉 가족의 희생인 것이다. 여기에서 〈나〉와 가사하라의 관계가 일방(一方)적인 관계가 아닌 것을 알 수 있다. 두 사람의 관계는 〈나〉의 일방적인 이용 관계가 아닌, '이인일체(二人一体)'의 관계인 것이다.

한편 가사하라가 '다방 숙박'을 함으로써 두 사람의 관계는 변해 간다. 가사하라가 다방 취직을 하게 되었을 때, 〈나〉가 미리 걱정하였던 것처럼, 조금씩 그녀는 변해간다. 물론 앞에서 말했듯이, 이러한 가사하라의 변화의 원인은 〈나〉에 대한 애정의 변화라기보다는 환경의 변화가 그 요인이라고 할 수 있다. 즉 그녀가 처한 다방이라는 환경 때문이라고 할 수 있다. 가사하라는 〈나〉가 밥이 없어 그녀가 있는 다방에 갔을 때, '처음에 가사하라는 싫어했지만, 마지막에는 "이 정도는 당연하다"고 말하게 되었다'는 정도로 변해 간다. 순수하였던 가사하라가 '다방 숙박'이라는 환경의 변화로 인하여, 그 사회에 물들어 간다고 생각할 수 있다.

그런데 이러한 가사하라의 변화와 함께 〈나〉도 변해간다. 〈나〉의 변화도 역시 가사하라에 대한 애정의 변화라기보다는, 〈나〉의 생활환경(生活環境)의 변화가 그 요인이었다. 이렇게 〈나〉와 가사하라, 두 사람은 각자의 생활 때문에 멀어져 간다. 「당 생활자」에는 가사하라의 '다방 숙식' 이후, 〈나〉와 가사하라 두 사람의 관계가 변해 가는 모습이 그려져 있다. 〈나〉는 가사하라와 이토를 비교하여 본다. 다음 문장에는 가사하라에 대한 〈나〉의 미묘한 마음의 변화가 보인다.

하숙에 돌아와 그 포장을 열어보면서 문득 생각하니, 나는 이토와 가사하라를 비교해 보고 있었다. 같은 여자이지만 나는 지금까지 한 번도 이토와 가사하라를 비교해 생각한 적이 없었던 것이다. 하지만 이토와 비교해보아 비로소 가사하라가 얼마나 나와 멀리 떨어진 곳에 있는지를 느꼈다.

― 나는 벌써 10일이나 가사하라가 있는 곳에 가지 않았다……[17]

〈나〉가 이토에게서 받은 물건은 셔츠였다. 이토는 〈나〉에게 '요즈음, 당신의 셔츠 등이 더러워져 있어요. 저쪽에서는 흔히 그런 곳을 눈여겨본다고 해요!' 라고 하면서 셔츠를 건네준다. 남녀 간에 셔츠를 선물할 수 있는 사이는 상당히 친한 관계이고, 또 이것은 서로의 생활을 직접적으로 알고 있는 경우에 해당된다. 즉 지금의 〈나〉의 생활은 가사하라보다 이토가 더 잘 알고 있다고 할 수 있다.

〈나〉는 당연히 가사하라에게 받아야할 셔츠를 이토에게 받는다. 그러므로 이것을 받고, 〈나〉는 이토와 비교하여 가사하라가 얼마나 멀리 떨어진 곳에 있는가를 느끼게 된다. 이렇게 가사하라의 변화와 함께 〈나〉도 변해 간다. 공장 일이 바빠진 〈나〉는 교통비와 식사를 해결하기 위하여 나가는 것조차 여유가 없게 되어, 가사하라가 있는 다방에는 3일에 1번, 1주일에 1번, 10일에 1번이라는 식으로 점점 멀어져 간다. 그리고 마지막에는 10일에 1번 정도 밖에 가사하라가 있는 곳에 가지 않게 되는 것이다.

물론 이러한 〈나〉의 변화의 원인은 가사하라에 대한 애정의 변화라기보다는, 〈나〉의 환경 변화가 그 요인이라고 할 수 있다. 그러나 환경 변화는 두 사람에게 큰 영향을 주고, 관계의 변화를 가져오는 것이다. 이것들은 의식하지 않는 사이에 그렇게 되어 갔다. 두 사람에게 주어져 있는 생활이 모르는 사이에 그렇게 시켰던 것이다. 이렇게 〈나〉와 가사하라, 두 사람은 각자의 어쩔 수 없는 생활 환경의 변화 때문에 다시 멀어져 간다.

7. 나가며

이상 「당 생활자」에서 〈나〉와 가사하라의 본성을 중심으로 하여, 여러 가지 상황 변화에 따른 〈나〉와 가사하라 두 사람의 애정의 변화 과정을 살펴보았다. 요컨대 〈나〉와 가사하라 두 사람은 비합법공산주의자와 보통의 의식을 가진 사람이라는 차이가 있지만, 기본적으로 따뜻하고 착한 본성의 소유자이다. 두 사람은 서로의 애정에 의하여 함께 된다. 그러나 두 사람의 관계는 여러 가지 상황의 변화에 의하여 변하게 된다. 두 사람은 주어진 환경의 변화로 인하여 가까워지거나 멀어지거나 한다. 이것은 두 사람의 애정의 문제라기보다는, 두 사람 사이에 일어난 환경의 변화 때문이라고 생각할 수 있다.

「당 생활자」에서 〈나〉와 가사하라에게 주어진 상황은 계속 변해 간다. 마지막의 '다방 숙식' 이후에는 〈나〉와 가사하라가 멀어지게 된다. 「당 생활자」에서 두 사람의 관계는 멀어진 채 끝나고 있다. 그러나 두 사람이 멀어져 있는 상태에서 작품이 끝난 것은 「당 생활자」가 전편(前篇) 밖에 쓰이지 못한 것이 큰 요인이라고 생각할 수 있다. 「당 생활자」의 후편이 계속되었더라면 〈나〉와 가사하라 두 사람에게 또 다른 여러 가지 상황의 변화가 있었을 것이고, 다키지는 두 사람의 관계를 그대로 내버려 두지 않았을 것이다. 또 다른 여러 가지 상황 변화를 통하여 본성이 따뜻한 두 사람의 관계는 무난히 해결되었을 것이라고 생각된다.

한편 「당 생활자」에서 〈나〉의 가사하라에 대한 '이용'의 문제가 나온 것도 이러한 시점에서 불 수 있다고 생각된다. 「당 생활자」가 전편으로 중단되지 않고 후편이 계속되었더라면, 가사하라에 대한 '이용'의 문제가 나오지 않았을지도 모른다. 「당 생활자」가 전편으로 끝난 것에서 이러한 문제가 제기될 수 있었다고 생각된다.

역주

1 「당 생활자」『고바야시 다키지 전집 제 4권』신일본출판사, 1993, p.365.

2 같은 책, p.380.

3 히라노 겐은 「하나의 안티테제(一つの反措定)」(『신생활(新生活)』 1946년 4, 5월 합병호)로 시작되는 일련의 평론에서 가사하라 문제를 제기한다. 이것에 의하여 전후 '정치와 문학' 논쟁이 시작되었다.

4 같은 책, p.381.

5 같은 책, p.400.

6 『신청년』은 1920년 1월에서 1950년 7월까지 발행된 잡지. 박문국. 편집 발행인 모리 시타(森下)가 제1차 세계대전 후 신사상 대두에 따른 종합 잡지를 입안했지만, 회사로 부터 견실한 청년 잡지로 변경하도록 명령받고, 지금까지와는 다른 새로운 기획으로 생 각한 것이 해외 탐정 소설의 번역이었다. 기지, 스릴, 유모어, 인정미가 얽힌 탐정 소설 은 이제까지 없었던 신선한 감각으로 독자들에게 환영받았다.

7 「당 생활자」『고바야시 다키지 전집 제4권』신일본출판사, 1993, pp.411-412.

8 같은 책, pp.412-413.

9 같은 책, p.414.

10 카페는 커피점의 의미를 가지는 프랑스어이지만 일본에서는 조금 틀린 의미로 사 용되었다. 하쓰타 데이(初田亭)는 '일본에서는 카페는 여급을 두고 양식과 양주 및 맥주 등을 서비스하는 음식점의 의미로 사용되어 왔다'고 단적으로 지적하고 있 다.(1993년 11월 『카페와 다방(カフエーと喫茶店)』 INAX). 이 여급의 서비스라는 점이 카페와 종래의 술집을 구별하는 특질인 것이다. 술집으로는 일본 술 중심의 술집 을 대신하여 맥주를 파는 비어홀이 새롭게 주목을 받았지만 여급은 두지 않았다. 또 여급의 서비스가 있어도 술을 팔지 않고 커피 중심인 것이 다방으로 불리어졌다. 카페 에서는 여급을 두었지만 어디까지나 미녀의 용모는 서비스로써 제공되는 것이고, 매 춘은 목적이 아니었다. (『국문학 해석과 교재의 연구(国文学 解釈と教材の研究)』

학등사(学灯社), 1995년 5월)

11 「당 생활자」『고바야시 다키지 전집 제 4권』신일본출판사, 1993, p.415.

12 같은 책, p.416.

13 같은 책, pp.426-427.

14 같은 책, pp.427-428.

15 같은 책, p.429.

16 같은 책, p.430.

17 같은 책, p.441.

황봉모(黃奉模)

· 서울 출생. 한국외대 영어과 졸업. 동 대학원 일본어과 졸업.
· 간사이(關西)대학 대학원 박사전기, 박사후기 과정 수료.
· 고바야시 다키지(小林多喜二) 문학 연구로 문학박사 학위 취득.
· 한국외대 일본연구소에서 교육부 박사 후 과정 수료.
· 한국외대 외국문학연구소와 전북대학교 인문학연구소에서 근무.
· 현재 한국외대 일본언어문화학부 강사.

논문
「고바야시 다키지 『게잡이 공선』의 성립」, 「고바야시 다키지 『게잡이 공선』의 복자(伏字)」, 「현월
『그늘의 집』-욕망과 폭력-」, 「고바야시 다키지의 『방설림』과 최서해의 「홍염」 비교연구」 등이 있음.

저서
저서로 『재일한국인문학연구』(어문학사, 2011), 『현월문학연구』(어문학사, 2016)가 있음. 번역으
로 『게잡이 공선』(지만지, 2017), 『방설림』(지만지, 2018)이 있음.

고바야시 다키지 문학연구

초판 1쇄 발행일 2018년 11월 30일

지은이 황봉모
펴낸이 박영희
편집 박은지 · 김영림
디자인 원채현
마케팅 김유미
인쇄 · 제본 태광 인쇄
펴낸곳 도서출판 어문학사
　　　　서울특별시 도봉구 해등로 357 나너울카운티 1층
　　　　대표전화: 02-998-0094 / 편집부1: 02-998-2267, 편집부2: 02-998-2269
　　　　홈페이지: www.amhbook.com
　　　　트위터: @with_amhbook
　　　　페이스북: https://www.facebook.com/amhbook
　　　　블로그: 네이버 http://blog.naver.com/amhbook
　　　　　　　　다음 http://blog.daum.net/amhbook
　　　　e—mail: am@amhbook.com
　　　　등록: 2004년 7월 26일 제2009—2호

ISBN　978-89-6184-483-3 93830

정가 23,000원

이 도서의 국립중앙도서관 출판예정도서목록(CIP)은 서지정보유통지원시스템 홈페이지(http://seoji.nl.go.kr)
와 국가자료종합목록시스템(http://www.nl.go.kr/kolisnet)에서 이용하실 수 있습니다.
(CIP제어번호 : CIP2018036543)